Pierre MONIER

AU CŒUR D'ESTEBAN

ROMAN

Préface de Françoise Guérin

Du même auteur

Amour, comme en écho (Éditions Subervie)

En bonne compagnie (Éditions Aléas, Prix Jean Dorst 2008)

La Biscotte d'Artagnan (Éditions Plein Chant)

Charles-Adzir Trouillot, fils de ses œuvres (Liv' Éditions)

Le second linceul (Éditions du Poutan)

Arlequinades (Éditions Bellier)

Chaos sous les étoiles (Éditions du Poutan)

Zonaires éditions

35, rue du Rocher 38120 Fontanil Cornillon (France)
Courriel: contact@zonaires.com - Site: www.zonaires.com

À Muriel B.

source vive de ce livre

« Vivre c'est sentir
Les regrets du passé,
L'horreur de l'avenir,
Le présent chaque jour plus rude »

Louis Janmot

« Je veux que la mort me trouve plantant mes choux,
mais nonchalant d'elle, et encore plus de mon jardin imparfait »

Montaigne

PRÉFACE

L'étoffe d'un Éros

C'est à un joli moment de littérature que je vous convie avec ce livre de Pierre Monier, que j'ai l'honneur de préfacer. Au cœur d'Esteban est le roman d'une vie amoureuse. C'est un chant, c'est une épopée, que dis-je, une épopée ! C'est une geste qui, tantôt croise le fer avec d'Artagnan, tantôt chevauche Rossinante, au fil d'une destinée lyonnaise aux accents picaresques.

Comme toute existence, celle-ci commence par une rencontre, ici sur les bancs de l'école de garçons, entre Valentin, le bon élève dont la vie exemplaire semble toute tracée, et Esteban, fils d'un martyr du franquisme réfugié à Lyon avec sa mère et qui rêve d'assassiner El Caudillo pour venger son paternel.

Le petit nouveau, brillant mais frondeur, a tôt fait de dresser contre lui les maîtres à soutane qui désespèrent de le faire entrer dans le rang. Esteban ne se soumet pas, Esteban ne veut pas du destin qu'on a taillé pour lui, Esteban rêve grand ! Il court, au propre comme au figuré, après l'amour et le succès.

Au cœur d'Esteban figure le bien mal nommé Valentin qui jouit par procuration et se laisse ombrer par l'aura de l'autre. Car notre jeune héros, à bien des égards, se révèle précoce et avantagé par la nature, quand le narrateur, ami d'une rare fidélité, se montre nettement moins aventureux. L'un conquiert, l'autre est conquis. Deux positions subjectives plus complémentaires qu'antagonistes. Ainsi en va-t-il de ce tandem qui en convoque bien d'autres, héros et valets somptueusement évoqués tout au long de cette prose chatoyante.

En Lyonnais accompli, Pierre Monier est l'artisan d'une langue soyeuse autant que gourmande qui vous procure une délicieuse ivresse. Jouissance et réjouissance, il chatouille le verbe, tel un M.O.F. de l'écriture.

Il y a du Rimbaud, du Rabelais, du Pagnol et de la mère Cottivet dans cette langue-là. L'architecture narrative nous balade entre Rhône et Saône, entre spiritualité et spiritueux, de la colline qui prie à celle qui lutte. Les phrases dévalent les pentes de l'argot Croix-Roussien et traboulent dans les profondeurs de la littérature pour fuser soudain, opulentes et bigarrées.

Et le lecteur d'applaudir, les yeux levés vers le ciel, tel le spectateur transi aux Illuminations du 8 décembre.

Françoise Guérin

Françoise Guérin vit à Lyon où elle exerce le métier de psychologue. Elle écrit quand il lui reste du temps...

Elle est l'auteure de la série télévisée « Lanester », de polars radiophoniques pour Radio France et de plusieurs recueils de nouvelles. Son dernier roman « Maternité » a reçu en 2019 le prix Lettres Frontière décerné par les lecteurs français et suisses. « Au chevet des vivants », son neuvième livre, est un recueil de nouvelles publié chez Zonaires éditions en janvier 2020.

AU CŒUR D'ESTEBAN

« Quelqu'un a-t-il des nouvelles d'Esteban ? »

Empoissés dans une somnolence postprandiale, vautrés dans les fauteuils de cuir craquelé du salon privatif d'un restaurant multi étoilé, les altiers quinquagénaires s'interrogeaient du regard. Plongés dans un clair-obscur rembranesque oignant leurs visages d'un teint parcheminé, ils n'étaient plus qu'une poignée de rescapés du « Club des anciens » de ce lycée lyonnais qui se targuait, quelques décennies en amont, de rassembler une centaine de convives lors de son banquet annuel. Le temps, l'espace, la lassitude et quelques crabes voraces se sont chargés d'écrémer ce cercle archaïque, jusqu'à le réduire à un quarteron de nostalgiques à la calvitie assumée et à la bedaine arrogante. La plupart de ces cadors arboraient fièrement une rosette écarlate au revers du veston, comme un signe de connivence, le symbole ostentatoire d'une reconnaissance citoyenne plus ou moins méritée.

Un loufiat en veste blanche vint disposer quelques lumignons qu'il alluma d'un geste preste, en se désolant de devoir annoncer à ces messieurs que la coupure d'électricité risquait de durer encore un peu.

Une parenthèse de silence s'insinua entre les tintements des glaçons dans les verres de whisky hors d'âge. Valentin, membre de la première heure de l'association, mais dépourvu de rosette, chassa de la main les arabesques cubaines du cigare de son voisin pour répondre, l'air navré, à la question posée à la cantonade :

« Non, aucune nouvelle récente... »

Face à lui, renfrogné, le député Grandchamp émergea d'un nuage analogue pour compatir, bonifiant d'un quatrième pli son triple menton de presque sénateur :

« Si vous n'avez pas de nouvelles de notre vaillant compère, vous qui êtes son meilleur ami, qui en aurait ? »

« J'ai toutes raisons de croire » reprit Valentin en dissimulant la vraie vérité *« qu'il aura entrepris un nouveau périple en Espagne, sur les traces de son père. Il reste tant d'archives à dépouiller, tant de charniers à prospecter... Ce travail de deuil ne sera jamais bouclé et l'obsédera jusqu'à son dernier souffle. »*

Après un silence, il soupira :

« *Depuis son retour d'Afghanistan, il n'est plus le même et le tapage autour de son dernier livre l'a beaucoup affecté. Depuis, il n'a plus écrit une ligne et s'est retiré du monde. Trois mois sans nouvelles, cela n'est jamais arrivé. J'avoue que je suis inquiet...* »

L'occasion de tirer parti d'un nouveau sujet de conversation était trop belle et chacun se mit à dérouler ses souvenirs d'Esteban, comme on évoquerait prématurément un cher disparu, anecdotes savoureuses où une part de fantasme avait sa place. Le cas Esteban étant un bel os à ronger, chacun trouvait son mot à dire. Seul Valentin demeurait claquemuré dans un mutisme maussade, un pli amer au coin des lèvres, à peine perceptible par-delà les volutes bleutées qui lui agaçaient les narines.

Imperturbable, tel un pouls de marathonien, une lourde horloge comtoise égrenait son chapelet en sourdine et l'ennui, cet ennemi mortel des retrouvailles de vétérans de quelque chose, semblait s'être insinué dans la pièce.

Entre deux anges désœuvrés qui rôdaient, quelqu'un lança l'idée d'une séance de canotage sur le lac du parc de la Tête d'Or tout proche. Une idée, même saugrenue, c'est toujours mieux que pas d'idée du tout quand on se fait suer à cent sous de l'heure...

On s'ébroua au fond des fauteuils. Au parc, on trouverait un peu de fraîcheur et on retomberait gamins, on irait faire des grimaces aux singes, on ferait exploser son diabète à coups de barbe à papa et ce serait bien le diable si, par ce beau dimanche de juin, on ne débusquait pas quelques jolies mômes à la minijupe virevoltante et au corsage aguichant à lutiner.

Valentin considéra d'un œil las l'affligeant spectacle de ces petits et grands bourgeois goguenards, boursouflés d'orgueil, la morgue au coin des lèvres et la vanité fanfaronne, vieux beaux caducs gloussant d'aise et s'avachissant à qui mieux mieux en se donnant de grandes claques sur les cuisses. Qu'avaient-ils fait à la vie pour qu'elle se venge d'eux de manière si cruelle ? Qu'avaient-ils fait, surtout, des promesses de leur jeunesse ?

À l'idée de la goguette annoncée, le notaire chafouin, le capitaine d'industrie coincé du cul, l'huissier cauteleux, le député à géométrie politique variable qui ne savait parler sans discourir, et même l'ascétique thanatopracteur parfumé au formol sortirent de leur torpeur pour pousser un hourvari ponctué de taïauts dignes d'un équipage de grande vénerie.

Effondré dans son fauteuil, Valentin resta coi et ne se joignit pas au navrant concert. Modeste omnipraticien de quartier, médecin zélé des corps autant que des âmes, il cherchait un moyen de prendre la fuite et affichait une moue de Buster Keaton qui jurait avec les tronches hilares des autres drilles. En soupirant, au mépris de son lumbago, il s'extirpa dignement du fauteuil club, tout en lançant d'une voix contrite qu'il n'est de bonne compagnie qui ne se quitte et qu'il avait un rendez-vous qu'il ne pouvait contremander. Il ne crut pas utile de préciser que c'était pour aller faire pisser Hulot, son vieux chien grabataire, qu'il devait mettre les voiles.

Sur le seuil du restaurant, le petit groupe reçut de plein fouet la gifle caniculaire. On accolada chaleureusement le lâcheur, on lui fit promettre sans conviction de donner des nouvelles, puis on entonna le *« For he's a jolly good fellow »* rituel en le regardant prendre la tangente, choix sans surprise pour un ex fort en maths. Sans quitter des yeux l'angle du mur où leur camarade avait bifurqué, le député Grandchamp, vaguement déçu de ne pas avoir entonné un discours de circonstance, secoua la tête :

« On ne le reverra plus, je le crains. À trop prendre en charge la misère humaine, on finit soi-même par envoyer des signaux de détresse ». Il laissa flotter un silence, le temps pour ses affidés de savourer la finesse de sa remarque, puis il ajouta : *« Notre agrégé de médecine semble désagrégé ! Sans son vieux complice Esteban, il n'est plus que l'ombre de lui-même, comme Hardy sans Laurel... ou Lagarde sans Michard ! »*

Valentin émergea du métro à la station Monplaisir et regagna ses pénates à pas pressés. Il suait à grosses gouttes et pronostiqua que la canicule redoutée pour cet été 2003 risquait fort de rester dans les annales météorologiques. Plus que le repas gargantuesque servi aux anciens potaches, l'évocation de son ami Esteban lui restait sur l'estomac. Comment avait-il pu laisser proférer tant d'âneries sur le compte de cet absent magnifique que nul ne pouvait prétendre connaître mieux que lui ?

Parvenu dans le hall de son immeuble, il trottina burlesquement et courba l'échine devant la loge pour ne pas se faire harponner par la bignole, toujours encline à se lamenter de ses vrais-faux cancers.

Il dédaigna l'ascenseur et avala les cinq étages trois marches à la fois en serrant les dents, mettant un point d'honneur à ne pas s'aider de la rampe. Il parvint au dernier palier avec un soufflet de forge dans les poumons et un orgue de Staline dans la poitrine...

Tout en tournant la clef dans la serrure, Valentin mira en coin la trogne rougeaude que lui renvoyait la plaque de cuivre piquée annonçant *« Dr Valentin Courtois, Médecine générale »*.

« Trop bouffé! » songea-t-il en consultant son pouls *« trop bouffé et trop d'années au compteur! »*. L'image lui revint de deux gamins braillant et se bousculant en croquant de leurs frêles guibolles, quatre à quatre, les cent-dix marches de marbre nervuré. À ce petit jeu, Esteban ne perdait jamais et demeurerait à vie le premier de cordée.

Hérité de ses parents, le vaste appartement rococo où vivait le médecin avait de ces couinements de parquet et de ces exhalaisons de noble cire d'abeille qui trahissaient la demeure éminemment bourgeoise. Mais toute compassée qu'elle fût, encombrée d'un bric-à-brac de potiches et de statuettes rescapées de la boutique d'antiquités paternelle, l'orgueilleuse demeure gardait les traces, pour ne pas dire les stigmates, d'une turbulente amitié vieille de quatre décennies. Esteban, loup farouche au sang bouillonnant, orphelin de famille et de patrie, y avait trouvé très tôt un camp de base et la chaleur humaine qui manquait à sa jeune vie.

Journaliste tout terrain, écrivain louangé puis honni, il ne manquait jamais de faire escale dans ce refuge de Monplaisir entre deux errances, deux odyssées, le temps nécessaire à la gestation d'un nouveau manuscrit ou d'une nouvelle lubie. Sa chambre était toujours prête à l'accueillir, draps frais et volets clos pour le soulager de ses éreintements et le soustraire à ses mauvais démons.

Valentin se laissa tomber lourdement dans le chesterfield du salon et sifflota les premières mesures du *« Pont de la rivière Kwaï »*.

En dépit de sa surdité galopante, le brave Hulot perçut quelques notes à travers son brouillard auditif. Il quitta son recoin familier et sa couverture mitée pour boitiller de guingois jusqu'à son maître, lui manifestant sa joie à grands coups de lippe et de petits jets d'urine intempestifs.

Il y a une quinzaine d'années, un soir d'hiver, Esteban était revenu de l'un de ses errements avec une boule de poils gémissante, dénichée dans un caniveau, bien calfeutrée sous sa parka. Le chiot perdu sans collier n'avait eu de cesse, toute sa vie durant, de marquer sa reconnaissance d'avoir été recueilli par deux humains dignes d'intérêt et prodigues en caresses.

Hulot, sympathique yorkshire hors gabarit, fut témoin et acteur des moments de liesse et des moments de peine vécus par ses pères nourriciers. Au fil du temps, sa bonne grâce et son humeur joyeuse, sa trogne expressive, lui valurent de devenir peu ou prou la mascotte du quartier, où il fut bientôt aussi célèbre que Rintintin et Milou.

Esteban s'entendait à lire un langage muet dans le regard de l'animal, ce qui l'amenait à prétendre qu'ils avaient là un chien philosophe, sans doute la réincarnation à lui tout seul des sept sages de l'Antiquité.

Valentin considéra avec un pincement au cœur le vieux cabot en fin de parcours élardé à ses pieds, qui jamais ne geignait en dépit de ses infirmités. Triste inventaire façon Ouvrard : le pauvre Hulot n'y voyait plus que d'un œil et sa surdité l'empêchait de mener à bien sa tâche de veilleur. Il ne cachait pas sa déconvenue de découvrir dans le salon des visiteurs qu'il n'avait pas entendu arriver. Perclus d'arthrose, il s'efforçait de courir, mais bien pour faire plaisir à ses maîtres, après la balle que ceux-ci lui lançaient, s'écroulant souvent en pleine course, les pattes en étoile de mer... Cerise sur le gâteau, lors d'un récent check-up, le vétérinaire avait débusqué une tumeur au foie, grosse comme une balle de golf.

« Tant qu'il ne souffre pas, on l'accompagne de notre mieux ! » avait tranché Esteban en refusant l'euthanasie proposée. Et le vaillant Hulot, avec une politesse et une dignité que la plupart des humains n'ont pas, faisait encore mine d'être joyeux, tout penaud lorsqu'il lisait leur grand tracas dans l'œil de ses compagnons humains.

Le chien grattouilla la jambe de Valentin, qui comprit la requête et l'installa à ses côtés sur le canapé. Le médecin laissa courir sa main sur le pelage où le feu et l'argent se mêlaient. Distraitement, il laissa son regard errer dans la pièce, jusqu'à le fixer sur l'étagère où trônaient les livres d'Esteban.

Sur un présentoir dédié, il avisa le roman magnifique, désespéré et sulfureux pour lequel l'auteur avait frôlé autodafés et procès, ouvrage prétendument diabolique qui faillit provoquer une vague de suicides comparable au *Werther* de Goethe.

Valentin prit le bouquin aux pages écornées et copieusement annotées de sa main, le tourna et le retourna en hochant la tête, puis s'attarda sur la couverture fascinante, une maison replète au clair de lune, sous un ciel chargé d'un chaos d'étoiles que n'eût pas renié Van Gogh. Dans le coin inférieur droit, en toute discrétion, la première lettre du prénom de l'artiste, suivie d'un point. Peu de lecteurs savaient que derrière ce *« J. »* se dissimulait l'égérie de l'écrivain et la femme de sa vie : Gelsomina, devenue Jasmine pour ses intimes. Une lettre et un point, c'est tout...

Une année à peine s'était écoulée depuis le coup d'éclat littéraire d'Esteban et l'écorché vif semblait avoir posé sa plume pour toujours, fuyant le monde habité et les mondanités. Au fil du temps, ses escales à Monplaisir s'étaient faites de plus en plus rares, de plus en plus brèves, comme un nageur de l'extrême ne sortant que brièvement la tête hors de l'eau, par routine et nécessité. Valentin reposa le livre en murmurant le titre énigmatique, en appuyant bien sur le point d'exclamation final : *« Basta ! »*.

Trois mois sans nouvelles de ce frère de hasard, c'était inconcevable et Valentin ne vivait plus, guettant le passage du facteur, la sonnerie du téléphone ou le *kling* d'un mail espéré. Sur sa table de travail s'amoncelaient, parmi les échantillons médicaux, des piles de dossiers et de notes, car le toubib, se ménageant des pauses entre deux patients, avait décidé en secret de se lancer dans l'écriture d'une saga dont le héros aurait nom Esteban.

Au bord de l'éreintement, après tant d'années à peaufiner son image de médecin de famille dévoué à l'excès, le fervent disciple d'Hippocrate s'était résolu à prendre la hauteur qui sied à un auteur pour écrire une histoire tempétueuse, l'histoire de son ami et frère d'âme, écrivain maudit et insoumis fantastique. Nul autre que lui n'en avait le droit, nul autre que lui n'en connaissait si bien la trame. Cela faisait si longtemps qu'il vivait, pour ainsi dire, au cœur d'Esteban...

Mais Valentin se dit soudain, en relisant les lignes qui précèdent, qu'il lui était très incommode de parler de lui à la troisième personne et qu'il lui fallait jeter le masque : c'était bien lui, Valentin Courtois, le narrateur et l'un des acteurs principaux de cette histoire qui, désormais, serait écrite à la première personne.

J'ôte donc le masque... Nous voici à l'été 2003 et les pages qui vont suivre sont de ma propre main, basées sur mes souvenirs d'Esteban, sur ses confidences et sur les journaux intimes qu'il a tenus tout au long de sa vie.

« CE CANCRE-LÀ ! »

J'ai fait la connaissance d'Esteban en 1962, alors que j'atteignais un âge à deux chiffres, sur les bancs vermoulus d'un collège lyonnais régenté par une communauté religieuse, frères en soutane à collerette amidonnée survolant les nuées de petites têtes blondes ou brunes comme des corbeaux un champ de blé.

En ce mois de septembre où le gris du ciel semblait déteindre sur le moral des écoliers, j'entrai en classe de 7e et me trouvai face à M. Legras, un vieux de la vieille qui n'avait pas une réputation d'instituteur au cœur tendre.

Hussard de la République infiltré dans cet établissement hautement catho, l'éducateur chenu avait la réputation méritée de mener sa troupe d'une main de fer dans un gant de même métal. Une vénérable caricature de maître d'école modèle Jules Ferry, ayant reçu mandat d'user et d'abuser de son autorité, en digne suppléant de parents harassés par le dressage de leurs marmots.

Le père Legras, tel qu'en lui-même : la blouse et le cheveu gris, le béret hors d'âge, racorni par la sueur quotidienne, vissé à la savoyarde au sommet d'une trogne taillée à la serpe, et une voix rocailleuse plus à son aise dans le registre de la colère noire que dans celui de la tendresse fleurie. Mais surtout, désespoir des cancres, des pognes gigantesques et redoutables, spécimens uniques et brevetés, suppléées à l'heure des châtiments par une lourde règle en fer.

Tel était ce terrible bonhomme, ogre « catholaïc », qui devait faire de cette année scolaire une saison en enfer pour le drôle de gone qui venait justement de faire son entrée dans la classe, en vedette américaine. Gage de sa singularité, le bizut était escorté par le frère directeur en personne, surnommé « Bobosse » ou « Sa proéminence » par les anciens, eu égard à son embonpoint considérable.

Je fus aussitôt subjugué par le petit nouveau, sorte de chat écorché aux genoux couronnés, fagoté de bric et de broc, et surtout par son regard de bête aux abois dont on devinait les crocs acérés.

Esteban Lorca nous fut présenté comme un jeune immigré espagnol, orphelin de père et sans le sou, ainsi qu'en attestait son pauvre attifement zébré de reprisages à la façon d'une seconde peau couturée de cicatrices. Le dirlo bedonnant et pontifiant nous mit en demeure d'accueillir charitablement le boursier hispanique au sein de la communauté catholique de France, puis disserta sur la fraternité entre les fidèles de toutes nations placés sous la sainte garde du Seigneur, et que son règne vienne, amen...

Le hasard et la chance voulurent qu'Esteban prenne place sur le même banc que moi. D'évidence, nous y formions un étrange attelage : le docile percheron et le poney sauvage galicien, le petit gros placide et le grand flûtiau efflanqué ! Nous nous sommes dévisagés un court instant et par le grand mystère d'une instinctive sympathie, tout fut dit. Le seigneur de Montaigne, que je ne connaissais pas encore, n'eût pas manqué de clamer :

« Parce que c'était lui, parce que c'était moi ».

Nous n'avons jamais, depuis, cessé d'être côte à côte, même séparés par d'insondables océans ou la démesure des continents.

Sorte d'échalas trop vite monté en graine, une tignasse de corbeau hirsute, des yeux démesurés d'un noir profond roulant vivement en tous sens, Esteban dégageait une folle énergie qui avait la singularité de s'évaporer pendant les cours. Très vite, il fut catalogué comme *« paresseux de première classe »* par le père Legras et eut droit à une double ration quotidienne de coups de règle et d'insultes percutantes, ce qui ne le changeait guère de son ordinaire domestique.

Dès la première récréation, mon nouveau voisin me confia dans un français impeccable que son père Pablo était un militant communiste pur et dur, héros de la résistance antifranquiste, kidnappé, sans doute torturé et peut-être liquidé par le Caudillo, ce « juste et pieux général ». Malgré cette probabilité, contre vents et marées, Esteban conservait l'espoir que son valeureux père aurait joué un sacré tour à ses tortionnaires en creusant un tunnel sous les barbelés de son camp de concentration. Si tel n'était pas le cas, il projetait d'aller le délivrer un jour, les armes à la main. Je pourrais même l'accompagner, m'assura-t-il, si je m'en sentais le courage.

Après l'arrestation de son héros de mari, Dolores, la mère d'Esteban, redoutant des persécutions pour elle et son gamin, se résolut à prendre la fuite et à s'expatrier de l'autre côté des Pyrénées, pensant trouver en France, patrie des Droits de l'Homme, protection et compassion. Je fis le serment, juré-craché, de ne rien dévoiler de ces confidences, mon compagnon craignant que si la direction du collège apprenait la vérité sur son père, c'était le renvoi immédiat, voire le retour à la case Franco.

« *Franco de porc !* » ricana Esteban, dont l'habilité à jouer avec les mots n'avait pas fini de me surprendre. Comme je m'étonnais de la même aisance qu'il avait à parler la langue de Molière que celle de Cervantes, il extirpa de sa poche un livre dont la couverture partait en lambeaux.

« *Candide, de Voltaire* » me dit-il en agitant l'ouvrage écorné devant mes yeux. « *Tout est dans les livres !* » ajouta-t-il en précisant que son père, libraire madrilène francophile et fin lettré, l'avait très tôt gavé des chefs-d'œuvre de notre littérature. Chez les Lorca, on parlait un français pur comme de l'eau de roche et on était incollables sur les grands auteurs du dix-neuvième siècle, avec une prédilection pour Hugo, Zola et Maupassant. J'en éprouvai quelque gêne, en étant encore au Journal de Mickey, à Bibi Fricotin et aux Pieds Nickelés. Le petit Esteban était donc parfaitement bilingue, voire trilingue, comme je n'allais pas tarder à le découvrir. Et d'une stupéfiante maturité d'esprit et de cœur.

« *Quand je dis que mon père était francophile* » précisa-t-il « *cela veut dire qu'il aimait la France, pas Franco. La France de la Révolution, des Droits de l'Homme et de la Liberté guidant le peuple !* »

Soudain exalté, il leva un poing rageur et rugit :

« *Répète après moi : Hasta siempre. Que viva la Revolución !* »

Galvanisé, mais sans comprendre autre chose que le mot « *Revolución* », après un prudent regard alentour, je brandis le poing à mon tour et lançai le premier cri de révolte de ma jeune vie.

Lors de sa fuite vers la France, quelques mois auparavant, Esteban avait substitué dans une valise des piles de bouquins à la pile de vêtements préparée par sa mère.

« De toute façon » se justifia-t-il « *ces sapes auraient fini par ne plus m'aller, alors que les livres de mon père me suivront jusqu'à la fin de ma vie !* »

Ainsi, sous le cancre présumé dormait un petit génie, qui avait appris à lire à l'âge où j'apprenais à marcher et qui riait sous cape en inventant des fautes époustouflantes aux dictées qui auraient pu lui valoir des lauriers et le respect du père Legras.

« Je suis comme Zorro » argumentait-il *« Ça m'amuse d'être le dernier de la classe et de jouer au demeuré. Mais un jour viendra où le feignant jettera le masque et on verra de quoi je suis capable ! »*

En attente du statut de réfugiés, Dolores et Esteban vivotaient donc à Lyon chez un lointain cousin bistrotier, Adolfo, personnage louche et sulfureux.

« Il s'est inventé un passé héroïque » grondait Esteban *« mais mon père rigolait en évoquant les « exploits » de cet escroc, roi de la cambriole à main armée. Ce n'est pas à Franco qu'il a voulu échapper, c'est à la Guardia Civil ! Au pays, personne n'est dupe de son déguisement de réfugié politique et il a dû bien planquer son magot ! »*

Un frisson me parcourut l'échine la première fois que je vis l'escroc en question, affalé sur son comptoir, des avant-bras comme des jambons ibériques sortant de ses manches retroussées et un mégot vissé au bec.

Ce jour-là, je venais rendre visite à mon nouvel ami quand une voix de stentor me cueillit sur le seuil du *« Bar de l'Estocade »*. Je me fis tout petit pour rejoindre l'escalier du fond menant aux appartements, qu'Adolfo m'indiqua d'un mouvement de menton. Il me fallut du temps pour m'accoutumer à la vision de cette brute épaisse et pour oser rire d'une créature aussi époustouflante, mi-colosse mi-molosse, qui transpirait la bêtise et la méchanceté par tous les pores de sa peau.

« T'as vu sa tronche ? » ricanait mon camarade *« Une tête à puer des pieds ! Il faut cependant lui reconnaître une qualité... il pousse la politesse jusqu'à trinquer avec chaque client, ce qui fait qu'il boit la recette du bistro ! »*

Il fallait avoir bien soif ou être bien téméraire pour oser affronter en son antre un tel personnage, dont la sale gueule trahissait tous les vices de la terre : des yeux globuleux, une mâchoire de pitbull prêt à vous gnaquer jusqu'à l'os, un cou de taureau et, pour couper court à toute hésitation quant à ses affinités politiques, une moustache brune en brosse à dents et des cheveux noirs plaqués à la brillantine sur un front qui n'avait rien de populaire. Sans effort apparent, ce phénomène de foire parvenait à rendre un hommage simultané, par sa physionomie, à Hitler et Mussolini. Le prénom d'emprunt qu'il s'était choisi, Adolfo, finissait d'ôter tout doute en la matière.

De fait, le cousin quinquagénaire prétendument charitable se révéla vite un tyran majuscule, et sa main soi-disant secourable prit l'habitude de battre comme plâtre le petit Lorca et de fouiller sans vergogne sous les jupes de sa mère. Sans ressources et sous la menace d'une mise à la rue, Dolores serra les dents et finit par s'accommoder de ce droit de cuissage. Les jours de torgnole, elle n'hésitait pas à s'interposer entre Adolfo et Esteban, au risque d'en recevoir elle-même une double ration.

Fou de la gâchette et viandard invétéré, la « *vermine ibérique* » vilipendée par mon copain prétendit l'enrôler comme rabatteur de gibier à poil ou à plume, lors de ses parties de chasse avinées. Dans sa tête creuse, il se dit que le gamin pourrait ainsi remplacer à moindre coût l'épagneul qu'il avait dégommé par erreur lors d'une battue au sanglier. À la première volée de plombs qui siffla à ses oreilles, Esteban prit ses jambes à son cou et refusa mordicus de réitérer l'expérience, malgré les menaces et les taloches qui s'abattirent sur lui. De là datent sans doute son soutien à la cause animale et son choix délibéré de devenir végétarien.

Je compris mieux, dès lors, la raison du mutisme obstiné de mon compagnon lorsque le père Legras, martyrisant son guide-chant, nous fit reprendre en chœur les couplets de « *La Saint-Hubert* », qui eurent pour effet immédiat de hérisser le poil de mon voisin...

« *O Saint Hubert, patron des grandes chasses,*
Toi qu'exaltait la fanfare au galop,
En poursuivant le gibier à la trace
Tu le forçais sous l'élan des chevaux... »

Le couple contre nature et l'enfant sauvage vivotaient donc dans un modeste appartement aux murs lépreux, au-dessus du bistro. La mansarde où dormait Esteban, sur un pucier posé à même le sol, n'était en fait qu'un galetas minuscule, séparée par une mince cloison de la chambre que Dolores partageait à son corps défendant avec l'ignoble Adolfo.

Des étoiles brillaient dans les yeux de mon nouvel ami lorsqu'il évoquait sa mère, danseuse de flamenco jadis idolâtrée par l'élite madrilène. Courtisée par des légions de *Señoritos* fortunés, cela demeurait un mystère que la sémillante jeune fille leur eût préféré un jeune libraire sans le sou, communiste notoire de surcroît.

Les longs cheveux bruns crantés de Dolores, qu'elle rejetait fièrement en arrière avec un air de défi, sa taille cambrée, sa démarche souple et ondulante, n'étaient pas pour rien dans le regain de fréquentation du troquet où elle faisait office de serveuse et de bonne à tout faire, en échange du gîte et du couvert.

« Elle n'est que servante » s'indignait Esteban *« mais elle aurait pu être l'égérie de Cervantes ! ».*

Lors de brusques accès de nostalgie ou pour répondre aux supplications de son fils, il arrivait que Dolores, en l'absence d'Adolfo, ressortît d'une valise la longue robe rouge à volants du temps de sa splendeur et ses chaussures à talons de bois. Elle s'isolait de longues minutes dans la salle de bains et reparaissait métamorphosée en *bailaora.* Assis en tailleur dans un coin de la pièce, Esteban ne pipait mot, soucieux de respecter le cérémonial qui allait se dérouler devant ses yeux émerveillés.

Fièrement campée au milieu de la pièce, la poitrine arrogante et la taille bien prise, Dolores gardait les paupières closes quelques instants, le temps de laisser sa petite musique intérieure l'envahir tout entière. Soudain, elle rouvrait des yeux fiévreux, se mettait à vibrer, laissait ses bras s'épanouir lentement en corolle au-dessus de sa tête, devenait une flamme incandescente et virevoltante, tandis que son fils, fasciné, marquait le tempo en claquant dans ses mains, bientôt rejoint par le *taconeo* des souliers endiablés.

J'eus une fois le privilège d'assister à l'une de ces séances très privées de danse *flamenca* et je garde comme en écho les frissons dont je fus saisi en admirant les ondulations sensuelles de cette femme magnifique. J'avais devant les yeux, à n'en pas douter, la Carmen de Mérimée ou l'Esméralda de Hugo réincarnées.

Mais revenons à l'année 1962 et à ces deux mômes de dix ans qui ont toute ma tendresse : j'étais donc le sage Valentin, tiré à quatre épingles dans sa tête comme en ses habits, affligé de quelques rondeurs qui laissaient présager un adulte pansu. Potache fortiche en maths et mention honorable dans les autres matières, j'avais à cœur de tenir toutes les promesses de l'enfant docile que je m'efforçais d'être. Aussi, je bataillais ferme pour tenir mon rang dans le peloton de tête de la classe, ce qui faisait dire au père Legras, au moment du Tour de France, que j'étais *« le gros du peloton »*...

D'un naturel timide, j'eus donc pour unique ami le stupéfiant

Esteban, petit hidalgo sec comme un sarment, rebelle aux yeux vifs, électron libre à la crinière revêche. Un Esteban présentement assoupi, dans mon souvenir, tandis que le magister évoque la ronde des planètes en faisant tournoyer une orange fichée sur une aiguille à tricoter.

Toujours somnolent, mon voisin ne marqua aucun regain d'intérêt lorsqu'au cours d'astronomie succéda l'incontournable cours de chant. Pourtant, un seul clin d'œil complice suffit à faire naître entre nous un fou rire irrépressible, lorsque l'organiste au petit pied se mit en devoir de massacrer le bœuf et l'âne d'une comptine à coups de guide-chant, épaulé dans sa besogne d'équarrissage par les trémolos déchirants des moutards en pleine mue.

Il se trouve que le bistro d'Adolfo faisait l'angle avec la rue où mon père tenait une boutique d'antiquités, à deux pas de la villa des frères Lumière, les inventeurs du cinématographe. Chaque matin, l'amigo Esteban m'attendait au pied de mon immeuble rupin, aidant parfois mon paternel à lever son lourd rideau de fer, puis nous cheminions ensemble jusqu'au collège, lui m'exhibant avec un rien de fierté les dernières plaies et bosses infligées par Adolfo, dont il mijotait d'avoir la peau un jour prochain. Quant à moi, je n'avais pas grand-chose à raconter et je cachais pudiquement à mon ami en guenilles, à qui manquait le strict nécessaire, tout le superflu que nous valait le juteux négoce de mon géniteur.

Nous cheminions à pas pressés car en ma qualité de bon élève, j'avais le privilège quotidien de remplir d'une main tremblante les encriers de porcelaine de mes camarades, sous l'œil vigilant du Maître qui n'eût pas toléré la moindre goutte du précieux fluide violet sur les bureaux délabrés.

« JE VOIS DES BÛCHERS, JE VOIS DES EXILS »

J'avais obtenu, de haute lutte, la permission de mes parents pour inviter mon *« petit camarade Esteban »* à goûter, un jeudi après-midi.

En préambule, je me dois de tracer un portrait succinct de ma mère, Marie-Angèle, que l'on n'appelait que « Madame Angèle » dans le quartier, avec une sorte de crainte respectueuse ou de respect craintif... Elle faisait office de secrétaire et de comptable auprès de mon antiquaire de père – mon *« antiquipère »*, comme se gaussait Esteban – qui n'entendait rien aux chiffres et aux paperasses.

Il faut dire que ma mère possédait un double don exceptionnel, qu'elle exerçait avec parcimonie mais qui suffisait à la rendre énigmatique et redoutée : elle était à la fois médium et voyante.

« Ça veut dire quoi, médium ? » s'était enquis mon ami avec des yeux écarquillés.

« Ça veut dire qu'elle a un pied dans notre monde et un pied dans l'au-delà » lui répondis-je à voix basse pour souligner le mystère de la chose, pas peu fier d'avoir enrichi son vocabulaire d'un nouveau mot.

« Ben dis donc ! et elle arrive à faire le grand écart ? » rigola Esteban *« Médium, je demande à voir. Mais voyante, je connais, la sœur de ma mère était un peu voyante. À coups de marc de café et de lignes de la main, elle n'arrêtait pas de nous prédire la fortune et la gloire. Et tu vois où j'en suis ! Elle n'a même pas été foutue de voir venir l'autobus qui l'a écrabouillée... »*

Comme Esteban n'en finissait pas de se tordre de rire, je me contentai de lui rétorquer que ma mère n'était pas une arnaqueuse et que ses pouvoirs étaient bien réels. Bien des gens du quartier pourraient en témoigner, à commencer par l'épicier qui, apprenant que « Madame Angèle » était diabétique, l'avait rebaptisée *« la voyante extra-glucide »*. Il ne s'écoula pas huit jours avant que le malheureux ne perde tous ses cheveux, jusqu'au dernier, sans doute suite à un sort vengeur jeté par ma mère... Esteban cessa aussitôt de rire et passa une main craintive dans son indomptable tignasse.

Je crus également nécessaire de désamorcer tout effet de surprise ultérieur en soulignant que nos visiteurs étaient généralement surpris par le couple incongru que formaient Marie-Angèle, blonde Walkyrie haute de taille et de verbe, et Georges, mon paternel à l'aspect chétif et taciturne. Ce brave petit bonhomme à crâne d'œuf et à fine moustache vivait dans l'ombre de son épouse mais veillait sur elle à la façon de ces minuscules poissons pilotes, insignifiants mais indispensables...

Le jour dit, mon ami sonna à notre porte au moment précis où le clocher voisin sonnaillait deux heures de l'après-midi. Je craignais la réaction de mes parents quand ils découvriraient cet échalas maigrichon, vêtu à la diable et les cheveux en pétard. Mais Esteban avait fait l'effort louable de casser quelques dents d'un peigne dans son piège capillaire et de ne pas venir les mains vides : il se tenait campé sur le paillasson, le visage à demi masqué par un énorme bouquet de fleurs sans doute prélevées dans le square municipal voisin. Ma mère l'accueillit avec le sourire de Joconde que je lui connaissais bien et qui lui permettait, mine de rien, de masquer sa circonspection.

De toute évidence, Marie-Angèle jaugeait mon camarade en plantant ses yeux dans les siens, décelant sans doute en lui des signes intéressants à déchiffrer. Soudain, tout en tendant la main pour saisir le bouquet de contrebande que lui tendait Esteban, elle émit un *« Ho! »* de surprise, fut saisie de frissons et relâcha les fleurs qui s'éparpillèrent au sol, culs de jonquilles par-dessus têtes de marguerites.

Mon père était accouru en entendant le cri de surprise ou d'effroi, on ne savait trop, poussé par son épouse.

« Ce n'est rien... » murmura-t-il en s'arc-boutant pour étayer la médium qui vacillait. *« Encore une de ses satanées prémonitions ! »*

Croulant sous le poids, Georges la soutint vaillamment jusqu'au fauteuil le plus proche où elle se laissa sombrer, toujours flageolante de tous ses membres.

Habitué de longue date à ces séquences grand guignolesques, je regardai d'un œil amusé mais compatissant le malheureux Esteban, dont la belle crânerie fondait comme un eskimo glacé au soleil de midi. Je lui tapotai l'épaule et tentai un sourire auquel il ne répondit pas, l'air abasourdi. Longtemps après, il m'avoua avoir éprouvé, au tréfonds de sa chair, comme un trifouillement prodigieux de ses chakras, qu'il attribua au seul regard rivé dans le sien de « Madame Angèle ».

Pour l'heure, il bafouilla qu'il allait se retirer, mais du fond du fauteuil où se remettait ma mère, une voix d'outre-tombe articula que le malaise était passé. Avec l'aide de mon père, elle parvint à se relever, prit quelques profondes inspirations et revint vers nous. Tandis que je ramassais les fleurs éparpillées, elle se planta face à Esteban, posa ses deux mains sur sa tête, ferma les yeux et articula, d'un ton doux et solennel à la fois :

« Tu auras un destin exceptionnel. Ta vie sera un enchevêtrement de grandes joies et d'insondables douleurs. Tu connaîtras la gloire, on chantera tes louanges puis on te haïra. Je vois des bûchers, je vois des exils ! Mais surtout, réduisant tout le reste à peu de chose, je vois que tu vivras un très grand amour... »

Puis elle retira lentement ses mains du crâne de mon ami éberlué, rouvrit les yeux et, sans transition aucune, l'invita à venir savourer un sirop d'orgeat. Un peu groggy, Esteban dut lutter bravement pour faire bonne figure. L'après-midi s'écoula en pente douce sans que personne n'osât revenir sur les étranges prédictions.

Découvrant le décor mirobolant de notre appartement, bouche bée et les yeux écarquillés, mon invité jetait autour de lui des regards dignes d'Ali Baba dans la caverne aux trésors. Georges, face à ce jeune novice en matière d'art, se fit un plaisir de présenter fièrement chaque tableau, chaque objet précieux, et promit une visite privée des coulisses alibabesques de sa boutique d'antiquités.

Marie-Angèle, quant à elle, subodorant un alter ego en matière de gourmandise, entreprit de lancer sa fameuse tarte au citron meringuée à la conquête d'Esteban. Mon ami se laissa conquérir sans coup férir et ma mère mit une double dose de tendresse en embrassant mon condisciple, lorsqu'il prit congé le soir venu.

Quelques jours plus tard, suite à un coup de fil protocolaire de Marie-Angèle, Dolores eut à son tour les honneurs de notre appartement. Les deux femmes sympathisèrent autour d'une tasse de thé et il fut convenu que mon compagnon d'études et de jeux viendrait chez nous à volonté, que ce soit pour faire nos devoirs en commun ou pour massacrer mon train électrique de ses doigts nerveux.

« La mère de ton ami est étrange » s'étonna Dolores lorsqu'Esteban la questionna au sujet de ce tea-time *« En m'accueillant, elle a eu comme un étourdissement, heureusement vite dissipé. Ses forces revenues, elle a pris mes mains dans les siennes et les a serrées très fort, un long moment, en me dévisageant avec beaucoup de tristesse dans les yeux. »*

LA NOTE BLEUE DE BENOÎT

Vers le milieu du second trimestre, un incident vint perturber notre routine scolaire. Il se trouve que mon ami rebelle disputait âprement la place de dernier de la classe avec le fils de l'épicier du quartier, le frêle et craintif Benoît Thénard, auquel je tiens à rendre hommage en le glissant dans cette histoire.

Sans doute lassé des torgnoles qu'il récoltait en rapportant à l'épicerie paternelle des chapelets de zéros en toutes matières, notre malheureux condisciple eut un jour la fâcheuse idée de rajouter une queue de cerise à une bulle infamante. L'idée en soi n'était pas mauvaise, mais le pauvre Benoît, nullissime jusque dans ses falsifications, avait utilisé un stylo noir pour déguiser la « note bleue ». Tout abruti qu'il était, le père Thénard s'aperçut de la supercherie et administra à son rejeton une dérouillée des plus cuisantes !

Plus disert à l'oral qu'à l'écrit, notre compagnon de galère nous narra son calvaire de la veille avec force détails : sa contrefaçon découverte, se protégeant de son mieux des baffes punitives, le fils de l'épicier se prit à espérer avec une touchante naïveté que le furieux postillonnant au-dessus de sa tête ferait acte de mansuétude, abaisserait ses impressionnants battoirs à cinq doigts et laisserait ses mains apaisées fourrager avec tendresse parmi ses mèches blondes. Alors, peut-être, comme dans les contes de fées les plus farfelus, grisé par la ronde des zéros sur le carnet chiffonné, l'impitoyable bourreau sombrerait-il soudain dans une profonde torpeur dont nul ne songerait à l'extirper.

Mais la vie des paresseux n'est pas un conte de fées et une seconde ration de taloches ramena le souffre-douleur à la poignante réalité des choses et à son cruel destin. La mère Thénard, soucieuse de prendre part à la curée, joignit sa voix de crécelle aux rugissements de son mari furibard. Ne voulant pas être en reste, elle tint son rôle avec brio et force moulinets des bras. Cette fois, à l'en croire, Benoît n'y couperait pas : la pension ! Avec barreaux aux fenêtres, gardes-chiourmes torquémadesques et sévices coutumiers ! À l'évocation du redoutable inquisiteur espagnol, Esteban fut pris d'un accès de chair de poule...

Face au dogue enragé et au roquet frénétique, l'enfant martyr fit le dos rond et serra les dents. Du haut de ses dix ans, avec son physique ingrat d'asparagus gigantus, ses échasses maigrichonnes, ses yeux de chien battu, le cancre résigné attendit « benoîtement » la fin de l'orage, reniflant la morve qui tentait une sortie et essuyant à la dérobée une larme traîtresse. Ne pas pleurer ! Tiens bon, Benoît ! Après la pluie vient la gadoue, tant va la cruche à l'eau qu'à la fin ça déborde...

Enfin, l'ouragan s'apaisa et le fils indigne fut propulsé dans sa chambre manu militari, les joues rougies de mandales plus que de honte, au pain sec et à l'eau jusqu'à plus soif. Le malheureux fut en outre privé de télévision, l'étrange lucarne ayant implosé pendant « La Piste aux Étoiles ». La faute au « tube catholique », selon le père Thénard qui prétendait s'y connaître...

Le lendemain matin, dans un grand tintamarre, la mère s'en vint ouvrir les volets et un rayon de soleil effronté s'invita pour titiller Benoît qui émergeait d'un sommeil tourmenté. Pas privé d'école, hélas... encore un long trimestre à tenir ! Le cacao du petit-déj' englouti et la toilette expédiée, le gamin prit place sur un tabouret, coincé entre les jambes de sa mère impatiente, armée d'un peigne dans une main et d'une brosse dans l'autre.

Benoît baissa la tête, résigné, se soumettant au supplice quotidien ourdi par la fougueuse capillicultrice. Voilà plusieurs mois que la mère Thénard s'était mise en tête de calquer la toison de son fils sur le brushing impeccable de son idole du moment, le séduisant JFK, version playboy du vieil oncle Sam. La calvitie du père Thénard le protégeant de cette lubie, c'est la tignasse de Benoît qui dérouillait, cet abruti de Mario, le coiffeur rital du quartier, s'étant déclaré incapable de mener à bien cette mission :

« Ma, c'est stoupide ! Votre bambino, il frise comme lé Jésou dé la crèche ! »

Ce matin-là, donc, les Thénard mirent un mot sur le rideau de fer de l'épicerie : *« Fermeture provisoire pour cause de cancre ! »* et ils escortèrent leur rejeton indigne jusqu'au collège en le traînant chacun par une oreille.

Le frère en soutane qui les accueillit à la grille mérite un aparté... J'ignore pourquoi il était affublé du surnom de *Kroumir*. Sans doute en raison de son œil de lynx, de son visage hâve taillé à la serpe et de sa voix caverneuse, on lui avait dévolu le rôle de surveillant. Mais, s'il inspirait la crainte au premier regard, on se rendait vite compte qu'il n'était pas aussi redoutable qu'il en avait l'air. Certes, il n'avait pas son pareil pour ne somnoler que d'un œil pendant l'étude, faisant semblant de noter sur un petit calepin les noms des bavards, mais il gagnait à être connu et nous fûmes quelques-uns à faire cet effort.

Kroumir était, mine de rien, l'un des piliers, et non le moindre, de cette institution. Il savait tout faire de ses longues mains osseuses et tant qu'il fut présent, jamais aucun artisan ne franchit le portail du collège. Un robinet qui fuyait, un plancher vermoulu, une gouttière fissurée ? Soutane retroussée et sa caisse à outils en bandoulière, il déboulait illico et l'affaire était classée en deux temps trois mouvements.

Esteban et moi le surprîmes un jour en train de trier des timbres de collection dans le cagibi en préfabriqué qui lui servait de repaire. Dès lors, mon père ayant déniché un vieil album dans un lot d'antiquités, nous proposâmes des échanges au *« Frère timbré »*, comme certains idiots le surnommaient, et il nous eut à la bonne. Sa hiérarchie finit par lui confier un cours de Travaux manuels et il ne se fit pas prier pour nous initier au rotin, à la confection de cerfs-volants et autres bricolages délicats. Ce brave Kroumir, qui rêvait d'Afrique et donnait de l'air à Henry de Monfreid, n'était guère bavard, si ce n'est de ses mains. Et jamais je n'ai connu de mains aussi éloquentes.

J'en reviens à l'infortuné Benoît. Ses tortionnaires et lui furent introduits par Kroumir dans la salle de classe, au moment précis où les abattants des pupitres claquaient à qui mieux mieux pour saluer ou conspuer l'heure de la dictée. Il y eut un bref conciliabule à voix basse entre les géniteurs et le despote en blouse grise puis, devant les potaches médusés et terrorisés, Benoît fut invité à grimper sur l'estrade, comme on monte à l'échafaud, pour recevoir du magistère à béret une paire de beignes d'anthologie. Rassérénés par la juste punition, les Thénard se retirèrent sur la pointe des pieds, laissant le moulin à baffes poursuivre sa généreuse distribution sur la tête de leur morveux. Sans doute épuisé par cet exercice matutinal, le maître finit par propulser le pauvre Benoît jusqu'à son banc, où il s'écroula en sanglotant.

« Dictée ! » beugla l'impitoyable père Legras.

À mes côtés, Esteban fulminait et s'agitait, grommelant des menaces percutantes dans sa langue natale. Du coin de l'œil, j'observais le cancre Thénard, dont me séparait la travée centrale. Tout en soignant mes pleins et mes déliés, je remarquai que la plume Sergent-Major de Benoît désertait peu à peu la ligne et serpentait en gribouillis francs-tireurs sur le papier quadrillé, jusque dans les coulisses de la marge, dans les méandres d'un ruisseau violet. L'encre miroitait sous le néon et le pauvre môme, de toute évidence, s'était évadé et naviguait au loin, très loin de la sinistre salle aux murs lépreux, peut-être sur les traces de Rimbaud, dont mon copain espagnol aux poches crevées chérissait les poèmes.

Le supplicié du jour ne vit pas arriver l'implacable règle qui s'abattit rudement. La douleur, fulgurante, arracha un cri au déserteur de dictée, qui recroquevilla sa main meurtrie sous sa blouse... L'homme en gris prit la classe à témoin et s'égosilla: *« Regardez donc ce cancre-là ! Les tire-au-flanc de son espèce, je les dresse ou je les brise ! Avis à la population... »*

La tornade s'abattit à nouveau sur Benoît. Deux tenailles de chair et d'os l'empoignèrent par les oreilles, l'arrachant à son banc. Le malheureux devint derviche tourneur et hurleur, se heurtant aux pupitres jusqu'à la valdingue finale contre le mur du fond, cascade heureusement amortie par une planche scolaire illustrant la triste vie d'une vache, de la ferme à l'abattoir.

« Tiens, ironisa le potentat rigolard, *tu as trouvé ton futur métier: ramasseur de bouses de vaches ! Allez, file au coin, feignant ! »*

Sous les rires grinçants et les quolibets des collabos de la classe, Benoît glissa le long du mur jusqu'au recoin derrière le poêle, où il avait ses habitudes. De lui-même, il croisa les mains derrière sa nuque et courba la tête, comme il l'avait vu faire dans un film à des maquisards capturés par la Gestapo.

Le plancher vermoulu peinait à éponger le torrent de ses larmes. Après un temps d'hésitation, irrité par les couinements de sa victime et comme saisi d'un regain de bile, le père Legras s'élança au pas de charge en vociférant, droit sur l'épave larmoyante, la règle en fer levée telle un sabre de hussard. C'est à cet instant précis que mon voisin jaillit, comme mû par un ressort, en hurlant un *« Hijo de puta ! »* qui figea net le tortionnaire dans son élan.

Sautant de bureau en bureau avec une agilité confondante, l'intrépide Esteban s'était interposé, tel David face à Goliath, faisant écran de son corps maigrelet entre le père Legras et son souffre-douleur.

Le maître, noyé sous une volée de jurons hispaniques, resta interdit un court moment. Ivre de colère, il finit par lever à nouveau la lourde règle au-dessus de sa tête. C'est les bras croisés et le regard farouche que mon ami reçut les coups de taille et d'estoc. Je le vis serrer les dents et peu à peu se recroqueviller de douleur, en digne rejeton d'un martyr du franquisme.

Dans la salle de classe, les rires ne fusaient plus et je joignis ma voix aux quelques-uns qui risquaient un *« M'sieur ! arrêtez M'sieur ! »* affolé et solidaire.

Le bourreau se retourna, ahuri, et considéra d'un regard panoramique cette assemblée de jean-foutre prêts à se mutiner. À grandes enjambées, il gagna la sortie en fulminant et claqua la porte en nous promettant des nouvelles du frère directeur, qu'il allait trouver de ce pas. En son absence, je m'efforçai de réconforter un Esteban racrapoté sur sa douleur et un Benoît pleurnichantissime.

De longues minutes s'écoulèrent avant que l'instituteur ne reparût. Étrangement apaisé, il gravit l'estrade en sifflotant et reprit, comme si de rien n'était, le cours de la dictée interrompue. S'était-il fait semoncer par le directeur ? Avait-il été pris de remords ? Le mystère demeurera entier jusqu'à la fin des temps.

Cet épisode, qui dénote s'il en était besoin la bravoure de mon ami Esteban, connut une suite édifiante. De retour chez lui, alors qu'il pensait pouvoir se remettre des émotions de la journée dans le douillet refuge de sa chambre, une surprise de taille attendait Benoît, notre infortuné camarade...

Jamais à court d'idées novatrices en matière d'éducation, son épicier de père avait soigneusement écrit en majuscules à la craie blanche, sur l'ardoise d'écolier où il griffonnait d'ordinaire le prix des laitues ou des carottes, le mot « PARESSEUX ». Après quoi, il avait pris la peine de percer à la chignole deux trous dans le cadre pour y nouer une ficelle. Fier de son œuvre et un méchant sourire aux lèvres, sous les gloussements admiratifs de la mère Thénard, il passa l'ardoise autour du cou de son rejeton, en glapissant :

« Je te décore de l'Ordre des paresseux ! Pendant une semaine, tu porteras cette ardoise autour de ton cou du matin au soir. On va te dresser, mon gaillard ! »

D'abord penaud, mortifié, la tête et l'œil bas, l'ardoise infamante pesant des tonnes à son cou, Benoît s'aperçut bientôt que nul sarcasme, nulle insulte, ne jaillissaient sur son passage, sur le chemin de l'école ou lorsqu'il fendait le grouillement curieux de ses camarades. Même le père Legras détournait le regard, perplexe quant à la sanction et s'abstenant de tout commentaire.

La pauvre victime, tel un Jésus portant sa croix, croyait lire de la pitié dans les regards des passants, certains allant jusqu'à lui tapoter l'épaule en murmurant des encouragements. Paradoxalement, il en éprouva plus de honte que de réconfort. Ne produisant pas l'effet escompté, la punition fut rapidement levée, sans autre forme de procès.

Il s'écoula quelques jours et un beau matin, la place de Benoît resta inoccupée. Alors que nous nous interrogions du regard, le maître nous apprit avec une grande économie de mots et un sourire victorieux aux lèvres que notre camarade avait été admis dans un pensionnat réputé pour sa rigueur et l'art consommé du corps enseignant pour mater les fortes têtes.

« Que ça vous serve de leçon, mes gaillards! » conclut-il *« Avis aux amateurs qui voudraient rejoindre le cancre Thénard! »*

À travers cette évocation du malheureux Benoît, je souhaitais rendre hommage à tous les cancres anonymes largués par le système éducatif et sacrifiés par certains enseignants bornés ou débordés.

Mais Benoît Thénard avait un rêve secret, qu'il daigna me confier un jour... Un film, vu sans doute sur son écran de télé avant qu'il n'implose, l'avait profondément marqué. Il s'agissait, je crois, de *« Prélude à la gloire »*, qui relatait l'enfance d'un apprenti maçon devenu chef d'orchestre, le maestro Roberto Benzi. Dans le secret de sa chambre, le petit Benoît profitait de l'absence de ses parents pour se hisser sur une caisse à outils, une aiguille à tricoter à la main. Après avoir salué bien bas son public de peluches, il levait lentement sa baguette, fermait les yeux et dirigeait magistralement son invisible orchestre en fredonnant *les Préludes* de Liszt ou quelque autre morceau que son grand-père lui faisait écouter sur de vieux 78 tours « La Voix de son Maître ».

Lorsque ce bon papy mourut, le père Thénard s'empressa de jeter les galettes magiques à la poubelle. Benoît pleura presque autant les disques que le regretté vieillard. Entre deux sanglots, il se risqua à révéler son rêve secret à ses parents. Abasourdis, ces derniers hésitèrent entre fou rire et mépris, optèrent pour les deux, promettant à leur rejeton une brillante carrière de chef d'orchestre face aux cageots de fruits et légumes des quatre saisons !

J'ignore quel fut le destin de Benoît. A-t-il eu la chance, comme le môme Benzi, de faire la rencontre décisive qui eût pu changer le cours de sa vie ? A-t-il sacrifié son ambition pour prendre la suite de son père entre le jambon Olida et le chocolat Menier ? C'est probable. Je pense à lui, infortuné petit Schpountz, pauvre Mozart assassiné, chaque fois que j'assiste à un concert. Mais ce n'est jamais le maestro Thénard qui lève sa baguette.

ESTEB-ÂNE

Le Père Legras ne dédaignait pas de prendre la pose en Charlemagne séparant le bon grain de l'ivraie. Alors que d'un index impérial il désignait Esteban, désormais seul prétendant à la couronne de roi des cancres, à la vindicte populaire, son autre main se posait, protectrice, sur le crâne du petit Dessange, champion scolaire toutes catégories, cap' de vous calculer à la vitesse de l'éclair le temps que mettront deux trains pour se télescoper ou le volume de flotte débordant d'une baignoire équipée d'un robinet défectueux.

« Petit par la taille, mais grand par l'esprit! », ainsi se trouvait glorifié par son mentor ce génie miniature, investi de privilèges exorbitants: le droit, chaque matin, d'arracher la feuille de la veille sur l'éphéméride punaisée au mur, l'assistance au despote lors de la distribution des cahiers, la place d'honneur près de l'antique poêle à bois dès les premiers assauts du général Hiver... J'eus beau tenter de rivaliser avec le *primus minus*, je ne récoltai que des miettes de lauriers, trop heureux de conserver le privilège du remplissage des encriers.

Un beau matin, le mois de juin libérateur approchant, Maître Legras annonça son intention de métamorphoser ses ouailles en histrions, en montant un spectacle pour la kermesse de fin d'année.

L'idée avait tout pour nous réjouir, Esteban et moi: pour meubler nos moments de solitude ou pour tromper l'ennui des réunions de famille, nous avions pris goût à la lecture des classiques Larousse estampillés Corneille ou Racine, soustraits à la bibliothèque de mon père: *Andromaque*, *Phèdre*, *Cinna*, mais surtout *Le Cid*, mon ami hispanique reconnaissant en Don Rodrigue Diaz de Vivar un alter ego au sang bouillonnant. Tandis que je me cantonnais aux rôles de faire-valoir, le fier Esteban déclamait de longues tirades dans le huis clos de ma chambre, une main sur le cœur et l'autre crispée sur la poignée d'une épée confectionnée maison à partir d'une tringle à rideau, avec une fougue et des accents déchirants que n'eût pas reniés le grand Gérard Philipe, notre icône du moment.

La perspective de brûler les planches scolaires et de s'attirer enfin un compliment du Charlemagne à béret, lors de la représentation de fin d'année, émoustilla Esteban quelque temps. Oh, guère longtemps... L'incontournable Dessange proposa une adaptation du « *Tour du monde en 80 jours* » de Jules Verne, qu'il se targuait de pouvoir transcrire pour la scène en moins de quatre-vingts heures. Comme de juste, sa proposition souleva l'enthousiasme du père Legras, ému aux larmes d'avoir un tel prodige sous son aile.

Moins de quatre jours plus tard, le petit génie déposa son manuscrit sans ratures, chef-d'œuvre de calligraphie, sur le bureau du despote éberlué. En toute logique, le rôle de Phileas Fogg lui fut dévolu. La distribution des autres personnages donna lieu à une foire d'empoigne mémorable mais chacun finit par trouver sa place, du fidèle Passepartout qui m'échut à l'inspecteur Fix, en passant par les autochtones les plus bigarrés de cette folle aventure.

Malgré les efforts désespérés d'Esteban pour se hisser du col et de la voix, la ligne de mire du regard d'acier lancé depuis l'estrade jamais ne se posa sur lui. Tous les rôles attribués et chacun se félicitant de la brillante carrière d'acteur amorcée, mon ami se décida à lever un doigt hardi puis articula avec audace :

« Et moi, Maître ? »

Un sourire carnassier aux lèvres, l'émule de Jean Vilar livra sa sentence d'une voix sirupeuse :

« Ne crains rien, j'ai pour toi un rôle sur mesure... tu feras l'âne qui tire la carriole de Phileas ! Ce n'est pas un rôle de composition et tu seras éblouissant ! D'ailleurs, ton prénom te prédisposait à ce rôle : Esteb-âne ! »

Partant d'un grand éclat de rire, l'homme au béret saisit une craie pour griffonner au tableau son jeu de mots foireux.

De toute évidence, l'instituteur perfide n'avait pas oublié l'acte de bravoure solidaire de mon compagnon, lors de la dérouillée ramassée par Benoît, et tenait là sa vengeance. Noyé sous un déluge de rires complaisants, Esteban croisa les coudes sur son bureau et blottit sa tête dans ce refuge de fortune en serrant les dents. Pour marquer publiquement ma compassion, je lui tapotai l'épaule, sentant bien qu'il tremblait de colère autant que de déception.

« *C'est Gérard Philipe qu'on assassine !* » murmura-t-il dans un sursaut d'orgueil plutôt bien placé.

Le mois de juin arriva enfin et avec lui la touche finale des heurts et malheurs scolaires qui accablaient Esteban. Par un beau dimanche gorgé de soleil, sous le préau du collège devenu théâtre éphémère, on avait dressé un large podium et tendu un rideau cramoisi bouffé aux mites.

Après s'être quelque peu fait tirer l'oreille, le vieux curé de la paroisse avait consenti à prêter à la troupe la panoplie approximative et défraîchie d'un âne gris, qu'il exhumait d'un carton une fois l'an pour la crèche vivante traditionnelle.

Quelque peu indisposé par l'odeur de naphtaline de la défroque, la tête enchâssée dans une sorte de cagoule à grandes oreilles trop étroite, mon compagnon s'efforça de composer un bourricot tout à fait honorable, marmonnant sous la pelure grise les vers vengeurs de Rodrigue et quelques jurons hispaniques bien sentis pour se donner du cœur à l'ouvrage.

Au moment du salut aux spectateurs, parents et alliés, le metteur en scène s'extirpa de la coulisse et ôta de son occiput, d'un geste large, la galette amidonnée qui lui servait de béret. Entourant d'un bras protecteur l'épaule d'un Phileas-Dessange triomphant, il l'amena sur le devant de la scène pour recevoir de concert une double ration de bravos.

Tandis que le reste de la troupe, torses bombés de parfaits cabots et œillades arrogantes dignes de comédiens du Français, s'alignait en une impeccable rangée pour un dernier salut, l'âne Esteban restait en retrait, toujours courbé sous sa grise guenille rapiécée, ressassant le désespoir du Cid Campeador : *« Percé jusques au fond du cœur d'une atteinte imprévue aussi bien que mortelle... »*

Fut-ce la position asinienne incommode et prolongée ? un effet sournois du cassoulet maternel dominical ? Toujours est-il que l'Aliboron mité porta soudain les mains à son bas-ventre, un besoin impérieux venant de foudroyer sa dernière anse intestinale. Pas le temps de s'interroger sur la conduite d'un Gérard Philipe en pareille circonstance... Submergé par une vague déferlante et irrésistible, pris de panique, Esteban déboutonna ses braies en toute hâte et, fléchissant les genoux, libéra sous lui en gémissant d'aise sa panse douloureuse.

Jailli du premier rang des spectateurs, un fou rire gagna bientôt l'assistance. Interloqués, le Maître et Phileas s'interrogèrent du regard puis se tournèrent en direction du recoin de scène que des dizaines de doigts pointaient frénétiquement, précisément là où un baudet difforme au poil râpé venait de déféquer sous lui.

Comme pour une nouvelle bataille d'Hernani, quelques voix s'élevèrent pour crier au scandale et conspuer l'instituteur laxiste et laxatif, d'autres pour saluer cette trouvaille audacieuse d'un metteur en scène de génie. L'épisode fit florès et on s'en bidonne encore dans certaines chaumières paroissiales...

« SI TOI AUSSI TU M'ABANDONNES... »

Tandis que je récoltais quelques ultimes lauriers scolaires, dédaignés par l'indétrônable Dessange, mon compagnon de galère s'appliquait à compter les quelques jours qui nous séparaient des cahiers au feu et du maître au milieu. Enfin, sonna l'heure de la distribution de l'ultime carnet de notes et d'un dernier tour de valse pour les zéros du cancre Esteban.

À tout seigneur, tout honneur, et le petit prodige de la classe disparut sous un tombereau de louanges. Ému à en pleurer, le vieux maître en blouse grise fit monter « le bon grain » Dessange sur l'estrade. Il mit un genou en terre pour être à sa hauteur, puis il le pressa contre sa poitrine et se mit à chantonner d'une voix de crooner de bastringue vibrante d'émotion: *« Si toi aussi tu m'abandooooo-nnes... »*, complainte tirée d'un western où un train sifflait trois fois.

Quelle chanson réservait-il au dernier de la classe ? En queue de peloton, comme un serre-file déshonoré, plus l'ombre d'une palme pour auréoler le front d'Esteban, mais le hussard gris lui fit signe d'approcher, un rictus de mauvais augure au coin des lèvres. Stoïque et résigné, mon condisciple se prépara à recevoir une couronne d'épines en guise de lauriers ou une ultime baffe avant la route des vacances, mais déjà Napoléon perçait sous Charlemagne et, tout en lui pinçant l'oreille, c'est d'un ton contrefaisant l'affection que le tyran susurra avec gourmandise: *« Comme je ne peux pas me passer de toi, j'ai décidé de te faire redoubler dans ma classe ! »*

Un frisson d'épouvante courut le long de l'échine d'Esteban. Point d'éclats de rire autour du malheureux, ni de sarcasmes. Une vague de chuchotis s'éleva et se propagea de pupitre en pupitre, où le redoublant en titre crut déceler pitié et compassion, à sa plus grande honte.

C'est alors que je vis une lueur étrange passer dans le regard du proscrit, qui se leva lentement, croisa fièrement les bras sur sa poitrine et lança à la face de son tortionnaire:

« Laissez-moi une chance, Maître ! Je réclame une dictée, la plus difficile possible. Si je commets une seule faute, ne serait-ce qu'un accent ou un

trait d'union oublié, j'accepterai de redoubler. Si c'est un zéro faute, vous me laisserez passer en sixième. Mettez-moi au défi, que risquez-vous ? »

Notre potentat, stupéfait, eut un moment d'hésitation, se gratta la cabèche puis, estimant qu'il ne risquait rien à accepter cette proposition saugrenue émanant d'un glandeur notoire abonné aux zéros en dictée, il soutint le regard impertinent du boursier hirsute et articula :

« *C'est très courageux de ta part et parfaitement stupide, mais nous allons bien rigoler !* »

Le père Legras, sifflotant entre ses dents, ouvrit un tiroir de son bureau et en extirpa un lourd volume qui, tel un grimoire de sorcière, avait le pouvoir de faire frissonner les élèves, Dessange comme les autres. Sur la couverture rouge élimée s'étalait en lettres dorées le titre effarouchant : « *Les cent dictées les plus difficiles* ».

« *Je ne te prends pas en traître, mais tu l'auras voulu !* » persifla « l'instituteur », en tournant fébrilement les pages d'un index humecté et jouisseur.

« *Ah, la voici...* » triompha l'impitoyable « *La dictée de Mérimée ! Une dizaine de lignes seulement, mais chaque mot recèle un piège où tu ne manqueras pas de trébucher. Pour te donner une idée du péril qui t'attend, sache que le grand Napoléon, lui-même, y a commis soixante-quinze fautes !* »

Un murmure d'épouvante courut par les travées et le maître poursuivit, la trogne hilare :

« *Je suis bon prince, je t'accorde dix fautes. Une de plus et c'est le redoublement, une de moins et je mange mon béret ! Messieurs, les paris sont ouverts... Tu es prêt ? Je commence : Pour parler sans ambiguïté...* ».

Tandis que le père Legras, d'un ton allègre, égrenait les phrases de la dictée aux mille chausse-trapes, nous nous tenions en cercle autour de notre audacieux camarade, à distance respectueuse. Sans ménagement, j'écartai les plus curieux d'un « *Laissez-le respirer !* » solidaire.

D'une plume alerte, le présumé jean-foutre laissait courir l'encre sur sa feuille de papier quadrillé, comme un ruisseau impétueux.

« *... il la poursuivit dans l'église tout entière. Point final !* » conclut le tortionnaire « *Je te laisse deux minutes pour te relire !* »

« *Merci, Maître, mais c'est inutile. Voici ma copie !* »

Interloqué, mais son sourire narquois arrimé au coin des lèvres, l'instituteur tendit le bras pour saisir la feuille, eut un haussement de sourcils médusé en découvrant l'inhabituelle et impeccable calligraphie, puis dégaina son feutre rouge en annonçant:

« Toute l'encre de ce stylo va y passer! Voyons si tu feras mieux que l'Empereur... »

Dans un silence religieux, ce qui pourrait passer pour normal dans un collège catholique, chacun suivit des yeux la pointe du stylo correcteur qui survola le texte et ne se posa que deux fois sur le papier. Refusant d'y croire, l'enseignant éberlué relut la copie à trois reprises sans trouver d'autres fautes que deux malheureux accents circonflexes oubliés par Esteban Lorca, ci-devant cancre je-m'en-foutiste de haut vol.

« Ce n'est pas croyable! » répétait en boucle l'omnipotent abasourdi en se grattant le crâne de la pointe du stylo, y laissant de longues traînées rouges, tandis qu'Esteban, modeste en son triomphe, serrait des mains et recevait des tapes admiratives sur les épaules, dont une de Dessange, bon perdant sidéré.

Sans un mot, le père Legras se leva, les yeux toujours rivés sur l'incroyable dictée, grommela quelques mots de Cambronne et se rua chez le Frère directeur. L'exploit de mon condisciple fit le tour du collège et l'écho s'en propagea même au-delà du quartier. Je gagerais que la copie époustouflante, à présent jaunie, doit encore se trouver épinglée dans le placard de fond de classe, dans lequel l'instituteur rangeait son précieux matériel et les meilleurs devoirs de ses élèves.

Esteban eut le triomphe modeste et n'exigea pas que le maître mangeât son béret.

Sur le chemin du retour, alors que je demeurais silencieux et pantois, observant à la dérobée le héros du jour, il finit par éclater de rire:

« En réclamant la dictée la plus difficile, j'espérais bien qu'il choisirait celle de Mérimée. Mon père a dû me l'infliger des dizaines de fois, jusqu'à ce que je batte le record de l'ambassadeur d'Autriche, qui n'avait fait que 3 fautes. Même notre cher Dumas en avait commis une vingtaine... »

Mais son sourire se figea soudain et il tourna vers moi une mine contrite:

« Je sais, Valentin... à vaincre sans péril, on triomphe sans gloire. Mais je tenais à poursuivre ma scolarité avec toi, alors je n'avais pas le choix! Il était grand temps de jeter le masque du cancre indécrottable... »

Pour toute réponse, je saisis sa main et la serrai vigoureusement. Je l'admirais d'avoir osé tenir le pari de cette dictée diabolique. Grâce à ce coup de poker, Esteban n'avait mis que quelques minutes pour passer de l'enfer des paresseux au paradis des prodiges.

Un bonheur ne venant jamais seul, c'est en ce même mois de juin que Dolores, au terme de laborieuses démarches administratives, reçut notification de son acte de naturalisation. Le père de mon ami n'eût pas été peu fier de voir son jeune Gavroche accueilli en enfant de la patrie du vieil Hugo.

L'année scolaire qui suivit fut loin d'être le calque parfait de celle qu'Esteban venait d'endurer. Avec mon soutien et les encouragements du corps enseignant, nos professeurs ne cachant pas leur fierté d'avoir dans leur classe le vainqueur de Mérimée, la forêt de zéros où s'était complu mon ami s'éclaircit peu à peu et on put distinguer quelques arbrisseaux ténus mais prometteurs, sous la forme d'authentiques bonnes notes en toutes matières.

Pour peu que l'on fît l'effort de déchiffrer ses hiéroglyphes, ce à quoi les professeurs médusés eurent l'intelligence de s'astreindre, on découvrait que les rédactions de l'enfant sauvage recelaient un style original et attestaient d'une imagination débordante. Esteban était un littéraire de la meilleure eau, à n'en pas douter, alors que je demeurais un matheux pur et dur, ce qui ne nuisait en rien à notre complicité.

Tous les professeurs de français du collège, qui eurent le bonheur d'avoir mon camarade pour élève, n'auraient pris aucun risque à parier qu'une aussi belle plume que la sienne était promise à une glorieuse carrière littéraire, à condition que le grain ne meure avant la germination. En attendant, ses rédactions circulaient de classe en classe, lues et citées en modèle aux élèves sidérés et parfois envieux.

En passant, sans nous arrêter, devant la salle de classe où sévissait Maître Legras, nous prenions un fou rire rituel en évoquant l'âne de Philéas et sa pelure mitée. À pleine gorge, mon ami criait à l'intention de son bourreau repenti :

« Maître, vous avez le bonjour de Mérimée! » et nous prenions nos jambes à nos cous en rifougnant à outrance.

Pendant les cours de français, un silence respectueux et ébaubi flottait comme un voile tandis que s'élevaient les vers de La Fontaine, mon ami contrefaisant à la perfection le corbeau sur l'arbre perché ou la cigale ayant chanté tout l'été. Seuls les robinets aux joints défectueux et les trains à fort potentiel de télescopage continuaient à lui poser problème, en dépit de ses efforts méritoires et de la sollicitude du fortiche en maths que j'étais, sorte de Mérimée de l'algèbre et de la géométrie.

Les yeux écarquillés, chacun pouvait donc à loisir observer la soudaine métamorphose du fier papillon espagnol émergeant de sa pauvre chrysalide de boursier. Le vieux père Legras se tenait discrètement au courant des exploits du prodige qu'il prétendait avoir formé. Tapotant fébrilement sa règle punitive dans la paume de sa main, *« l'instituteur »* ne perdit pas ses vieilles habitudes pour autant, passant ses nouvelles troupes en revue et n'ayant aucun mal à y dénicher d'autres phalanges et d'autres oreilles à torturer.

Toutefois, l'émule de Torquemada dut bien admettre qu'aucun des cancres nouveaux n'avait l'étoffe d'un stoïque martyr, une étoffe dont Esteban s'était fait un superbe manteau. La plupart des malheureux élus couinaient lamentablement comme cochons qu'on égorge dès le premier coup de règle sur les doigts. Sans conviction et paresseusement, par un reste d'habitude, le maître désenchanté trouvait encore quelques victimes à molester, quelques feignants au petit pied, mais on sentait bien que le cœur n'y était plus, que le bras séculier avait molli et il poussait de profonds soupirs en se remémorant la belle époque du cancre Thénard et du faux cancre Lorca.

En novembre de cette année-là, le beau brushing de JFK s'étala sur la banquette d'une limousine à Dallas et la mère de Benoît Thénard en fut inconsolable.

L'ÉVEIL D'ÉROS

Esteban et moi formions un sacré tandem, le petit gros placide et le grand désossé incandescent, le matheux et le littéraire, le fils de bourgeois et le purotin.

Face à ce duo de choc, aucun de nos condisciples ne se risquait à nous titiller lors des rixes dignes de *« La guerre des boutons »* qui éclataient parfois entre jeunes coqs à la sortie du collège. Lors de ces escarmouches bien innocentes, il s'agissait surtout de briller aux yeux des gamines de l'école des filles toute proche. Un haut mur en torchis nous en séparait, que nous tentions parfois d'escalader, ce qui nous attirait les aboiements des bonnes sœurs en cornette veillant sur leurs oies blanches.

Un temps, on railla notre tandem en nous surnommant Laurel et Hardy. Un temps seulement, car les impudents qui s'y risquaient avaient affaire à nous et n'y revenaient pas, révérence gardée envers Stan et Oliver, ces deux hurluberlus fantastiques. Nous eûmes vite la réputation de redoutables castagneurs, mon compagnon, fougueux d'Artagnan ibérique, ayant les nerfs à fleur de muscle et moi la force tranquille de Porthos, deux héros indomptables qui nous fascinaient. Fans de Jean Marais et de Gérard Barray, nous nous étions pris de passion pour l'épopée mousquetaire et mon père sut attiser cette flamme en nous dégottant dans sa « caverne d'Ali Papa » les œuvres presque complètes, joliment illustrées, du tandem Dumas et Maquet, de Paul Féval et de Zévaco.

Longtemps, la tapisserie de ma chambre conserva les stigmates de nos exploits de bretteurs, zébrée des coups de taille et d'estoc de nos épées de fortune aux lames en tringles à rideau et aux coquilles en couvercles de boîtes de camembert. Jusqu'à ce que la reine mère Marie-Angèle, excédée et souveraine en sa demeure, promulgue un édit contre les duels, mettant ainsi un terme aux rixes féroces entre le mousquetaire Esteban et le garde du Cardinal Valentin...

Tant d'années après, quand je regarde les photos prises par mon père à cette heureuse époque, considérant avec indulgence le grand salsifis efflanqué et le petit tonneau court sur pattes que nous étions, je songerais plutôt à Don Quichotte et son fidèle Sancho qu'à de fiers spadassins. Ensemble, d'ailleurs, nous ne tardâmes pas à défier quelques moulins et tentâmes, avec plus ou moins de succès, de séduire les Dulcinées à la sortie de l'école des filles...

Nous n'avions pas douze ans et nous prenions un plaisir trouble à imaginer la douce Constance Bonacieux qui ne manquerait pas d'affoler nos cœurs et nos sens.

Le temps passant, la grande énigme du sexe opposé ne tarda pas à nous titiller et à nous inspirer une foule de questions insolubles. Nous devinions la gent féminine douce et forte à la fois, ce en quoi nous n'étions pas loin de la vérité, et rêvions en toute innocence de les séduire et de les protéger. Quant à l'image que nous nous faisions de « la » femme, anatomiquement fantasmée, elle ne se dessinait que très vaguement, à travers le verre dépoli de notre féconde imagination.

Un matin, sur le chemin du collège, Esteban m'attira à l'ombre d'une porte cochère et extirpa de son cartable un magazine déniché au fond d'un tiroir, derrière le comptoir du « Bar de l'Estocade ».

« Tiens, j'ai piqué ça à Adolfo ! Voilà ses lectures favorites, à l'Attila du zinc ! C'est sûr qu'on ne risque pas d'y trouver le Lagarde et Michard, dans son tiroir secret... »

Mon ami ouvrit directement la revue sur la double page centrale où s'étalait une rouquine grassouillette et pas frileuse, chichement vêtue d'un simple collier de perles. Je demeurai bouche bée quelques secondes devant cette troublante apparition sur papier glacé, mais Esteban referma brusquement le *« magazizine »* en me posant une colle à laquelle, rougissant, je ne sus que répondre : *« Alors, quelle couleur, ses yeux ? »*.

Nous reprîmes la direction de l'école en ricanant stupidement et la rouquine impudique disparut dans la première bouche d'égout rencontrée.

En ce temps-là, je gardais un souvenir très flou et culpabilisant du corps de ma mère, entrevu quelques années plus tôt alors qu'elle sortait de la salle de bains, pudiquement drapée d'une serviette immaculée. Soudain, le nœud qui retenait le linge protecteur se défit malencontreusement et je demeurai pétrifié une nanoseconde, le temps nécessaire à Marie-Angèle pour renouer le drap et m'administrer une gifle, la première et la dernière qu'elle m'eût jamais donnée. J'en déduisis, dans ma candeur, qu'un interdit sévère entourait le corps féminin et j'eus grande honte de n'avoir pas détourné le regard, une honte tempérée par le sentiment d'une grande injustice, n'ayant en rien provoqué la chute de la serviette.

Face au poster que m'avait montré Esteban, j'avais donc ressenti un trouble étrange et une culpabilité pavlovienne. Blanc-bec ingénu jusqu'au bout des ongles, je réalisai que Dieu, artiste génial, n'avait pas créé la compagne d'Adam, son chef-d'œuvre, à son image de vieux barbon barbu.

DES GESTES IMPURS...

Pour en revenir à notre enseignement à la sauce religieuse, je ne peux effacer de ma mémoire le prêtre adipeux qui dispensait les cours de catéchisme, à la cadence de deux heures par semaine.

Esteban et moi, tout baptisés que nous étions et gavés d'hosties rédemptrices dans ce collège bondieusard, demeurions sceptiques et rigolards en entendant l'abbé chargé de nous élever dans la foi débiter ses fabulettes d'eau changée en vin, fantasme de tout alcoolique et d'Adolfo en particulier, ou d'un Jésus marchant sur les flots, ce dont nous déduisions un peu vite que le Christ ne savait pas nager. J'implore l'indulgence des croyants que je suis peut-être en train de choquer...

Le cureton en question avait pris l'habitude de nous recevoir à huis clos, à tour de rôle, dans le presbytère attenant au collège, une ou deux fois par mois. L'idée en soi, censée aider de jeunes agneaux innocents à trouver leur chemin de vie dans la jungle de l'adolescence, n'était pas mauvaise. Mais il advint que l'ambassadeur du Très-Haut sur la terre commît l'imprudence de sortir des sentiers battus pour s'aventurer sur des sables mouvants...

Les entretiens se déroulaient selon un processus bien rodé : le jeune acnéique prenait place sur un tabouret bancal face au bon père, très digne en son fauteuil à l'assise paillée adoucie d'un coussin. D'une voix sourde empreinte de componction, les mains croisées sous le menton, monsieur le curé invitait le collégien tétanisé à lui faire part de ses difficultés familiales ou scolaires, de ses tourments intimes, de son assiduité à la messe et de l'état de ses relations avec le Tout-Puissant.

Rien à redire à ce modus operandi, j'en conviens, si ce n'est que la mielleuse inquisition se terminait invariablement par une question incongrue tombant comme une mouche dans un bénitier :

« As-tu eu des pensées et des gestes impurs ? »

La plupart d'entre nous se tiraient de l'embarras où ils se trouvaient plongés en secouant négativement la tête avec frénésie, pieux mensonge, mais certains se croyaient obligés d'avouer leur trouble matinal quand ils découvraient leur petit Jésus en pleine ascension, et le décalottage endiablé qui s'ensuivait parfois. Les yeux clos, mâchoire et mains crispées, le confesseur en soutane recevait ces explosives confidences en essuyant parfois, à la dérobée, une perle de sueur à son front.

Curieusement, Esteban se trouva rapidement dispensé de ces tête-à-tête fangeux et j'en compris aisément la raison... À la question rituelle, mon ami répondit en relatant par le menu, avec force détails croquignolesques, une séquence orgasmique aux confins de l'épectase, au cours de laquelle il avait prêté la main à la nature de gaillarde façon, stimulé par une photo de Brigitte Bardot en tenue d'Ève. Consterné et impuissant à stopper le flot du scandaleux récit, frisant l'apoplexie, le pauvre abbé se dressa tel un diable à ressort jaillissant de sa boîte. Éructant un chapelet de *« Doux Jésus ! »*, il mit un terme à l'entretien et reconduisit manu militari le pauvre pécheur jusqu'à la porte du presbytère.

Selon certains paroissiens rebelles ou hérétiques, le jour où les pontifes légitimeront le mariage des prêtres et les érections libres qui en découlent, les enfants de chœur, scouts et autres séminaristes pourront aller sereinement dans la paix du Christ. Dès lors, on peut l'espérer, le feu de l'enfer ne couvera plus sous certaines soutanes.

Hâbleurs de façade, Esteban et moi découvrions le monde sans y comprendre goutte. Les énigmes liées à la sexualité, parmi d'autres, demeuraient insondables pour les ingénus que nous étions et nos lectures ne nous aidaient guère à y voir plus clair.

Nous nous étions vaguement reconnus dans Candide, le héros de Voltaire dont mon camarade m'assurait qu'il était son meilleur ami après moi. Certains passages du conte philosophique nous plongeaient dans des abîmes de perplexité et exacerbaient nos fantasmes, comme cet épisode où des pirates capturent Cunégonde et lui mettent le doigt *« dans un endroit où nous autres femmes ne nous laissons mettre d'ordinaire que des canules »*. Consulté, le dictionnaire qui sème le savoir à tout vent ne nous apprit rien sur cette pratique étrange. Il ne nous éclaira pas davantage lorsqu'il fut question, lors de la même aventure, d'une mystérieuse fleur dérobée à l'égérie de Candide : *« J'étais ravissante, j'étais la beauté, la grâce même, et j'étais pucelle; je ne le fus pas longtemps: cette fleur, qui avait été réservée pour le beau prince de Massa-Carrara, me fut ravie par le capitaine corsaire »*.

Un capitaine féru en botanique, sans doute... mais quel lien existait-il entre la fleur dérobée à la jeune femme et la Jeanne d'Arc fleurdelisée, auquel nous renvoyait le mot « pucelle » ?

Chacun connaît les tourments et les chaos où la puberté, cette antichambre de la vraie vie, plonge de jeunes garçons débordant d'imagination et rongés de curiosité ? Tourments encore attisés par les attitudes coupables de certains adultes. Ainsi, comment oublier cette aguichante brunette bien en chair qui nous enseignait les sciences naturelles, toute de cuir court vêtue, un cuir rouge ou noir, selon l'humeur du jour. La coquine prenait un plaisir sadique à descendre de son estrade pour venir s'asseoir au beau milieu de la travée. Avec une régularité de métronome et une lenteur calculée, cette belle sadique croisait puis décroisait les jambes, sous l'œil gourmand de boutonneux au seuil de la suffocation, tout en évoquant la métamorphose de la chenille en papillon ou la sexualité débridée du protozoaire cilié.

J'ai oublié le nom de ce professeur de sciences surnaturelles, mais pas les crissements du cuir supplicié de la jupe trop étroite, le frou-frou soyeux des bas, ni le galbe harmonieux des jambes mutines...

MERCUTIO AMOUREUX

C'est vers le début de l'année scolaire qui suivit, en classe de 5e, qu'Esteban tomba amoureux pour la première fois. L'élue de son cœur, dont c'était le baptême du feu en tant qu'enseignante, nous arrivait d'outre-Manche, ravissante jeune milady aux longs cheveux blonds ruisselant sur ses épaules en boucles ondoyantes, boucles anglaises cela va sans dire.

La gracile demoiselle était aussi timide que jolie, ce qui n'est pas peu dire... Au fil des semaines, toutefois, elle gagna en assurance et parvint à gravir l'estrade sans trébucher ni semer ses copies à tout vent, mais jamais le rouge rosbif ne quitta les adorables pommes d'amour de ses joues, symptôme appétissant d'un trac compulsif.

Avec gourmandise, mon ami dévorait des yeux cette fille d'Albion, et il mit un point d'honneur à briller, ou plutôt à étinceler, dans la matière qu'elle enseignait. Son mérite ne fut pas bien grand, son libraire de père l'ayant très tôt contraint à lire Dickens dans le texte.

Se plongeant dans l'œuvre du grand Will, Esteban trouva un personnage à sa démesure en Mercutio, le compagnon de Roméo. Dès lors, il passa de longues heures plongé dans la scène IV de l'acte I, plus précisément dans la longue tirade du compagnon déjanté de l'amant de Juliette. Je compris bientôt le pourquoi de cette étude très ciblée...

Profitant d'un cours consacré aux verbes irréguliers, alors que la classe les ânonnait en chœur au passé et au present perfect, Esteban se hissa sur son bureau et s'y campa fièrement, les poings sur les hanches. Habitué à ses audaces, je fus le seul à ne pas interrompre la litanie en continuant d'égrener les *damned fucking* verbes irréguliers.

Mais Miss Sisley – son nom me revient – m'imposa le silence d'un geste léger de sa main diaphane et, les joues écarlates comme des cerises de Montmorency, demanda à mon voisin quelle mouche le piquait. Alors, d'une voix claire et bien timbrée (car il fallait être bien timbré pour oser un tel coup d'éclat), Mercutio-Esteban déroula d'un trait la longue tirade de la Reine Mab, la fée accoucheuse de rêves...

« She is the fairies' midwife, and she comes in shape no bigger than an agate stone... »

Alors, plus stupéfaite encore que nous tous, la blonde enseignante descendit de son estrade et vint se placer, les mains jointes comme une madone en prière, devant notre bureau, le regard fasciné par le récitant magnifique. Et de ses yeux d'un bleu profond, je vis s'écouler une larme, une seule, que Mab eût pu changer en diamant.

Parvenu presque au terme de sa tirade, si habité par son personnage qu'il en frissonnait de la tête aux pieds, Esteban murmura dans un souffle : « *This is she...* » et sa voix s'étrangla. Mais la belle demoiselle, bouleversée, lui fournit d'une voix de velours la réplique attendue :

« *Peace, peace, Mercutio, peace! Thou talk'st of nothing* ».

Une escouade d'anges et de *fairies* ébaubis eut le temps de survoler la classe avant que chacun puisse reprendre ses esprits. La sonnerie de fin de cours déchira férocement cet instant magique. La belle fille d'Albion regagna son bureau à pas de fée, sans dire un mot, renouant avec sa maladresse coutumière pour enfourner ses affaires dans son petit cartable. À mes côtés, Esteban la dégustait des yeux et il attendit qu'elle fût sortie pour sauter de son bureau en poussant un « *Yesssss !* » victorieux.

Le flot des élèves s'écoula en jacassant, mais nous n'y prêtions garde. Le vacarme qui succédait à ce happening était encore signé Shakespeare... et Esteban.

LE CHAUD LATIN ET LA BELLE ANGLAISE

Je ne fus nullement surpris lorsque mon compagnon, en ce début d'année scolaire, résolut de se joindre au petit groupe des latinistes de la classe. Il brûlait d'impatience de pouvoir traduire le magnifique livre relié plein cuir et doré sur tranche que lui avait légué son père: « *L'Énéide* » de Virgile. Traînant quelque peu les pieds et par pure amitié, je me joignis à lui dans cette audacieuse aventure.

Cette discipline optionnelle était enseignée, à raison de deux heures par semaine, par un professeur qui, d'emblée, nous fit penser au Dr Knock immortalisé à l'écran par Louis Jouvet. Même silhouette d'échassier aux aguets, même diction syncopée, même visage en lame de couteau et même coiffure que l'on crut un temps gominée, mais dont nous comprîmes le luisant secret en voyant le type cracher dans ses mains et lisser de son cramiot la platitude de sa maigre toison aile de corbeau!

Esteban et moi prenions à la rigolade les tics de cet énergumène et nous tentions de l'épater par des traductions au petit poil de morceaux choisis du « *Bellum Gallicum* » de Jules César, tarte à la crème préférée de notre Knock, dont le nom de baptême est passé aux oubliettes de ma mémoire.

Malgré sa flagrante indifférence envers sa poignée d'élèves, qu'il prenait soin de ne jamais regarder droit dans les yeux, notre tandem le prit en sympathie, sans doute reconnaissant des fous rires qu'il provoquait à son insu. Tout au moins jusqu'à ce jour funeste où se déroula un mélodrame dont mon ami fut long à se remettre.

Ce matin-là, que je ne suis pas près d'oublier, le cours d'anglais allait se terminer et je dus secouer le Roméo béat à mes côtés, en extase absolue devant la miss aux cheveux bouclés en « anglaises », lorsque retentit la stridente sonnerie.

Nous commençâmes à sortir en file indienne, Esteban fermant la marche comme à son habitude, histoire de dévorer des yeux, jusqu'à l'ultime seconde, la blondinette évanescente.

Soudain, à la façon d'une tornade et rompant brutalement la chaîne allègre des élèves, Knock fit irruption dans la salle, le plat pays de ses cheveux ensalivés en raz de marée, bousculant mon ami au passage. Tout en pestant, il claqua rageusement la porte derrière lui et se retrouva seul face à sa jeune collègue interloquée.

Nous demeurâmes interdits un long moment, puis Esteban posa son cartable et vint coller son oreille contre la cloison, procédé superflu car le ton allait crescendo à l'intérieur de la classe et nous n'en perdîmes pas une miette.

Il y eut un grand vacarme de chaises renversées, un cri de femme, des jurons d'homme, et j'eus toutes les peines du monde à retenir mon camarade qui sentait croître en lui la fougue de Mercutio et déjà posait la main sur la poignée de la porte. Mais celle-ci s'ouvrit soudain. Miss Sisley, en larmes, jaillit et disparut à toutes jambes dans le couloir, dispersant des cahiers dans son sillage, tout en remontant une bretelle de son corsage à fleurs. Esteban suivit les cahiers comme autant de petits cailloux semés, les ramassant au passage et coursant la fille d'Albion en criant des « *Miss Sisley! Miss Sisley!* » éperdus.

Je me retrouvai nez à nez avec Knock lorsqu'il franchit le seuil à son tour, le regard torve et la bouche écumante comme une bête enragée. Il m'asséna une bourrade si violente que je m'allongeai de tout mon long et ne dus qu'à mon cartable en bouclier de ne pas recevoir le coup de pied magistral qu'il m'expédia rageusement en prenant le large.

Le soir, sur le chemin du retour, Esteban me conta par le menu comment il avait rejoint la pauvre Miss Sisley dans la salle des professeurs heureusement déserte, comment elle s'était jetée dans ses bras en pleurant toutes les larmes de son corps, comment elle était restée un long moment blottie et tremblante contre lui, comment il avait cherché sans l'atteindre la bouche qu'elle lui dérobait et comment elle l'avait finalement remercié d'un chaste baiser sur la joue, avant de le repousser avec douceur d'un « *Please, dear Esteban, please, let me alone... I'll never forget you* ».

Nous ne revîmes jamais Miss Sisley, ni Monsieur Knock, d'ailleurs, et nous ne sûmes jamais quelle scène dramatique, quelle « Guerre des Gaules » s'était jouée dans la salle de classe.

Cela valut mieux pour notre professeur de latin, à qui Esteban s'était juré de casser la figure et d'arracher les yeux à la première occasion.

C'est le regard rivé au sol et visiblement gêné aux entournures, que le dirlo Bobosse nous apprit plus tard que notre *fairy queen* était retournée dans sa verte Angleterre, tandis que ce chaud Latin de Knock avait été frappé ex abrupto par le coup de grisou d'une mystérieuse et incurable maladie.

Esteban brilla beaucoup moins en anglais lorsqu'une lady hors d'âge, sans doute apparentée aux sorcières de Macbeth et véritable antidote aux tourments de l'amour, prit la relève de sa shakespearienne dulcinée. Quant au latin, j'emboîtai une fois de plus le pas à mon camarade, qui se déclara soudainement allergique à la langue de Virgile et renonça à traduire les dix-mille vers de *L'Énéide*.

COUP D'ESTOCADE À MONPLAISIR

Je m'efforçai de cacher de mon mieux l'amertume qui me tenaillait de n'avoir pas encore été touché par les flèches de Cupidon, alors qu'Esteban en avait été criblé, tel un chevalier français à la bataille d'Azincourt. À n'en pas douter, Cupidon était donc un archer anglais, compatriote de la blondinette Miss Sisley...

Pendant les semaines qui suivirent le pugilat mystérieux entre le gominé salivaire et la fille d'Albion, mon ami ne fut plus que l'ombre de lui-même, prostré pendant les cours et ne me gratifiant plus que de sourires de façade. De son propre aveu, il avait baissé la garde et ne cherchait plus à riposter, ni même à se protéger, lorsqu'Adolfo prenait la fantaisie de lui administrer à toute volée des giroflées à cinq feuilles, comme en attestaient les bleus et ecchymoses qui truffaient son visage et son corps.

J'en vins à ne plus regretter de ne pas être amoureux, si un tel chagrin était la rançon à payer lorsque Cupidon mettait les voiles ! Dolores, en maman sourcilleuse, tenta en vain de percer le mystère de cette apathie soudaine et en toucha deux mots à ma mère qui la rassura en subodorant une affaire de cœur. « *El corazon herido !* » insista-t-elle en usant du peu de vocabulaire de la langue de Cervantes rescapé de sa scolarité.

La perte d'appétit étant un dégât collatéral aux peines d'amour, Esteban dépérissait à vue d'œil, en dépit des efforts conjugués de nos deux mères poules. Même le gâteau de riz à la vanille Bourbon, délice absolu mitonné par ma génitrice, faisait grimacer l'amoureux transi. Le temps, qui cicatrise la plupart des plaies d'amour, finit heureusement par cautériser celles de mon ami.

Dolores et Marie-Angèle s'étaient peu à peu liées de grande amitié et se retrouvaient dès que la belle espagnole pouvait s'échapper des griffes d'Adolfo et du bistro envinassé. Ricanant comme deux gamines, elles couraient les boutiques de l'avenue des Frères-Lumière ou sautaient dans le trolleybus qui tirait droit sur le centre-ville depuis la place de Monplaisir. À vrai dire, elles se comportaient surtout en lécheuses de vitrines mais ne revenaient jamais de leurs escapades sans quelques paquets, menus achats autorisés par l'état calamiteux des finances de Dolores. Mais il s'y trouvait toujours un livre pour Esteban et une bande dessinée pour enrichir ma collection.

Fins cordons-bleus, les deux femmes échangeaient fréquemment des recettes et des secrets de cuisine. Georges, Esteban et moi servions volontiers de cobayes à leurs expériences culinaires. La tortilla de Dolores devint, si j'ose dire, leur pomme de terre de discorde, chacune prônant ou non la présence de l'oignon parmi les ingrédients. Quant à ma génitrice, sa miraculeuse blanquette de veau imposait un silence religieux lors de la dégustation, silence que mon père rompait en évoquant un mystérieux *« petit Jésus en culotte de velours »* pour signifier la béatitude de ses papilles...

Adolfo supportait de moins en moins les absences de sa *Conchita*, comme il la surnommait avec un mépris affiché. La hargne aux lèvres, Esteban me racontait les scènes homériques auxquelles il assistait quotidiennement. Lorsque le choc des coups venait alourdir le poids des injures, mon valeureux ami bondissait du fond de son galetas et s'interposait comme il pouvait entre sa mère et le bistrotier.

« Tu verras, ça va mal finir ! » concluait-il en serrant les poings.

De fait, mon ami ne se trompait pas dans cette sinistre prédiction.

Le drame, puisque drame il y eut, se produisit vers la fin de cette année scolaire. C'était un mercredi matin, je venais de fêter mes 13 ans et mes parents avaient prévu de m'emmener renouveler mon trousseau, des espadrilles à la casquette, en vue des vacances d'été.

Je flemmardais au lit lorsque ma mère entra en trombe dans ma chambre, son peignoir d'intérieur flottant au vent. Elle me secoua tel un prunier, m'arrachant à un rêve dont j'ai oublié le scénario.

« Valentin ! » cria-t-elle d'une voix éraillée *« Habille-toi et fonce chercher Esteban ! Il va se passer quelque chose de terrible ! »*

Je déduisis de cet emploi du futur que Madame Angèle avait eu l'un de ses flashs extralucides et que je devais lui obéir sans poser de question. Sans quitter mon pyjama, je sautai dans mon pantalon et me ruai en pantoufles dans les escaliers. Sous le regard éberlué des passants, j'avalai bride abattue la vingtaine de mètres qui me séparaient du bistro, semant dans ma course l'une de mes charentaises.

Bizarrement, le rideau de fer de « L'Estocade » était encore baissé, en dépit de l'heure déjà avancée. Je franchis donc le porche latéral et gravis quatre à quatre l'escalier jusqu'à l'entresol.

Sans reprendre mon souffle, j'enfonçai de mon index le bouton de la sonnette qui tintinnabula en panique, mais sans résultat. Je collai alors mon oreille contre la porte et reculai d'épouvante. Une plainte étouffée me parvint, puis je reconnus la voix d'Esteban, qui débitait en cascade des phrases affolées dans sa langue maternelle. Je me mis à frapper des poings et des pieds cette foutue lourde en hurlant le prénom de mon compagnon.

Esteban finit par m'ouvrir et j'eus grand mal à le reconnaître. Dans la pénombre du vestibule, je distinguai son visage décomposé, la bouche et un œil déformés par les horions, hagard et la tignasse plus ébouriffée encore que d'ordinaire. De toute évidence, il cherchait à parler, mais ses lèvres enflées tremblotaient et les mots ne sortaient que par bribes, incompréhensibles et maculés de sang.

C'est alors, tandis que nous demeurions aussi ahuris l'un que l'autre sur le paillasson, que j'entendis claquer lourdement la porte cochère et mes parents, fagotés à la hâte et hors d'haleine, surgirent en haut des marches. Tout se passa très vite, comme dans un film des frères Lumière... Georges et Marie-Angèle, qui criait *« Dolores ! Dolores ! »* d'une voix brisée, s'engouffrèrent dans l'appartement. Pétrifiés, Esteban et moi ne bougions pas, échangeant des regards éperdus, d'authentiques regards d'enfants écrasés par des évènements trop lourds pour leurs frêles épaules.

D'instinct, je m'étais rapproché de mon camarade et d'instinct aussi, il vint se blottir au creux de mon épaule, où je recueillis ses premières larmes.

De l'intérieur de l'appartement me parvenaient les lamentations de ma mère, qui égrenait sans fin des *« Mon Dieu ! Mon Dieu ! »* fort surprenants dans la bouche de cette agnostique radicale. Mon père finit par trouver le téléphone et appela les secours, haussant la voix d'un ton autoritaire qui ne lui était pas coutumier pour articuler ses derniers mots : *« Venez vite ! »*.

Lorsque les sapeurs-pompiers déboulèrent, ils trouvèrent deux gamins assis sur le palier, pelotonnés l'un contre l'autre comme deux pitoyables pigeons un jour d'orage. Deux agents à képi et bâton blanc leur emboîtaient le pas. Tous se ruèrent à l'aveugle dans le couloir sans trop prêter attention à ces deux mômes en perdition.

Esteban se bouchait les oreilles pour ne pas entendre le tumulte qui débordait du minuscule logis où les uniformes se bousculaient en grand désordre. Mes parents réapparurent au moment précis où deux types en blouse blanche, portant une civière repliée, vinrent se jeter dans la cohue.

Comme nous nous relevions, ma mère attira doucement contre elle un Esteban aux guibolles en coton. Mon père passa un bras autour de mon épaule tout en me tendant la charentaise perdue dans ma course, et nous redescendîmes l'escalier à pas lourds et lents. Tout au long du trajet jusqu'à notre immeuble, ma mère poule garda mon copain blotti sous son aile en lui murmurant à l'oreille des mots de chaud réconfort, bulles dérisoires qui venaient éclater contre les épines de douleur enserrant le cœur du malheureux.

Nous recueillîmes Esteban, qui se claquemura près d'une semaine dans une aphasie absolue dont même les inspecteurs de police venus l'interroger ne purent le tirer.

Ce n'est que bien plus tard, mon ami ayant retrouvé sa pleine conscience et l'usage de la parole, que nous pûmes démêler l'écheveau des évènements. Comme ma mère en avait eu la vision et le pressentiment, Adolfo avait été pris d'une crise de démence avinée d'une telle violence qu'Esteban, s'étant interposé pour protéger l'infortunée Dolores, avait reçu sa large part de la volée de coups et avait fini par s'affaisser sur les genoux, à demi inconscient. Ce que voyant, la brune en furie avait saisi la première arme à sa portée, sans se soucier qu'elle fût perforante ou contondante. Un couteau à huîtres lui tomba sous la main, qu'elle plongea jusqu'à la garde, d'un coup sec, dans le lard du bourreau, telle une estocade au taureau dans l'arène.

Sans un cri, Adolfo avait porté les mains à sa poitrine et s'était effondré en tas, *« comme un sac à merde! »* dirait plus tard Esteban.

Quant à Dolores, elle demeurait pétrifiée d'épouvante, telle une statue antique, toute frissonnante dans sa chemise de nuit constellée d'étoiles vermeilles, serrant dans sa main le couteau à la pointe duquel perlaient des larmes de sang.

Tandis qu'Esteban retrouvait lentement ses esprits, prenant appui sur le corps du bistrotier pour se relever, sa mère se mit à osciller d'avant en arrière en psalmodiant des paroles sans rime ni raison, ses yeux révulsés vissés au plafond. C'est à ce moment-là que résonna dans l'appartement mon premier coup de sonnette. Longtemps, je me suis reproché de n'avoir pas couru assez vite ce matin-là, et longtemps ma mère se reprocha de n'avoir pas perçu plus tôt son flash prémonitoire.

Le corps d'Adolfo fut transporté à la morgue et il ne fut pas nécessaire de le dépecer beaucoup pour constater que la courte lame à mollusques s'était fichée plein cœur, ce qui ne manqua pas d'étonner mon ami, persuadé que son tortionnaire était dépourvu de cet organe générateur de sentiments...

Quant à Dolores, elle fut d'abord placée dans une cellule de détention provisoire où un médecin, réquisitionné pour l'examiner, décela une bouffée délirante aiguë nécessitant un internement immédiat. Face à son attitude oscillante et à ses propos incohérents, on déclencha illico une farandole administrative de paperasses et coups de tampon. La malheureuse fut transférée menottée et toutes sirènes hurlantes à l'hôpital psychiatrique du Vinatier, tout proche du quartier de Monplaisir.

Au bout de longs mois de procédure et d'investigations, un mandarin de la Faculté ayant acté dans un copieux rapport la démence de Dolores, la mère de mon ami fut maintenue chez les cinoques, où elle fut placée sous camisole chimique et s'enferma dans une attitude de plus en plus dodelinante et mutique.

Mes parents entreprirent des démarches laborieuses qui firent d'eux, au final, les tuteurs légaux d'Esteban, en l'absence de toute autre famille, le père de mon ami n'ayant pas refait surface des geôles franquistes et étant présumé défunt.

Au cours de l'enquête policière menée au bar de L'Estocade, un fin limier découvrit, derrière le comptoir du bistro et dissimulée sous des lattes de parquet mal jointées, une boîte à chaussures renfermant d'épaisses liasses de billets de banque espagnols ainsi que des coupures de presse relatant des meurtres crapuleux et autres méfaits sanguinolents commis dans la région d'Algésiras, ville natale du bistrotier. S'y trouvaient aussi des photos édifiantes où le cousin de Dolores s'exhibait façon Al Capone, coiffé d'un Borsalino et une mitraillette sulfateuse à la main.

Le truand s'était refait, grâce à de faux papiers et à quelques pots-devin, une virginité judiciaire en franchissant les Pyrénées, mais une simple boîte à chaussures avait suffi pour que le coupe-jarret porté disparu de l'autre côté de la frontière soit enfin démasqué.

SUR UN AIR DE FLAMENCO

Rapidement, mes parents mirent en place le rituel dominical de la visite à Dolores, dans le pavillon hautement psychiatrique où elle croupissait.

En prélude à ces rendez-vous éprouvants, dont j'étais dispensé malgré mes hauts cris, ma mère passait un temps infini à bichonner Esteban. Mon ami ne se rebellait que lorsqu'elle osait s'attaquer à son invraisemblable tignasse, sa brosse perdant moult poils de sanglier parmi les frisottis, spectacle que je n'aurais manqué pour rien au monde.

Sapé comme un milord, dans sa chemise immaculée au col pelle à tarte amidonné, le jeune hidalgo renouait avec ses racines espagnoles pour dérouler dans sa langue maternelle des kyrielles de jurons, tout en torturant la maudite cravate dont on l'avait ficelé.

Depuis notre balcon, je regardais avec dépit Georges, Marie-Angèle et leur protégé s'engouffrer dans la DS noire familiale pour une incursion dans le monde des fêlés, à « *dingoland* » comme ironisait Esteban en riant très jaune.

D'après la relation que j'en ai eue par la suite, ces visites se déroulaient selon un séquençage immuable et un timing très précis.

Échouée dans un fauteuil scoubidou face à une fenêtre à claire-voie donnant sur un coin de jardin, Dolores semblait comme évadée de son corps, aussi pétrifiée qu'un gisant. Gavée de gélules et de comprimés colorés comme des Smarties, elle n'était plus qu'un filigrane d'elle-même. Selon Esteban, qui tentait l'humour noir pour désamorcer la glauque réalité, le corps flasque de sa mère aurait pu figurer sur le tableau des « *Montres molles* » de Dali !

Les paroles que ses visiteurs lui adressaient semblaient glisser sur l'infortunée comme des vagues sur un rocher et les veilleuses de ses quinquets ne faisaient mine de s'allumer, furtivement, que lorsque son fils s'approchait d'elle pour l'embrasser.

Tandis que ma mère disposait le bouquet de fleurs hebdomadaire dans un vase, mon père dénouait le paquet de gâteaux rituel. « *Regardez, Dolores !* » s'exclamait-il « *voici votre pâtisserie préférée, des éclairs au chocolat !* ». Mais la gourmandise ne figurait plus au catalogue des qualités ou défauts de la malheureuse, qui gardait les lèvres scellées et une inanité du regard, les yeux rivés sur la ligne verte de son maigre horizon borné de hauts murs, par-delà les barreaux de sa fenêtre.

C'est la gorge serrée que mes parents et Esteban ingurgitaient leur éclair, tentant en vain d'établir un contact avec l'absente, entre deux bouchées. Une heure s'écoulait ainsi, en secondes de plomb, et le trio se résignait enfin à battre en retraite, après un dernier sourire de façade et des mots creux qui semblaient autant de bulles de savon flottant mollement dans la pièce. La porte à peine refermée, sa dignité coutumière passée par pertes et profits, Esteban se jetait au creux de l'épaule de ma mère pour y dissimuler son trop-plein de larmes.

Plusieurs mois s'écoulèrent ainsi, jusqu'à ce maudit jour de mars 1967. Je m'en souviens comme si c'était hier : l'astre solaire faisait un essayage de tenue d'été et déroulait ses rayons débonnaires. Il faut toujours se méfier des cieux trop cléments… on relâche sa vigilance, on croit au mirage d'un temps suspendu, et voilà que le destin vous assène un coup perfide, une tornade inattendue, sans sommation aucune.

Le premier acte se déroula sous le préau du collège, pendant un cours de gymnastique. Sous les exhortations de M. Scarabot, l'Héraclès maison réincarné en prof de gym, j'étais parvenu à hisser ma lourde carcasse le long d'une corde raide qui me laboura les paumes de mains à la descente. Ce fut au tour du svelte Esteban, qui s'avança en sifflotant, paré pour avaler le filin à la force des bras, les jambes à l'équerre, en moins de temps qu'il ne m'en a fallu pour l'écrire.

Nous n'avions pas vu surgir Bobosse, dont les robustes phalanges se posèrent avec une douceur inaccoutumée sur l'épaule du jeune athlète, quand celui-ci eut regagné le sol.

« Suis-moi, mon grand… » soupira le frère directeur en s'efforçant de reprendre haleine.

Esteban lâcha la corde enroulée à ses poignets et je vis s'éloigner les deux silhouettes aspergées de soleil, jusqu'au vieux chêne de fond de cour où elles s'immobilisèrent, la main de Bobosse toujours pressant l'épaule d'Esteban. Je distinguai aux loin deux autres personnages qui vinrent se glisser à leur tour dans l'ombre de l'arbre. En plissant les yeux, je reconnus ma mère à son manteau et mon père, dans son sillage, à sa luisante calvitie. Soudain, il y eut ce cri de jeune animal blessé, qui déchira le silence et nous fit tous frissonner.

Je fermai les yeux, tétanisé, et mes poings se crispèrent machinalement autour du filin tandis qu'Héraclès-Scarabot, pressentant lui aussi qu'un drame se jouait, tentait maladroitement une galéjade à sa façon :

« Dis donc, Valentin, pourrais-tu monter à nouveau pour décrocher la corde ? »

Sans répondre, frémissant d'inquiétude, je pris mes jambes à mon cou pour rejoindre le petit groupe qui semblait prendre racine sous le chêne tutélaire. Dans un geste d'affection inaccoutumé de sa part, Bobosse m'accueillit en fourrageant dans mes cheveux puis dans ceux d'Esteban. Le front bas, ne cessant de répéter qu'il était désolé, qu'il allait prier pour nous, il regagna son bureau à pas pesants tandis que nous quittions la cour du collège. Ma mère se mit à déverser à l'oreille de mon ami abasourdi et hébété un flot de paroles lénifiantes. C'est alors que mon père, pâle comme un linge, me prit à part et murmura cette phrase si simple, sujet-verbe-adjectif, et pourtant si lourde, d'une voix enrouée que je ne lui connaissais pas : *« Dolores est morte... »*.

Je n'eus connaissance que plus tard des circonstances effroyables de ce décès : le matin même, Dolores avait revêtu la belle robe rouge à volants de *bailaora* du temps de sa splendeur, avait choisi dans le bouquet hebdomadaire de mes parents une rose écarlate pour la piquer dans ses longs cheveux crantés. Enfin, en automate, elle avait posé un microsillon 33 tours sur l'archaïque tourne-disque offert par ma mère et toléré par les garde-fous de l'asile.

C'est accompagnée par la plainte de Carlos Gardel qui susurrait de langoureux *Volver* à son oreille, et tout en esquissant des pas de danse chaloupés, tenant une chaise à bout de bras comme un fantomatique partenaire de tango, que Dolores ondula jusqu'à son cabinet de toilette. Là, elle posa le siège à côté du lavabo, grimpa lestement dessus, saisit la ceinture de la robe de chambre accrochée au mur, en noua une extrémité à la tuyauterie et l'autre autour de son cou. Dans une sublime *castigada*, la danseuse pourpre fit basculer la chaise d'un pied léger et se cambra dans l'espace. La rose s'échappa de la coiffure rudoyée et ses pétales s'éparpillèrent en touchant le sol.

Dolores s'appliqua jusqu'au bout à conserver un sourire sur ses lèvres, soucieuse par cette politesse de ne pas effrayer la soignante qui la découvrirait. Son dernier soupir s'envola dans un parfait accord avec l'ultime refrain de la chanson triste :

« Vivir Con el alma aferrada, À un dulce recuerdo, Que lloro otra vez » (« Vivre Avec l'âme agrippée à un doux souvenir que je pleure à nouveau »).

ESPRIT, ES-TU LÀ ?

Tout comme il demeura toute sa vie à guetter le retour de son père, Esteban ne parvint jamais à faire le deuil de sa mère. Ces deux absences cruelles pesaient lourdement sur ses jeunes épaules et j'avais l'impression que mon frère de hasard n'existait plus qu'en filigrane, que son corps n'était plus que l'armature délabrée d'un automate. Ses lèvres demeuraient figées en un pitoyable rictus, ne se desserrant que pour avaler quelques maigres bouchées ou répondre à l'économie à nos questions.

Au collège, il déserta le podium dont il avait fait son nichoir scolaire, malgré les aiguillons de mes colères feintes et des encouragements de nos professeurs.

En désespoir de cause, mes parents et moi tînmes conciliabule. Alors que nous tournions vainement en rond à la recherche d'un plan de sauvetage, le visage de mon père s'illumina soudain. Il se mit à ricaner sottement en fixant ma mère, se fit un peu prier puis finit par nous exposer l'idée qui lui était venue pour tirer notre pensionnaire de sa léthargie.

« Je ne vois qu'une personne capable de venir en aide à Esteban... » lança-t-il en mettant beaucoup de points de suspension à la fin de sa phrase.

Comme nous restions interdits, ma mère et moi, il reprit :

« Une personne dotée de certains pouvoirs et à même de converser avec des entités de l'au-delà... »

La personne en question, assise à mes côtés, se dressa d'un bond.

« Tu n'y penses pas, Georges ! Je n'ai jamais conversé ni pris le thé avec des défunts ! Je vois mal comment mettre en relation une mère passée de l'autre côté et son fils, si c'est ce que tu envisages ! »

Il protesta avec véhémence : *« Tu es médium, Marie-Angèle ! C'est le moment de tirer le meilleur de ce don exceptionnel »*.

Ma mère se rassit, ou plutôt se laissa tomber sur sa chaise...

« Je ne maîtrise pas ma médiumnité. Il m'arrive, c'est vrai, de recevoir des messages bizarres, mais ce sont des appels confus et sans préavis, non

sollicités, de défunts que je ne connais ni d'Ève ni d'Adam ! Peut-être une élucubration de mon cerveau... Imaginez la déception d'Esteban face à une tentative de communication manquée avec ses parents ! »

J'intervins alors :

« *Maman, ça vaut le coup d'être tenté ! Fais-le pour Esteban ! Je suis très inquiet pour lui.* »

Il y eut quelques tergiversations, mais les protestations de ma mère s'amollirent peu à peu et elle finit par lâcher un « *Je vais y réfléchir* » à valeur de consentement.

Il y avait urgence... de jour en jour, mon compagnon semblait se désagréger et se racrapoter, comme en un lent suicide passif. Comme je m'y attendais, il refusa tout net l'assistance de deux psys dénichés par mon père, l'un freudien et l'autre lacanien.

La tentative de sauvetage ourdie en famille eut lieu un dimanche après-midi. Esteban, comme il en avait pris l'habitude, restait cloîtré dans sa chambre. J'appris plus tard qu'il passait ses moments de solitude à écrire de longues lettres à ses parents, des missives un peu folles où il les suppliait de revenir le chercher. Lui, le mécréant sans Dieu ni maître, se mettait à croire aux anges à plumes blanches et à espérer que Pablo et Dolores rappliqueraient à tire-d'aile d'un improbable paradis, pour lui rendre sa joie de vivre ou l'emmener folâtrer parmi les nuages.

Sans doute las de m'entendre toquer à sa porte en rognonnant, le reclus finit par baisser le pont-levis et lever la herse de sa chambre forte. Nous nous assîmes côte à côte sur son lit et, après un moment de silence oppressant, je lui dévoilai le plan hasardeux conçu par mes parents, en lui faisant miroiter un possible dialogue avec ses chers disparus.

Alors que je m'attendais à un flot d'objections ou à un refus sans appel, mon ami tourna vers moi un visage apaisé où se dessinait enfin l'esquisse d'un sourire. Un mot, un seul, sortit de sa bouche : « *Quand ?* »

Je m'engouffrai en toute hâte dans la brèche :

« *Maintenant, si tu veux bien...* »

Esteban déplia sa longue carcasse et ravagea furieusement le champ de bataille de ses boucles brunes, signe d'intense fébrilité. Il n'avait pas oublié sa première rencontre avec Marie-Angèle et la transe qui avait préludé à des prédictions de bûchers et d'exils qui restaient gravées en lui.

Nous quittâmes donc sa tanière et je l'escortai jusqu'au salon, que mes parents avaient plongé dans la pénombre appropriée. Nous prîmes place en silence autour de la table ronde tendue d'une nappe immaculée, au centre de laquelle pleurait une chandelle à la flamme vacillante, dressée dans un bougeoir de bronze exhumé du bric-à-brac de mon père et qui faisait valser nos ombres sur les murs.

« *Je vous préviens* » dit la maîtresse de cérémonie « *je n'ai jamais fait cela et je ne garantis pas le résultat...* »

Tandis que je me dandinais nerveusement sur ma chaise d'une fesse sur l'autre, mon esprit rationnel me soufflait de balayer cette mise en scène d'un éclat, qu'il soit de rire ou de sauve-qui-peut. Mais je m'efforçai de demeurer figé comme une statue, tout en frissonnant à la vue des visages de mes voisins de table, que la flamme mutine et ondulante camouflait de masques blafards et grimaçants.

D'une voix douce et claire, ma mère nous demanda de fermer les yeux et de penser très fort à Dolores, en projetant son image sur l'écran de nos paupières closes. Dans le silence assourdissant qui avait envahi la pièce, le raffut de l'horloge martelant lourdement les secondes s'imposa, m'empêchant de visualiser la danseuse morte à travers le verre dépoli de ma mémoire. Mais soudain, alors que j'allais renoncer et rouvrir les quinquets, elle m'apparut nettement en plan américain, dans sa belle robe rouge ! La voix trémulante de ma mère s'éleva à nouveau...

« *Dolores, nous t'appelons. Voudrais-tu dire quelques mots à ton fils Esteban ?* »

Rien, nada ! Ma mère réitéra son appel à plusieurs reprises, mais aucune réponse de l'au-delà... La supplique de l'extralucide éclatait à présent en mode désespoir tandis que l'image de la disparue s'estompait peu à peu de mon écran intérieur. J'entendis mon compagnon soupirer à mes côtés et c'est alors que le miracle se produisit...

Une brise légère et glaciale envahit soudain la pièce, soulevant mes cheveux en mèches folles et mouchant sèchement la bougie au passage. Cela ne dura qu'un instant mais je sentis mon cœur s'emballer dans ma poitrine, tandis que la voix de ma mère s'élevait à nouveau, chevrotante mais apaisée...

« *Je te vois, Dolores, et je peux t'entendre. Que voudrais-tu dire à ton fils ?* »

Sans haut-parleur extrasensoriel, nous n'entendions pas l'interlocutrice de Marie-Angèle, celle-ci s'efforçant de nous restituer de façon saccadée les messages qu'elle recevait Dieu sait comment et de Dieu sait où.

« *Esteban, ta maman voit ta détresse et elle veut te rassurer... Elle est bien arrivée de l'autre côté et elle va bien... Parle moins vite, Dolores, et en français, s'il te plaît... Oui, je lui dis que tu veilles sur lui, que tu es son ange gardien... Pourquoi me remercies-tu ?*

Ah, de t'avoir laissé ta robe rouge de danseuse pour ton dernier voyage ?...

C'est bien naturel, Dolores, bien naturel... »

C'est alors que la voix d'Esteban s'éleva, sans souci de couper la communication péniblement établie...

« *Maman !* » s'égosilla-t-il « *As-tu retrouvé papa là où tu es ?* »

Comme l'entité bien-aimée demeurait silencieuse, la médium reformula la question et finit par livrer la réponse « *Elle fait « non » de la tête, Esteban. Elle n'a pas encore retrouvé ton père... Mais elle dit qu'elle doit partir, qu'elle t'embrasse, qu'elle nous embrasse tous... Elle s'éloigne... Mais je perçois une autre voix, une voix d'homme... son visage est dans l'ombre et je l'entends rire... il rit très fort, si fort !... Attendez, il me parle... ne hurlez pas, je vous prie, je ne suis pas sourde !... Pas en espagnol, par pitié !... Quoi, que dites-vous ? Que veut dire « Enviaré maledicion sobre vosotros » ? Oh ! Je crois bien qu'il m'insulte ! Quoi ? « recuperar mi dinero » ? Qué dinero ?* »

Se dressant d'un bond et renversant sa chaise, Esteban se mit à hurler à travers ses larmes :

« *Raccrochez ! raccrochez ! c'est Adolfo qui vous parle !* »

Et il s'enfuit à toutes jambes. La porte de sa chambre claqua si fort que les murs tremblèrent.

« *C'est fini !* » soupira ma mère exténuée « *La communication est coupée...* »

Mon père se leva, lui prit les mains et l'embrassa sur le front, puis il rouvrit les volets et nous lança d'un ton badin, en laissant se faufiler la lumière dans la pièce :

« *Je crois que ce diable d'Adolfo nous envoie une malédiction et qu'il réclame son magot ! Je pensais que tout était gratuit dans l'au-delà... Ma chère Marie-Angèle, il faudra nous munir d'espèces lorsque nous partirons ad patres !* »

C'est un Esteban bouleversé, mais apaisé, qui réapparut le lendemain. Il se jeta dans les bras de ma mère, la remercia, puis la supplia de réitérer l'expérience dès le dimanche suivant, ce qu'elle accepta sans trop rechigner.

Respectant la même mise en scène, bougie vacillante et volets clos, la médium répéta en boucle son « *Dolores, es-tu là ?* » pendant de longues minutes sans obtenir de réponse ni de musique d'attente... Pour détendre l'atmosphère, je murmurai qu'il existait peut-être une formule magique pour établir la communication, du genre « *Allo-delà* », ce qui me valut une bourrade dans les côtes de la part de mon ami.

Enfin, alors que nous allions renoncer, la même brise qui avait déjà caressé nos visages souffla à nouveau dans la pièce, tourbillonnante et glaciale. C'était le signal escompté... À grand-peine, je me retins d'éternuer.

« *Dolores, m'entends-tu ? Ton Esteban est près de moi. Voudrais-tu lui dire quelques mots ?* »

En aparté, Marie-Angèle se lamenta :

« *Je n'entends qu'un brouhaha, la liaison est mauvaise !* » Soudain, elle se dressa d'un bond en se tenant la tête à deux mains :

« *Qui êtes-vous ?... Ne parlez pas tous à la fois !... Non, madame, je ne suis pas votre cousine Adèle ! Raccrochez, je vous prie !... Non, monsieur, je n'étais pas cantinière au 3e régiment de zouaves à Sébastopol !... C'est insensé ! Dolores, où es-tu ? Dans quel enfer es-tu tombée ?* »

De toute évidence, ça bataillait ferme de l'autre côté. J'imaginais des ectoplasmes s'entre-lacérant le suaire pour se saisir du combiné...

La préposée au standard extrasensoriel tentait de ramener le calme en tapant furieusement sur la table du plat de la main. Enfin, elle s'immobilisa, poussa un soupir de soulagement puis ouvrit les bras comme pour accueillir chaleureusement une visiteuse...

« *Ah ! Je crois que c'est elle, je la vois dans sa robe rouge... Tu m'entends, Dolores ?... Dis donc, c'est un sacré foutoir, de l'autre côté... Oui, ton fils est près de moi, il t'embrasse. Que voudrais-tu lui dire ?... Que tu l'embrasses aussi... OK, mais encore ? Que tu l'aimes ? je transmets... Que tu regrettes d'avoir tué Adolfo ? Non, ne regrette rien, Dolores, c'est tout ce qu'il méritait !... Comment, que dis-tu ? que ce hiro de puta ne te lâche pas la grappe et que ça risque de durer pour les siècles des siècles ?... N'y a-t-il pas d'autorité supérieure à qui te plaindre, un syndicat d'entités, que sais-je ?... Et Dieu, dans tout ça ?... Dolores ? Pourquoi hausses-tu les épaules ?... Je t'entends à peine, la ligne est très mauvaise !... Là, c'est mieux... Ah bon, tu dois partir... mais tu nous aimes et tu veilles sur Esteban... Oui, lui aussi il t'aime, nous t'aimons tous... Allo ? Ça y est, on a été coupés ! Ouh là, Georges, rouvre les volets, vite ! je sens qu'Adolfo n'est pas loin... Je raccroche ! ».*

Éreintée, ma mère souffla la bougie, se leva, puis tituba jusqu'à sa chambre, soutenue par mon père. Nous ne la revîmes que le lendemain soir, encore exténuée par sa conversation cafouilleuse avec les turbulentes entités.

L'expérience demeura sans lendemain. Esteban savait désormais qu'une ombre bienveillante veillerait sur lui jusqu'à son dernier soupir, ce qui le ragaillardit. Qui plus est, il se trouvait conforté dans la certitude que son père était encore vivant, quelque part sur la péninsule ibérique. Je retrouvais enfin le compagnon vaillant et complice qui m'avait tant manqué ! Quant à ma mère, j'appris plus tard qu'elle s'était inscrite en cachette à une sorte de Cercle de spiritisme réunissant pêle-mêle de sacrés hurluberlus, d'indubitables charlatans, mais aussi d'authentiques médiums, dans le but inavoué d'améliorer la communication avec l'au-delà et de resserrer les liens paranormaux entre feue Dolores et elle.

LES SŒURS COTON

Le printemps de cette année 1967 fut aussi radieux que l'hiver précédent avait été abominable. Georges et Marie-Angèle considéraient Esteban comme leur second fils et lui-même se montrait plutôt démonstratif dans ses bouffées de tendresse à leur égard.

Le soir venu, à travers la mince cloison qui séparait nos deux chambres, je pouvais percevoir les longs soliloques qu'il tenait à l'intention de son ange gardien à robe rouge. Je collais l'oreille au mur, curieux de savoir si la belle danseuse de flamenco daignerait lui répondre, mais seule s'élevait la voix de mon voisin, égrenant les bonnes notes récoltées, les potins du collège, les anecdotes du jour... peut-être les réponses n'étaient-elles audibles que par lui, si réponse il y avait.

Ma mère, de son côté, nourrissait quelque inquiétude, craignant que son dialogue tempétueux avec l'au-delà n'ait chaviré l'esprit de notre protégé. Mais la mine épanouie d'Esteban, son appétit revenu et ses grands éclats de rire suffirent à la rassurer.

La passion du théâtre ne nous ayant pas quittés et pour appliquer quelque baume bienfaisant sur les plaies mal suturées de mon frère d'âme, mes parents nous abonnèrent aux matinées classiques du théâtre des Célestins.

Nous nous faisions une joie de ces sorties et c'est le cœur battant que nous sautions dans le trolleybus numéro 1, qui tirait droit sur le cours Gambetta en direction de la place Bellecour. Chemin faisant, nous étions parfois secoués d'éclats de rire tonitruants en évoquant nos débuts d'acteurs dans le mémorable *« Tour du monde en 80 jours »*, mis en scène par ce satané père Legras.

Dans le cocon rouge et or du théâtre, trépignant sur des fauteuils hors d'âge au velours râpé, nous avons connu bien des émotions, versé bien des larmes, de joie ou d'émotion. Nous n'avions que quinze ans et le frisson facile, nos cœurs purs n'étant encore ni blasés, ni érodés, notre cuir si tendre... Mon royaume et mon cheval pour revenir en ce temps-là !

L'une de ces matinées scolaires reste gravée dans ma mémoire. Au Cid de notre prime enfance, dont Esteban récitait à ma mère des tirades entières, pour la dérider lorsqu'il la voyait aux prises avec des coups de blues, avait succédé dans notre panthéon un autre demi-dieu du répertoire classique: Cyrano de Bergerac.

Nous avions fait la connaissance de l'homme au long pif grâce à l'étrange lucarne, sous les traits de Daniel Sorano, et nous l'avons retrouvé aux Célestins, magnifié par Jean Marais en personne. Dans ce rôle qui lui allait comme un gant, l'acteur jetait son feutre avec une grâce qui lui était naturelle et redevenait à nos yeux le *Capitan* en tirant son espadon pour toucher à la fin de l'envoi.

Il advint, au cours du dernier acte, que le fameux nez postiche glissât le long de l'appendice du héros, comme je l'ai vu faire plus tard au nez du Concorde, qui basculait de 12 degrés environ lors de l'atterrissage. Bref, sans doute par la faute d'une glu de piètre qualité, Cyrano perdait son nez. Le public s'en aperçut et ce fut une vague de gloussements qui submergea les rangées de potaches. D'un geste impérial en direction de la salle, tout en continuant à déclamer, l'acteur mit un terme aux débordements, tâchant de maintenir en place d'un index élégant l'oblongue capsule récalcitrante.

Le rideau tomba sur un Jean Marais auréolé du panache de Cyrano et du sien propre. Sous un tonnerre d'applaudissements, notre héros n'en finissait pas de saluer, de rappel en rappel. Soudain, d'un geste large et élégant, il ôta le nez postiche indocile et l'envoya voler au-dessus du parterre. Vif et agile, Esteban lança le bras et, victorieux, brandit son trophée, ce qui lui valut un salut chapeau bas du grand comédien.

Dans la cohue, nous traînâmes longuement dans les coursives du théâtre, nos pas amortis par la moquette écarlate, puis nous gagnâmes l'atrium, dans l'espoir de croiser le héros de Rostand et de lui bafouiller notre admiration. Des grappes de jeunes admirateurs se pressaient à nos côtés dans un désordre indescriptible et j'eus la maladresse de bousculer une jeune fille qui se retint à mon bras pour ne pas chuter et m'offrit son plus beau sourire.

Je crus un instant avoir la berlue car, aux côtés de l'adorable blondinette aux yeux verts, se tenait son calque parfait, tout aussi craquante et vêtue à l'identique d'une robe fleurie à manches ballon. Esteban me poussa du coude en soufflant à mon oreille : « *Tu vois ce que je vois ? Une belle paire de jumelles à sortir de leur étui !* ».

Nous restâmes longtemps à attendre Jean Marais, qui s'était sans doute éclipsé par la sortie des artistes, mais cette attente nous permit de lier connaissance avec les deux demoiselles, des « vieilles » plus âgées que nous de deux ans, ce qui nous poussa à mentir sur notre âge.

Le hasard malicieux faisant bien les choses, les sœurs Coton, Anne et Marie, demeuraient dans le quartier de Montchat, accolé au nôtre, et devaient prendre le même tram que nous pour s'en retourner chez elles. Elles acceptèrent sans hésiter l'escorte que nous leur proposâmes.

Chemin faisant, mon compagnon et moi rivalisâmes d'efforts pour les séduire ou, à tout le moins, les étonner. Bon public, elles riaient à la moindre de nos plaisanteries et je ne fus pas sans remarquer que ce joli cœur d'Esteban monopolisait leurs œillades mutines. Nous les raccompagnâmes jusqu'au portail de leur bercail, orgueilleuse demeure dont on n'apercevait, au travers d'un rideau de peupliers, qu'un bout du toit pentu et une tour crénelée à l'ancienne.

C'est alors qu'Esteban eut l'un de ces beaux gestes dont il était coutumier. À celle des deux sœurs qui était la plus proche de lui – était-ce Marie ? était-ce Anne ? rien ne les distinguait – il tendit le nez de Cyrano en se fendant d'une large courbette avec l'élégance d'un mousquetaire. Le cadeau plut et lui valut une bise furtive. Nous nous promîmes de nous revoir bientôt, ici, là ou ailleurs.

GNOUF

La grâce des deux jumelles en fleur suffit à galvaniser nos cœurs candides, si prompts à s'enflammer. À l'âge de Roméo, les serments éternels, les baisers volés ou consentis, sont les confettis de la belle jeunesse. Nous devînmes rapidement les chevaliers servants des sœurs Coton. J'y reviendrai...

Fous de théâtre, grands dévoreurs de livres, nous avons mis du temps à nous passionner pour le septième art, pour des raisons qui m'échappent encore. Étions-nous effrayés par l'écran blanc comme nous l'eussions été d'un suaire ? Le choix des films que mes parents nous emmenaient voir au Pathé Palace ou au Royal, lors de sorties dominicales dans le centre-ville, était-il malheureux ? Toujours est-il que le déclic tardait à se produire. Il se produisit pourtant et je lui associe un nom, ou plutôt un sobriquet : « Gnouf ! »

Nous étions en classe de 4e et le deuxième trimestre scolaire battait son plein. Le miracle eut lieu pendant un cours de maths... La porte de la classe s'ouvrit, livrant le passage à Bobosse, dont la massive silhouette laissait dans l'ombre l'étrange quidam qui le marquait à la soutane. Le charivari produit par la trentaine de potaches se dressant au garde-à-vous fit sursauter le petit bonhomme qui manqua choir en butant sur un angle de l'estrade et laissa échapper la serviette de cuir qu'il serrait contre lui.

D'un froncement de sourcils, le frère directeur mit un terme au barouf secouant les travées et s'effaça pour laisser le nouveau venu en pleine lumière :

« Je vous présente le frère Abel, que nous accueillons dans notre communauté éducative et qui vous enseignera... voyons, frère Abel, comment s'appelle cette matière ? »

« La filmologie ! » souffla le gugusse d'une voix de fausset qui nous fit derechef pouffer de rire.

Il nous fut expliqué que cette matière enseignée à titre expérimental serait optionnelle et qu'un créneau hebdomadaire lui était attribué le lundi, en tout début d'après-midi.

C'est peu de dire que cet étrange professeur nous fut d'emblée sympathique. Physiquement, cet humanoïde sans âge, dépourvu d'épaules, le cheveux rare et gras, sec comme un trognon de pomme, des oreilles en feuilles de chou, était une caricature vivante et l'on balançait entre la pitié et l'hilarité en l'observant. Sous la soutane trop large et toute froissée-tachée, on soupçonnait un étrange mécanisme, le corps entier étant soumis à un roulis permanent, sauf quand il se mettait en branle, déroulant alors d'époustouflantes foulées tout en claquant des galoches. Quant à son visage, cerise sur le gâteau, le simiesque et le grotesque s'y disputaient en un festival de grimaces et de tics nerveux. Mais les gloussements qu'inspirait la dégaine du bonhomme se figeaient en un frisson lorsque l'on découvrait, en embuscade derrière de lourdes lunettes à écailles aux branches rafistolées de sparadrap, un regard d'acier en perpétuelle errance panoramique, qui vous pétrifiait jusqu'à l'os lorsqu'il vous prenait en ligne de mire.

Jamais je n'oublierai notre premier cours de filmologie... Poussés par la curiosité, Esteban et moi nous étions assis au premier rang, tandis que la vingtaine de curieux venus là avec l'espoir de rigoler un bon coup, avaient lâchement investi les pupitres du fond de classe, ne sachant trop à qui ils avaient affaire. Prudence est mère de sûreté.

Toujours serrant contre sa poitrine concave son cartable à l'agonie, frère Abel fit une entrée fulgurante. Le pas saccadé, le souffle court, il monta à l'assaut de son bureau, se saisit d'une craie et, sans lâcher pour autant sa besace informe, grava au tableau dans d'insupportables crissements, le nom de la matière qu'il prétendait nous enseigner. La pauvre craie, pulvérisée, parvint à grand-peine à la fin du hiéroglyphe en question, où elle grinça son dernier soupir.

« Les films », éructa le pantin sur l'estrade en pivotant d'un coup face à nous et en pointant un index menaçant; *« sont des livres en mouvement ! »*. Et le voilà parti à dresser l'inventaire des œuvres incontournables et des réalisateurs de génie qu'il prétendait nous faire connaître, tout en sacrifiant une nouvelle craie pour incruster dans le tableau titres et noms, en tous sens et façon Champollion.

Le rire étant le propre de la jeunesse, un rire souvent impitoyable, les dernières rangées se déchaînèrent et le chahut fit tache d'huile tandis que l'hurluberlu s'échinait à nous transmettre son savoir et sa ferveur, indifférent au tohu-bohu ambiant.

Confusément, Esteban et moi sentions bien que ce gnome surexcité méritait autre chose qu'un tel chambard. La suite nous montra la justesse de cette intuition. Très vite, Gnouf voulut illustrer ses propos magistraux par l'image et se démena comme un beau diable pour y parvenir. Sans doute pour avoir la paix, son magistère lui octroya les clefs d'un local désaffecté, sous l'église, avec carte blanche pour en faire une salle de projection.

Par on ne sait quel prodige, frère Abel avait négocié auprès d'une salle de cinéma lyonnaise le don d'un projecteur réformé qu'il parvint à retaper au prix de quelques nuits blanches, ainsi que d'un lot de fauteuils avachis à l'assise rabattable, rescapés d'une décharge.

Notre petite équipe de cinéphiles en herbe fut réquisitionnée pour des travaux de peinture, de bricolage et de safari aux toiles d'araignées, le chef de chantier en soutane agitant les bras tel un sémaphore pour diriger les opérations, nous arrachant des mains dans un rugissement de fauve le pinceau indolent ou le marteau nonchalant. Son habit ecclésiastique sortait de ses gesticulations constellé d'étoiles de peinture et ses mains couvertes de pansements.

À la même époque, un certain Louis de Funès commençait à faire se tordre de rire la France entière. Mon compère et moi en vînmes à soupçonner une probable parenté entre notre Gnouf et cet acteur trépidant...

L'inauguration de la *« Salle Charlie Chaplin »*, rebaptisée par Esteban *« Salle Ciné qua non »*, eut lieu en présence de parents d'élèves et de l'équipe enseignante, avec les petits fours et l'orangeade de circonstance. Bobosse se fendit d'une oraison interminable sur les vertus de l'art cinématographique, tout en confessant n'avoir jamais mis les pieds dans une salle obscure pour cause de claustrophobie. Quant à Gnouf, par un louable accès de modestie, il s'était réfugié dans la cabine de projection dont les parois de contreplaqué portaient encore les écriteaux « Peinture fraîche », ce dont témoignait la soutane du projectionniste...

Nos invités échappèrent ainsi à l'un de ces discours abscons dont il avait le secret, mais lui n'échappa pas aux applaudissements nourris qui lui furent adressés in fine, auxquels il répondit en agitant un bras nerveux par l'ouverture de la cabine. Ma mère, sensible à l'audace d'un enseignement artistique aussi novateur, me chargea d'offrir à notre prof aux nerfs de flanelle un écran de fortune, constitué de plusieurs draps cousus ensemble.

Très vite, frère Cinoche, comme Esteban et moi le surnommions, s'aperçut qu'il ne prêchait pas dans le désert en tentant de nous communiquer sa passion pour le 7e art. D'évidence, il soupçonnait en ces deux gaillards un terreau où pourraient s'épanouir les graines qu'il tentait de semer à la volée.

Mon ami et moi nous vîmes donc attribuer la charge de récupérer à l'économat, de l'autre côté de la rue, la lourde bobine 35 mm du film de la semaine, loué par ses soins. Religieusement, tel un saint sacrement ou le Jésus de la crèche, nous transportions la dive pellicule jusqu'à la salle Charlie Chaplin, où frère Abel nous attendait en trépignant d'impatience.

Dans le cagibi de projection tapissé d'affiches d'incunables du cinéma, le cinéphage à soutane nous enseigna comment mettre la bobine en place, amorcer la pellicule et régler l'objectif. Comme par miracle, ses mains cessaient alors de trembler et ses doigts devenaient aussi agiles que ceux d'une ovaliste.

« Un projectionniste » s'enflammait-il *« c'est un magicien, un passeur de rêves ! »*

Nous apprîmes peu à peu à respecter ce doux dingue intello, vibrion à l'esprit torturé et aux nerfs suppliciés.

À l'intérieur de sa cabine, où Esteban et moi l'assistions à tour de rôle au risque de nous faire traiter de « fayots », l'opérateur échappait aux chahuts rituels mais de plus en plus pondérés, la magie des images triomphant des petites mutineries coutumières. Par un œilleton ménagé dans la cloison, le malicieux Gnouf ne perdait pas l'écran de vue, indifférent aux jets de projectiles qui zébraient parfois le rai de lumière magique avant que ce dernier n'éclabousse la tenture immaculée.

Au moment crucial d'une scène, alors que le fou rire ou l'émotion était à son comble dans la salle, interrompant sans scrupule une chute de Charlot ou la montée à l'assaut d'une troupe de poilus, l'opérateur stoppait net le défilement de la bande et jaillissait de la cabine comme un diable de sa boîte. Il se plantait en ombre chinoise devant l'écran, se dandinant d'un pied sur l'autre, tout en martelant son menton de son poing crispé, et commentait le plan figé sur la toile, dans le registre :

« Pourquoi rions-nous ? » ou *« Pourquoi sommes-nous émus ? »*

Certaines images me hantent depuis ce temps-là. Une scène me revient, qui frappa droit au cœur ma jeune sensibilité et celle d'Esteban :

dans ce film dont j'ai oublié la fiche technique et artistique, tourné en gris plutôt qu'en noir et blanc dans un paysage de désolation, un jeune soldat en manœuvre trouve un malheureux chiot errant. Pris de pitié, il dissimule l'animal dans sa veste de treillis. Alors qu'il grimpe dans le camion militaire parmi ses camarades, un officier perçoit les couinements du chien, dont la petite tête émerge soudain du treillis, entre deux boutons. Le gradé malmène le bidasse compatissant et lui aboie l'ordre de se débarrasser du pauvre cabot qui geint de plus belle et se blottit en tremblant contre son sauveur. Le soldat ne peut qu'obtempérer et, les larmes aux yeux, finit par lancer des pierres au chien pour le repousser.

La séquence larmoyante prend fin avec le départ du convoi, le soldat qui hurle *« Va-t'en! »* entre deux sanglots et l'animal gémissant à fendre l'âme qui ne comprend pas, court de toutes ses petites pattes derrière le camion et finit par se perdre dans le lointain... J'avoue que ce chiot perdu sans collier trotte encore dans ma mémoire et dans celle de nombreux potaches, j'en prends le pari, de même que la réflexion du frère Abel: *« La vraie vie des hommes et des animaux n'est pas un film de Disney! Gardez-vous des mauvais génies et des fées Carabosse! »*.

Ainsi, bienheureux entractes venant pimenter les dernières semaines de cette année scolaire, les cours de filmologie de l'hurluberlu magnifique nous métamorphosèrent, Esteban et moi, en aspirants cinéphiles de la plus belle eau. Grâces lui soient rendues de nous avoir initiés aux arcanes du fondu au noir et du fondu enchaîné, du plan américain et de la contre-plongée.

Alors que le *Napoléon* d'Abel Gance quittait son île pour un impérial destin, Gnouf décortiquait les mouvements de la caméra audacieuse, analysait le jeu outré mais génial des acteurs. De la décadence d'un Gérard Philipe stendhalien, le savant farfadet tirait une réflexion sur les mirages de la vanité et les ravages de l'amour. Il brisait nos éclats de rire en figeant l'image sur Stan et Oliver, nous révélant que les deux zigotos magnifiques avaient fini leurs jours dans une scandaleuse misère.

Habile façonnier de nos jeunes sensibilités, celui dont les mots martyrisés nous étaient paroles d'évangile excellait à alterner comédie et tragédie sur pellicule, dans un grand écart périlleux entre Marx Brothers et néoréalisme italien. Les autres enseignants, d'abord sceptiques, assistaient parfois médusés à des sorties de séances peu banales, les jeunes spectateurs riant à s'en décrocher la mâchoire ou dissimulant comme ils pouvaient leur ressenti lacrymal dans des mouchoirs bien imbibés. Certains professeurs, et même Bobosse au mépris de sa *claustrocinéphobie*, se glissaient subrepticement dans la salle pendant le générique de début de film et se laissaient porter par les interventions magistrales de notre mentor autant que par les images projetées sur le drap de ma mère.

Pour l'ultime séance de cette année scolaire, le frère Abel choisit de nous asséner le choc des images de *Nuit et Brouillard*, d'Alain Resnais, ponctuant le film de propos jaillis de ses tripes et de son cœur. Nous comprîmes, entre les mots bafouillés, qu'il avait côtoyé l'horreur absolue pendant la guerre et que si sa Foi en était revenue confortée, il avait rapporté de cet enfer un corps décharné, des nerfs en charpie et bien des illusions perdues sur la nature humaine.

À l'issue des séances, alors que nous l'aidions à rembobiner les films et à ramasser les avions en papier et autres chewing-gums collés sous les sièges, frère Abel ne manquait jamais de nous glisser en douce un livre ou deux, en nous intimant un « *chut !* » impératif d'un index plaqué sur ses lèvres. Ces ouvrages, circulant sous le manteau, pour ne pas dire sous la soutane, avaient pour auteurs Stendhal et Saint-Exupéry (son Saint Patron préféré, disait-il), mais aussi Dorgelès, Guéhenno et même l'anarchiste Lecoin, père de l'objection de conscience, fondateur de l'Union Pacifiste de France et du Comité pour l'extinction des guerres, dont j'entendrai à nouveau parler quelques années plus tard.

Il joignait parfois à ces bouquins des revues de cinéma froissées et écornées : « *Positif* », « *Les Cahiers du Cinéma* »... annotées à outrance de ses cryptogrammes cabalistiques.

Pendant une année encore, celle du brevet, nous pûmes approfondir notre connaissance du 7e art et la graine de cinéphilie semée par le frère Abel n'a cessé de croître en nous depuis ce temps. Esteban et moi sommes devenus des rats de cinémathèque et la transformation de la maison des inventeurs du cinéma, à deux pas de chez nous, en Institut Lumière, nous fut une bénédiction. Sous le hangar du Premier Film, nous nous sentions dans un second chez nous, en famille...

Après la classe de troisième, nous dûmes quitter le collège et je me reproche de n'avoir conservé, par la suite, qu'un lien ténu avec le savant frère Cinoche, qui nous serra sur sa poitrine en grimaçant un sourire nerveux à l'issue de la dernière séance.

Bien des années plus tard, Esteban et moi, tenaillés par ce regret et par un éclair de nostalgie, éprouvâmes le désir de rendre visite à ce sacré Gnouf, certains qu'il nous accueillerait tels des fils prodigues.

Notre surprise fut grande de trouver la porte de la *« Salle Charlie Chaplin »* claquant au vent. Nous nous risquâmes à l'intérieur, nos pas hésitants foulant un tapis de feuilles mortes. Nos yeux s'habituèrent peu à peu à la pénombre et nous nous aperçûmes que les fauteuils au velours râpé avaient disparu.

Comme si la salle pleurait ses jours de gloire, l'humidité suintait sur les murs lépreux. Dans un coin, sous un vasistas, Esteban découvrit un amas de plaques de contreplaqué, vestiges de la cabine de projection.

Nous sortîmes la gorge serrée et franchîmes en silence les quelques dizaines de mètres qui nous séparaient du collège. Nous retrouvâmes sans peine le chemin du bureau directorial, mais c'est un tout jeune homme en costume gris qui en ouvrit la porte et nous serra vigoureusement la main, présentations faites.

Bobosse ayant fait valoir ses droits à la retraite, le frère affable et en civil qui nous accueillait venait de prendre la relève. Au revers de son veston anthracite, une petite croix argentée rappelait son sacerdoce et je conclus de sa silhouette sportive qu'il n'avait pas hérité du sobriquet de son plantureux prédécesseur. Non, il n'avait pas connu le frère Abel, mais avait entendu parler de ce personnage haut en couleur et cultivé, licencié en lettres et en philosophie, devenu sinon un saint tout au moins une légende au sein de sa congrégation.

Sous le feu de nos questions, le directeur baissa soudain la tête, visiblement gêné. Il nous apprit que la classe expérimentale de filmologie avait été supprimée peu après notre départ, l'Évêché s'en étant mêlé, de concert avec l'inspection académique et un quarteron de parents rétrogrades. Le bon Gnouf, dans un plaidoyer dont nous imaginions la virulence, avait arraché une tolérance pour la création d'un ciné-club du mercredi, hors du cursus scolaire.

« La première séance tourna court... » poursuivit notre interlocuteur en croisant et décroisant ses phalanges *« Alors qu'il rapportait sa bobine de l'économat, le pauvre homme s'est fait renverser par un camion en traversant la rue. Frère Abel est décédé pendant son transport à l'hôpital, sans qu'on ait pu lui arracher la bobine qu'il serrait de toutes ses forces contre sa poitrine... »*

Esteban et moi étions effondrés. Des images nous revenaient et se télescopaient, entrecoupées par les fondus au noir de notre mémoire.

« Tenez » reprit le directeur en ouvrant l'un de ses tiroirs *« voici ce qu'il reste de cette bobine. Je vous la remets en souvenir du frère Abel ».*

Sur le boîtier métallique éventré, où des traces de sang coagulé avaient viré à la rouille, une étiquette déchiquetée laissait deviner un titre de film: *« La grande illusion ».*

Nous n'étions pas au bout de notre peine... en sortant du bâtiment principal, notre attention fut attirée par des clameurs en provenance du préau, sous lequel des panneaux de basket avaient été installés.

Deux équipes de potaches s'affrontaient en vociférant et nous n'eûmes aucun mal à reconnaître l'arbitre, stridulant du sifflet à outrance pour ponctuer les actions: le dieu du stade de notre enfance, M. Scarabot en personne! Mais un Scarabot se déplaçant de manière étrange, godillant d'une jambe sur l'autre tel un faucheux, comme si des échasses avaient remplacé ses membres inférieurs sous le pantalon de survêtement. Nous en eûmes l'explication lors de la mi-temps, alors que le costaud des Batignolles, nous apercevant, chaloupa jusqu'à nous pour nous soulever de terre à tour de rôle en glapissant de joie.

« Ah, vous regardez mes cannes ?... » lança-t-il *« Figurez-vous que j'ai piqué une gamelle en apprenant à ces morveux la technique du saut de haies. Du coup, deux ménisques en bouillie, une opération manquée et un rafistolage avec des plaques de métal. Voilà le résultat! vous pouvez m'appeler Bolraid, Guy Bolraid! »*

Nos rires grincèrent un peu. Déjà Quasimodo perçait sous Apollon et il nous fallut du temps pour digérer la mort de Gnouf et le délabrement de Monsieur Muscle. À la vérité, je n'en suis pas encore remis...

DÉBOUCHÉS ROYAUX!

Mais revenons à ces deux ados, frères de hasard ouverts à toutes les explorations, à tous les enthousiasmes, à toutes les révoltes, avec la fougue et la candeur de leur belle jeunesse.

Au cours de l'année scolaire qui devait s'achever par le passage du BEPC, Esteban et moi commençâmes à songer à notre avenir et à bâtir des châteaux en Espagne. *« Non, surtout pas en Espagne! »* aurait protesté mon ami *« Pas tant que Franco sera vivant, pas tant que mon père ne m'aura été rendu! »*. Mais le Caudillo avait encore quelques années à vivre, et à faire mourir ses compatriotes. De fait, Pablo Lorca, le père d'Esteban, ne donnait toujours aucun signe de vie, ni de mort à en croire ma mère qui poursuivait en secret ses dialogues avec l'au-delà, où le militant disparu demeurait introuvable.

« Je serai grand reporter et j'aurai le Prix Albert-Londres! » clamait mon ambitieux comparse avec un rien de morgue au fond des yeux.

« Et moi le Prix Nobel de médecine! », assurai-je pour ne pas être en reste. C'est au tout début du troisième trimestre, à l'issue d'un conseil des professeurs de sinistre mémoire, que le destin d'Esteban bascula, à mille lieues de son idéal journalistique.

Notre professeur principal, dont je tairai le nom, enseignait l'Histoire d'honnête façon, ne débordant pas d'un iota du programme imposé. Mais ce type à nœud papillon chamarré se trouvait affligé d'un zozotement qui ne laissait pas de nous mettre en joie. L'entendre évoquer *« l'Impératrice Zozéphine »* ou *« Zan Zaurès »* nous transportait en un Nirvana d'allégresse!

À la suite d'un malencontreux concours de circonstances, mon compagnon eut la fâcheuse idée de l'imiter alors que le bonhomme n'était qu'à quelques pas derrière lui... Lorsque Esteban s'aperçut de cette présence importune, le mal était fait! L'enseignant ravala son courroux et ne souffla mot. Tout au moins jusqu'à ce fameux conseil de classe qui devait décider des orientations de chaque potache après le BEPC.

Concernant l'élève Lorca, la fiche qui lui fut remise en mains propres après les délibérations d'usage stipulait en caractères gras : « Sciences Économiques », ce qui allait à l'encontre de ses ambitions et de ses prouesses littéraires. Mes parents, partageant la consternation de l'intéressé, s'empressèrent d'aller trouver le prof outragé, mais celui-ci, qui avait lu Machiavel, sut les convaincre de la pertinence de cette orientation :

« Ze vous assure, des zétudes de sciences zéconomiques lui ouvriront des déboussés royaux. Zournaliste est un métier de misère ! Vous imazinez ce pauvre Esteban relégué aux ziens zécrasés ? »

Hypnotisés par les « débouchés royaux » brandis par le félon, Marie-Angèle et Georges parvinrent, non sans peine, à persuader leur protégé de tenter cette filière. Esteban se jura en son for intérieur de mijoter à sa façon, à l'intention du prof zozotant, un plat qui ne se mange que froid : la vengeance...

Le frère Abel, notre trépidant professeur de filmologie, continuait à semer en nous des graines qui ne tardèrent pas à germer. Esteban lui ayant confié sa désolante saga paternelle, Gnouf consacra plusieurs séances à la guerre d'Espagne, ne manquant jamais, lors des débats enflammés qui suivaient les projections, de glorifier les combattants républicains et les Brigades internationales.

Un corbeau ayant sévi, le magistère ecclésiastique eut vent du contenu de ces séances révolutionnaires et Bobosse convoqua Gnouf dans son bureau pour le semoncer, ce qui donna lieu à une prise de bec dont notre maître à penser sortit en braillant à tue-tête dans les couloirs le chant révolutionnaire : *« Ay Carmela ! »*, qu'Esteban s'empressa de reprendre dans son sillage, le poing levé.

À défaut de rompre, Gnouf plia néanmoins et revint à des thèmes plus consensuels lors de ses séances, ce qui ne l'empêcha pas de continuer à nous guider incognito dans nos lectures et nos prises de conscience. C'est ainsi que notre mentor nous prêta son édition du livre d'Hemingway : *« Pour qui sonne le glas »* bien avant de nous projeter le film qui en avait été tiré.

C'est à cette époque que mon frère de hasard prit l'habitude de nouer un foulard rouge autour de son cou et qu'il se fit, pour la première fois, qualifier de forte tête par l'un de nos professeurs. Mais nous étions en 1968 et le beau mois de mai arriva, mettant à la mode le foulard révolutionnaire d'Esteban.

Dès les premiers jets de cocktails Molotov, le collège ferma ses portes, n'en laissant qu'une entrouverte afin que les potaches les plus studieux puissent se retrouver dans une salle de classe et préparer leur Brevet d'Études du Premier Cycle, fort bien nommé puisque c'est à vélo que nous faisions le trajet.

Ces laborieuses séances de révisions se déroulaient sous la surveillance de notre prof de gym, le musculeux M. Scarabot, qui ne rechignait guère pour nous ouvrir la salle de ping-pong et nous défier de contrer son revers explosif. Nos révisions se bornaient donc essentiellement à des tournois de tennis de table, matière inconnue parmi celles du Brevet.

Certains après-midi ensoleillés, Esteban et moi faisions parfois le ping-pong buissonnier pour aller prendre la température de la révolution qui échauffait le centre-ville. Nous pédalions jusqu'à la place Bellecour, empruntant des rues dépavées et contournant quelques carcasses d'automobiles calcinées.

Esteban enrageait de ne pouvoir se mêler aux échauffourées qui agitaient nuitamment la cité, son foulard rouge pouvant servir de signe de ralliement aux étudiants lanceurs de pavés. Le rebelle se voyait déjà en moderne Gavroche, héroïque garde du corps de la Liberté dépoitraillée guidant le peuple. De mon côté, moins hardi mais tout aussi motivé, je m'imaginais soignant les plaies et les horions récoltés par le rebelle.

Mes parents, ne l'entendant pas de cette oreille, instaurèrent un sage couvre-feu pour nous tenir confinés à Monplaisir dès la tombée du jour. Inutiles sentinelles, nous demeurions alors une heure ou deux accoudés à la balustrade du balcon, comptant sur nos doigts les fourgons de police et les camions de pompiers fonçant sur le cours Albert-Thomas voisin, en noria tapageuse, toutes sirènes beuglantes et gyrophares en folie.

ENCORE UN PEU DE MOUSSE ?

Nous n'avions pas oublié pour autant les sœurs Coton, à qui il nous arriva de rendre visite, au cours des « évènements » de ce beau mois de mai. Accéder à leur hôtel particulier, leur « castel montchatois » comme disait Esteban, n'était pas chose facile...

Nous devions d'abord décliner notre identité à l'interphone, avant que le double portail noir daigne couiner sur ses gonds et nous livrer le passage en râlant, comme à regret. C'est alors que Sultan, dogue au poil hérissé et aux babines écumantes, déboulait à notre rencontre et nous tournait autour en rognonnant, flairant nos guibolles en fin connaisseur et s'attardant à choisir le plus tendre morceau. Un domestique longiligne en gilet rayé, répondant au nom de Justin et aussi stylé que le Nestor du capitaine Haddock, accourait alors et saisissait le fauve par son collier clouté, le traitant de *« vilain chien »*, avant de prier *« ces jeunes messieurs »* de le suivre.

Ceux de mes lecteurs qui ont été adolescents et quelque peu énamourés ne seront pas surpris d'apprendre qu'Esteban et moi nous mettions sur notre trente-et-un lors de ces visites, godelureaux pimpants parfumés à l'excès. Le surnom de castel convenait parfaitement à ce petit manoir de hobereau abrité de hauts murs et flanqué d'une arrogante tour de guet, enchâssé dans un parc immense où de vénérables tilleuls faisaient le pied de grue.

Le maître de maison, toujours emmanché d'une courte pipe, en bras de chemise et un sourire de bon aloi aux lèvres, faisait parfois une brève apparition et nous gratifiait d'un *shake-hand* de première vigueur avant de réintégrer son bureau, d'où il pilotait d'obscures affaires boursières des plus hasardeuses, comme nous le verrons. Quant à la châtelaine, nous n'eûmes jamais la chance de la croiser, sempiternelle absente-excusée pour cause de shopping dans des boutiques de luxe ou d'herborisation de florescences au fond du parc, en compagnie d'un jardinier-botaniste émule de Rousseau, qu'elle employait à mi-temps pour entretenir sa pelouse et lui « conter fleurette ».

Arrivés au pied de l'escalier de marbre blanc à rampe de fer forgé, Justin s'effaçait en nous invitant à rejoindre *« ces jeunes demoiselles »* qui nous attendaient à l'étage, dans la salle de jeux. Lors de notre première visite, au plus fort de la « révolution » et alors que nous étions loin de nous douter que nos nouvelles amies *« pétaient dans la soie »*, selon l'expression imagée d'Esteban, nous avions cru bon d'apporter, en guise de cadeaux appropriés à la menace de pénurie, deux paquets de pâtes Lustucru soustraits au garde-manger de Marie-Angèle. Pour le coup, nous nous sommes retrouvés bien « nouilles » avec nos présents saugrenus, au sein de ce qui nous apparut comme un grenier d'abondance.

Dans la salle de jeux où nous accueillaient les jumelles trônaient un imposant billard et un « jeu de la grenouille » qui n'eût pas manqué d'intéresser mon antiquaire de père, au vu de la date gravée au canif ou à la baïonnette sur l'un des pieds: *1805. « Selon la légende familiale, Napoléon en aurait fait une partie avec l'un de nos ancêtres, colonel de la Garde Impériale, qui fut haché menu par un boulet à la bataille d'Austerlitz »*, nous apprit-on. C'est donc empreints de respect que nous lançâmes les palets en fonte, nous efforçant de laisser gagner les deux frangines, par stupide galanterie.

Nous n'eûmes pas à simuler la maladresse devant le billard, n'ayant jamais eu l'occasion de pratiquer ce jeu. Je remarquai, amusé, le soin que prenaient Anne et Marie à se plaquer contre nous en se dandinant pour nous enseigner la bonne façon de manier notre queue pour envoyer les billes en carambolage...

Du jeu de la grenouille, nous passions donc au billard, avant d'explorer une armoire dégoulinante de jeux de société. Enfin, comme grisés, nous allions nous avachir sur le prodigieux canapé de velours framboise aux coussins bedonnants, qui monopolisait tout un pan de mur.

Au fil de nos visites au castel, nos jeux devinrent, faut-il l'avouer, de moins en moins innocents... Un jour arriva où, de concert et par un délicieux glissement sur la carte du tendre, Esteban et moi rencontrâmes les lèvres de nos voisines de canapé, qui ne firent rien pour nous repousser, argumentant même avec vigueur sur nos travaux d'approche jugés trop empotés. Comment distinguer les jumelles lors de ces batifolages bien innocents ? Anne et Marie étaient aussi hardies l'une que l'autre et, de toute évidence, aussi expertes en ces ébats qu'au jeu de billard...

Rituellement, à l'heure du goûter, nos charmantes hôtesses quittaient nos bras, défroissaient leurs jupes et nous invitaient à les suivre à la salle à manger du rez-de-chaussée, où nous attendait une débauche de pâtisseries auxquelles nous faisions grand honneur. L'une des frangines nous révéla qu'un bouton d'appel était dissimulé sous sa chaise et le jeu consista, dès lors, à sonner l'impassible domestique à tout bout de champ, sur le mode : *« Justin, pourriez-vous nous apporter la mousse au chocolat ? »* ou *« Reste-t-il de la citronnade ? »*. Le valet compassé s'inclinait et répondait avec empressement à tous les caprices de *« ces jeunes demoiselles »*...

Rassasiés et étourdis, c'est le feu aux joues que nous quittions les jumelles, nous gourant immanquablement sur leurs prénoms au moment du sage bisou d'au revoir. Ce n'est que bien plus tard qu'Esteban, plus intrépide que moi dans ses investigations, découvrit et me confia que le seul point susceptible de distinguer l'une de l'autre les deux coquines était un grain de beauté sous le sein gauche de Marie...

Pris de remords et un peu penauds, nous avions fini par avouer nos dates de naissance aux frangines, mais ces deux années qui nous séparaient provoquèrent un haussement d'épaules bien synchronisé de leur part.

« Les tigresses aiment la chair fraîche » en conclut mon camarade.

SPLENDEUR ET DÉCADENCE

Le simulacre de brevet de juin 68 ne mérita guère le nom d'épreuve... À vaincre sans péril, Esteban et moi ne tirâmes aucune gloriole de nos notes faramineuses. Même en mathématiques, son talon d'Achille, mon ami brilla d'une lueur inaccoutumée.

Dans Lyon intramuros, la baudruche révolutionnaire se dégonfla peu à peu et le spectre de la chienlit brandi par le grand Charles s'éloigna à pas de loup. Les rues dépavées et les émeutiers dépravés, ou présumés tels, retrouvèrent calme et sérénité après la tempête. Les plus résolus des insurgés remirent à plus tard l'abreuvage des sillons par un sang impur et les lendemains qui enfin chanteraient.

Esteban et moi convînmes de fêter notre diplôme de pacotille en compagnie des jumelles, également victorieuses d'un examen aux allures de canular. Sans nouvelles d'elles depuis plusieurs semaines, si ce n'est par quelques brefs échanges téléphoniques en catimini, nous comptions bien renouer au plus vite avec nos batifolages sur notre cher canapé framboise de leur salle de jeux.

À la première occasion, un magnum de champagne sous le bras, nous prîmes donc la direction du fier castel et fûmes surpris d'en trouver le portail grand ouvert. Accolé au perron, un camion de déménagement semblait prêt à crier grâce, bourré jusqu'à la gueule de mobilier et d'un invraisemblable bric-à-brac, sur lequel trônait de guingois notre cher canapé. Deux malabars en salopette s'agitaient autour du capharnaüm. L'un d'eux leva soudain les bras au ciel en voyant débouler sous l'auvent de la terrasse un échalas chauve en gilet rayé qui brandissait un lampadaire à pompons.

Interloqués, mon ami et moi nous approchâmes et je tapai sur l'épaule de Justin, qui tourna vers nous une mine affligée et des yeux hagards.

« Ah, mes pauvres jeunes messieurs, vous venez assister au naufrage ? » lâcha-t-il en soupirant, tout en agitant son lampadaire à bout de bras comme une sagaie de zoulou.

Sous le feu de nos questions, il nous expliqua que quelques jours avaient suffi pour jeter la famille dans une débâcle sans issue. Comme un jeu de dominos diabolique, les catastrophes s'étaient enchaînées sans répit, ainsi que le domestique éploré nous en fit le triste récit.

« Mon maître s'était risqué à faire des placements hasardeux, empruntant à outrance, et il a tout perdu du jour au lendemain. Un malheur ne venant jamais seul, son épouse ne lui a pas pardonné cette faillite. Elle a plié bagage avec le jardinier, sans même embrasser ses filles ! »

« C'est bien ce que je pensais » me souffla mon compère *« Mme Coton et son floriculteur ont réécrit l'amant de Lady Montchatterley... »*

Le valet fidèle essuya une larme du revers de sa main et reprit le fil de sa douloureuse narration :

« Par contre, elle a kidnappé le pauvre chien Sultan, qui ne l'aimait guère et qu'elle a peut-être abandonné sur une aire d'autoroute ! Tout ce que vous voyez entassé dans ce camion part en salle des ventes, dans l'espoir d'éponger une partie des dettes de monsieur. Il ne reste que cet affreux lampadaire. Tenez, je vous le donne... »

Tout en déclinant l'offre généreuse, nous nous enquîmes de la destination qu'avaient prise l'infortuné et ses deux filles.

« Mon maître et ces demoiselles seront hébergés par un frère de monsieur, qui leur prête un modeste appartement à deux rues d'ici. Ces jeunes messieurs souhaiteraient-ils en connaître l'adresse ? »

Sans attendre notre réponse, Justin griffonna deux lignes sur une page de calepin, qu'il nous tendit avec un sourire non feint.

Esteban remercia et nous prîmes congé en tendant le magnum de champagne au domestique. Ce brave type avait poussé le dévouement jusqu'à s'occuper de l'intendance bien au-delà de ses attributions, avec un zèle que nous étions loin de soupçonner. L'homme à tout faire hésita un moment, puis osa nous gratifier à tour de rôle d'une longue accolade. Il sentait fort le patchouli bon marché.

« Et vous, Justin, qu'allez-vous devenir ? » risqua mon ami.

« Que ces jeunes messieurs se rassurent, j'ai tout prévu. Ayant quelques économies, je resterai le temps qu'il faudra aux ordres de mon malheureux maître et de ses charmantes filles, puis je retournerai en Bretagne, d'où je suis originaire. Ma sœur y tient une crêperie et m'accueillera volontiers pour le service en salle. »

En franchissant le porche du castel, nous nous retournâmes pour contempler une dernière fois, la tête pleine de doux souvenirs, la somptueuse demeure et sa tour incongrue qui ne faisait plus tant la fière.

Jusqu'aux arbres les plus impavides, tout empestait la mélancolie et ma gorge se serra.

Au milieu de l'allée gravillonnée, Justin agitait ses deux bras au ciel, l'un armé du ridicule lampadaire à pompons, l'autre de la bouteille de champagne qui n'avait rien à célébrer. Je remarquai alors que le gilet rayé du majordome était déboutonné, signe d'intense détresse plus que de relâchement. Comme nous prenions, tête basse, le chemin du retour, le valet fidèle nous héla depuis le porche :

« Mon vrai prénom, c'est Jean-Michel ! C'est madame qui m'avait baptisé Justin, pour faire plus chic... »

Quelques jours plus tard, après bien des hésitations, nous décidâmes de rendre une visite de courtoisie aux sœurs Coton et à leur malheureux père. À l'adresse indiquée sur le bout de papier chiffonné, se dressait l'immeuble le plus miteux de ce quartier rupin, sans doute voué à une démolition prochaine.

Des lézardes serpentaient le long de la façade grise, comme autant de veines confluant jusque sous les bandeaux de rive vermoulus, d'où pendouillait en couinant au vent un pan de gouttière auréolé de taches de rousseur.

Les volets délabrés étaient tous clos, à l'exception de ceux du troisième et dernier étage. Sur un rebord de fenêtre, trois pots de géraniums à demi fanés tentaient de sauver l'honneur de la misérable bâtisse en y apportant un brin de gaieté. Esteban et moi, après nous être concertés à voix basse, nous risquâmes dans l'allée sépulcrale dont l'haleine pestilentielle nous saisit de plein fouet. Dans la pénombre, nous distinguâmes une poubelle renversée qui dégueulait son infâme contenu sur le dallage. Nos yeux s'accoutumant peu à peu à l'obscurité, nous parvînmes à l'escalier en colimaçon dont nous entreprîmes prudemment l'ascension, nous gardant bien de nous fier à la rampe branlicotante.

Le palier du troisième étage bénéficiait d'un halo blême concédé par un fenestron au carreau crasseux. Punaisée sur la porte ridée de vermoulures, une carte de visite indiquait en caractères pompeux :

Gérald-Antoine Coton
Consultant financier

La sonnette demeurant aphone, je toquai d'un index hésitant.

Poussant une exclamation de surprise joyeuse, Justin nous accueillit à bras ouverts. Le brave homme avait délaissé son gilet rayé, mais non ses façons alambiquées...

« Soyez les bienvenus dans cette humble demeure, chers jeunes messieurs ! » lança-t-il en inclinant le chef. Puis, s'effaçant pour nous laisser pénétrer dans le taudis :

« Monsieur est sorti, mais ces demoiselles seront heureuses de vous revoir ! »

Emboîtant le pas à Justin-Jean-Michel, nous enquillâmes dans un étroit corridor qui débouchait sur une cuisine grande comme un mouchoir de poche. Le domestique pianota légèrement sur l'une des deux portes qui jouxtait la pièce et l'une des jumelles apparut dans l'entrebâillement. Sa sœur, assise sur un grand lit en bataille qui monopolisait la moitié de la chambre, se leva d'un bond en nous voyant. Toutes deux se jetèrent à nos cous dans un déferlement d'effusions et de baisers légers voltigeant sur nos joues et alentour.

Répondant en rafales aux questions que nous leur posions, Anne et Marie nous contèrent par le menu le naufrage des affaires paternelles, ses boursicotages malencontreux, mais surtout l'espoir où il était de repartir d'un bon pied grâce à ses nombreuses relations.

Sans l'avoir sollicité, Justin nous servit le thé et des biscuits. L'ambiance demeurait plombée, en dépit de l'euphorie de ces étranges retrouvailles. Des légions d'anges passaient, que nous tentions de chasser par de stupides plaisanteries, tout en picorant les miettes des petits-beurre sur l'édredon.

En nous quittant, nous promîmes de nous revoir bientôt, dès après les vacances. Quelques semaines plus tard, une lettre bordée de cœurs multicolores, signée des deux frangines, nous apprit qu'elles avaient été « recueillies » par leur marraine, dans une somptueuse villa en bordure du Parc de la Tête d'Or, où elles étaient impatientes de nous recevoir. Leur père avait retrouvé du travail comme simple guichetier de banque, mais il ne faisait aucun doute qu'il gravirait rapidement les échelons...

Quant au dévoué Justin, il s'en était retourné plein d'usage et raison faire sauter des crêpes dans sa Bretagne natale, auprès de sa sœur bigoudène.

LA CITÉ AUX CLOCHERS RÊVEURS

Pour nous récompenser de nos exploits scolaires et tracer un trait sur le tintouin de ce mois de mai, mes parents eurent l'idée de nous offrir deux mois de vacances en Angleterre. Ils répondaient ainsi à l'aimable proposition d'un ami de mon père, antiquaire dans la ville universitaire d'Oxford, qui proposait de nous héberger.

L'heureuse perspective de fouler le sol de la perfide Albion, terre natale de Miss Sisley, l'english teacher aux boucles angéliques dont mon ami gardait un souvenir ému, avait de quoi réjouir Esteban et le consoler, autant que faire se pouvait, de ne pas intégrer une section littéraire à la rentrée.

Un beau matin de juillet, Georges et Marie-Angèle nous déposèrent à l'aéroport de Lyon-Bron, nantis de mille recommandations. Ma mère insista lourdement sur la notion de prudence face aux spécialités culinaires redoutables que nous allions devoir affronter outre-Manche. Elle prit soin de glisser dans nos bagages une trousse de première urgence destinée à la sauvegarde de notre attirail digestif.

Confortablement assis à l'avant du trépidant appareil, un Britannia 102 censé nous amener sains et saufs à l'aéroport de Luton, près de Londres, Esteban et moi savourions ce baptême de l'air et notre première aventure en terre inconnue. La veille du départ, nous étions allés faire nos adieux aux jumelles, qui avaient renoué avec leur faste d'antan dans le somptueux appartement de leur tante, avec vue sur l'enclos aux biches du parc de la Tête d'Or, apaisant tableau dont on pouvait jouir depuis un canapé moelleux. Leur père, toujours promis aux plus hautes destinées, venait d'être promu caissier principal de sa banque.

Tout en sirotant, le petit doigt en l'air, notre première *cup of tea*, prélude à beaucoup d'autres, Esteban et moi échangeâmes un clin d'œil complice en guettant par le hublot les anges gardiens qui devaient escorter notre aéronef.

D'un même geste, nous tirâmes de la poche intérieure de nos vestons une enveloppe bleue et parfumée, où les deux sœurs avaient glissé à notre intention une boucle de leurs cheveux. Quid de la mèche d'Anne et de celle de Marie ?... Nous repaissant à satiété de ce chassé-croisé amoureux, nous ne nous posions même pas la question. Ces précieux talismans nous servirent de marque-pages puisque nous passâmes le temps de vol plongés dans la lecture de « *L'Écume des jours* » et de « *L'Automne à Pékin* », deux romans de Boris Vian. L'œuvre protéiforme de ce dynamitero des belles-lettres, jongleur de mots affamé de vie, devait jalonner notre jeunesse et il m'arrive de m'y replonger avec le même bonheur.

Dans un grand tintamarre de tôles suppliciées, l'appareil toucha le sol anglais à la hussarde, faisant mine de se dresser sur ses ergots lorsque le pilote actionna les inverseurs de poussée. Puis, comme dompté, il retrouva son calme et roula docilement en direction de l'aérogare tandis qu'un steward d'humeur badine nous annonçait d'une voix guillerette qu'il faisait un soleil radieux et qu'il faudrait songer à arroser les pelouses. « *British humour !* » me souffla Esteban, alors qu'un écran de pluie voilait notre hublot.

La première chose que nous vîmes en descendant la passerelle fut un avion rose paré au décollage. La deuxième, un trio d'hôtesses en minijupes écarlates et bottines blanches, coiffées d'un canotier. La troisième, alors que nous venions de passer les formalités de douane, fut ce quinquagénaire jovial, parfait sosie du Major Thomson, qui agitait au-dessus de sa tête une pancarte marquée de nos prénoms écorchés : « *Valentine and Easteban* ».

Dans son élégant costume trois-pièces à rayures, chevelure à crans poivre et sel et moustache martiale, notre hôte outrepassait la description succincte que nous en avait faite mon père : « *C'est un parfait gentleman, très vieille Angleterre, très smart* ». Après nous être civilement secoués les mains, l'honorable Hedley-John nous escorta jusqu'à son automobile, garée devant le terminal, qui fut notre quatrième surprise du jour : une stupéfiante Rolls-Royce Silver Shadow couleur Caribbean blue, aux chromes étincelants. Mon compagnon et moi, la lippe pendante, nous serions pincés et frottés les yeux pour y croire si nos mains, monopolisées par nos bagages, avaient été disponibles.

« *Mince alors !* » me souffla Esteban à l'oreille « *Vise un peu la caisse du Major !* ». Le surnom de « Major » lui allant comme un gant, Hedley-John en hérita pour la durée de notre séjour.

Deux petits frenchies, rescapés d'une révolution avortée, fraîchement débarqués d'un pays grisounet et tristounet dirigé par un papy pontifiant à képi, venaient de poser le pied sur une terre étrange qui fleurait bon l'audace et la liberté. Un arc-en-ciel multicolore semblait noué autour du paquet-cadeau qui nous était offert si généreusement.

Bercés par les feulements de moteur du lourd mais puissant carrosse, aussi moelleusement enfoncés dans la banquette de cuir odoriférante que dans le canapé des jumelles, nous tentions de faire bonne figure auprès de notre smartissime chauffeur, qui susurrait un anglais mélodieux et manifestait une suprême élégance dans chacun de ses gestes, jusque dans sa manière de tenir son volant entre le pouce et l'index ou de chasser une poussière inconvenante sur le tableau de bord en ronce de noyer.

Mais Hedley-John, tout en mordillant ses bacchantes, se mit soudain à grommeler et, n'y tenant plus, immobilisa son « *car-rolls* » le long d'un trottoir. Se contorsionnant sur son siège pour nous faire face, il nous glissa, plein de confusion :

« *Young men, mon George ami dire moi parler positivement anglais à vous. Mais l'occasion fantastique est pour moi de practiser le français, une langue que j'affecte. Mon épouse Maggy parlera vous anglais, mais c'est mon plaisir de parler vous dans votre langage. OK ?* »

Nous étions OK, évidemment, les savoureuses tournures de phrase de notre hôte nous promettant des échanges désopilants.

« *Jolly good !* » conclut le Major en se frottant les mains et en reprenant la route.

Dans les virages suavement négociés, le cuir crissait sous nos fessiers et nous suivions du regard l'indomptable *Flying Lady* à l'avant du capot, qui revenait nonchalamment dans l'axe de la chaussée.

Tout à coup, après avoir traversé d'un œil indifférent le faubourg ouvrier de Cowley, la cité aux clochers rêveurs se profila à l'horizon et je sentis un frisson me parcourir en découvrant ce chaudron magique où bouillonnaient les cerveaux d'une élite cosmopolite.

Tout occupé à nous présenter les collèges qui ponctuaient la large avenue où nous cheminions en direction du centre-ville, Hedley-John ralentit en longeant la façade de l'un d'eux. Il se tourna à demi pour nous conter par le menu et dans son sabir cocasse le différend qui opposa le roi Henry VIII au Cardinal Wolsey lors de la création de cette vénérable institution.

Ce moment d'inattention nous permit d'avoir une parfaite illustration du flegme britannique... À quelques mètres devant nous et sur notre gauche, jaillissant d'un porche surmonté d'un blason, une escouade d'étudiants vêtus de toges noires flottant au vent, montés sur d'antiques bicyclettes Raleigh à col-de-cygne, jaillit et nous coupa la route. Je poussai un cri et notre chauffeur écrasa la pédale de freins en étouffant un juron. Malgré ce réflexe, la puissance du freinage et celle du juron, le guidon du dernier vélo de la file indisciplinée s'en vint écornifler l'aile avant de la Rolls, à la façon de l'iceberg du Titanic.

Le Major alluma son warning, détacha sa ceinture en psalmodiant un chapelet de « *Well, well, well...* » et ouvrit sa portière. Sans un regard pour son carrosse meurtri, il se dirigea vers le jeune étudiant qui tentait de remettre d'aplomb son guidon et, avec une sollicitude non feinte, s'enquit d'éventuels dégâts corporels. Rassuré sur ce point et après avoir aidé le cycliste à se remettre en selle, il lui tendit sa carte et le regarda s'éloigner en direction du reste de la troupe agglutinée plus loin. Alors, et seulement alors, il s'accroupit devant son aile et eut une grimace de dépit à peine perceptible sous la moustache.

Comme si de rien n'était, nous reprîmes le cours de notre rapide sightseeing. Nous arrivâmes à destination, dans le quartier chic de Jericho, au nord de la ville, pile à l'heure du thé ainsi que nous le fit remarquer notre hôte, qui se gara devant un cottage bedonnant dont deux buissons d'hortensias ébouriffés gardaient la grille d'entrée.

Tout en faisant crisser sous nos semelles les gravillons impeccablement ratissés de l'allée, nous admirions le *home sweet home* de notre logeur, bâtisse sophistiquée à un étage, de style Tudor, qui nous apparut comme la version british du ci-devant castel des sœurs Coton. L'une des fenêtres à petits carreaux du bow-window latéral s'ouvrit alors. Une longue lady à la blonde coiffure extravagante, ondulée dans le style scarole et en parfaite harmonie avec des lunettes papillon serties de cristaux, s'y encadra pour nous lancer un « *Hellooooo boys !* » stridulent, en agitant ses mains comme des marionnettes au-dessus de sa tête.

« *Gentlemen* » intervint Hedley-John « *Voici mon femme, Maggy* ».

« *Ravis nous sommes de rencontrer elle* » répondit Esteban avec son sourire le plus civil, marquant ainsi son souhait de perfectionner le français de notre hôte...

LE COTTAGE EST SERVI

Le cottage de notre famille d'accueil s'apparentait à un douillet cocon et la maîtresse de maison s'était ingéniée à marier dans toutes les pièces, à l'heureuse exception de la cave et du grenier, le mobilier et la moindre décoration aux coloris pastel des murs. Ainsi, dans le salon où l'on nous introduisit, le rose bonbon triomphait du sol au plafond, débordant sur le canapé, les napperons et une armée de bibelots. Je frémis d'inquiétude en me sentant soudain propulsé entre les pages d'un roman de Jane Austen.

Esteban, fabuleux comédien, n'en finissait pas de s'extasier et il poussa de tonitruantes exclamations en découvrant le cabinet de curiosités aux murs vert-de-gris flanqués des cadavres sous cadres de papillons exotiques, puis le bureau d'Hedley-John, tapissé d'un velours sang-de-bœuf bardé de morbides trophées de chasse, qui empestait le vieil Amsterdamer et l'encaustique.

Un brin d'air de la campagne anglaise nous parvint lorsque Maggy, toute gloussante de béatitude, nous entrouvrit la porte de la chambre conjugale. D'évidence, les vertes prairies de l'Oxfordshire débordaient jusque dans le cottage, puisqu'un printemps perpétuel avait parsemé de fleurs exubérantes les murs, le couvre-lit, les oreillers et les coussins, n'épargnant que la moquette couleur lavande.

Nous allâmes ainsi d'éblouissement factice en extase feinte. On nous conduisit enfin à notre chambre du premier étage, tout au bout d'un long couloir où nos pieds furent surpris de s'enfoncer dans un épais tapis bariolé à la pulpe spongieuse.

« *Au bout votre chambre est* » annonça Hedley-John « *mais ici est le bathroom. Don't be surprised: le tuyauterie fait le bruit d'un machine gun et l'eau parfois a la couleur de whisky!* »

Maggy ajouta, l'air contrit, qu'il arrivait à leur fille, Lily-Rose, de prendre des bains en pleine nuit.

« *Surtout, vous ne pas avoir peur et ne pas appeler le police si elle réveille vous!* » nous prévint le Major.

L'œil d'Esteban s'était allumé d'une lueur qui ne m'était pas inconnue... nos hôtes avaient donc une fille et nous brûlions de faire sa connaissance, fantasmant par avance sur une jeune lady émancipée à minijupe et socquettes, qui prenait des bains de minuit de l'autre côté du mur de notre chambre.

Nous apprîmes que Lily-Rose, âgée d'une vingtaine d'années, venait de terminer ses études d'infirmière et exerçait à l'hôpital local, ses vacations nocturnes motivant des ablutions tardives et tapageuses.

« Son chambre est à l'over side de le couloir » précisa le maître de céans *« mais honte à nous de vous le montrer, c'est... how to say ?... like Austerlitz after the battle ! Comment vous dire in french ? »*

« Un bordel monstre ? » proposa Esteban.

« Exactly ! » approuva le Major.

D'un geste cérémonieux et toujours gloussant, Maggy ouvrit une porte et s'effaça pour nous laisser découvrir notre chambre.

« Gentlemen, bienvenus soyez dans votre yacht ! » lança Hedley-John en nous gratifiant d'un salut digne d'un officier de la Royal Navy. Pour le coup, notre ébahissement ne fut pas feint et nos valises nous en tombèrent des mains.

Les murs et le sol de cette cabine, car c'en était une, étaient revêtus de luxueux panneaux de teck tropical et le moindre détail, de la lampe-tempête en laiton au sextant posé sur un coffre de marine orné de pentures fleurdelisées, tout incitait à hisser les voiles, direction les îles sous le vent.

Le Major nous précisa non sans fierté que tout le mobilier, y compris les deux lits superposés flanqués d'une sorte d'échelle de coupée en corde et l'armoire en acajou, dont deux dauphins de bronze figuraient les poignées, provenait d'une frégate française arraisonnée par l'Amiral Nelson.

« Voyez à ce portrait dessus la coffre, c'est celui d'un ancêtre de moi, officier sur le HMS Victory. *Et dessus, son sabre qu'il tenait à la Trafalgar battle quand un français boulet a coupé lui en deux morceaux. »*

« Ça alors ! » me glissa mon compatriote *« tout comme l'aïeul des sœurs Coton à Austerlitz ! »*

S'approchant tout près du visage de son glorieux aïeul et claquant des talons, l'antiquaire bomba le torse, portant la main à son front en un impeccable salut militaire. Un rien embarrassés, Esteban et moi, ambassadeurs penauds de la coalition franco-espagnole de 1805, vînmes à ses côtés et saluâmes gauchement le héros ennemi. Je frémis à l'idée que l'implacable regard de l'officier coupé en deux, sous son imposant bicorne, allait rester rivé sur nous pendant de longues semaines.

Nous voyant ainsi mortifiés, Hedley-John nous tapota l'épaule avec mansuétude.

« C'était la guerre et beaucoup de braves Français marins sont morts comme héros à Trafalgar. Depuis ce temps, il y a Entente cordiale. Beaucoup d'autres français et anglais soldats ont mitigé leurs sangs pour défendre le liberté ! »

Sur ces nobles paroles, nos hôtes se retirèrent et, sous l'œil courroucé de l'officier martyr, Esteban et moi nous chipotâmes pour savoir qui occuperait le lit du haut et celui du bas. Mon ami eut le dernier mot en argumentant qu'il était plus léger que moi et qu'il ne risquerait pas de faire céder l'échelle de corde en gagnant son pigeonnier.

Nous étions encore en train de déballer nos affaires lorsqu'une souris timide vint gratter à notre porte. Maggy, *so confused* de nous déranger, nous apportait un plateau où une théière vintage, escortée de deux tasses assorties et de quelques biscuits, était censée nous aider à reprendre des forces après notre long périple.

Après avoir quelque peu bataillé pour ouvrir la fenêtre à guillotine dépourvue de volets, mon compagnon de chambrée et moi restâmes un long moment accoudés en silence, contemplant la luxuriante campagne anglaise tout en prenant goût au thé à la bergamote, impatients malgré tout de découvrir d'autres breuvages moins raisonnables.

Le soir commençait à peine à tomber lorsque le Major vint à son tour nous prier de le suivre pour *le light evening meal*. J'en profitai pour lui remettre la bouteille de vin de Bordeaux que mon père avait choisie avec soin dans les arcanes de sa cave enténébrée.

« Oh, my goodness ! » s'exclama Hedley-John en flattant l'étiquette encore poussiéreuse du plat de la main *« Mouton-Rotschild 1959 ! Excellente année, je crois... »*

Portant la dive bouteille comme un Saint-Sacrement, ne cessant de la flatter du regard et du geste, il nous précéda dans l'escalier et nous indiqua d'un signe de tête la salle à manger du rez-de-chaussée, impatient de s'immerger dans les ténèbres voluptueuses de sa cave pour présenter ce grand cru classé à d'autres tout aussi prestigieux et bien élevés.

Quelques instants plus tard, installés autour d'une petite table ronde à la nappe fleurie, nos hôtes prenant leurs repas à l'office, Esteban et moi fîmes connaissance avec la cuisine anglaise injustement redoutée, puisque Maggy, en dépit de quelques bizarreries ataviques dont ses extravagants breakfasts, s'avéra être un fin cordon-bleu, digne alter ego de bien des « mères » lyonnaises et de la mienne en particulier.

Notre première nuit outre-Manche fut des plus agitées. Au-dessus de ma tête, Esteban faisait godiller les armatures de nos couches superposées en d'incessants « va-t-au nord » et « va-t-au sud » ponctués de grognements d'ours. De mon côté, m'agrippant de mon mieux au matelas afin de ne pas gicler à la baille, je frémis en découvrant, sur le mur qui me faisait face, le visage blafard du marin coupé en deux soudain éclairé par le fanal d'un rayon de lune, ses yeux dardés sur moi comme des éclairs menaçants.

Je parvins à me raisonner en imaginant le héros de Trafalgar hissant son buste hors du cadre, sabre au clair, pour me découper en rondelles, mais poussant des jurons en s'apercevant que ses jambes ne le suivaient pas !

Mon compagnon de cabine et moi finîmes par sombrer dans un ersatz de sommeil qui fut de courte durée... Alors qu'un songe historique me transportait à bord du Bucentaure, navire amiral de la flotte française en ordre de bataille, voilà que le *HMS Victory* se porta à sa hauteur et lui cracha une bordée meurtrière à bout touchant. Le vacarme de la canonnade fut tel que je me réveillai en sursaut, le front dégoulinant de sueur froide et cherchant à tâtons les inévitables plaies dont mon pyjama devait porter les traces sanguinolentes.

Assis dans mon lit, le cœur roulant du tambour en panique, je distinguai le matelot de la couche supérieure dévalant l'échelle de coupée en beuglant d'incroyables jurons dignes du capitaine Haddock. Je repris peu à peu mes esprits, mais la pétarade assourdissante de mon cauchemar persistait à mes oreilles.

Je réalisai alors que c'était de la salle de bains voisine qu'avait été tirée la bordée meurtrière, par une jeune canonnière adepte des bains de minuit.

« *L'ancêtre du Major est vengé !* » grogna Esteban « *Mais j'aurais deux mots à dire à Lily-Rose ! Si cette damned tuyauterie n'est pas réparée demain, je couche dans son lit ou dans la Rolls !* »

À L'OMBRE DE LILY-ROSE EN FLEUR

« Hello, boys, did you sleep well ? »

Un tablier à fleurs noué autour de la taille, Maggy nous installa à notre place habituelle dans la salle à manger. Trottinant comme une aimable souricette, elle dut faire plusieurs voyages depuis la cuisine pour nous servir un petit déjeuner hautement roboratif, apte à nous faire patienter jusqu'au repas du soir.

Désarmé face à notre aimable hôtesse qui souriait de toutes ses dents, qu'elle avait fort saillantes, je laissai sa question sans réponse, tout absorbé que j'étais dans le sauvetage d'un toast noyé dans la sauce sucrée de mes baked beans.

Moins fair-play que moi et tout en picotant négligemment de la pointe de sa fourchette une fried sausage rebelle et juteuse à l'excès, Esteban rétorqua dans son anglais impeccable que certes, nous avions dormi comme des bébés dans notre cabine luxueuse *« BUT with the exception of the damned nightly exploding plumbing of the bathroom... »*

So confused jusqu'au bout des incisives, Maggy hulula le prénom de son mari, qui accourut pipe au bec et *The Times* à la main. Mis au courant du tapage nocturne dont il avait perçu les échos, il nous fournit deux motifs d'apaisement : le plombier avec qui il avait pris rendez-vous voilà trois mois devait justement venir dans la journée et, même s'il ne parvenait pas à dompter la *damned* tuyauterie, la salle de bains ne serait plus utilisée nuitamment, Lily-Rose étant en vacances pour une quinzaine de jours.

« Pour le présent moment » précisa Hedley-John en lâchant un nimbostratus d'Amsterdamer *« endormie est notre fille. Mais impatiente elle est de vous voir et de faire vous visiter Oxford ! »*

« Heureux nous serons de faire connaissance de elle ! » répliqua mon impitoyable ami, me décochant un clin d'œil de connivence qui en disait long sur la façon dont il comptait approfondir sa connaissance de la langue anglaise et d'Oxford, en compagnie de Miss Lily-Rose.

Quelques bataillons de sausages, fried eggs, grilled tomatoes et autres escadrons de beans plus tard, Esteban et moi nous remettions sur nos couchettes en touillant dans nos verres une cuillère de bicarbonate, lorsque des doigts légers pianotèrent à notre porte.

Je m'extirpai de ma couche et m'en vins ouvrir, découvrant face à moi, tout sourire, la plus charmante rouquine qu'il m'eût été donné de voir. J'entrouvris la bouche pour accueillir la jeune visiteuse, mais une éructation intempestive précéda ma formule courtoise. Tandis que je cherchais les mots d'excuse appropriés, l'indulgente miss se mordit les lèvres puis explosa d'un rire perlé de gamine, que je repris en écho malgré moi. Elle pencha alors sur une épaule son fin minois de porcelaine diaphane parsemé de taches de son et, tout en rameutant sur la nuque sa longue chevelure rouquemoute, elle gazouilla dans un français fort honorable où les « r » moutonnaient gracieusement en glissant sur sa langue :

« Vous avez déjeuné déjà, il semble ? Pauvres petits frenchies, ma mère a peur que vous mourir de faim ! »

Esteban avait sauté de sa couchette en dédaignant l'échelle de corde et s'était glissé sans façon entre nous. D'autorité, il saisit la main droite de la young lady et la porta galamment à ses lèvres, sans qu'elle s'en défendit. Je fis les présentations et Lily-Rose déclara qu'elle était *so glad* de nous connaître. Comme son père nous en avait informés, elle était en vacances et se mettait à notre disposition pour nous faire visiter la ville.

Tout au long de cet échange de civilités, mon ami ne lâcha pas la main de la demoiselle, lui dardant de ses yeux noirs un regard à la fois tendre et ardent. Je vis rosir la petite infirmière, qui retira vivement sa menotte et tourna les talons en nous invitant à la retrouver au jardin lorsque nous serions fin prêts.

Assise sur un banc de pierre sous l'arc de triomphe d'une glycine aux bras noueux, en robe fleurie et un chapeau de paille à larges bords orné d'un ruban mauve la protégeant du soleil capricieux, Lily-Rose semblait prendre la pose pour un invisible Renoir. Comme nous descendions les degrés du perron, Esteban m'arrêta en enserrant fermement mon bras...

« Regarde, Valentin ! Regarde de tous tes yeux... Je crois que je suis en train de tomber amoureux ! »

Je me gardai bien de répondre, me contentant de hausser les épaules en soupirant. Je connaissais mon Esteban sur le bout des doigts et savais le cœur d'artichaut qui battait dans sa poitrine. Tel le Leporello de Don Giovanni, j'aurais pu commencer à dresser la longue liste de ses toquades !

Cette première journée oxfordienne fut éreintante, mais la fatigue s'est estompée au fil des ans et je n'en conserve que des images magnifiques qui me font dire, en y repensant, qu'Oxford reste, à ma connaissance, la plus belle ville du monde. Ce n'est certes pas l'avis d'Esteban, qui rétorquerait que la plus belle ville du monde est celle où il a la chance de se trouver en compagnie de la femme qu'il aime.

Tout en rédigeant ces lignes, je me suis souvenu d'un journal que j'avais tenu au cours de ce séjour dans la perfide Albion. Après une matinée de fouilles fastidieuses parmi des cartons de souvenirs caducs empilés à la cave, j'ai fini par mettre la main sur ce journal, ou plutôt ce carnet de voyage auquel j'avais méticuleusement confié mes impressions du jour, pendant les deux mois de notre séjour outre-Manche. N'étant ni Stendhal ni Chateaubriand, n'ayant ni le style imagé, ni la prolixité exubérante de mon compagnon de voyage, j'éprouve quelque honte à divulguer certains morceaux choisis de ce calepin aux feuillets jaunis. Son unique avantage, me semble-t-il, sera de faire resurgir du plus profond de ma mémoire les deux jeunes gens au sang bouillonnant, ni usés ni blasés, que nous avons été. Ils ont toute ma tendresse et mon indulgence...

TRIBULATIONS
DE DEUX MANGEURS DE GRENOUILLES

Mardi 2 juillet 1968

Nous avons fait la connaissance de Lily-Rose, la fille de nos hôtes. Je crois bien qu'Esteban en est tombé raide amoureux !

Quand je lui ai objecté la différence d'âge entre cette « vieille » de 20 ans et lui, godelureau teen-ager malgré le poil qui commence à lui pousser au menton, il s'est contenté de hausser les épaules et d'émettre un « Pfffff ! » significatif. Bref, nous avons passé la journée en compagnie de la sémillante rouquine, qui nous a fait visiter, au pas de course, une vingtaine de collèges, tous plus beaux, plus vieux et plus gothiques les uns que les autres. Il en resterait autant à découvrir, mais rien ne presse... Le prestige universitaire, porté à ce niveau d'excellence, se traduit par la puissante odeur de cire d'abeille qui flotte au sein de ces vénérables bâtiments. Chaque collège semble une cathédrale dédiée au savoir, où l'on ne marche qu'à pas feutrés, où l'on parle à voix basse et à mots choisis, même Esteban qui a pourtant le verbe haut... À la fin de cet épuisant marathon, les pieds en compote, nous nous sommes effondrés sur nos couchettes.

Mercredi 3 juillet

Toujours grand beau temps. Hedley-John possède deux boutiques d'antiquaire, l'une à Oxford et l'autre dans le quartier chic de Notting Hill, à Londres. Tout un staff d'employés se chargeant de faire tourner ses boutiques, le Major se contente de prospecter et de négocier dans le monde entier meubles et bibelots, réalisant à grande échelle ce que mon père fait modestement dans son capharnaüm de Monplaisir. Hedley-John ne manque jamais, tout en frisant sa moustache, de citer les noms de quelques-uns de ses clients les plus prestigieux, dont l'un des Beatles et plusieurs membres de la famille royale d'Angleterre. Mon père et lui ont lié connaissance dans une salle des ventes de Genève, où ils se sont âprement disputé l'acquisition d'une mèche de cheveux de la reine Marie-Antoinette. La mèche en question « frisa le record » en atteignant une enchère « décoiffante ». Elle leur échappa à tous deux mais ils ne perdirent pas leur journée et devinrent bons amis.

En compagnie de Lily-Rose, nous sommes allés visiter la boutique d'Oxford de son père, sur Iffley Road, formidable caverne d'Ali Baba où l'on s'éberlue de voyager, dans le dédale des allées, d'une époque et d'un continent à l'autre. Dans ce palais aux mille merveilles qui fleure bon et fort la cire, la térébenthine ou quelque baume mystérieux, des employés très stylés semblent valser entre les précieux objets, jamais ne les heurtant et ne les manipulant qu'avec des gants de coton blanc. Je fus soulagé d'en sortir sans m'être comporté comme un éléphant dans un magasin de porcelaines, en dépit de ma corpulence et de ma maladresse, tandis que Lily-Rose et Esteban ondulaient en ricanant, sveltes et souples, entre les potiches de céramique et les vases étrusques. D'évidence, une belle complicité est née entre eux et je me sens un peu comme un chaperon, à tenir ainsi la chandelle. Après le repas du soir, avec la bénédiction de nos hôtes, notre trio est allé dans un pub tout proche du cottage: « The Eagle and Sheep », vénérable maison où la bière coulait déjà à flots au XVIIe siècle et plus tard, jusque dans les chopes d'écrivains aussi célèbres que Tolkien ou Lewis Carroll. Lily-Rose, imitée par Esteban, a commandé une pinte de light ale. Prudemment, j'ai opté pour un strawberry milk (lait-fraise) onctueux à souhait. Nous fîmes une partie de fléchettes, ce qui nous valut un rappel à l'ordre du patron, Esteban poussant des cris de sioux en lançant ses dards, ce qui troublait l'ambiance cosy de l'endroit.

Samedi 6 juillet

Toujours sous la conduite de notre charmante guide minijupée, nous avons poursuivi notre exploration de la cité universitaire. En termes diplomatiques, Esteban s'est risqué à manifester notre ras-le-bol des visites de collèges, tout admirables et pittoresques fussent-ils. Lily-Rose a eu un hochement de tête compréhensif et nous a proposé une partie de punting sur la rivière Cherwell, qui a rendez-vous avec la Tamise à Oxford. Le mot « punt » m'étant inconnu, il me fut expliqué qu'il s'agissait d'une barque à fond plat, pilotée par un vigoureux nautonier debout à l'arrière et manœuvrant l'embarcation à l'aide d'une longue perche. Taisant le fait que je ne sais pas nager, je dissimulai mon peu d'enthousiasme sous un sourire de façade et nous voilà dévalant les marches menant à l'embarcadère, sous le Magdalen bridge. D'autorité, Esteban et Lily-Rose s'installèrent à l'avant du punt, épaule contre épaule, tandis que, désigné volontaire pour le rôle du gondolier, je tâchai de saisir les explications techniques du batelier tout en prenant place sur la poupe surélevée du frêle esquif, la longue et lourde gaule en mains. Observant les autres matelots d'eau douce alentour, je m'efforçai de calquer mes mouvements sur les plus habiles d'entre eux, godillant de mon mieux pour maintenir la barque facétieuse dans l'axe de la rivière. Après quelques abordages involontaires, quelques échouages dans le limon bourbeux des berges, je parvins à dompter le punt rebelle et notre petite croisière au cœur du paysage bucolique devint un ravissement, surtout pour mes deux passagers. Esteban avait passé un bras audacieux autour des épaules de Lily-Rose, qui laissait négligemment ses doigts soulever des vaguelettes le long de la coque, tout en chantant à tue-tête « Penny Lane is in my ears and in my eyes... », le tube en vogue des Beatles. C'est alors que, relâchant mon attention pour reprendre en chœur le refrain et faire le mariole, je donnai une poussée formidable à ma perche qui demeura engluée dans la vase, formant un angle que j'évaluerais à 70 ou 80 degrés. La barque, soudain propulsée sous mon effort, s'éloigna sans moi, mes pieds ayant quitté le punt et gigotant bêtement au-dessus des flots. Je demeurai agrippé à ma gaule au milieu de la rivière sous les quolibets de plaisanciers hilares et imbéciles qui prenaient des photos. Esteban, conscient du péril où je me trouvais, dénicha une pagaie sous son siège et parvint à remonter le courant jusqu'à moi, à l'instant précis où ma perche, échappant à la vase, s'inclinait dangereusement à l'horizontale. J'en fus quitte pour un bain forcé et mon compagnon, à la force des bras, me sauva d'une noyade certaine. Le ridicule ne tuant pas, j'en fus quitte pour un léger rhume qui me força à garder la chambre le lendemain, tandis que la jolie rousse et son hidalgo s'en allèrent batifoler only God knows where...

Mardi 9 juillet

Devant se rendre à sa boutique londonienne, Hedley-John nous a proposé de nous emmener passer la journée dans la capitale, toujours cornaqués par sa fille. « Je confie vous à elle et elle à vous, gentlemen ! » nous dit-il en nous débarquant de la Rolls à Trafalgar Square. Esteban le rassura à sa façon: « Vous être sans crainte, je garder la main sur fille de vous ! ». Lily-Rose connaissait Londres comme sa poche et nous entraîna de découverte en émerveillement. Une foule bigarrée et polyglotte envahissait les artères principales, des gentlemen de la City à chapeau melon et costard chicos croisant des hippies étrangement accoutrés, les filles en jupettes ultra-mini et les garçons chevelus dont les pantalons à pattes d'éléphant accentuaient la démarche nonchalante. Esteban tenait à assister à la relève de la garde devant le palais de Buckingham et j'en compris la raison lorsque je le vis emboîter le pas à la garde montante en beuglant « La Marseillaise », ce qui lui valut un long sermon de la part d'un bobby qui eut le plus grand mal à se départir de son flegme coutumier. Sur le coup de midi, nous nous sommes laissés tomber sur la pelouse de Hyde Park pour récupérer quelques forces en engloutissant des hamburgers noyés de ketchup et de savoureux doughnuts bien grassouillets. Soucieuse de sa ligne de green bean (haricot vert), notre guide offrit de partager son beignet avec mon ami, se contentant malicieusement du trou central et lui laissant le reste !

J'ignore quelle mouche (l'abeille de Westminster ?) avait piqué Esteban mais, sans doute encouragé par les fous rires de Lily-Rose, il se comporta d'une manière inqualifiable tout au long de cette journée, à ma grande honte. Notre visite au musée Tussaud a dû marquer les mémoires de quelques vigiles qui nous poussèrent gentiment vers la sortie après que mon compagnon eut exécuté des courbettes devant Henry VIII en clamant « Votre cire est trop bonne ! », voulant à tout prix faire la bise à Audrey Hepburn, ou encore franchir les barrières de sécurité pour poser en cinquième Beatle aux côtés de John Lennon...

La visite de la tour de Londres faillit également très mal tourner, et je craignis qu'Esteban ne finisse décapité après s'être présenté sous le nom d'Arsène Lupin à un Beefeater en tenue d'apparat rouge et noire et lui avoir demandé où se trouvaient les bijoux de famille de la reine, qu'il comptait bien rapporter en France comme souvenir. « Rapporter les bijoux, pas la reine ! », crut-il bon de préciser. À chacune des incartades de mon compagnon, Lily-Rose piquait un fard puis éclatait du même rire complice tandis que je faisais mine de ne pas connaître le lascar. En milieu d'après-midi, jugeant préférable de renoncer aux visites de musées, notre belle rouquine nous proposa de faire un peu de shopping dans une petite rue sympa. C'est ainsi que nous avons débarqué à Carnaby Street, haut lieu du swinging London et Mecque peace and love de tous les excentriques de la cité. De chaque boutique, la plupart ornées de fleurs psychédéliques multicolores, s'échappaient des notes de musique swingantes ou planantes et des parfums subtils ou suspects. J'ai retenu les noms de quelques enseignes : « Lord John », « Lady Jane », « I was Lord Kitchener's Valet »... nous avons écumé cette rue incroyable tels des Pinocchios au pays des jouets, guidés par notre fée Clochette. Bref, au bout de deux heures, nous avons quitté Carnaby Street relookés de pied en cap par Lily-Rose : pantalons pattes d'eph en jeans, chemises à fleurs et lunettes de soleil rondes aux verres teintés, rouges pour Esteban, bleues pour moi et forcément roses pour Lily-Rose. Un bandeau torsadé de pur style hippie retenait à présent la cascade rousse de ses cheveux et elle avait fait l'emplette d'un gilet en peau de mouton, du plus bel effet sur son corsage, ce dernier s'étant outrageusement échancré au fil de la journée. Je n'oublierai jamais la tête que fit Hedley-John en nous voyant de retour dans sa boutique, ne devant qu'à ses réflexes de ne pas casser sa pipe, qui lui tomba des lèvres sous l'effet de la stupéfaction. Le coffre de la Rolls accueillit avec effarement les sacs multicolores qui contenaient pêle-mêle nos achats du jour, posters, disques, cravates fleuries assorties à nos chemises, tee-shirts Bugs Bunny... Esteban, le chef surmonté d'un chapeau melon vintage, me glissa à l'oreille que mes parents ne nous reconnaîtraient pas à la descente de l'avion, dans quelques semaines, et nous refuseraient peut-être le gîte et le couvert.

Samedi 13 juillet

Ainsi donc, au fil des jours, la tournée des collèges a cédé le pas à la tournée des pubs... à ma grande honte, j'avouerai qu'aux inoffensifs strawberry milks ont succédé des breuvages de moins en moins pacifiques. Esteban et moi avons pris goût au Gin orange et à la liqueur Drambuie à base de scotch, mais la cagnotte dont nous ont généreusement pourvu mes parents s'évapore plus vite que les vapeurs d'alcool. Sous la pression de Lily-Rose inquiète, en bonne infirmière, pour l'état de nos foies respectifs, nous avons dû mettre un frein à ces libations déraisonnables. Tandis que je me réconcilie avec les lait-fraise des premiers jours, Esteban semble résolu à se contenter de pintes de Pale Ale à l'arôme musqué. Après avoir testé la plupart des « public houses » d'Oxford, avec leurs lounge bars aux canapés hospitaliers et à l'ambiance feutrée, nous avons été conquis et sommes restés fidèles au « Trout Inn », un charmant pub du XVIIe siècle au bord de la Tamise, où nous avons pris nos habitudes jusqu'à la fin du séjour.

Sans que mon ami ait eu besoin de se confier, j'ai bien remarqué que la fille de nos hôtes le laissait de moins en moins indifférent. De frôlements de mains en mots doux glissés à l'oreille, une entente plus que cordiale s'est nouée entre eux, dont j'eus très vite la confirmation tacite lorsque Esteban me remit, sans un mot, l'enveloppe renfermant l'une des deux mèches des sœurs Coton. Nous avions promis aux jumelles de leur écrire régulièrement, mais mon camarade a déclaré forfait et me voilà seul à tenir cette promesse et à contrefaire la signature de l'infidèle sur les cartes postales et les lettres que je m'astreins à écrire.

Hier soir, Lily-Rose nous a proposé d'assister à un Son et Lumière dans les jardins du Christ Church College. Bizarrement, depuis la veille, je sentais bien le dépit, mêlé d'un rien de fureur, de mon compagnon de cabine. À force de le titiller, il a fini par m'avouer le motif de son courroux: Lily-Rose, vient-il d'apprendre par Maggy, a un boy-friend, un certain David, étudiant en médecine. Également chef scout, cet indésirable ne devrait pas tarder à revenir d'Écosse, où il participe à un jamboree. Je suis parvenu à dissuader le jaloux de provoquer son rival en duel et j'ai pu le convaincre de jouer son pion sur la carte du tendre auprès de sa dulcinée.

Après le repas du soir, nous voilà donc tous trois musardant le long des Christ Church meadows, du même rythme nonchalant que les vaches longhorn au regard mélancolique qui y paissent et repaissent, attendant que la nuit tombe et que s'ouvrent les grilles donnant accès aux gradins mis en place pour le spectacle. Selon un plan ourdi par mon ami, je m'éloignai discrètement tandis qu'il entraînait Lily-Rose sous le refuge d'un arbre à la ramure exubérante. J'eus par la suite le récit détaillé et euphorique de la scène qui se joua sous le peuplier bienveillant... Lily-Rose adossée à l'arbre, son Roméo face à elle lui débitant d'une voix de velours quelques banalités, avant de sortir de sa poche l'arme fatale: un poème en alexandrins qu'il a mis des heures à composer le matin même et qu'il a déclamé à l'élue de son cœur avec des trémolos dans la voix. Puis Lily-Rose tremblante d'émotion (dixit Esteban, mais peut-être aussi de froid), fermant les yeux et entrouvrant ses lèvres, puis mon Esteban balbutiant des « I love you » éperdus et étreignant la jeune fille, puis leurs lèvres qui se joignent, leurs langues qui se nouent et dénouent... Au final, c'est un couple tendrement enlacé et radieux que je vis écarter les branches et venir dans ma direction. Le Son et Lumière fut grandiose, mais je dus en faire le récit à mon ami, qui préféra passer la soirée à bécoter Lily-Rose à bouche que veux-tu, au risque d'attraper un torticolis.

Lundi 15 juillet

Ça y est, il a osé le faire! Un peu avant minuit, tandis que j'étais encore en quête de sommeil, comptabilisant en vain des moutons Shropshire à tête noire, je devinai dans la pénombre la svelte silhouette d'Esteban descendant l'échelle de coupée et s'esbignant sur la pointe des pieds de notre cabine. Je n'y prêtai garde et revins à mes moutons. Ce n'est qu'au petit matin, alors qu'un rayon de soleil mutin chatouillait le nez de l'officier du HMS Victory, *que le noctambule refit surface et réintégra à pas de loup sa couchette délaissée, chassant ainsi les derniers caprins dont Morphée avait parsemé ma nuit d'insomnie. Je n'eus pas à bousculer beaucoup le cavaleur nocturne, au cours du petit-déjeuner, pour qu'il m'avoue à demi-mot, ne disant rien franchement mais insinuant beaucoup, qu'il avait passé la nuit sous la couette de Lily-Rose. L'amitié me poussa à me réjouir pour lui, la bienséance à ne pas lui poser de questions. Le voir heureux suffit à mon bonheur, même si un fossé vient de se creuser entre nous: Esteban, beau gosse et séducteur déjà affirmé, me rendrait fou de jalousie avec sa fine moustache à la Errol Flynn, tandis que mon miroir impitoyable me renvoie l'image poupine d'un jeune puceau à la peau glabre. Eût-on pressé mon nez qu'il en fût sorti du lait !*

Samedi 20 juillet

David, le boy-friend boy-scout est de retour ! Esteban ayant refusé de se joindre à nous, j'ai accompagné Lily-Rose à la gare d'Oxford pour l'accueillir. M'attendant à une gravure de mode, c'est un petit bonhomme jovial et court sur pattes, gringalet à culottes courtes et chapeau de Baden-Powell enfoncé jusqu'aux binocles, que j'ai eu la surprise de voir descendre du train. Après avoir regroupé et fait manœuvrer à coups de sifflet sa troupe de Castors Juniors, il a aperçu notre comité d'accueil, a projeté en l'air son feutre cabossé en hurlant un « Yeeehaaa ! » repris en chœur par la jeune meute, révélant à mes yeux stupéfaits une tignasse frisée aussi poil de carotte que celle de sa petite amie ! J'ai eu le plus grand mal à refréner un fou rire en me remémorant un film hilarant sorti quelques mois plus tôt, « Le petit baigneur », où la bande turbulente de Robert Dhéry s'en donnait à cœur joie en incarnant la famille Castagnier, tous plus rouquins les uns que les autres ! Quelques instants plus tard, me confiant sans façon son lourd sac à dos où tintinnabulaient allègrement gamelles et bidons, le chef scout cueillit à bras ouverts sa rousse girl-friend et tenta en vain de la soulever de terre, ce qui me fit songer qu'en son lieu et place, je connais un Esteban qui aurait projeté en l'air la frêle demoiselle, à la façon de Fred Astaire et Ginger Rogers dans le film « Top Hat ! ». J'imaginai sans peine la tête que ferait mon compagnon en découvrant le fac-similé rouquin de l'élue de son cœur.

Esteban, consterné par mon récit, s'étant fait porter pâle pour le lunch de midi, je dus tenir la chandelle sur la banquette d'une pizzeria de High Street, guignant à la dérobée le couple aussi mal assorti que possible, toison rousse mise à part, qui me faisait face et se bécotait sans façon.

De retour dans la cabine, je trouvai mon ami allongé sur son lit d'amertume et plongé dans la lecture d'« Un amour de Swann », ce qui était entre nous une sorte de code que l'on pourrait traduire par: « Je suis au désespoir, je me suis couché de bonne heure et je vais me proustifier d'une phrase en pleine tête! ». J'eus toutes les peines du monde à lui arracher des mains le funeste ouvrage et parvins à le dérider par une imitation à peine outrée de l'affligeant boy-friend aux cheveux de feu se hissant sur la pointe des pieds pour atteindre les lèvres de sa girl-friend.

Dimanche 21 juillet

Dernier jour de vacances pour Lily-Rose, qui a plongé mon compagnon dans la consternation en lui apprenant, la mine contrite, qu'elle devait partir suivre un stage dans l'hôpital londonien où David effectue son internat en médecine. Elle serait hébergée chez des amis de ses parents et ne pensait pas revenir à Oxford d'ici notre départ. Pour la première fois depuis le jour de notre rencontre dans la classe du père Legras, je vis Esteban perdre son self-control et écraser une larme. Je tentai de le réconforter en l'assurant que d'autres histoires d'amour l'attendaient, que ce n'était qu'un flirt de vacances, une amourette sans importance... sans grand succès, hélas, mais Esteban eut la dignité de cacher son chagrin sous un masque inexpressif tout droit sorti du théâtre nô japonais. Il a quand même consenti à nous accompagner pour une visite à Stratford-upon-Avon, la ville natale de Shakespeare. Il faut dire que le grand Will est l'une de ses idoles et qu'aucune peine d'amour perdue ne pourrait empêcher mon ami de se rendre à un tel rendez-vous.

Pour l'occasion, Maggy a confié à Lily-Rose la clef de sa « funny little car », une Austin Mini aussi rose que mes Strawberry-milkshake favoris et aussi défoncée qu'un hippie de Carnaby Street. C'est donc brinquebalés en tous sens que nous nous sommes engagés sur la Motorway M40 en direction de Stratford, distante d'Oxford d'une cinquantaine de Miles que notre tondeuse à gazon accepta de rallier moyennant de multiples étapes, nécessaires pour calmer ses troubles vasomoteurs dus à une Mininopause en phase terminale. David, assis à la place du mort, ne faisait rien pour cacher son manque de confiance dans les qualités de pilote de sa girl-friend, gardant les bras tendus et les mains crispées sur la planche de bord, avec l'irritant réflexe d'empoigner le frein à main au moindre ralentissement du trafic. À mes côtés sur la spartiate banquette arrière, rencogné et boudeur, Esteban ne pipait mot, se contentant d'admirer le paysage et, mine de rien, le reflet des cheveux roux de la conductrice dans sa vitre latérale. Pour détendre l'atmosphère, je lui glissai à l'oreille que le chef scout n'avait guère le goût du risque et semblait « toujours prêt » à sauter en marche au moindre danger.

Nous sommes tout de même arrivés à bon port en fin de matinée et avons aisément trouvé un coin de pelouse tirée au cordeau, tout droit sorti d'une toile de Constable, pour pique-niquer au bord de la rivière Avon. D'un panier en osier à rabats, Lily-Rose a extrait des sandwiches au Spam – un ersatz de pâté dont les Anglais raffolent – préparés du matin par Maggy, des œufs anémiés, des chips et, dans un bol Tupperware, un bloc de Jelly à la fraise atteint de la maladie de Parkinson.

La conversation allait bon train, sauf en ce qui concerne Esteban, qui s'était mis légèrement à l'écart, adossé à un saule, sous prétexte d'observer de plus près des canards qu'il gavait de Spam, avec la mine déconfite d'un acteur du Théâtre du Globe oscillant entre Être ou ne pas Être. Nous avons ensuite arpenté les ruelles de la ville natale du poète, admirant à l'envi les maisons à colombages, sillonnant des ruelles au charme médiéval. Esteban se tenait ostensiblement en retrait et j'aurais parié que David pouvait sentir sur sa nuque rousse, comme un poignard, le regard noir et acéré de mon ami, un regard à peine émoussé par les sourires tristes et tendres que Lily-Rose lui adressait parfois en inclinant la tête de son côté, tandis que son scout servant plastronnait avec exubérance.

Moment d'intense émotion en pénétrant dans l'église Holy Trinity, où repose l'auteur de Hamlet. Alors que nous marquions une pause recueillie dans le chœur, écoutant sagement les explications d'une guide ratatinée d'un âge canonique, Esteban se détacha prestement de notre petit groupe et vint s'allonger sur la dalle mortuaire du poète. Aussitôt, la gardienne des lieux bondit et empoigna mon ami par les cheveux en hurlant dans le registre sorcière de Macbeth. J'intervins pour préciser qu'il s'agissait d'un acte de vénération et non de profanation, tandis que les deux rouquins, consternés, se tenaient à distance.

Après un tel esclandre, je craignis le pire pour la suite de notre explo-

ration de la cité et marquai mon turbulent ami à la culotte pendant la visite de la maison natale, de style Tudor, du Molière anglais. À défaut du pire, je dirais que le meilleur se produisit lorsque mon Esteban, fendant la foule des touristes qui se pressaient dans le jardin romantique attenant, se hissa sur un banc de pierre et se mit à déclamer, avec force trémolos dans la voix, le fameux monologue de Mercutio, qui avait si fortement impressionné Miss Sisley, notre jeune professeur d'anglais en classe de 5e. Je savourai donc à nouveau le délire magnifique du compagnon de Roméo, vécu plus qu'interprété par un jeune frenchy que le grand Will, reconnaissant, eût aimé serrer dans ses bras, à n'en pas douter. Me tournant vers Lily-Rose, je la vis prétexter un cil dans l'œil pour sortir discrètement un fin mouchoir de son sac à main et l'en imbiber de quelques larmes. Esteban sauta du banc sous un tonnerre d'applaudissements et s'esquiva modestement, non sans m'avoir glissé au passage qu'il se débrouillerait seul pour regagner Oxford.

Esteban ne rentra qu'à la nuit tombée, sans doute en auto-stop, et se coucha sans prononcer un mot. Je m'empressai de rassurer nos hôtes, qui étaient sur le point d'alerter la police, l'Ambassade de France, voire Sherlock Holmes et le docteur Watson...

Mon ami ne devait jamais revoir Lily-Rose, que je vis monter au petit matin dans la MG décapotable de David. Avant de refermer sa portière, elle tourna la tête dans ma direction et me fit un petit signe de la main. Le pauvre sourire qu'elle m'adressa n'avait rien de convaincant et je vis s'éloigner, flottant au vent comme une oriflamme, la belle chevelure rousse du grand amour de mon compère au cœur trop tendre.

Je découvris peu après la lettre à l'enveloppe parfumée qu'elle avait glissée sous notre porte et la remis à Esteban lorsqu'il daigna ouvrir un œil. Je n'osai lui en demander la teneur et, l'eussé-je su, je ne la confierais pas à ce journal.

« L'AMOUR PAS TOUT EXCUSER, N'EST-IL PAS ? »

La suite de notre séjour ne mérite guère que je poursuive la transcription de mon carnet de bord. Ce mois d'août, qui constitua le deuxième acte de notre équipée outre-Manche, fut somme toute assez morose et j'eus toutes les peines du monde à distraire mon ami, pâle chevalier à la triste figure, des affres de son chagrin d'amour.

Le Major et son épouse n'eurent pas grand mal à relier cette mélancolie soudaine au départ de leur fille et associèrent leurs efforts aux miens pour qu'au désespoir de Hamlet et à la jalousie d'Othello succède la joie de vivre du Mercutio d'avant le drame.

Je ne peux cependant passer sous silence un incident qui vint quelque peu ternir la haute opinion qu'avaient nos hôtes de l'amoureux transi qu'ils hébergeaient...

Un soir, deux ou trois jours après le départ de Lily-Rose, Esteban prétexta une furieuse envie de promenade solitaire pour s'esquiver au beau milieu du souper. Comme il tardait à revenir, j'allais me résigner à alerter Hedley-John lorsque je perçus la sonnerie du téléphone du rez-de-chaussée. Quelques minutes s'écoulèrent, puis le Major vint toquer à ma porte, qu'il ouvrit brusquement avant même que je ne pose la main sur la clanche. La moustache tressautante, signe d'intense contrariété, il m'informa de la teneur du coup de fil qu'il venait de recevoir :

« Ami à vous s'être mal conduit et nous devoir aller à la police station récupérer lui. Esteban avoir acheté une spray-paint can et avoir écrit Lily-Rose en rouges psychédéliques lettres sur le mur de Magdalen College ! L'amour pas tout excuser, n'est-il pas ? Vous venir avec nous ? »

Sidéré et ne sachant que dire, j'emboîtai le pas à nos hôtes et nous allâmes récupérer le délinquant au poste de police du centre-ville. Par chance, l'antiquaire et le bobby galonné de permanence étaient partenaires de golf. L'affaire fut promptement classée après que le vandale eut présenté des excuses et se fut engagé à effacer les traces de son forfait dès le lendemain. Hedley-John se confondit en remerciements et glissa un billet de ten pounds dans la tirelire en carton, sur le comptoir, destinée aux orphelins de la police.

Dieu merci, Esteban n'avait eu le temps d'exercer son talent artistique que sur un seul support, avant qu'une patrouille ne mette fin à ce happening amoureux. Le lendemain, aux aurores, je me déclarai solidaire de l'artiste et le Major nous déposa avec le matériel *ad hoc* sur High Street, devant le mur d'enceinte du Magdalen College. Sous l'œil goguenard d'étudiants et de touristes, nous passâmes la matinée à jouer de la brosse et des cristaux de soude pour effacer le sacrilège.

Le mal péniblement réparé, je m'en retournai seul au cottage, mon compagnon prétextant la nécessité d'un passage chez le coiffeur. Lorsqu'il revint, à l'heure du lunch, Maggy faillit lâcher le plateau du yorkshire pudding qu'elle s'apprêtait à me servir... Esteban n'avait rien trouvé de mieux, pour exprimer ou exorciser son chagrin d'amour, que de faire teindre sa toison frisottée en roux vénitien !

Après délibération avec son épouse éplorée, faisant preuve de mansuétude et jugeant que sa fille n'était pas pour rien dans les égarements de mon compatriote, Hedley-John eut la généreuse idée de nous inscrire dans un club pour étudiants étrangers, sorte de programme Erasmus avant la lettre. Les matinées étaient consacrées à des cours d'anglais dispensés par des professeurs d'université en toge traditionnelle tandis que les après-midi se voulaient sportifs ou culturels. Esteban refusa d'abord poliment cette généreuse proposition, mais finit par se laisser convaincre par le charabia du Major :

« Moi savoir vous malheureux par faute fille à moi. Mais vous très jeune encore et très seducing, faire autres rencontres. Lily-Rose et David inséparables depuis eux tout petits... Vous devoir comprendre et oublier. Vous pas triste comme votre Lamartine ou notre Shelley, vous enjoy dans club et peut-être trouver amour nouveau ».

« Vous et Maggy très gentils » répondit mon camarade dans le même sabir bariolé *« mais moi jamais oublier Lily-Rose et toujours garder elle au fond du cœur de moizautre ».*

Ce *« Moizautre »* intrigua quelque peu l'antiquaire, mais il se contenta de tapoter affectueusement l'épaule de ce jeune Français si romantique. Esteban traîna donc un peu les pieds les premiers temps, mais finit par prendre un plaisir relatif aux activités proposées par le club.

Outre les cours où mon camarade planait bien au-dessus de nos balbutiements dans la langue de Shakespeare, notre petit groupe polyglotte se retrouvait pour des parties de squash, des séances d'équitation, des initiations au golf ou au cricket, autant de dérivatifs propres à défouler mon compagnon et à faire renaître une ébauche de sourire sur ses lèvres, un sourire qui s'effaçait lorsque nous repassions par des lieux hantés par le souvenir de Lily-Rose. Hors de question de faire embarquer Esteban sur un punt ou de le traîner aux abords du parc aux daims de Magdalen College ! Lorsque de telles réjouissances se profilaient, mon ami saisissait son sac à dos, y fourrait le gros volume des œuvres complètes de Shakespeare qu'il s'était offert à Stratford et partait vagabonder en solitaire dans la campagne anglaise, sous prétexte de lire des vers aux oiseaux.

« REVIENDEZ QUAND VOUS VOULOIR »

Le moment du retour en France se profilait à l'horizon et j'en ressentais un pincement au cœur. En dépit du chagrin d'amour d'Esteban, j'avais adoré Oxford et j'avais rempli de beaux souvenirs et de belles images, à ras bord, ce coffre plus ou moins lourd que nous trimballons notre vie durant, où nous farfouillons à l'envi et que nous appelons « Nostalgie ».

Le dernier soir, Hedley-John et Maggy nous mijotèrent une belle surprise en nous emmenant assister à un concert donné par le chœur prestigieux du New College.

Tandis que nous faisions la queue – les Anglais possèdent un art de « faire la queue » que les Français ignorent – l'antiquaire nous confia à voix basse qu'il était lui-même un ancien du New College, où il avait obtenu son diplôme de *« Master of Arts »*.

La chapelle était bondée mais un silence forcément religieux y régnait. Je m'y sentis soudain hors du temps, me perdant dans la contemplation du retable sculpté dans la pierre qui nous faisait face, passant en revue chaque niche et la cinquantaine de saints qui y avaient élu domicile. Esteban, à mes côtés, gardait les yeux rivés au plafond et peut-être au-delà, dans l'une de ces méditations dont il avait le secret. C'est alors qu'une lourde porte grinça sur ses gonds et tous les regards se tournèrent en direction des jeunes choristes, vêtus de longues aubes rouges surmontées d'une fraise blanche. Ils remontèrent l'allée centrale en procession, précédés de leur chef et entourés de quelques clercs, adultes ou ados ayant achevé leur mue.

Certaines émotions sont trop fortes pour être traduites par des mots. Celle que nous ressentîmes, Esteban et moi, en entendant ces voix de séraphins échappés de quelque Olympe s'élever et emplir la chapelle, soutenues par le socle vigoureux des psalmodies des clercs, ne put s'exprimer que par des frissons irrépressibles et quelques larmes contenues à grand-peine, particulièrement lors du « Miserere » d'Allegri, harmonieux mélange d'une vibration douloureuse et d'une indicible espérance. L'émotion à l'état pur ! Nous ne pouvions rêver, à la veille de notre départ, plus beau cadeau d'adieu.

En ce dimanche matin, la tête encore fourmillante de gazouillis d'angelots, nous ouvrîmes les yeux pour découvrir une aurore crassineuse, comme si Oxford avait décidé de marquer sa tristesse de nous voir partir en versant de fines larmes de pluie. Sans un mot, pressentant que la perfide nostalgie tissait déjà avec doigté sa toile d'araignée, nous nous apprêtâmes, bouclâmes nos valises et descendîmes tête basse prendre notre ultime breakfast.

Prétextant que le voyage serait long et que nous ne devions pas quitter l'Angleterre la faim au ventre, Maggy s'était surpassée en cuisine.

Dans nos assiettes de faïence, aussi compressés que des banlieusards dans un métro aux heures de pointe, les baked beans réfugiés sur leur toast résistaient aux assauts de saucisses suintantes, aux épanchements d'œufs au plat qui riaient jaune face aux flatulences d'une tranche de boudin incongrue, tandis qu'un bol de corn-flakes, comme une réserve de cavalerie de cette Grande Armée, piaffait d'impatience en implorant Saint Kellog's, comme Henry V invoquant Saint Crépin à la bataille d'Azincourt.

« Il faut faire honneur ! » murmurai-je à mon ami qui me lançait des œillades désespérées à chaque bouchée.

Cela resta un mystère pour nous : pourquoi notre hôtesse, si fin cordon-bleu lors des agapes du lunch et de l'evening meal, se laissait-elle aller à de telles extravagances à l'heure du petit déjeuner, comme un rebond fatal de l'atavisme culinaire britannique ?...

Pressés d'en finir avec cette ultime épreuve, nous bûmes cul sec notre tasse de thé Darjeeling et nous retirâmes dans notre chambre pour y éructer bruyamment à notre aise.

Fatalement, l'heure du départ sonna et Hedley-John s'en vint toquer à notre porte.

J'eus du mal à dissuader Esteban de revêtir son déguisement de hippie ou de se coiffer de son chapeau melon. Seule une cravate à fleurs trahissait notre bienveillance envers les excentricités londoniennes. Dans le hall d'entrée, nous retrouvâmes nos hôtes, dont l'émotion était palpable. Je tendis à Maggy notre cadeau d'adieu, un flacon de parfum choisi par ma mère, qui provoqua une exclamation inattendue :

« Oh ! Cinq de Chanel ! I shall only wear this to go to bed, like Marylin Monroe ! »

Elle rosit de son audace tandis que son époux tournait et retournait, puis testait en bouche, la superbe pipe cintrée, réplique supposée de celle de Sherlock Holmes, qu'Esteban lui avait offerte.

Maggy nous prodigua mille *Farewell* et autres mots de chaude affection avant de nous embrasser tour à tour. Nous suivîmes Hedley-John en direction de la Rolls dont le coffre ventripotent engloutit nos bagages avec plus d'appétit que nous pour l'ultime breakfast. Nous retournant pour saluer une dernière fois notre hôtesse, elle nous parut toute recroquevillée. Je remarquai qu'elle avait sorti son mouchoir et que les verres de ses lunettes papillon brillaient étrangement. Esteban courut vers elle, la prit dans ses bras et j'eus la certitude qu'il délivrait à son oreille un ultime message pour Lily-Rose.

Le Major nous déposa devant l'aéroport de Luton en fin de matinée. J'aurais préféré écourter la cérémonie des adieux, mais notre chauffeur se ravisa et insista pour nous aider à porter nos bagages jusqu'à l'enregistrement. Le moment de la séparation étant arrivé, il nous serra vigoureusement la main en cherchant des mots appropriés...

« Vous très chic types, reviendez quand vous vouloir, toujours welcome ! Grand merci vous, je faire gros progrès en français ! »

J'attendais un retour de volée impitoyable de mon *fellow*, mais il se contenta de sourire, en murmurant d'une voix crépusculaire un *« Thanks to you, Hedley-John ! »* empreint d'amertume.

Alors que nous venions de passer les formalités de douane et tandis que nous attendions l'embarquement, notre hôte restait planté derrière la vitre qui nous séparait, tentant de détendre l'atmosphère par de tristes pitreries, portant aux lèvres la pipe que nous lui avions offerte et imitant Sherlock Holmes sur la piste de l'infâme Moriarty, ou Monsieur Hulot partant en vacances. Tout à coup, il s'immobilisa et nos rires factices se figèrent tandis qu'une hôtesse à la voix sirupeuse rameutait les passagers à destination de Lyon.

Sur le point d'être aspirés par le tunnel de la passerelle, nous nous sommes retournés pour saluer l'antiquaire qui agitait des bras de sémaphore au-dessus de sa tête, avec aux lèvres une grimace de mauvais comédien, qui se prétendait un sourire.

Pendant tout le voyage du retour, Esteban trouva refuge dans un roman d'Agatha Christie, sans doute par tact et pour ne pas me faire subir sa mélancolie. Quant à moi, le front collé au hublot, je me laissai flotter dans un état de spleen semi-comateux au gré des nuages que l'avion éventrait.

Ces deux mois d'été, si intenses et riches d'émotions, avaient passé trop vite et il ne nous restait que quelques jours avant de plonger à nouveau dans la routine des études, avec le train-train quotidien des livres de classe et des cahiers, les probables prises de tête de mon condisciple, réincarnation du Charlot des *« Temps Modernes »*, face aux rouages des sciences économiques... Je me pris à songer au canapé des sœurs Coton et un optimisme béat m'envahit aussitôt. Au fond de ma poche, leurs deux mèches de cheveux m'apparurent soudain comme un talisman.

Mes parents avaient veillé à ce que mon ami et moi ne soyons pas séparés pour la suite de nos études et nous allions prendre de concert la direction d'un lycée réputé du centre-ville. Je n'ignorais rien du dépit d'Esteban de devoir affronter les affres d'un programme scolaire lourdement chargé en mathématiques. L'avenir que réservait à ce littéraire pur jus un tel cursus semblait bien opaque, sans doute assez éloigné des « débouchés royaux » vantés par un prof d'histoire zozotant et scélérat que mon compagnon rêvait de passer au fil de son glaive vengeur.

Par délicatesse, je m'efforçais de dissimuler la joie qui était la mienne d'entreprendre un parcours scientifique, avec en ligne de mire le serment d'Hippocrate et une carrière de médecin inspirée de celle du bon docteur Schweitzer. Je vénérais en secret ce toubib humaniste qui avait une haute conception de sa mission et qui considérait que sauver un enfant dans son hôpital de Lambaréné ou soigner une antilope blessée participaient d'un même engagement. J'ignorais encore que mon Afrique à moi ne dépasserait guère la frontière du quartier de Monplaisir.

L'AVENIR OUVRE SES JAMBES BLEUES

Sans doute pour prolonger encore un peu le rêve éveillé que nous venions de vivre, nous fûmes les derniers à quitter l'appareil lorsqu'il eut coupé ses moteurs. Aucun avion rose sur le tarmac, pas l'ombre d'une hôtesse en minijupe dans l'aérogare... je me sentis soudain décalé, ridicule, avec ma cravate à fleurs siglée Carnaby Street. Je notai que la toison d'Esteban avait conservé quelques touches roses au bout des mèches brunes, mais me gardai bien de lui en faire la remarque...

Dans le hall central, nous retrouvâmes mes parents, dont la joie de nous revoir se traduisait par des mines réjouies et des bras grands ouverts, au creux desquels nous nous coulâmes comme deux bateaux rentrant au port. Marie-Angèle, toute à l'enthousiasme des retrouvailles, ne cessait de s'extasier :

« Comme vous avez grandi ! Quelles belles mines vous avez ! Quelles jolies cravates !... »

Georges ne pouvait en placer une, mais il passa une main affectueuse dans nos tignasses, fronçant furtivement les sourcils en découvrant les reflets roses que mon ami n'avait pu effacer parmi ses boucles rebelles.

À bord de la DS paternelle, nous reprîmes pied avec la France post-soixante-huitarde, toujours aussi grise, toujours aussi morose. Où étaient les lendemains qui devaient chanter, la plage à découvrir sous les pavés, à en croire les graffitis sur les murs de la ville ? Ferrat avait beau proclamer *« L'avenir, l'avenir ouvre ses jambes bleues »*, nous avions du mal à partager son optimisme et à distinguer du bleu dans tout ce gris.

Je m'efforçai de positiver ce retour aux sources, loin du pays de Cocagne que nous venions de quitter. Nous avions la vie devant nous et des rêves plein la tête, alors *« Hourrah ! »*, que diable ! Et que de choses nous aurions à raconter aux sœurs Coton, pour peu qu'Esteban accepte de tirer un trait sur son flirt estival et soit disposé à renouer avec les jumelles cajoleuses.

Pour fêter le retour des enfants prodigues, ma mère s'était surpassée en cuisine, nous concoctant un menu roboratif composé de nos plats préférés : œufs mimosa, gratin dauphinois, poulet de Bresse... Esteban et moi aurions préféré que ce repas se déroule dans le silence recueilli qui sied à de telles agapes, mais nous étions assaillis de questions, auxquelles nous nous efforcions de répondre à tour de rôle, entre deux bouchées.

Visiblement, Georges trépignait d'impatience de se plonger dans l'édition originale de *Cyrano de Bergerac* avec dédicace de l'auteur, que le Major nous avait remis à son intention, tandis que Marie-Angèle se dandinait sur son siège pour faire scintiller la broche papillon dont Maggy lui avait fait présent. Mes parents voulaient tout savoir, alors que nous aurions préféré tout garder pour nous, ne pas dilapider le trésor de nos frais souvenirs.

Nous étions pressés de quitter la table, mais mon cordon-bleu préféré n'avait pas dit son dernier mot et pria mon père d'aller chercher le dessert au frigo. Il s'exécuta et nous le vîmes revenir portant à bout de bras, tel un trophée, un saladier d'œufs à la neige, l'une des spécialités de ma mère et son atout maître lors des goûters médiumniques auxquels elle conviait quelques amis de son Cercle spirite. Malheureusement, instant d'inattention ou maladresse non coutumière, le serveur buta sur un pied de table et le trophée prit son envol pour retomber lourdement au sol, les blocs neigeux et la crème anglaise reproduisant fidèlement, sur le carrelage, *« un paysage arctique du Groenland par 69 degrés de latitude nord et 51 degrés de longitude ouest »*, ainsi que le précisa Esteban pour alléger une atmosphère soudain plombée par la catastrophe.

Marie-Angèle pinça les lèvres et plissa les yeux en soupirant, mais se contenta, pour marquer sa contrariété, d'irradier le coupable d'un rayon de sa broche, tandis que ce dernier bredouillait des excuses. J'eus alors l'idée d'invoquer fort à propos la loi de Murphy qui affirme que *« s'il existe au moins deux façons de faire quelque chose et qu'au moins une de ces façons peut entraîner un désastre, il se trouvera forcément quelqu'un quelque part pour emprunter cette voie »*. Les éclats de rire qui s'ensuivirent, tandis que nous savourions nos yaourts de sauvetage, résonnent encore dans ma mémoire.

Les quelques jours qui nous séparaient encore de la rentrée scolaire fondirent comme œufs à la neige au soleil. Ce ne fut guère facile de reprendre nos marques et nous errions comme des âmes en peine dans l'appartement et autour de la place de Monplaisir en brassant un spleen que n'eût pas renié Baudelaire.

Deux jours avant la rentrée des classes, nous reçûmes un coup de fil des sœurs Coton. Anne et Marie se languissaient de nous, m'affirma l'une d'elles, et mon interlocutrice non identifiée nous lança une invitation à goûter pour le lendemain, veille du retour à la vie scolaire. J'acquiesçai du bout des lèvres, me doutant bien qu'il me faudrait user de beaucoup de diplomatie pour entraîner Esteban à ma suite, lui dont le cœur battait encore au rythme des syllabes qui composaient le prénom « Lily-Rose ».

Je fus un piètre diplomate, puisque mon ami opposa un refus net et sans bavure à mes bienveillantes exhortations. Non, il ne souhaitait pas revoir les jumelles, encore moins le piège lubrique de leur canapé. Il s'emporta devant mon insistance :

« Mes lèvres sont encore chaudes de celles de Lily-Rose ! N'insiste pas, je te cède les deux frangines pour le prix d'une ! »

Sans grand enthousiasme, je résolus donc de me rendre seul au « guet-apens » présumé des deux ribaudes, comme les surnommait Esteban. *« Et n'oublie pas »* me lança-t-il en ricanant lorsque je me mis en route le lendemain *« Un grain de beauté sous le sein gauche, c'est Marie ! »*

Afin que je n'arrive pas les mains vides à ce rendez-vous, comble de l'impolitesse selon ma mère, cette dernière avait fricoté une galette bressane à sa façon, encore tiède dans son enveloppe de papier lorsque je parvins aux abords du parc de la Tête d'Or, que je décidai de traverser pour me rendre boulevard des Belges, où nichaient les jumelles.

Il faisait un temps radieux et un soleil badin laissait ses rayons folâtrer gentiment au hasard des allées, chatouillant langoureusement des feuilles d'arbres qui frémissaient sous la caresse. J'étais fort en avance et je décidai de me poser un moment à l'ombre, sous la clef de voûte d'une famille de bouleaux. Je me laissai chavirer dans l'herbe fraîche et tendre, à demi allongé et la tête reposant contre un tronc juvénile. Je fermai les yeux et, sans que j'y pris garde, un nigaud sourire de béatitude me monta aux lèvres.

À travers ma chemise, je sentais la douce tiédeur de la galette posée sur mon ventre, et une troublante odeur de beurre frais me chatouillait les narines. Je ne résistai pas longtemps à l'appel de ma gourmandise et dénouai le ruban autour du papier de soie. *« Juste pour humer... »* me dis-je en portant le chef-d'œuvre maternel à mon nez, les yeux toujours clos et les papilles en éveil. Allez, juste un petit bout, pour goûter... les frangines ne m'en voudraient pas !

Une petite heure plus tard, bien *guédé*, je contemplai d'un air à la fois penaud et ravi la pauvre moitié rescapée du gâteau, tandis qu'une horde de moineaux se disputait les miettes répandues autour de moi.

Je me résignai à abandonner mon nid douillet et regagnai l'allée principale, à proximité du lac sillonné par des canotiers en goguette. Je me dis que ceux-ci n'avaient guère de mérite à se montrer plus habiles que je le fus au bout de la perche de ce maudit *punt*, sur la rivière Cherwell...

Une famille de canards, parents et alliés, ainsi qu'une nuée de canetons, s'égosillant à mon approche, je répondis à leur supplique et m'accroupis pour cancaner un moment avec eux. Je compris vite qu'ils en voulaient surtout au paquet difforme que je pressais contre moi et j'eus la faiblesse de céder à leur prière. Nous partageâmes de bon cœur et sans vergogne les reliefs du goûter bressan...

C'est donc les mains vides et bien *bassouillé de la ventraille*, comme dirait la Mère Cottivet, que je sonnai à la porte des sœurs Coton, pile à l'heure de notre rendez-vous.

Anne et Marie n'avaient guère changé depuis notre dernière rencontre, toujours fraîches et roses, le sourire pimpant et les yeux de jade luisant de malice. Comme une fantaisie estivale, leurs cheveux blonds autrefois dissipés avaient été rassemblés en une couronne d'or tressée, qui les auréolait d'un charme romantique digne de *Mouettes* de Tchekov. Elles portaient, évidemment, des robes identiques, virevoltantes, aux motifs fleuris se perdant dans les plis, un large décolleté laissant deviner la naissance de leurs seins mignons, aussi alléchants que les brioches bressanes de ma mère.

Avant même de me dire bonjour, les jumelles s'étonnèrent puis se lamentèrent de l'absence d'Esteban. Mon ami eût été flatté de tant d'attention portée à sa personne... Je ne m'en voulus que davantage de me présenter ainsi les mains vides, ma cote d'amour n'étant, d'évidence, pas aussi étincelante que celle de l'absent. Mais la déception des deux sœurs tchékoviennes fut de courte durée et elles me prirent chacune par un bras pour me mener au salon, où trônait toujours le fameux canapé moelleux, de lascive mémoire, face à une large baie vitrée donnant sur le parc.

Faute de budget vacances et leur père trimant dur pour se hisser au sommet de sa banque à bord d'un ascenseur social récalcitrant, les frangines avaient passé l'été à se morfondre dans leur prison dorée, sous l'aile abusivement protectrice de leur tante.

À force de l'arpenter en tous sens, à pied, à vélo ou patins à roulettes, elles se vantaient de connaître par cœur le parc de la Tête d'Or, jusqu'au moindre fourré, jusqu'au patronyme de chaque rose, jusqu'au rituel culinaire et sexuel de chaque pensionnaire à plume ou à poil, et même jusqu'aux prénoms des gardiens et jardiniers, du moins ceux qui, émoustillés par leur aura délicieuse et juvénile, avaient tenté des travaux d'approche.

Anne et Marie, après cette brève narration de leurs vacances confinées, me pressèrent de questions sur notre escapade anglaise.

J'étais résolu à ne pas faire état de la toquade amoureuse de mon camarade, mais les deux dévergondées manœuvrèrent si subtilement qu'une heure ne s'était pas écoulée qu'elles n'ignoraient rien de cette bluette et de son funeste dénouement.

En cette affaire, je plaide les circonstances atténuantes. Pour fêter nos retrouvailles, les friponnes avaient mis au frais, à l'insu de leur tante, une bouteille de champagne Dom Pé' millésimée, dont elles m'abreuvèrent à larges flots pétillants. Les bulles mutines furent sans doute la cause de mes épanchements, sans parler d'une autre ivresse, celle des sens, où je me trouvai noyé lorsque les jumelles, de concert, passèrent une jambe autour de chacun de mes genoux et blottirent leurs tresses dorées au creux de mes épaules.

Après avoir mollement mais vaillamment résisté aux assauts conjugués des diablesses, je trouvai la force de me lever pour tituber jusqu'à la salle de bains où je me réfugiai pour me rafraîchir le visage et reprendre pied. Bien m'en prit, puisque j'eus du mal à reconnaître mon propre reflet dans le miroir, hirsute que j'étais, le visage et le col de chemise maculés d'une nuée de papillons rouges envolés des lèvres d'Anne et de Marie. Je tentai un ravalement, mais mon mouchoir ne me servit guère qu'à étaler ce camouflage indésirable et je me lamentai en considérant ma tronche de Peau-Rouge de carnaval...

Grisé et pitoyable, je prétextai un cartable à boucler pour le lendemain et m'efforçai de prendre congé dignement. Comme je parvenais dans le hall d'entrée, les délicieuses sangsues collées à mes basques, la porte s'ouvrit brusquement et je me trouvai nez à nez avec la tatan sexagénaire en survêtement rose fuchsia, de retour d'un jogging sur les quais du Rhône. Pouffant de rire, les jumelles s'esquivèrent lâchement tandis que je bredouillai de vagues excuses tout en forçant quasiment le passage, laissant la joggeuse interloquée proférer un « *Mon Dieu !* » pathétique face à cet étrange sioux arborant ses peintures de guerre.

LAISSONS-LUI UNE CHANCE !

Tandis que les sœurs Coton entraient en phase Terminale au prestigieux lycée du Parc, tout proche de chez elles, Esteban et moi prîmes donc la direction d'un autre respectable bahut du centre-ville.

Mon père, ancien de cette vénérable école, avait tenu à nous y accompagner le jour de la rentrée, égayant de mille anecdotes le chemin de croix d'Esteban, qui ruminait sans fin son peu d'appétence pour les sciences économiques.

Au moment de nous laisser devant le porche de l'établissement, Georges nous rappela que la poétesse Louise Labé y avait étudié, du temps où le lycée d'aujourd'hui était le premier collège mixte de France. Il posa une main paternelle sur l'épaule du futur économiste distingué, lui glissant à l'oreille des mots qui durent produire l'effet d'un couteau remué dans une plaie béante :

« Ne sois pas inquiet, mon garçon, ça ira ! Par contre, il faudra t'accrocher en maths... Quant au français, ne t'attends pas à ce que tes profs lisent tes rédactions en classe. Ici, ce n'est plus le collège, les enseignants arrivent, débitent leur cours et s'en vont, point barre ! »

Cette première journée passa très vite. Je m'empressai de retrouver Esteban à chaque récréation et à la cantine, puisque nous étions à présent demi-pensionnaires, ce qui inquiétait fort Marie-Angèle. Mon camarade conservait le masque des mauvais jours et répondait à chacune de mes questions par des haussements d'épaules ou des onomatopées, dans le style *« Bof ! » « Grrr ! » « Beurk ! »* et autres, tout aussi expressifs.

Les jours succédant aux jours, les semaines aux semaines, tandis que je me glissais sans peine dans la peau de l'élève modèle que je n'avais cessé d'être, le torchon ne tarda pas à brûler entre mon frangin de hasard et deux de ses professeurs, celui d'économie et, comme de juste, celui de mathématiques. Le second, vieux routier qui en avait vu d'autres, accepta une paix des braves en tolérant que cet élève allergique à l'algèbre autant qu'à la géométrie se mette en quarantaine au fin fond de la classe et tue le temps de cours plongé dans la lecture de ses auteurs favoris, en attendant d'être viré. Quant au jeune prof d'économie, il ne l'entendait pas de cette oreille et j'eus vent de passes d'armes homériques entre ce pied-noir au verbe haut et mon Esteban, dans le style :

« M. Esteban Lorca, apportez-moi ce livre ! »

« Mais m'sieur, Charles Baudelaire fut élève ici ! Je ne fais que rendre hommage à sa mémoire en le conviant à vos cours... »

« Apportez, vous dis-je ! Vous avez voulu semer des Fleurs du Mal ? Eh bien, vous récoltez une retenue ! »

Ou encore :

« M. Lorca, que pouvez-vous me dire de la monnaie ? »

« Oh, pas grand-chose, si ce n'est qu'il n'y a en ce monde aucune monnaie assez forte pour acheter ma liberté ! »

« Je n'en attendais pas moins de vous ! Une autre question pour vous épargner un zéro pointé : que vous inspire la hausse actuelle des bourses européennes ? »

« Bof, pas grand-chose, et je m'en tamponne le coquillard ! Par contre, je peux vous parler des fluctuations de mes « cojones », si vous y tenez... »

Inutile de préciser qu'après de tels échanges, qui enthousiasmaient les autres potaches, la première réunion du conseil des professeurs s'avéra des plus houleuses, deux clans s'affrontant dès que le nom de Lorca fut prononcé : les profs de maths et d'économie face aux profs de français, d'anglais, d'histoire et de gymnastique, ce dernier ponctuant ses interventions tonitruantes de jurons et de menaces de démission en cas de renvoi de cet élève certes rebelle, mais prodigieux aux barres parallèles et aux agrès.

La discussion autour du « cas Esteban » menaçait de virer au pugilat lorsque Ferdinand Fromentin, le professeur agrégé de français, si chenu qu'on eût pu supposer qu'il avait enseigné, naguère, à la Belle Cordière en personne, demanda la parole et se leva. Tout en affinant, entre deux doigts, la pointe de son bouc argenté qui lui valait le surnom de Topaze, ce vieux briscard des Belles Lettres marqua le point décisif à un moment où mon ami se trouvait en grand danger d'expulsion :

« Voyez-vous, chers collègues, ma longue expérience me permet d'affirmer que ce bouillonnant jeune homme pourrait bien nous surprendre tous. Je subodore que sous le masque du dilettante ordinaire se dissimule un prodige authentique. Dans la matière que j'enseigne, j'ai été époustouflé par le style de ses rédactions, par l'univers imaginaire qui s'y déploie. Pendant mes cours magistraux, j'ai vu l'œil de ce garçon briller d'un bel

éclat à l'évocation de certains auteurs qu'il semble chérir. Il bouquine pendant les cours de maths ? la belle affaire ! Je faisais de même à son âge... Donnons-lui sa chance, mes chers collègues ! Je gage que son nom pourrait bien, dans un proche avenir, venir rejoindre ceux des plus illustres anciens élèves de ce lycée, au Panthéon des gloires nationales. »

« Fermez le ban ! » ronchonna in petto le professeur d'économie en ravalant sa bile.

Esteban ne fut donc pas chassé du lycée et Ferdinand Fromentin-Topaze, en dépit des us et coutumes de l'établissement, retint mon camarade à la fin du premier cours qui suivit ce conseil de classe. Je ne sais précisément la teneur du long échange qui s'ensuivit, mais je fus témoin d'un changement radical dans le comportement scolaire du pseudo « prodige authentique »: du jour au lendemain, il cessa de bouquiner les classiques pendant les cours de mathématiques et de semer la zizanie pendant ceux d'économie, ce qui constituait de sa part un louable effort, même si ses notes en ces disciplines ne décollaient guère du plancher des vaches.

Avec mon aide dans les matières honnies, il parvint toutefois à récolter une honorable moyenne générale en fin de premier trimestre. Toujours aiguillonné par le malicieux Topaze, qui l'avait pris sous son aile, Esteban trouva deux exutoires par où épancher son amertume et donner libre cours à ses passions. Avec la bénédiction frileuse des autorités du lycée, il devint ainsi le fondateur et le rédacteur en chef d'une gazette scolaire ronéotypée à publication mensuelle, *« L'Astre scolaire »*, et prit les rênes de la troupe théâtrale du lycée, alors en pleine léthargie.

Tandis que je menais plan-plan mon année scolaire, dans le peloton de tête des élèves de ma section – ce qui fournit à Esteban le plaisir sadique de me rappeler le surnom dont m'affublait naguère le père Legras: *« le gros du peloton »* – la future gloire du lycée en devint rapidement la vedette incontestée. Pour son canard, dont il signait lui-même les éditoriaux et quelques chroniques savoureuses, il avait recruté la fine fleur plumitive des différentes classes, rimailleurs du dimanche, dessinateurs à la mine de plomb, critiques de tout poil férus de cinéma, théâtre, restaurants et autres lieux où la vie vaut la peine d'être vécue.

De haute tenue quoique bricolé avec les moyens du bord, *« L'Astre scolaire »* circulait hors du circuit lycéen et faisait les délices des familles des potaches. Je soupçonne mon malicieux camarade d'avoir « mis le paquet » afin de prouver à mes parents qu'il avait vraiment l'étoffe d'un journaliste et, accessoirement, de faire un pied de nez à un certain prof d'histoire zozotant.

Quant à la troupe de théâtre du lycée, elle renaquit de ses cendres à la suite d'une séance d'audition mémorable, qui vit les élèves former une queue interminable à l'entrée de la salle où Esteban, avec dans la voix des accents de Jouvet, faisait lire aux postulants, au gré de sa fantaisie, des extraits de *Cyrano*, de *Tartuffe* ou du Code pénal... Je n'eus pas à passer par le filtre de cette sélection pour être admis d'office comme « sociétaire » à part entière aux côtés du metteur en scène autoproclamé.

En coulisse, on s'en doute, le bon Topaze buvait du petit-lait, occulte deus ex machina de cette audacieuse entreprise. Je l'avais également comme professeur, mais je fus bien conscient que son aile et son zèle ne se déployaient qu'en faveur des meilleurs d'entre les meilleurs, dont je ne faisais pas partie. Mine de rien, un bon ange semblait veiller sur Esteban, mettant sur sa route ce vieux professeur de français après y avoir placé le frère Abel.

Sous l'effet d'une parité bien ordonnée faisant la part belle, comme apprenties comédiennes, aux plus jolies mômes du lycée, Esteban parvint sans trop de peine à faire son deuil de la rousse Lily-Rose, soigneusement rangée au rayon des souvenirs. Après la période « chapeau melon et cravate fleurie », il avait renoué avec le béret basque, le foulard rouge et la tignasse coiffée au pétard, qui lui valurent quelque temps, dans le sillage de mai 68, le surnom d'*El Gaucho*, prononcé avec admiration ou mépris, selon la sensibilité politique de chacun...

DU PAIN SUR LES PLANCHES

Au vu des bulletins scolaires de mon camarade de jeu, mes parents eurent tôt fait de réaliser la bourde qu'ils avaient commise en ne cédant pas à son désir ardent d'intégrer une section littéraire. Ils s'ingénièrent à faire amende honorable en lui proposant de changer d'établissement, mon père ayant tâté le terrain en douce auprès du frère directeur des Maristes. Contre toute attente, Esteban lui opposa un refus sans appel...

« C'est très aimable à vous d'y avoir songé, mais j'en ai soupé des soutanes et j'ai fait mon trou dans ce lycée. Je ne peux envisager de le quitter à présent et de laisser tomber ce que j'y ai entrepris, avec l'aide de Valentin. Sans compter que j'y ai trouvé un prof de français comme il n'en existe nulle part ailleurs. Vous voyez, tout arrive pour un bien et j'en viendrais presque à remercier le prof perfide responsable de cette erreur d'aiguillage... »

Cette année scolaire se déroula sans anicroche. Esteban réalisait l'exploit de maintenir sa moyenne générale dans la catégorie passable, malgré des notes calamiteuses en maths et en économie. Les enseignants concernés ne lui en tenaient pas rigueur, appréciant l'attitude qui était désormais la sienne pendant leurs cours : celle d'un Bouddha pétrifié et méditatif, n'ouvrant la bouche que pour bailler et levant les bras non pour intervenir, mais pour dérouiller ses membres ankylosés. Je passais des heures à tenter de sauver ce qui pouvait l'être dans les matières honnies, mais les chiffres semblaient tournoyer autour de la tête de mon copain sans oser s'y poser.

À l'inverse, ses domaines de prédilection lui valaient des couronnes de lauriers tressées sur mesure par des enseignants ébahis. Quant à la gazette et au club théâtre du lycée, ils se portaient à merveille et le prestige qu'Esteban en retirait semblait rejaillir sur la renommée de l'établissement.

Un soir, après les cours et tandis que d'autres élèves planchaient en salle d'étude, notre metteur en scène réunit la dizaine de théâtreux membres de notre petite compagnie pour décider des pièces qui pourraient être mises à notre répertoire jusqu'à la fin de l'année scolaire.

Non sans malice, je lui glissai à l'oreille que nous pourrions reprendre une comédie où il avait fait naguère étalage de son talent, voire de son génie d'acteur... la fameuse adaptation du *« Tour du monde en 80 jours »*, dans la mise en scène d'anthologie du père Legras ! Cette suggestion me valut un coup de coude bien mérité dans les côtes...

Comme à son habitude, Esteban perdait tout sens de la mesure quand il était question de ses passions mais il dut renoncer, sous peine de provoquer une fronde parmi les artistes, au défi insensé de mettre deux pièces en répétition et de les représenter dans les six mois à venir, dont le *Cyrano* cher à nos cœurs. Ferdinand Fromentin, que nous n'appelions plus que Topaze, fut convié à notre débat en tant que conseiller et modérateur. Il fit remarquer que prétendre monter le chef-d'œuvre de Rostand relevait autant de l'inconscience que de l'héroïsme, quoiqu'il ne mît pas en doute la capacité d'Esteban à porter avec panache le feutre et le faux nez du héros tonitruant. C'est en vers, lancés *à l'improvisade*, qu'il développa ses arguments...

« Rendez-vous compte enfin que les mille-six-cents vers
Du rôle magnifique vous mettront à l'envers
La tête. Et tout votre talent de comédien
Un peu jeune pourtant ne mènerait à rien... »

Il souligna qu'il fallait raison garder et qu'il serait utopique de croire que la direction du lycée accepterait de financer costumes et décors de la pièce au long cours. Sans parler du nombre de figurants qu'il serait nécessaire de recruter pour jouer, sans que cela ait l'allure d'une fête de patronage, les scènes de l'Hôtel de Bourgogne, de la boutique de Ragueneau ou du siège d'Arras.

« Gardez cette idée bien au chaud pour plus tard, mon jeune ami » ajouta-t-il d'un ton bienveillant *« Vous avez bien le temps d'accrocher votre char à une étoile...*

Laissez encore un peu s'allonger votre nez
Vous serez Cyrano... d'ici quelques années ! »

De sa poche, Topaze sortit alors une feuille pliée en quatre, qu'il tendit à mon déraisonnable ami.

« Ce sont de simples suggestions de pièces que vous pourriez monter, avec les maigres moyens du bord. Mais suivez mon conseil: qui trop embrasse mal étreint ! N'en programmez qu'une pour cette saison et soyez modeste

dans votre choix. Cela ne vous empêchera pas de répéter entre vous quelques scènes des grands classiques du répertoire... »

Le sourcil froncé, Esteban éplucha la liste et un débat s'ensuivit autour des titres proposés. Une heure plus tard, nous avions décidé par vote à mains levées de nous attaquer à *« Ubu Roi »*, la pièce de Jarry. Le fait que cette comédie, née d'une farce de collégiens, ait fait scandale en son temps n'était pas pour nous déplaire et nous comptions bien accommoder les aventures de sa majesté Ubu à la sauce soixante-huitarde.

Nous allions lever le camp quand notre metteur en scène sortit un lapin de son béret en nous annonçant qu'il travaillait à une adaptation du *Don Quichotte* de Cervantes, qu'il se proposait de nous faire jouer par la suite. Pour tout commentaire, Topaze accompagna son hochement de tête d'un sifflement admiratif, tandis que les membres de la compagnie affichaient des mines dubitatives. Notre prof et moi étions les seuls à ne pas douter un seul instant de la capacité de ce diable d'animal à mener à bien cette tâche insensée. L'audacieux s'y employa d'arrache-pied, mettant à profit les cours de maths et d'économie, où il n'était que figurant, pour relever le défi et noircir des pages de sa patte nerveuse.

Le dévoué Topaze avait négocié pour nous, avec la bénédiction de l'administration, la mise à disposition d'une salle attenante au lycée, les mercredis après-midi. Alternant répétitions de la pièce de Jarry et travaux collectifs ou individuels autour de quelques grands classiques, nous prenions très au sérieux ce qui aurait pu n'être qu'une récréation défoulatoire.

Esteban, par son enthousiasme communicatif et son autorité naturelle, nous entraînait dans son sillage, sous l'œil paterne de Topaze, notre archange gardien puisant sans doute en nous un élixir de jouvence. Assis en fond de salle, il ne pipait mot, prenait des notes et ne nous rejoignait sur scène qu'en fin de séance, selon un rituel bien réglé. Alors, son petit calepin en main, il nous faisait part de ses remarques et de ses suggestions toujours empreintes de sagesse et de bonhomie.

Parfois, au moment de plier bagage, Esteban retenait l'une ou l'autre de nos comédiennes pour un cours particulier, sous prétexte d'une gestuelle défaillante, d'un défaut d'élocution ou d'un trac mal géré. Un sourire malicieux et indulgent aux lèvres, le vieux prof de français faisait mine de chercher la clef de la salle au fond de ses poches, puis la tendait au jeune Casanova avec, toujours, la même recommandation:

« Une demi-heure, pas plus. Je vous confie la clef, jeune homme, mais faites attention, la serrure est délicate. Allez-y en douceur et ne forcez pas... »

D'un clin d'œil complice, mon compagnon s'efforçait de calmer mon agacement. La troupe se séparait et je me réfugiais dans un troquet voisin, où le Don Juan finissait par me rejoindre, un bock de bière ou un café plus tard.

Au fond, mon courroux naissait d'une légitime jalousie: Esteban et moi n'avions que seize ans, mais il en paraissait vingt avec sa gueule de séducteur, sa démarche féline et son bagou hypertrophié. Quant à moi, je demeurais son Sganarelle de service, son Leporello, un valet de cœur balourd et insignifiant, dévoré d'acné et désespérément puceau en dépit des assauts des sœurs Coton. Mais nous demeurions soudés et fusionnels, par la grâce de cette sublime harmonie d'une amitié à toute épreuve.

DES NOUVELLES DE PABLO ET DOLORES

Depuis sa dernière communication avec l'au-delà, après le suicide de Dolores, ma mère avait poursuivi, en catimini, ses tentatives médiumniques.

Peu de temps avant le deuxième anniversaire de ce tragique évènement, Marie-Angèle frappa d'un doigt léger à la porte de la chambre d'Esteban et demanda à lui parler. De cet entretien à huis clos, mon ami ressortit bouleversé, malgré les précautions oratoires prises par la spirite pour lui annoncer qu'elle avait enfin pu entrer en contact avec ses parents.

Aux questions en rafales de notre pensionnaire, l'entremetteuse eut bien du mal à répondre. Dolores et Pablo lui étaient apparus en même temps et, pour des raisons mystérieuses, ne lui avaient parlé qu'en espagnol, dont elle ne pigeait goutte. Esteban fulminait : s'il avait été présent, il aurait pu servir d'interprète et poser à son père toutes les questions qui lui déchiraient le cœur ! Mais une triste réalité se dégageait de cette conversation avec l'au-delà : Pablo n'était plus de ce monde et l'espoir insensé que nourrissait l'orphelin depuis tout ce temps se dégonflait comme une baudruche.

Comme ma mère le redoutait, Esteban la supplia de tenter sur-le-champ une nouvelle connexion avec les deux âmes errantes. Marie-Angèle eut beau protester qu'elle n'avait plus de chandelle et que le protocole ne serait pas conforme, elle dut s'exécuter bon gré mal gré et ils s'isolèrent dans le salon, tous volets clos. Une heure plus tard, alors que j'attendais fébrilement le résultat de leur tentative, ils refirent surface, l'air aussi dépité l'un que l'autre. Mon compagnon, la tête et l'œil bas, murmura simplement « *Nada !* » en me croisant, puis il alla se calfeutrer dans sa chambre pour ruminer tout son soûl.

Pourtant, la tentative n'avait pas été un fiasco intégral et j'appris que le couple Lorca, s'il ne s'était pas manifesté par des images ou des sons, était bel et bien entré en contact avec la médium. Cette dernière, qui se munissait toujours d'un bloc et d'un stylo pendant ses séances, avait soudain été saisie d'une transe spectaculaire, le corps secoué de violents soubresauts. Le souffle court, comme en état second voire troisième, elle s'était mise à gribouiller des phrases syncopées et des dessins surréalistes, tandis que son voisin abasourdi n'osait piper mot, désarçonné face au délire psychographique qui s'était emparé de Marie-Angèle et à ses hiéroglyphes « sans queue ni tête ».

Ma mère, exténuée, s'était avachie au fond d'un fauteuil et reprenait lentement ses esprits, à défaut d'avoir pu dialoguer avec ceux de l'au-delà. Je m'emparai de la feuille griffonnée qu'elle froissait entre ses doigts et courus dans ma chambre pour y chercher ma loupe, puis j'invitai la pythie à se pencher à nouveau, de plus près, sur le message sibyllin.

Tournant et retournant le papier en tous sens, nous finîmes par déchiffrer ces quelques mots éparpillés dans le plus grand désordre:

« Acuérdate ! Franco fue el bastardo que asesino a tu padre ! » qu'Esteban, appelé à la rescousse, traduisit d'une voix tremblante par : *« Souviens-toi, c'est Franco qui a assassiné ton père ! »*. Quant au dessin, en mettant la feuille à l'envers et en plissant les yeux comme font les myopes privés de lunettes, on put distinguer l'ébauche d'un visage d'homme, tête penchée en avant et tirant la langue, une cravate autour du cou et un bâton sur la nuque.

« Ce n'est pas une cravate et un bâton ! » hurla soudain mon ami en éclatant en sanglots... *« Este es une torniquete ! C'est un garrot ! Et c'est mon père sur ce dessin ! »*. Le malheureux, de ses mains tremblantes, chiffonna le message de Pablo contre son cœur et regagna sa chambre en titubant.

Ma mère, messagère de cette nouvelle épouvantable, restait abasourdie, comme liquéfiée, les yeux dans le vague. Je m'assis sur un bras de son fauteuil et posai ma tête contre la sienne, comme je le faisais enfant dans les moments de détresse absolue ou de quête de grande tendresse. Sauf qu'à ce moment précis, les ondes lénifiantes circulaient en sens inverse et c'est ma force juvénile que je m'efforçais de lui transmettre.

De cet instant, Esteban n'eut de cesse d'ourdir en secret des projets de vengeance, peut-être inspirés par le sacrifice de Yanek, l'un des *« Justes »* de Camus. Par un canal mystérieux, le futur tyrannicide apprit que le Caudillo était atteint de la maladie de Parkinson. Dès lors, je le soupçonnai de prier pour que le dictateur survive assez longtemps pour subir *« son glaive vengeur et son bras séculier »*, selon le précepte de M. Charles, dit *« Le Téméraire »*, l'un des gugusses d'un film d'Audiard au titre interminable où il est question d'enfants du bon Dieu et de canards sauvages.

LES OUTILS DE JOJO

Ma mère demeurait traumatisée par sa dernière communication avec l'au-delà. Comme elle me l'apprit plus tard, sa main droite se mettait parfois à trembloter et, comme désolidarisée du reste du corps, se saisissait du premier crayon ou stylo passant à sa portée pour gribouiller sur des feuilles de hasard une bouillie de mots, illisibles pour la plupart, ou des ébauches de dessins, improbable mélange de style pariétal digne de la grotte Chauvet et d'art expérimental façon Karel Appel, « aux contours incertains et au centre de gravité aléatoire ».

Marie-Angèle n'eut donc de cesse que ce flux violent et incoercible ne fût quelque peu dompté. À cet effet, elle eut l'idée d'assister à une séance publique organisée par un centre lyonnais ayant pignon sur rue, se réclamant du haut patronage d'un pape du spiritisme du siècle dernier. Mis au courant de cette équipée peu banale, Esteban et moi insistâmes pour escorter notre médium, ce qu'elle finit par accepter, non sans nous avoir fait promettre de nous tenir sages comme des images et muets comme des tombes.

Nous avions toutes les raisons de prendre très au sérieux le don de ma mère, considérant les prodiges inexplicables dont nous avions été témoins. En outre, faut-il le rappeler, nombre de sommités ou d'esprits dits supérieurs ont adhéré au spiritisme, tel le vieux père Hugo, zélateur enragé de cette « science nouvelle » et familier des tables tournantes. Bouleversé de pouvoir ainsi dialoguer avec sa chère fille Léopoldine, prématurément ôtée à son affection, Totor put ainsi tailler des bavettes avec, excusez du peu, feu ses collègues Shakespeare, Racine, Molière... au grand désarroi de la belle Juliette Drouet, son amante, imperméable à ces *« diableries dangereuses pour la raison »*.

Il y avait foule, ce samedi après-midi, devant la maisonnette qui servait de repaire à un groupuscule de présumés médiums, tous fervents bénévoles, et à leurs affidés. Se pressaient là, un peu en retrait, des gens de tous âges, dont beaucoup semblaient marqués à vie par les stigmates d'un deuil, certains pressant une photo contre leur cœur. Assurément, ils venaient en ce lieu remplis de l'espoir d'avoir des nouvelles d'un cher disparu et je me sentis envahi par une pitié respectueuse, tant l'atmosphère était lourde de chagrins éternels et de détresses indomptables.

À quatorze heures sonnantes, le flot des visiteurs fut invité à pénétrer dans une petite salle aux murs couverts de citations plus ou moins ésotériques. Beaucoup durent faire la queue à l'accueil pour remplir des sortes de fiches signalétiques au nom du trépassé objet de leur démarche.

Notre trio s'assit sagement dans un recoin de la pièce tandis que consultants et curieux prenaient place sur des chaises bien alignées, face à une rangée de tables derrière lesquelles se tenaient, visiblement recueillis et souvent les yeux clos, une vingtaine d'officiants. Lorsque chacun eut trouvé un siège, un sexagénaire à la mine austère, équipé d'un micro-casque, prit la parole et se présenta comme président de séance, après quoi il accueillit chaleureusement le public puis déroula un panégyrique de l'association. Il désigna enfin, à sa gauche, le groupe des « psychographes », chargés d'analyser les fiches remplies à l'accueil, et à sa droite les « psychophones », appelés à entrer en communication verbale avec les âmes errantes disponibles.

À l'invitation du président, le public fut invité au recueillement, tandis que les médiums se mettaient en condition pour « réceptionner les fluides » et accueillir les entités spirituelles. Un silence monacal prit possession de l'espace, à peine écorché par une mélodie planant en sourdine, musique d'ascenseur sans doute censée favoriser l'élévation des esprits...

Après de longues minutes, le maître de cérémonie reprit la parole d'une voix feutrée et une prière s'éleva pour invoquer l'aide de Dieu, rien de moins, dans le travail de recherche des fluides et de communication qui s'amorçait.

Les médiums psychographes, très concentrés, commencèrent à dépouiller les fiches qui leur avaient été confiées et à les annoter sous la dictée présumée des Esprits invoqués. Les médiums psychophones, pour leur part, gardaient les yeux clos. Certains avaient les traits crispés et dodelinaient du chef, visiblement en proie à un effort intense de concentration. Le président invita alors les « médiums à incorporation » à appeler à la rescousse leurs guides spirituels et à élever leurs pensées.

Impressionnés par cet étrange protocole, les spectateurs ne pipaient mots. Assis de part et d'autre de ma mère, Esteban et moi nous jetions parfois, à la dérobée, des clins d'œil perplexes.

Un premier défunt fut sollicité et la communication avec l'au-delà sembla d'emblée bien établie, sans aucun bug technique. La ligne semblait meilleure que celle de Marie-Angèle... Au « bout du fil », une jeune Brigitte regretta amèrement, par la bouche d'une médium à la diction haletante, ce qu'elle avait laissé sur terre, tout en déplorant de ne pas avoir suffisamment profité de la vie.

Un dialogue surréaliste s'engagea alors entre la disparue et le président, ce dernier s'exprimant à la façon d'un confesseur, émettant des conseils pour une vie sereine dans un outre-monde meilleur, à croire qu'il y avait lui-même séjourné en voyage organisé. De son côté, l'entité Brigitte évoqua la peine qu'elle éprouvait à trouver sa place dans cet au-delà, en dépit de son besoin d'aller de l'avant et après avoir tant peiné dans sa « lutte mortelle ».

Je me surpris à espérer un dérapage dans cet échange lénifiant et abstrait, des références à des faits précis, des révélations, des règlements de compte posthumes... Rien de tout cela ! Une dizaine de minutes plus tard, l'Esprit désincarné de Brigitte remercia chaleureusement son interlocuteur de chair et d'os, se déclara apaisé et prit congé sur la pointe des ailes. « Effet Barnum » ou pas, le quémandeur ayant sollicité cet étrange conciliabule se leva, des larmes plein les yeux, se déclarant bouleversé et comblé par ce dialogue avec sa fille disparue.

Plusieurs contacts furent ainsi noués, selon le même mirobolant protocole.

L'ambiance oppressante commençant à peser sur nous, Esteban et moi commençâmes à nous tortiller sur nos chaises, tandis que Marie-Angèle demeurait de marbre, attentive et recueillie.

Nous fûmes enfin tirés de notre torpeur lorsqu'une ultime connexion fut établie, par les mêmes voies impénétrables, avec un dénommé Joseph, qui eut la chance de s'exprimer par la voix d'une sémillante jeune médium. Je me dis in petto que ce gaillard de Jojo avait bon goût en matière d'entremetteuse...

C'est alors que, tout proche de moi, j'entendis un quidam murmurer à l'oreille de sa voisine, peut-être son épouse :

« C'est lui ! c'est Joseph ! c'est mon père ! »

Jojo était un grand bavard... il fut question de douloureux regrets, de vagues remords. Feu le bonhomme n'en finissait pas de s'excuser! Toujours affable à la façon d'un prêtre prompt à donner le Bon Dieu sans confession, le président rassurait, conseillait, absolvait... Mais, contre toute attente, voilà que l'entité Joseph se fit plus précise:

« Je m'ennuie ici! mes outils de bricolage me manquent... »

J'entendis alors, tout près, s'étonner une voix féminine:

« Ah bon, quels outils? Il n'était pas bricoleur pour deux sous, ton père! »

Esteban et moi nous regardâmes et fûmes saisis d'un même éclat de rire en sourdine, ce qui nous valut un coup de coude dans les côtes de la part de ma mère. Sur le point de pisser de rire dans nos frocs, nous quittâmes la salle à pas de loups, bientôt suivis par une Marie-Angèle profondément troublée.

« Je ne sais trop où je vais » nous confia-t-elle d'un ton dépité *« mais je sais où je ne dois pas aller... cette séance n'a pas été inutile »*. Elle nous fit part de sa conviction qu'il y avait sans doute d'authentiques médiums parmi cet aréopage spirite, mais aussi quelques redoutables illuminés. *« L'essentiel étant »* ajouta-t-elle *« qu'ils apportent à tous ces gens dans la peine un peu de réconfort »*.

INTERMEZZO

Voilà plusieurs semaines que je m'efforce de reconstituer le puzzle de la vie de mon frère d'âme.

Pour mieux me concentrer sur cette tâche, j'ai peu à peu pris mes distances avec mes patients, passant le relais à un jeune confrère nouvellement installé à Monplaisir. Une pause salutaire qui ne devrait pas déplaire à mes artères et à mon palpitant, dont le tic-tac indocile ne me dit rien qui vaille.

J'ai plaisir à me pencher sur mon passé et ce laborieux travail d'écriture prend la forme d'une exaltante besogne, par la magie des souvenirs que ma mémoire soulève comme un vent d'hiver glanant des feuilles à l'agonie.

Il y a quelques années, Esteban avait profité d'un reportage à Londres pour pousser jusqu'à Oxford, ce qu'il ne me révéla que bien plus tard, sans trop entrer dans les détails. Mais je n'eus aucun mal à imaginer comment se déroula son pèlerinage dans la cité aux flèches rêveuses, pendant la semaine qu'il y passa... Il avait sans doute loué une chambre dans un Bed and Breakfast proche du centre-ville et des vieux collèges.

J'affabule sans doute, mais je le vois comme si j'y étais: sur le coup du tea-time, sa logeuse octogénaire vient toquer à sa porte et ils prennent le thé au salon, en évoquant pêle-mêle la vieille Angleterre, Shakespeare, ce vieux lion de Churchill ou le vent de folie qui agita le swinging London vers la fin des années soixante. Puis mon ami prend congé, se fendant peut-être d'un baisemain désuet. Méfiant à juste titre vis-à-vis de la météo locale, il saisit son chic parapluie siglé James Smith and Sons et se met en route, direction downtown et le parc de Magdalen College, avec un coup d'œil au passage sur les punts en goguette alors qu'il traverse le pont sur la rivière Cherwell.

Après avoir longé le parc aux daims, il s'assied sur un banc face aux Christ Church Meadows où eut lieu, un soir de l'été 68, un Son et Lumière qu'il n'oublia jamais. Je le vois sortir un calepin de sa poche et se mettre à écrire, peut-être une idée de roman ou un sujet d'article, jusqu'à ce que la tombée du jour l'empêche de se relire. Alors, il s'achète un fish and chips et regagne paisiblement son cottage.

Ce que je soupçonne fort et que ce vieux romantique d'Esteban ne m'avouera jamais, c'est que ses pas finirent par le mener du côté du cimetière d'Oxford. Je l'imagine bien déposant une rose thé sur la tombe de Lily-Rose, le grand amour de ses seize ans, tout en lui récitant d'une voix brisée le vieux poème écrit pour elle et qui lui valut un baiser.

À ce stade de mon récit et avant de revenir sur cette année 1969, un douloureux évènement me contraint à un aparté.

Hier soir, après avoir posé ma plume et souhaité bonne nuit au pépère Hulot étalé sur sa couverture au pied de mon lit, je m'endormis avec un sourire béat aux lèvres, en murmurant le « Sacré Esteban ! » dont j'étais coutumier depuis si longtemps.

Tout à coup, au beau milieu de la nuit, je fus réveillé en sursaut par un cri déchirant et lugubre, le hurlement plaintif d'une bête en souffrance. J'allumai ma lampe de chevet et me penchai sur le vieux chien couché sur le flanc, qui tentait vainement de soulever sa tête et me fixait en panique de son seul œil encore valide.

La gorge serrée, je pris le york haletant et moribond dans mes bras et m'efforçai de l'apaiser, le berçant et murmurant à son oreille comme un père l'eût fait avec son enfant malade. Je sus que la fin était proche en sentant sous mes doigts le petit cœur généreux battant le branle-bas du dernier combat. Soudain, la tête flasque posée au creux de mon bras glissa en arrière, dans un long râle qui résonne encore à mes oreilles, et la paume de ma main droite reçut l'ultime battement. C'était fini. Je me mis à pleurer comme un gosse et je ne peux retenir d'autres larmes en écrivant ces tristes lignes.

En partant pour ses escapades plus ou moins longues, Esteban me recommandait toujours de ne pas être avare de caresses pour Monsieur Hulot. Hier soir, c'est un chien mort que j'embrassai de sa part, avant de lui fermer les yeux et de l'envelopper d'une main tremblante dans sa vieille couverture.

La nuit m'a rejeté comme une épave. Reprendre le fil de mon récit sera à la fois une épreuve et un dérivatif. Mais il me faut d'abord dompter ma peine...

UN FILS DE SUBSTITUTION

J'en reviens à cette année 69, qui s'écoula comme un long fleuve tranquille dont on ne soupçonnerait pas qu'il chemine en pente douce vers des récifs périlleux et les fracas d'une cascade écumante.

Fromentin-Topaze assumait avec une vigilance de phare d'Ouessant la tâche d'ange gardien qu'il s'était imposée. Tout comme frère Abel l'avait confessé avant lui, il nous confia avec des trémolos dans la voix que nous étions son *« bain de jouvence »*. Et comme l'avait fait Gnouf également, il ravitaillait Esteban en *« œuvres incontournables pour devenir un honnête homme »*, ouvrages dissimulés sous une couverture de papier kraft, tous annotés des pattes de mouches impérieuses de ce lecteur sagace et circonspect. Lorsque je surprenais mon camarade plongé, sourcils froncés, dans ces lectures sélectionnées à son intention, je me disais qu'il faisait là ses universités et que le lycée n'était pour lui qu'un bonus accessoire, un commode paravent.

Parfois, sans se soucier de l'heure du jour ou de la nuit, l'animal faisait irruption dans ma chambre, brandissant un bouquin, afin de me faire profiter d'un passage qui l'avait ému ou exalté. Je profitais ainsi, à mon corps défendant mais à mon esprit consentant, des graines de culture semées à la volée par notre prof de français.

En tant que rédacteur en chef du canard du lycée, Esteban ne manquait jamais, en guise d'éditorial et pleine page, de confier à « L'Astre scolaire » l'un des poèmes qu'il écrivait nuitamment, sous une clarté lunaire un peu chiche et par la grâce d'insomnies fécondes en alexandrins.

Les répétitions d'« Ubu Roi » allaient bon train. Nos comédiennes, ou leurs mamans, acceptèrent de manier ciseaux et aiguilles pour confectionner les costumes de la troupe, tandis que le metteur en scène et moi écumions brocantes et vide-greniers pour dénicher des décors de bric et de broc et quelques accessoires de première nécessité.

J'ai conservé de cette époque une photo prise par Topaze, image un peu floue car le photographe était secoué d'un fou rire irrépressible en appuyant sur le déclencheur. On peut y admirer, accoutré d'une soutane blanche à capuche pointue en forme de poire et entouré d'une cour surréaliste, mon Esteban grimé en père Ubu, comte de Sandomir, roi de Pologne et d'Aragon, la bedaine expansée par un oreiller, ornée d'une gidouille pour en souligner la ventripotence. Un balai à chiottes au poing en guise de sceptre, vociférant des *« De par ma chandelle verte »*, *« Cornegidouille »* et autres jurons ubuesques, l'acteur-né était entré dans la peau de son personnage. Tout en tirant derrière lui un landau rebaptisé *« voiturin à phynance »*, il redonnait vie à la créature immonde de Jarry et faisait sienne pour la vie, mine de rien, son arrogante devise:

« Semblable à un œuf, une citrouille ou un fulgurant météore, je roule sur cette terre où je ferai ce qu'il me plaira! »

Au fil du temps, notre vieux mentor prit le pli de nous rejoindre dans le bistro où Esteban et moi vidions un galopin de bière à l'issue des répétitions. Le complaisant Topaze faisait mine de s'apitoyer en considérant les joues en feu de mon ami, incorrigible bourreau des cœurs, lorsque ce dernier revenait exténué d'un cours très particulier donné à l'une de nos actrices. Il susurrait alors, les yeux luisants de malice:

« Mon jeune ami, vous devriez vous ménager. Vous payez trop de votre personne... » ajoutant parfois un vers de Rimbaud à ce reproche indulgent:

« On n'est pas sérieux quand on a dix-sept ans... »

Je dois avouer que cette coupable bienveillance m'irritait un peu, d'autant plus que s'y mêlait en moi un soupçon de jalousie. J'en compris la raison un jour que notre mentor, touillant sans fin un morceau de sucre dans son café, déchiffrant peut-être une page douloureuse de son passé dans les remous du noir breuvage, laissa échapper une lourde confidence: il avait été marié, mais sa jeune épouse tant aimée avait perdu la vie dans un accident de voiture, alors qu'elle attendait leur enfant.

« Je ne m'en suis jamais remis et je pense à elle à chaque heure du jour. Elle est ma confidente et la fidèle compagne de mes nuits d'insomnie... »

Un ange passa et l'inconsolable Ferdinand reprit, les yeux toujours noyés dans la houle de sa tasse de café:

« Elle allait me donner un fils et j'aime à penser qu'il aurait eu votre fougue, votre intelligence... »

Je sus aussitôt à qui ce « vous » s'adressait, mais ne m'en offusquai guère. Ainsi donc, les qualités et les travers d'Esteban l'avaient élevé, dans le cœur du professeur à barbichette blanche, au rang de fils de substitution. Topaze s'efforçait bien de faire preuve de quelques égards envers moi, mais je sentais que je n'étais pour lui que l'éminence grise de son élève favori, l'éternel bon gros sans génie mais d'un dévouement sans faille. Il m'affublait parfois du surnom de Sancho, qui devint *« Sancho pansu »* dans la bouche de mon faux-frère... Un rôle qui me pendait au nez lorsque Esteban aurait achevé son adaptation pour la scène du chef-d'œuvre de Cervantes.

Grâce au très paterne Topaze, notre Don Quichotte se vit offrir sur un plateau un poste d'ouvreur au Théâtre de la Cité, où notre prof avait ses entrées. Chaque samedi après-midi, Esteban revêtait donc chemise et pantalon noirs et filait à Villeurbanne. Après avoir accueilli et placé les spectateurs, il se faisait minuscule dans un coin de la salle pour assister à la représentation. Suivant les pièces à l'affiche, je l'accompagnais parfois et, depuis le strapontin qu'il m'avait réservé, je demeurais presque aussi impressionné par son ballet rapide et courtois dans les allées que par le jeu des acteurs.

Ce qui devait arriver arriva... mon ami lia connaissance avec certains piliers de ce théâtre hautement populaire où il eut vite fait de faire son nid. Il sut, par son enthousiasme et sa culture, conquérir leur estime, pour ne pas dire leur amitié.

Dans l'atrium, je le vis ainsi épauler son patron, Roger Planchon, pour accueillir la presse et les VIP, débattre passionnément de culture décentralisée et prolétarienne avec l'acteur Jean Bouise, ou chantonner en coulisse du Bobby Lapointe avec Gérard Guillaumat, ce grand passeur de mots qui lui inocula sa passion pour Maupassant.

La suite coula de source : on proposa à l'ouvreur volubile de devenir figurant dans plusieurs pièces créées ou mises en scène par Planchon le bateleur. Porteur de hallebarde ou paysan madré, il faisait merveille et sa svelte silhouette bouclée ne passait pas inaperçue, même en fond de scène. Au fil du temps, on lui accorda le droit de lâcher quelques onomatopées, puis on lui concéda une bribe de phrase par ci, une réplique par là... Tant et si bien que son nom finit par apparaître sur les affiches, en tout petit et tout en bas, mais bien présent. Gérard Philipe n'avait qu'à bien se tenir !

Au grand dam de ma mère qui s'inquiétait pour sa santé, le bougre ne rentrait souvent du théâtre et de l'après-théâtre qu'au petit matin, une lassitude heureuse voilant son regard. Sur le chemin de la douche, qu'il prenait glacée, il semait ses vêtements en sifflotant faux. Il réapparaissait tel qu'en lui-même, dans son costume de gaucho, béret noir et foulard rouge de rigueur, s'avachissait un court moment sur la table de la cuisine, le temps d'engloutir une tartine dégoulinante de Banania, avant d'attraper son cartable d'une main nonchalante.

Dans le bus à perches qui filait droit vers le centre-ville, mon ami s'effondrait sur la première banquette en vue, s'excusant d'une voix pâteuse de brûler la politesse à quelque imminente parturiente ou quelque vieille *catole* branligotante. Indifférent à la rogne et à la grogne ambiante, il grappillait quelques minutes de sommeil de contrebande, avant de pouvoir s'acagnarder dans un coin de classe, pendant le premier cours de maths ou d'économie venu.

Hormis ces trajets jusqu'au lycée, pendant lesquels j'assumais au mieux mon office de bon samaritain, et nos répétitions ubuesques, Esteban et moi n'avions plus grand-chose à partager. À mon grand désespoir, notre complicité n'apparaissait plus qu'en filigrane de notre vieille amitié. Il dut s'en rendre compte et prit l'initiative de m'enrôler, pour participer à des distributions de tracts et à des manifs organisées par des mouvements en faveur des Droits de l'Homme. J'eus souvent le privilège, alors, de partager avec lui les coups de matraque et les horions que nous valait son activisme militant.

Un jour, bravant un interdit et sous un prétexte futile, mon père risqua une tête dans l'entrebâillement de sa chambre et eut ce mot en découvrant les drapeaux tibétains et les portraits du Dalaï-Lama punaisés aux murs :

« On se croirait à l'ambassade du Tibet ! »

Du Tibet libéré de l'impérialisme chinois, évidemment. Quant au vieux général Franco, Esteban ne désarmait pas et ourdissait en secret des plans machiavéliques pour lui faire payer, tôt ou tard, le meurtre de son père.

Tandis que l'incorrigible don Juan cumulait et culbutait les conquêtes féminines avec une audace et une précocité confondantes, ma timidité crasse et mon acné rebelle me cantonnaient aux travaux d'approche d'un flirt anodin avec les sœurs Coton. Leur douillet canapé m'accueillait à bras ouverts un ou deux samedis par mois à l'heure du thé. Le préservatif qu'Esteban avait malicieusement glissé dans ma poche, après m'en avoir détaillé le mode d'emploi à l'aide d'une banane, y coula une existence peinarde jusqu'à sa date de péremption.

Empoté Leporello jaloux des exploits donjuanesques de mon ami, j'en étais encore à déchiffrer les panneaux indicateurs de la carte du Tendre, alors que mon compagnon batifolait allègrement par monts de Vénus et par vaux. Pour jauger la profondeur du fossé qui se creusait entre nous dans ce domaine, il advint que je surpris une conversation feutrée entre deux de nos apprenties comédiennes, la Mère Ubu et la Reine Rosemonde, des « grandes » de Terminale, la première révélant à la seconde qu'elle n'avait jamais vu un *bidule* comme celui d'Esteban ! Cette confidence entre jeunes ribaudes délurées ne fut guère une surprise pour moi... lors de la toilette matinale, au sortir de la douche, j'avais pu remarquer que dame nature, plutôt pingre avec moi, avait fort généreusement pourvu mon camarade en sa géographie la plus intime.

LE PALAIS DES ARAIGNÉES

Cette année scolaire s'écoula sans remous ni accrocs, dans une douce mais exaltante routine. Admis en classe de première avec les félicitations du Conseil des professeurs, j'eus le vague sentiment de prendre ma revanche sur ce diable d'Esteban, qui passa ce cap sans brio, grâce au soutien indéfectible de Topaze et au mutisme de complaisance des professeurs de mathématiques et d'économie. Ces derniers, agacés par la vénération excessive de leur vieux collègue pour leur cancre irrécupérable, n'hésitaient pas à le qualifier de Pygmalion, prédisant *in petto* un cuisant échec au baccalauréat à la vedette du lycée.

J'avais renoncé à comptabiliser les conquêtes féminines de mon turbulent frangin et n'y prêtais plus guère attention. Peut-être, à travers ces flirts éphémères, cherchait-il à réaliser la prédiction de ma mère : *« Réduisant tout le reste à peu de chose, je vois que tu vivras un très grand amour »*. Mais le très grand amour, de toute évidence, tardait à se manifester...

De mon côté, luttant contre ma dermatose rebelle avec l'énergie du désespoir, j'avais, confusément, le sentiment de servir de joujou aux sœurs Coton, sans doute attendries par ma maladresse et mon entêtement à rester puceau. Je me consolais comme je pouvais des éclipses d'Esteban en faisant office de chevalier servant auprès des jumelles, lors de virées en ville qui me permettaient d'échapper à leur canapé brûlant. Nous fréquentions assidûment les cinémas de la rue de la République et je ne détestais pas me retrouver, dans l'intimité ouatée des salles obscures, vautré au dernier rang entre les deux friponnes qui m'appelaient leur *« bon gros nounours »* en nichant leurs têtes au creux de mes épaules.

Au lycée, un samedi du mois de juin, une grande fête de fin d'année scolaire fut organisée, dont le point d'orgue fut sans conteste la représentation d' *« Ubu Roi »* par notre petite troupe. Une coupure de presse de l'époque, pieusement conservée dans mes archives, porte témoignage du beau succès remporté devant une salle comble, avec une mention spéciale au *« Jeune metteur en scène au talent prometteur »* à l'origine de ce spectacle. Sur la photo illustrant l'article, sous les oripeaux du père

Ubu, mon compère est aussi méconnaissable qu'il l'avait été bien des années auparavant sous la défroque mitée de l'âne de Phileas Fogg...

Nous allions être en vacances et mes parents nous proposèrent de retourner explorer la verte et trop souvent pluvieuse Albion en leur compagnie. La réponse d'Esteban, en termes peu diplomatiques, fut franche et sans appel. Déconcertés par son refus, Georges et Marie-Angèle crurent diagnostiquer une allergie à l'Angleterre ou aux Anglais, voire à leur nourriture. En aparté, mon ami me confia qu'il craignait fort, en retournant sur les terres où il avait connu son premier chagrin d'amour, de voir se rouvrir une plaie encore fraîche et douloureuse.

Mes géniteurs résolurent donc de se rendre seuls à Oxford, à l'invitation de leurs amis Hedley-John et Maggy. Tandis que mon père se frottait les mains, fou de joie à l'idée de revoir son *dear old fellow* et collègue antiquaire, je ne fus pas sans remarquer la tension soudaine et fugace de ma mère, ses mains jointes dont elle tentait d'apaiser le tremblement, son souffle court. À cet instant, j'eus la quasi-certitude que notre spirite venait d'avoir l'un de ses flashs coutumiers et je me demandai quel noir corbeau de mauvais augure pouvait avoir traversé le champ fécond de son esprit. Retrouvant un sourire de pacotille, elle se tourna vers Esteban et lui demanda, d'une voix enrouée, s'il n'aurait pas de message à transmettre à Lily-Rose. Mon ami, décontenancé, se contenta de hausser les épaules en faisant non de la tête.

Dès lors, penchés sur l'immense mappemonde qui s'ouvrait malicieusement pour servir de planque aux bouteilles de vieux Bourbon de mon père, mon acolyte et moi passâmes des heures à réfléchir, sans parvenir à nous mettre d'accord, sur un point de chute estival. De guerre lasse, nous en étions presque arrivés à nous résigner à passer l'été à Monplaisir, lorsque ce bon Topaze, une fois encore, vint à la rescousse :

« Comment ça, vous ne savez pas où aller ? » Il n'eut pas à réfléchir longtemps avant de sortir la solution de son chapeau...

« Mes jeunes amis, il se trouve que j'ai une bicoque au cœur de la Drôme, dans un charmant patelin du nom de Ponsas. Oh, ce n'est pas un palais, mais le cadre est admirable. Mon épouse et moi l'avions achetée peu après notre mariage et nous y avons vécu des jours heureux. Je n'y retourne plus guère, trop de souvenirs m'y prenant au piège comme des toiles d'araignées... D'ailleurs, si vous acceptiez ma proposition d'y passer

vos vacances, je vous chargerais de bouter hors de la maison les Aranéides qui y ont élu domicile sans signer le moindre bail... »

Trop heureux d'échapper à l'étouffoir estival lyonnais, nous acceptâmes la proposition du vieux Topaze, visiblement ravi de nous offrir son hospitalité.

Le mois de juillet arriva et, tandis que mes parents enfournaient leurs valises et quelques présents pour Hedley-John et Maggy dans le coffre de la DS, Esteban et moi eûmes vite fait de fourrer quelques fringues et objets de première nécessité dans deux sacs à dos.

« N'emportez aucun bouquin ! » nous avait prévenus Fromentin *« Vous trouverez sur place une bibliothèque débordante de nourritures intellectuelles »*.

Et nous voilà, un beau matin, au pied de notre immeuble, guettant le lever du soleil et l'arrivée de notre bienveillant prof, qui devait nous conduire jusqu'au havre de paix promis. Mon ami et moi nous sentions fébriles, pareils à deux boy-scouts en civil parés pour l'aventure.

Au moment de l'adieu, Georges et Marie-Angèle n'en finirent pas de nous embrasser et de nous soûler de mille recommandations. Le soir même, ils embarqueraient dans un ferry à Calais en direction de la vieille Angleterre. Je tus à Esteban que j'aurais adoré revoir Oxford, le Major et son épouse, la chambre-cabine, les pubs si cosy et même les punts sur la rivière Cherwell, où j'avais manqué me noyer. Mais je comprenais bien ce que la perspective de revoir Lily-Rose au bras de son dadais rouquin pouvait avoir de rédhibitoire. L'épine était encore dans la chair, comme aurait dit saint Paul...

À peine la voiture de mes parents eut-elle été aspirée dans le trafic du cours Albert-Thomas qu'une pétarade du tonnerre de Dieu nous fit pivoter la tête du côté de la place. Nous vîmes débouler dans notre direction une sorte de hanneton sur roues, puisque tel était le surnom octroyé à la 4 CV Renault jaune qui vint s'immobiliser devant nous, en raclant le trottoir dans un couinement de freins plus bruyant qu'efficace.

Méconnaissable, coiffé d'un chapeau de brousse et sanglé dans une chemise militaire kaki qui lui donnait un air d'ancien de la Légion, c'est un Topaze jovial qui s'extirpa de sa chignole pour venir nous tendre ses mains gantées de mitaines de pilote de course.

« Mazette Ferdinand ! » s'exclama familièrement Esteban *« Vous avez*

fière allure ! Mais qu'avez-vous fait de votre sempiternel nœud papillon, de votre vieux costume élimé aux manches ? »

« *Ah !* » répliqua Topaze « *Vous devez faire allusion, jeune impertinent, à mon uniforme de chasseur de cancres. Eh bien, je l'ai remisé pour l'été dans la naphtaline et me voici en tenue de chasseur d'araignées, pour vous servir. Messieurs, aurez-vous le courage de monter dans mon humble guimbarde ? L'aventure commence sur ces sièges défoncés !* »

Il nous fallut presque un chausse-pied pour faire entrer nos deux sacs dans le coffre minuscule, parmi un bric-à-brac hétéroclite et l'attirail de pêche de notre chauffeur, qui ajouta :

« *Vous verrez, cette brave 4 pattes est encore vaillante pour son âge... Un âge qui est aussi le vôtre, soit dit en passant !* »

Il précisa, à voix basse pour ne pas vexer son automobile :

« *Priez le ciel pour qu'il ne pleuve pas... le toit ouvrant est bloqué en position ouverte !* »

Prenant prétexte de ma corpulence, Esteban s'attribua la banquette arrière exiguë et spartiate, et m'abandonna le siège passager qui accueillit mon postérieur d'un ressort insinuatif. « *La place du mort !* » me souffla-t-il en ricanant stupidement.

Agrippé au volant et serrant les dents, Topaze procéda à la « mise à feu » de l'engin, en nous assurant que nous avalerions les quelques dizaines de kilomètres qui nous séparaient du « havre de paix » drômois « *à la vitesse d'un pet sur une toile cirée !* »

La toile en question devait être mal cirée, puisqu'il nous fallut la matinée complète pour rallier notre lieu de villégiature, à la cadence d'un arrêt tous les vingt kilomètres environ, histoire de laisser le carrosse reprendre son souffle et d'étirer nos dos endoloris.

Nous atteignîmes Saint-Vallier vers midi, vaguement inquiets de voir le vaillant hanneton pétaradant se prendre pour Henri IV, invitant les passants hilares à se rallier au panache blanc qui s'échappait de son capot. Pour détendre l'atmosphère, tandis que la guimbarde s'immobilisait de son propre chef et fort opportunément face à un restaurant, Topaze la rebaptisa « *le vert calant* » en tapotant son museau de tôle.

Dans la modeste popote choisie par le hasard, nous fîmes un repas mention honorable, plutôt bien arrosé en ce qui concerne Topaze, qui fit largement ses dévotions à un vin de Mauves issu des coteaux locaux.

« C'est ce nectar-là, puissant et vif » nous apprit-il en mirant son verre dans un rayon de soleil *« que les Jésuites ont rebaptisé Saint-Joseph et que l'évêque de Digne, souvenez-vous, a servi à Jean Valjean dans le chef-d'œuvre du père Hugo ».*

Le café pris, notre inquiétude s'accrut quelque peu en voyant notre prof tituber jusqu'à sa Rossinante, où nous reprîmes place en priant le bon saint Joseph et tous ses collègues, sans oublier saint Christophe, de nous mener indemnes à bon port. La 4 pattes se fit un peu prier, mais ses chevaux éreintés finirent par s'ébrouer et s'ébranlèrent poussivement. Les six derniers kilomètres furent avalés en une demi-heure, et même un nul en arithmétique comme Esteban eût pu aisément calculer la vitesse stupéfiante de l'engin.

Nous nous garâmes face à l'église et notre chauffeur nous proposa un tour du petit village, promenade digestive qu'il émailla de quelques anecdotes historico-poétiques.

« Garçons, apprenez que le village de Ponsas doit son nom à Ponce Pilate, en exil dans ce coin de paradis gaulois. Quant à cette église, elle fut édifiée au dix-neuvième siècle, grâce à une paroissienne qui en avait ras le bol de devoir aller jusqu'à Saint-Vallier pour tremper ses doigts dans un bénitier. Le curé d'alors s'est senti pousser des ailes de poète en découvrant la nouvelle maison du Seigneur. Écoutez plutôt:

« Au cœur du val de Ponsas, accueillante et discrète,
Une église paraît derrière son arbre vert.
Elle chante en silence la foi que rien n'arrête
Et te pleure en vitrail quand tu dis « j'ai souffert ».

Puis, se tournant vers Esteban avec de la malice au coin des yeux:

« Que pensez-vous de ces vers, mon jeune ami ? »

« Eh bien, pour être franc, je dirai que le vœu de pauvreté prononcé par cet abbé s'appliquait également à ses vers, dépourvus de rime riche ».

« Vous êtes impitoyable ! » soupira Topaze *« Tâchez d'être aussi exigeant envers vos propres vers... »*

Je suis souvent retourné à Ponsas, depuis mes vertes années, avec toujours le même enchantement de retrouver cet écrin de verdure épargné des assauts du vent par sept collines protectrices. Une végétation méditerranéenne, cactacées en tête, y a trouvé refuge et la poignée de privilégiés qui s'installèrent naguère en ce lieu ont vite pigé que la terre argileuse qu'ils foulaient, mariée à l'eau limpide du ruisseau de Riverolles, pourrait faire le bonheur et la réputation des potiers.

Esteban et moi eûmes tôt fait de subodorer le coup de foudre qui avait poussé notre professeur de français et sa fraîche épousée à s'endetter pour y acquérir un corps de ferme délabré, retapé au gré des vacances du couple.

Il nous fallut grimper, sous un cagnard de plomb, le long d'un chemin traître à nos godillots, comblé de caillasses aux arêtes tranchantes, jusqu'à un plateau en surplomb du village où gisait la pauvre masure, adossée à un tilleul hors d'âge, sauvée de la ruine par le couple Fromentin.

Nous traversâmes le jardinet en friche et notre guide sortit de sa poche une longue et lourde clef rouillée qu'il fit jouer dans la serrure. La porte couina sur ses gonds et par cette gueule ouverte, la bicoque exhala une odeur écœurante de moisi et de salpêtre, pareille à l'haleine d'un vieillard hépatique.

« Je vous avais prévenu » s'excusa Ferdinand *« ce n'est pas Versailles ! Il va falloir aérer tout cela... les maisons laissées à l'abandon sont comme de vieilles femmes larguées à l'hospice par leur famille, elles se laissent aller et protestent comme elles peuvent, en odeurs plus qu'en mots... »*

« Au moins » objecta Esteban en se délestant de son sac à dos sur la table branlante de la cuisine *« cette vieille bicoque garde bien la fraîcheur et protège mieux de la pluie que le toit ouvrant de votre 4 CV ! »*

Il nous fallut peu de temps et peu de pas pour faire le tour du logis : la cuisine, pompeusement appelée « pièce de vie » par le maître des lieux, était équipée d'une antique cuisinière à gaz à l'émail acnéique, d'un placard branlicotant bien fourni en vaisselle ébréchée, bocaux et conserves, de deux chaises à la paille hirsute et d'une horloge comtoise purement décorative, Topaze ne l'ayant plus remontée depuis la mort de son épouse. Dans un angle, une porte livrait l'accès à une vaste chambre qui s'avéra piégée, ma tête se retrouvant enrobée d'une vaste toile d'araignée de bienvenue, perfidement tissée dans le chambranle.

D'une armoire bedonnante, moulue et vermoulue, aux battants voilés, Topaze extirpa draps et couvertures, ainsi que deux oreillers flapis qui fleuraient encore la vieille lavande.

Un pan entier du mur de la chambre était accaparé par une large et haute bibliothèque. Esteban resta un long moment à parcourir les rayons d'un œil extasié, ponctuant sa revue de troupe des bouquins de sifflements éloquents. Posés contre la cloison d'en face, deux vélos à col-de-cygne dont les selles fatiguées avaient dû supporter plusieurs générations de fessiers, attendaient tête bêche que l'on daignât regonfler leurs pneus avachis.

Désignant les colonnes de livres au garde-à-vous et les bécanes alanguies, Topaze leva un docte index pour énoncer:

« Mens sana in corpore sano. Voilà de quoi exercer vos muscles et votre esprit, jeunes freluquets!... ». Soudain plus prosaïque, il ajouta:

« J'y pense... les cabinets sont à l'extérieur et dignes d'être classés monument historique. J'attire votre attention sur le cabanon, réalisé par un ébéniste du coin, ancien Compagnon du Devoir. Une superbe œuvre d'art rehaussée de scènes de chasse. Pas de chasse d'eau, évidemment... »

Quelques coups de balai et de serpillière plus tard, notre hôte extirpa de son havresac quelques munitions de bouche, nous conseillant d'aller régulièrement faire nos courses à Saint-Vallier et de lier connaissance avec les gens du cru, tous d'agréable compagnie.

« Ici, l'eau n'est pas courante, dans tous les sens du terme. Mais la pompe à bras près de l'évier vous comblera d'un filet d'eau d'une pureté et d'une fraîcheur incomparables. Ne la noyez pas de pastis, ce serait sacrilège! »

Laissant le champ libre à un généreux courant d'air qui s'immisça dans la masure par fenêtres et porte, nous nous installâmes comme trois lézards au soleil sur le banc de pierre adossé au mur près de l'entrée. J'eus droit à un cours gratuit de sciences naturelles, lorsque Topaze, outré, releva que je ne savais pas faire la différence entre grillons et cigales. Puis, se tournant vers son protégé:

« Je me suis permis d'envoyer les poèmes que vous avez publiés dans le journal du lycée à un vieil ami, Charles Forot, poète et éditeur ardéchois. Il aimerait vous connaître. Saint-Félicien, où se trouve son Pigeonnier, n'est qu'à quelques kilomètres d'ici, côté Riaume. »

Comme nous marquions notre étonnement, il nous fut expliqué que « *Riaume* » désignait autrefois les provinces placées sous la couronne de France, dont le Vivarais, tandis que l'on nommait « *Empi* » le Dauphiné, province vassale du Saint-Empire romain-germanique. Les mariniers, quand ils descendaient le Rhône, au lieu de dire « *bâbord et tribord* », criaient « *Pique à l'Empi* » et « *Bute au Riaume* », selon la rive où ils voulaient accoster...

« *Jusqu'à sa retraite* » poursuivit le savant bonhomme « *Charles Forot a eu à cœur de faire paraître des éditions « toutes pures, simples et aimables », comme a pu le dire Paul Valéry. Comme il l'a souligné aussi avec raison, il imprimait ce qu'il aimait et aimait ce qu'il imprimait. C'est un grand monsieur, un fort honnête homme que vous aurez plaisir à rencontrer.* »

Il fut donc convenu qu'à la première occasion, nous enfourcherions nos petites reines pour aller rendre visite au chantre *san farcios*, comme se nomment entre eux les habitants de ce petit village. Mon compagnon trépignait d'impatience d'avoir l'avis d'un Maître sur ses odes, stances et sonnets.

Quelque peu épuisés par notre trépidant voyage, nous avions fini par fermer les yeux, offrant nos visages à la caresse d'un soleil inquisiteur dont les rayons furetaient le long des rides ravinées de Topaze, slalomaient entre mes boutons d'acné et mignotaient la pubescence noire des joues d'Esteban.

Soudain, je fus violemment extirpé de ma somnolence cotonneuse par la sensation étrange d'un ruban glacé et poisseux glissant autour de mes mollets dénudés ! J'ouvris les yeux et poussai un cri strident : mes jambes se trouvaient ligotées par un serpent dont le lacet sans fin n'en finissait pas de se dérouler depuis les coulisses de notre banquette minérale.

« *Arrêtez de crier, que diable !* » me houspilla Topaze « *Vous allez faire peur à Cunégonde ! Suite de votre leçon de choses, jeune bêta: cette aimable locataire en manque d'affection n'est pas un mamba, c'est une brave couleuvre verte et jaune, dont le nom savant est Hierophis viridiflavus.* »

Il tendit un bras hardi et accueillant sur lequel le serpent sans fin glissa et s'enroula tendrement, dardant vers son ami retrouvé ses grands yeux étonnés aux pupilles rondes.

« *Voyez comme elle est courtoise, elle m'a reconnu et vient prendre de mes nouvelles...* »

Et le bonhomme se mit à gâtifier en flattant la tête du reptile de son index. J'observai incrédule le long tuyau qui s'extirpait à l'infini du dessous du banc, son domaine privé. Rassurée par les propos et les gestes lénifiants de Topaze, elle finit par se replier dans son repaire, nous amnistiant d'avoir troublé sa sieste et de lui avoir dérobé quelques rayons de soleil.

Durant les deux mois que dura notre séjour, je préférai bouder la banquette de pierre où Esteban s'alanguissait au soleil, un bouquin à la main, lui préférant le dossier rugueux du tilleul. À distance, j'observais avec un rien de répugnance le manège de Cunégonde, ses ondulations langoureuses et la façon délicate qu'elle avait de venir se lover tout contre mon camarade, posant affectueusement sa tête sifflotante sur la cuisse chaude et réclamant d'un œil enamouré sa caresse quotidienne. J'en frémis encore...

« Ce que tu peux être ballot ! » me titillait l'impitoyable *« Quand tu seras toubib à Lambaréné, tu en verras d'autres, des bestioles, et moins bien intentionnées à ton égard... »*

L'astre généreux donnant des signes de faiblesse et s'avachissant au revers d'une colline, notre prof s'ébroua, lissa son bouc et estima qu'il était temps pour lui de prendre congé. Nous l'accompagnâmes jusqu'à son bolide dont il tapota affectueusement le capot, suppliant la vaillante mais capricieuse guimbarde de bien vouloir le reconduire à bon port.

Il me sembla que le vieux prof avait l'œil humide en nous accoladant. Tapotant la joue d'Esteban, il lui prodigua quelques devoirs de vacances :

« Lisez autant que vous pourrez et guidez les lectures de ce pauvre matheux de Valentin. Mais écrivez, surtout ! Il faut que vos poches soient bourrées de poèmes quand vous irez voir le père Forot. Et tâchez de terminer votre transcription de Don Quichotte pour la scène... Bossez dur, mon vieux, le petit conservatoire du lycée compte sur vous ! »

Bien disposée et reposée, la 4 CV finit par obtempérer lorsqu'il mit le contact en invoquant à nouveau le tandem saint Joseph et saint Christophe. Dans un grand tintamarre et quelques flatulences aussi tapageuses que nauséabondes, nous vîmes s'éloigner le fringant équipage, la main gantée de notre prof s'agitant frénétiquement par l'ouverture du toit. Sur la table, il avait oublié son chapeau de brousse, que mon acolyte ne quitta pas de tout le séjour, du lever au coucher du soleil...

Nous consacrâmes les premiers jours de ces vacances bénies à explorer les alentours, élargissant notre périmètre au fil du temps. Nous eûmes vite fait de lier connaissance avec nos plus proches voisins, des gens du cru qui nous abreuvèrent de conseils d'excursions et d'apéros dînatoires, lampés avec délice sous la clarté des étoiles et bercés par le chant des cigales... ou des grillons.

« C'est pourtant simple ! » m'aurait fustigé Topaze *« la cigale craquette ou cymbalise et le grillon stridule pour attirer les femelles... »*

« Bof ! » lui aurais-je répondu *« Esteban n'a pas besoin de striduler pour cela... »*

UN GENTILHOMME VIVAROIS

C'est un fait avéré: les journées de vacances passent plus vite que les journées d'école...

Pendant que je m'échinais à lutter contre les araignées, à virevolter du balai, à m'éreinter sur la pompe afin de faire sourdre de maigres filets d'eau ou à ressusciter le jardin en friche, prenant garde de ne pas décimer les figuiers de Barbarie qui en avaient fait leur fief, mon compagnon s'évertuait à chatouiller sa muse afin qu'elle lui inspirât quelques vers immortels à présenter à M. Forot. En fin de journée, je poussais le dévouement jusqu'à ramasser les boulettes de feuillets froissés, sauvagement catapultées par le poète aux quatre coins de la maison.

Répondant par des grognements à mes récriminations, Esteban consentait néanmoins à planter la divine Érato et sa lyre pour m'accompagner en de belles randonnées à bicyclette. Il nous arriva plus d'une fois d'aller taquiner la truite ou harceler l'écrevisse dans de fraîches rivières, ou de pique-niquer sur le site des « Roches qui dansent », à Saint-Barthélémy-de-Vals, sorte de cromlech drômois constitué d'amas de rochers propices à la grimpette et à la méditation. Le dos plaqué contre les blocs de grès, les yeux clos, nous nous efforcions d'en capter la toute-puissance tellurique et les ondes magiques, puisqu'une légende prétend que la nuit de Noël, aux douze coups de minuit, ces polissonnes au cœur de pierre se mettent à danser. Je me dis que ma mère aurait aimé connaître ce pseudo lieu de culte celtique et qu'elle n'eût pas manqué, moderne druidesse à la faucille d'or, d'y tailler une bavette avec les âmes errantes du canton...

Un beau matin, à court de papier et d'inspiration, mon ami poète considéra la dizaine de feuillets enfantés dans la souffrance et consentit à congédier sa muse éreintée. M'invitant à le suivre, il se hissa sur le banc de pierre et dans un bombillement de solex d'insectes irrespectueux, il me gratifia, avec force gestes et envolées lyriques, d'une lecture emphatique de ses œuvres.

« Alors, qu'en penses-tu ? »

Je tournai sept ou huit fois ma langue dans ma bouche avant de livrer ma sentence, soucieux de ne pas assassiner un Rimbaud en herbe.

« Ma foi... ça me plaît bien. Ça... comment dire ? Ça chante à l'oreille, voilà ! »

Satisfait de ma réponse, il courut à la cabine téléphonique du village pour appeler le père Forot dans son parnasse de Saint-Félicien. Jovial, manifestant son bonheur de recevoir des élèves de son vieil ami Ferdinand, l'éditeur-poète nous convia à déjeuner le lendemain.

La nuit précédant cette visite que mon compagnon qualifiait d'historique, Esteban ne dormit pas, arpentant la maison en déclamant ses œuvres, tortillant les vers en tous sens pour en bonifier la mélodie et m'empêchant du même coup de trouver le sommeil.

Enfin, les premiers rayons du soleil grattouillèrent aux volets et je pompai à me rompre les bras pour remplir une cuvette de l'eau fraîche qui nous ressusciterait après notre nuit blanche.

Il faisait une chaleur d'enfer et nous venions d'enfourcher nos vélos lorsque je crus entendre la petite voix de ma mère qui me susurrait à l'oreille :

« Quand on est invité, on n'y va pas les mains vides ! »

J'en fis part à mon compère, qui acquiesça et partagea mon embarras : que pourrions-nous bien offrir à M. Forot et à son épouse ? Je proposai, sans conviction, de leur faire présent de Cunégonde, mais Esteban eut une autre idée et courut derrière la maison.

Quelques minutes plus tard, il revint tenant à la main un pot en terre cuite ébréché où il avait planté un bébé figuier de Barbarie chapeauté d'une fleur jaune. Je n'osai lui faire reproche du côté grotesque de ce cadeau, qu'il enfourna dans sa sacoche.

Un soleil de plomb prit nos têtes comme enclumes pendant tout le trajet et c'est tout ruisselants que nous passâmes de l'autre côté du Rhône et parvînmes en vue de Saint-Félicien. En fait, c'est surtout moi qui ruisselais de toute ma graisse surnuméraire, tandis qu'Esteban, sec comme un sarment de vigne, n'avait pas grand-chose à ruisseler.

Grâce aux indications de Topaze, nous n'eûmes aucun mal à dénicher la maison Forot : la première à gauche en venant de Saint-Victor, une demeure discrète, tournant le dos à la route et regardant résolument en direction de la riante vallée. Nous posâmes nos montures contre le mur de pierre, nous efforçant de reprendre souffle et forme humaine avant de sonner.

La porte s'ouvrit largement et nous fûmes accueillis à bras ouverts par un homme à la mine épanouie et aux yeux pétillants. Je calculai dans ma tête... le bonhomme étant né en 1890, il portait bien gaillardement ses 79 printemps.

« Bienvenue au Pigeonnier, jeunes gens ! Venez vous mettre au frais... »

L'épouse du maître des lieux, qui portait un tablier de cuisine noué autour de la ceinture, fit une apparition pour nous saluer. Maladroitement, Esteban lui tendit notre présent ringard, ce pauvre figuier de Barbarie arraché aux siens, dont le chapeau jaune s'était envolé au cours du voyage. La bonne et indulgente Geneviève Forot fit mine de s'extasier et demeura stoïque lorsque la cactée sournoise piqua son index intrépide.

Les Forot, nous avait prévenus Topaze, aiment la bonne chère et savent faire d'un repas un poème inoubliable. Notre bon prof ne nous avait pas menti... je n'ai pas oublié la poularde et le gratin dauphinois, non plus que les succulentes crèmes brûlées et les abricots du verger.

Des fauteuils en rotin, judicieusement placés sous un vénérable tilleul, nous accueillirent après ces agapes et la conversation roula sur les riches heures du Pigeonnier. Mme Forot posa devant nous un plateau où trois tasses de café voisinaient avec de petits verres emplis d'un liquide à la belle couleur ambrée, que notre hôte nous présenta avec cérémonie :

« Vous allez goûter ceci, c'est la « liqueur du parfait amour ». Joli nom, n'est-ce pas ? La recette en est secrète et on lui attribue certaines vertus... Je n'ai pas encore découvert lesquelles » et il glissa une œillade tendre à son épouse pour ajouter : *« Même si j'ai trouvé le parfait amour il y a fort longtemps. »*

Le temps semblait s'être arrêté. Le poète devina que le charme des lieux opérait sur nous sa magie et fit silence. Mon compagnon et moi avions fermé les yeux, attentifs au chant des oiseaux, au doux frou-frou d'un vent délicat dans les feuilles à face d'émeraude de l'arbre tutélaire...

Puis, à la demande d'Esteban, M. Forot laissa à nouveau s'échapper du grenier de sa mémoire les souvenirs des jours heureux...

« C'est ici qu'est né, en 1920, le mouvement artistique et littéraire du

Pigeonnier, à l'instigation de trois amis qu'unissaient un même goût des lettres et un tendre attachement à leur douce province... Au sortir de la Première Guerre mondiale, nous n'avons pas voulu laisser notre Vivarais en dehors du mouvement littéraire et artistique qui se dessinait, après les années tragiques que le pays venait de traverser. Pendant de longues années, cette maison fut le point de convergence d'écrivains, de poètes, graveurs, sculpteurs, musiciens, de personnalités du monde du théâtre qu'une grande amitié rassemblait fraternellement... »

Le poète laissa son regard errer sur ce lieu de mémoire et soupira, comme s'il conviait à nous rejoindre tout un peuple d'ombres nichées dans des recoins secrets.

« Jusqu'à ce que je prenne ma retraite d'éditeur, en 1958, au terme de cette belle aventure, les Éditions du Pigeonnier ont édité plus de deux cents titres, qu'il s'agisse de prose, de poésie, de théâtre, de chansons. Ce cher Fromentin, que vous avez la chance d'avoir comme professeur, avait un beau brin de plume. Il y a bien des années, je lui ai proposé d'éditer une plaquette de ses poèmes, mais il a prétendu ne pas mériter cet honneur et n'en a jamais démordu, hélas... ».

Nous apprîmes aussi qu'à l'endroit même où nous nous trouvions, un théâtre de verdure attirait chaque été, pendant l'entre-deux-guerres et le temps d'un week-end, des foules de spectateurs enthousiastes.

« On y jouait une pièce classique et une pièce à thème local. Lors de ces soirées sous les étoiles s'opérait une alchimie née du cœur, de l'amitié, du jeune enthousiasme des acteurs et des organisateurs. Il y avait de la magie dans l'air... Si ces vieux murs et si ce tilleul pouvaient parler, ils sauraient vous captiver ! »

Encore une parenthèse de silence et le Maître du Pigeonnier reprit, en inclinant la tête en direction d'Esteban :

« Ce bon Ferdinand m'a vanté vos talents d'acteur et de metteur en scène. Quel dommage, vu votre âge, que vous n'ayez pu vous joindre à nous dans ce théâtre de verdure ! Vous êtes peut-être venu trop tard dans un monde trop vieux... Mais votre muse a plus d'une corde à sa lyre. J'ai lu vos poèmes et je sens en vous une graine qui ne demande qu'à germer. Par ailleurs, notre ami Ferdinand m'a appris que vous étiez figurant chez Planchon et que vous travailliez à une adaptation scénique du Don Quichotte de Cervantes, surnommé le « Manchot de Lépante ». C'est bien, c'est très bien... »

Un peu confus de sentir se poser sur sa tête une telle couronne de lauriers, mon voisin eut l'élégance de m'associer à cet éloge...

« Mon fidèle ami Valentin, s'il n'écrit pas, m'encourage et me conseille depuis que nous nous connaissons. C'est un excellent acteur et le rôle de Sancho Pança semble avoir été taillé sur mesure à son intention ».

L'après-midi passa trop vite, comme tous les moments de grâce et de plénitude que la vie daigne parfois nous accorder. Nous aurions aimé freiner la course du soleil et retenir le rideau cramoisi du soir qui tombait.

Nous crûmes venue l'heure de nous séparer lorsque Charles Forot se leva de son fauteuil en rotin, mais c'était pour nous inviter à le suivre dans l'intimité de son bureau. Dans ce royaume dont il était le souverain, il nous présenta son impressionnante bibliothèque où les ouvrages du Pigeonnier, vaillantes sentinelles, fraternisaient avec d'autres et donnaient à admirer la plus riche collection de livres rares, d'œuvres imprimées sur de beaux papiers, à tirage limité, dont puisse rêver un honnête homme.

Avant de quitter la pièce, le poète laissa glisser un doigt hésitant sur les rayons et finit par choisir deux livres, qu'il nous tendit.

« Pour vous, Valentin, qui semblez fin gastronome, voici « Odeurs de forêt et Fumets de table ». Vous y découvrirez que bien manger est un art toujours vivace en Vivarais et qu'une bonne cuisine est un gage de haute civilisation. Quant à vous, Esteban, je sens que vous avez des semelles de vent. Alors voici une belle édition de « Cambodge » de Makhali Phâl. Plus qu'un poème, c'est un chant de paix dédié au peuple khmer... »

Charles et Geneviève Forot nous raccompagnèrent jusqu'à nos bicyclettes. C'est alors que mon ami sortit de sa sacoche une enveloppe, qu'il tendit au poète :

« Voici quelques poèmes que j'ai écrits ces derniers jours. Je les crois plus aboutis que ceux que vous a fait lire Topaze... je veux dire M. Fromentin. »

Le Maître du Pigeonnier eut un bon sourire et répondit :

« Je les lirai avec plaisir et vous donnerai mon sentiment. J'ai été jeune, moi aussi, et je sais que le conseil d'un aîné est parfois utile. »

Après nous être serrés la main et effusionnés longuement, nous enfourchâmes nos montures aussi piquetées de rouille que des destriers Appaloosa et prîmes le chemin du retour, direction « Empi » et Ponsas.

Avant de disparaître dans une courbe de la route, nous nous retournâmes et vîmes au loin Charles et Geneviève Forot, ombres chinoises minuscules dans le soleil couchant, qui n'avaient pas bougé du seuil de leur demeure et nous regardaient disparaître en agitant la main.

Moins d'une semaine plus tard, alors que nous déjeunions au jardin, le facteur remit à Esteban une lettre en provenance du Pigeonnier. Il la décacheta d'une main tremblante et se leva, comme s'il se trouvait en présence de Forot en personne. Devançant ma requête, il la lut à voix haute :

« *Cher jeune ami,*

J'ai lu vos poèmes avec toute la bienveillante attention que vous attendiez de moi. J'en aime le ton et la spontanéité, voire la touchante maladresse. Vous avez l'étoffe d'un poète, c'est certain. Votre forme est lâche, mais dans la mode actuelle, elle se défend. Vous chantez les chagrins d'amour, comme je l'ai fait à votre âge. Mais croyez-moi, la vie est inépuisable et vous demandera elle aussi beaucoup d'amour. On devine que vous avez lu Musset, mais n'oubliez pas de rester simple, direct, vrai. Il faut que votre chant monte pur, sans afféterie. La poésie est musique et doit s'envoler avec grâce. Écrivez, raturez, soyez impitoyable pour vous-même. Dans cette époque d'anarchie, la contrainte est toujours payante. Chantez ! Chantez la vie, qui est belle ! Votre poème antimilitariste m'a peu surpris, sachant la tragédie vécue par votre père en Espagne. Vos vers sont généreux, mais j'ose vous dire que c'est du mauvais anti-Déroulède. Méfiez-vous de la facilité, qu'il ne faut pas confondre avec la simplicité, ce sommet ! Pardonnez-moi de faire le pion... Pour faire court, vos poèmes sont le reflet de votre belle âme, mais teintés d'un pessimisme qui n'est guère de votre âge. Il suffit d'avoir une riche sensibilité, comme la vôtre, pour ressentir plus durement les coups du destin. Ne vous découragez surtout pas, la vie a des trésors qu'il faut découvrir. Quand tout semble perdu, d'autres perspectives s'ouvrent. Croyez-en ma vieille expérience, la vie est le don suprême.

Alors, cher Esteban, mettez-vous au travail ! Sculptez, limez, ciselez vos vers. Si mes conseils et mes critiques ne vous ont pas fâché, envoyez-moi d'autres poèmes ! Je vous dirai ce que j'en pense en toute franchise et en toute amitié. Une amitié à partager avec votre compère Valentin.

N'oubliez pas le chemin du Pigeonnier !

Charles Forot

Cette lettre, tant de fois lue et relue, est punaisée depuis plus de quarante ans sur le mur de la chambre d'Esteban. S'ensuivit une correspondance croisée, nourrie d'envois de poèmes revenus corrigés en vert et non en rouge, annotés de la main du chantre ardéchois. Moins de quatre ans plus tard, l'éditeur-poète San-Farcio s'envola et j'imagine qu'en paradis, si vert paradis il y a, il doit charmer les anges de ses vers. Comment oublier son sourire bonhomme et ses yeux pétillants, qui ont gardé jusqu'au bout la pureté intacte d'un regard d'enfant.

AU CLAIR DE LA LUNE
ET DE DEUX ÉTOILES

Le temps continuait à filer comme du sable chaud entre nos doigts... Déjà trois semaines que nous étions installés dans la petite maison de Topaze. Afin de redonner quelque lustre à la vieille bâtisse et en guise de remerciement, nous avions entrepris quelques travaux de première nécessité : coups de pinceaux dans la pièce de vie et la chambre, changement de quelques tuiles évadées du toit, décapage des volets... Un ancien du village, qui avait autrefois aidé le jeune couple Fromentin à s'installer, se fit un plaisir de nous fournir le matériel nécessaire et vint chaque jour en clopinant superviser l'avancement des travaux. Ce brave homme nous imposa quelques pauses redoutables, histoire de vider un verre ou deux d'un tord-boyaux qu'il tirait de sa musette et que nous tentions de boire sans grimacer, pour ne pas le vexer.

Je ne suis pas près d'oublier le lundi 21 juillet de cette année-là, mémorable à plus d'un titre...

Les travaux d'embellissement touchaient à leur fin et nous prenions le frais à l'ombre du tilleul, dans une béate somnolence d'après déjeuner. C'est alors que nous entendîmes, avant de le voir, notre plus proche voisin, juteux-chef de gendarmerie à la retraite, qui nous hélait depuis le chemin encaillassé :

« Ohé, les jeunes ! Rappliquez donc, à la télé y'a un Amerlo qui batifole sur la lune ! »

Nous le suivîmes au petit trot et, sur son petit écran, qu'il gardait allumé depuis le matin jusqu'à la mire de fin de soirée, nous pûmes assister, en différé, aux premiers pas de l'homme sur l'astre lunaire. Ainsi, dix-neuf ans après Tintin, un vieux rêve d'astronome, de poète et de Cyrano se réalisait. Désormais, nous ne regarderions plus le ciel de la même façon...

Après avoir célébré l'évènement en levant nos canettes de bière à la santé de Neil Armstrong, nous regagnâmes notre tanière en nous interrogeant sur la portée de ce qui nous était présenté comme un grand pas pour l'humanité. Esteban demeurait dubitatif et se demandait, non sans quelque pertinence, si *« tout ce pognon foutu en l'air n'aurait pas été mieux utilisé à guérir le cancer, ou à aider les déshérités et les damnés de la terre... »*.

Tandis que nous refaisions le monde, comme cela nous arrivait souvent, je me figeai soudain et saisis le bras de mon ami en pointant du doigt notre maison.

« Regarde, nous avons de la visite ! »

D'où nous nous trouvions, nous ne pouvions discerner que deux silhouettes, mais en nous rapprochant à grands pas, l'image devint plus nette. Nous eûmes vite fait de reconnaître nos visiteuses aux cheveux blonds coiffés en natte, aux chemisettes à carreaux identiques et aux shorts immaculés moulant hardiment leurs jambes jusqu'à mi-cuisse. Les sœurs Coton nous avaient débusqués !

Esteban s'insurgea mollement : *« C'est toi qui les as invitées ? »*

Je protestai : *« Non, je leur ai seulement dit où nous allions en vacances. J'étais loin de me douter qu'elles débarqueraient... »*

Avec désinvolture, Anne et Marie avaient déposé leurs sacs à dos sur le banc de Cunégonde, sans solliciter son accord. Elles agitèrent les bras en nous apercevant et coururent à notre rencontre.

Mon compagnon, entre deux bises assourdissantes, risqua une question, aussitôt suivie d'une autre :

« Comment êtes-vous arrivées jusqu'ici ? Combien de temps comptez-vous rester ? »

Presque en chœur, les jumelles répondirent :

« Notre père se rendait dans le Midi et nous lui avons demandé de nous déposer en chemin. Il nous récupérera en remontant sur Lyon, d'ici quelques jours. »

Est-ce Anne, ou Marie, mais l'une des deux perçut le peu d'enthousiasme que nous mettions à les accueillir :

« Nous ne voudrions pas vous déranger, surtout ! Nous avons apporté nos sacs de couchage. Nous pourrons très bien dormir à la belle étoile... »

« Et nous nous chargerons volontiers des corvées : vaisselle, cuisine, ménage... » renchérit la sœur numéro deux avec une troublante humilité.

Le regard implorant que je glissai à Esteban finit de l'amadouer...

« Bon... Vous ne nous dérangez pas, nous sommes seulement un peu surpris... »

« Vous êtes ici chez vous ! » lançai-je résolument en dédiant aux frangines mon sourire le plus avenant, de tous mes yeux et de toutes mes dents. Un sourire, je le concède, non dénué d'inavouables sous-entendus...

Nous passâmes le reste de l'après-midi à papoter dans le jardin. Non sans malice, nous avions laissé nos invitées prendre possession du banc de pierre et ce qui devait arriver arriva : l'insatiable curiosité de Cunégonde la poussa à sortir de son trou pour venir examiner de plus près les nouvelles venues voire, si affinités, partager avec elles un affectueux *darshan* à sa façon. Les cris de terreur poussés par les sœurs effarouchées durent résonner dans toute la vallée, si ce n'est jusqu'à Saint-Vallier ! Dépitée et sifflant son mépris, la couleuvre majestueuse se retira comme une princesse en ses appartements.

Le soir, tout en dégustant l'omelette aux lardons préparée par les froussardes, elles nous apprirent qu'elles avaient eu la même note et la même mention « Très Bien » au bac, qu'elles s'étaient inscrites dans un Institut réputé de Haute Loire, pour y apprendre les arcanes du métier de pâtissier-chocolatier. Ce beau projet, jusqu'à son accomplissement, serait financé par leur père, comme de juste. M. Coton, soit dit en passant, avait fini par divorcer pour épouser sa banque, dont il avait gravi quatre à quatre les échelons hiérarchiques jusqu'à être promu fondé de pouvoir en un temps record. Grandeur, décadence et à nouveau grandeur... sacré bonhomme, ce Gérald-Antoine ! même Balzac n'aurait pu imaginer pareil parcours.

Dans la foulée de cette success story, le disciple du banquier Schumpeter avait racheté une villa dans le quartier de Montchat, non loin de celle dont sa famille avait été chassée par un coquin de sort.

« Figurez-vous qu'on a même fini par récupérer Sultan, notre « chien policé » nous apprit-on également. *« C'est un promeneur qui l'a trouvé, en pleine forêt, attaché à un arbre et agonisant. La SPA l'a remis sur pattes et il a failli mourir de joie quand nous sommes allés le chercher au refuge et qu'il nous a reconnus ! Mon père et lui sont inséparables ».*

« Notre mère est une salope sans cœur ! » tranchèrent-elles *« Si elle remettait les pieds à la maison, c'est sûr que Sultan a gardé une dent contre elle et qu'il en ferait son déjeuner ! »*

Nous passâmes la soirée allongés dans l'herbe encore tiède, à distance respectueuse du banc de Cunégonde, faisant circuler entre nous une bouteille de Saint-Joseph et usant nos yeux en direction de la Lune pâlichonne, à qui un Yankee venait de voler sa virginité.

La fraîcheur de la nuit finit par nous pousser à regagner notre gîte et nous convînmes que nous céderions, par galanterie, la chambre et notre lit à ces demoiselles. Elles ne se firent pas trop prier et, tout en ricanant sous l'effet du perfide Saint-Joseph, elles nous aidèrent à dérouler leurs sacs de couchage dans un coin de la salle à manger.

Nous échangeâmes de sages bises de bonne nuit et partîmes à la recherche de Morphée sur le coup de minuit. Je me souviens que je fus prompt à m'endormir, comme à mon habitude, et j'en étais à me rêver en cosmonaute faisant des sauts de kangourou avec Tintin sur l'astre lunaire, lorsqu'une main féminine secoua mon épaule avec insistance, me faisant regagner le plancher des vaches à une vitesse sidérale. Était-ce Anne ? Était-ce Marie ?... L'une des deux dévergondées, court vêtue d'un tee-shirt orné d'un Mickey en guise de chemise de nuit, était accroupie près de moi dans la pénombre, me murmurant d'une voix tremblante qu'une bestiole non identifiée faisait son jogging nocturne dans la chambre, dans un infernal cliquetis de griffes sur le plancher.

Je m'extirpai du sac de couchage, saisis une lampe torche et suivis la blonde pétocharde jusqu'au seuil de la chambre, où elle s'effaça pour me laisser aux prises avec le monstre noctambule. Tantôt à quatre pattes, tantôt rampant, je fis le tour de la pièce sans détecter aucune présence de rongeur indésirable. Comme je me relevais, une voix implorante et quelque peu étouffée me parvint. Je braquai le faisceau lumineux en direction du lit et distinguai une forme assise revêtue du drap immaculé, à la façon d'une autruche ou d'un fantôme écossais.

« Valentin, c'est toi ? Tu l'as trouvée ? »

« Non, aucune trace. Mais vous n'avez aucune inquiétude à avoir, ce doit être une souris, rien de plus ! Cunégonde en fera son petit-déjeuner... »

J'allais tourner les talons et regagner ma couche lorsque la fantômette me héla d'un ton péremptoire, n'admettant aucune réplique :

« Laisse ce foutu serpent où il est, veux-tu ? Rends-toi utile et viens plutôt me réchauffer un moment, je suis frigorifiée ! »

Interloqué, je tournai la tête en direction de la porte mais la seconde jumelle avait disparu. Par contre, en tendant l'oreille, je perçus des gloussements évocateurs en provenance du coin où Esteban bivouaquait pour la nuit.

Ballot et les bras ballants, je demeurai planté au milieu de la chambre, cherchant vainement le trou de la souris pour me dissimuler jusqu'au matin... c'est alors que je reçus pleine tête, ajusté avec précision, le tee-shirt de celle qui m'invitait à lui servir de poêle calorifère.

« *Allez, viens, gros nigaud! Sois mon astronaute, je serai ton astre lunaire...* »

Et elle partit d'un grand éclat de rire, qui trouva deux échos dans la pièce à côté.

C'est ainsi, pendant la nuit du 21 au 22 juillet 1969, que je fus déniaisé par les sœurs Coton, Anne et Marie se passant le relais pour pianoter à quatre mains, sur mon corps d'abord pétrifié puis incandescent, une partition diabolique et divine à la fois.

Le lendemain matin, les premiers rayons du soleil jouant les indiscrets par les fentes du volet me trouvèrent enseveli la tête dans l'oreiller, une jambe sur l'édredon et l'autre portée disparue sous un corps féminin écartelé à mes côtés, en grand méli-mélo. Je reconnus Marie à son grain de beauté confidentiel, à l'endroit précis où Esteban l'avait cartographié: sous le sein gauche.

Le plancher craqua et je parvins à rouvrir un œil, pour distinguer Esteban en contre-jour, nu comme un ver et un sourire narquois aux lèvres, arpentant la chambre comme Napoléon le champ de bataille au lendemain d'Austerlitz.

Leur père ne se pointant pas à l'horizon, nous dûmes héberger les dévergondées adeptes d'Éros et de Bacchus jusqu'aux premiers jours d'août. À deux reprises, je dus pédaler en catastrophe jusqu'à la pharmacie de Saint-Vallier pour refaire le plein de préservatifs, nos compagnes faisant preuve d'une féroce boulimie sexuelle.

La curiosité poussa Esteban à demander aux diablesses d'où elles tenaient leur science amoureuse et si elles n'auraient pas servi de cobayes à l'auteur du *Kama Sutra*... Elles finirent par nous avouer, à notre stupéfaction, qu'elles avaient été déflorées et instruites par un maître en la matière, d'une douceur et d'une classe folle, le dénommé Justin, ci-devant valet au castel montchatois!

« *D'une classe folle, je veux bien!* » protesta vigoureusement mon camarade *« mais cette canaille n'a tenu aucun compte du Code pénal planqué sous vos jupes ! Un mot de vous et il se retrouvait derrière les barreaux... »*

Anne et Marie échangèrent un regard complice, haussèrent les épaules et nous assurèrent qu'elles n'avaient eu qu'à se louer du zèle de Justin. D'ailleurs, n'étions-nous pas les heureux bénéficiaires des savoirs acquis grâce au laquais modèle ?...

Ce n'est pas sans nostalgie que je repense aux délicieux moments passés en si trépidante compagnie, au cœur de cet été-là...

Notre voisin le juteux-chef nous ayant prêté deux vélos supplémentaires, nous enfourchions nos bécanes dès le lever du soleil pour randonner du côté des « *Roches qui dansent* », ou pour retrouver un petit coin de paradis que nous avait indiqué en confidence le secrétaire de mairie. Pour y accéder, il nous fallait pédaler en danseuse jusqu'au sommet d'une colline où nous trouvions, dissimulé derrière de hautes broussailles, un départ de sentier oublié des randonneurs. Nous planquions nos bicyclettes dans les fourrés et entamions une lente progression en file indienne, des ronces accrocheuses nous zébrant les mollets comme des barbelés.

Cette marche crapahutante trouvait sa récompense au débouché du chemin. En écartant les branches d'un chêne poussé de guingois, nous découvrions une cascade dévalant un bloc moussu pour ruisseler en gros bouillon dans une conque naturelle, où l'eau limpide et écumante reprenait son souffle avant de poursuivre son cheminement de rivière nonchalante.

Le cuisant soleil d'été ne parvenait qu'à grand-peine à filtrer à travers l'écheveau tricoté par les grands feuillus au-dessus de nos têtes. Le dernier à l'eau était présumé couard et les donzelles poussaient des piaillements stridents en se dépiautant de leurs vêtements. Frémissant à l'avance de la morsure de l'eau glacée, nous courions jusqu'à la berge, nus comme au premier jour et nos pieds s'enfonçant dans la mousse. Nous tenant par la main et lâchant de hauts cris, nous brisions enfin le miroir de l'onde chatoyante en offrant nos jeunes corps au bonheur d'être en vie et d'en savoir le prix.

Le premier jour du mois d'août, Gérald-Antoine Coton gara sa Jaguar rutilante devant la mairie de Ponsas et manqua plusieurs fois se fouler la cheville en gravissant le raidillon jusqu'à notre chaumière.

Esteban et moi étions à la fois soulagés et affligés de voir nos compagnes boucler leurs sacs à dos. Elles ne purent retenir quelques larmes en nous embrassant et j'avoue avoir eu, malgré moi, la gorge serrée.

« *Je t'aime très fort, mon gros nounours !* » me souffla Anne à l'oreille. Mais peut-être était-ce Marie, comment savoir ?

UN RETOUR AU GOÛT AMER

Nous avions vécu comme des rois fainéants pendant les deux dernières semaines, à dévorer la bibliothèque de Ferdinand, les jumelles rivalisant d'attentions à notre égard, nous mitonnant leurs savoureuses spécialités, nous arrachant le balai des mains et nous indiquant d'un doigt péremptoire la direction du jardin à la moindre tentative de participation aux tâches ménagères.

Malgré ce farniente imposé, nous commencions à accuser la fatigue, nos ébats amoureux, diurnes ou nocturnes, avec les insatiables sybarites ayant mobilisé toute notre énergie. Je perdis quelques kilos, certes superflus, dans cette douce bataille quotidienne à corps perdus. Quant à mon compagnon, pourtant plus aguerri, il pestait d'avoir été infidèle à sa muse et de n'avoir pas avancé d'une ligne avec son adaptation de Don Quichotte.

Le lendemain du départ de nos squatteuses, je me rendis à la cabine téléphonique du village pour prendre des nouvelles de mes parents, qui devaient être de retour de la perfide Albion. Lorsque je revins, la tête basse et le moral en berne, je me demandai s'il fallait, ou non, révéler à mon compagnon la tragique nouvelle que m'avait annoncée Marie-Angèle... En arrivant à Oxford, les voyageurs avaient trouvé leurs amis anglais, Hedley-John et Maggy, terrassés de chagrin. Leur fille Lily-Rose, le premier grand amour de mon cher *old fellow*, venait d'être hospitalisée suite à une leucémie foudroyante.

La petite anglaise rendit son âme à Dieu ou à qui de droit quelques jours plus tard, alors que mes parents venaient de lui rendre visite. À son chevet, ils avaient trouvé David, le *boy-friend* scout, qui passait ses journées auprès de l'agonisante, les mains triturant nerveusement son inutile stéthoscope d'interne en médecine. Les seuls mots que Lily-Rose parvint à bredouiller à l'oreille de ma mère furent pour prendre des nouvelles d'Esteban. Je ne m'offusquai point de ne pas être présent dans son souvenir mais je dus faire un effort surhumain pour afficher une figure sereine face à mon compagnon, jusqu'à la fin de notre séjour drômois.

Les frangines envolées, nous reprîmes nos habitudes de trappeurs et le mois d'août se déroula en pente douce. Lâchement, peut-être, mais surtout pour ne pas gâcher les vacances de mon presque frère, je parvins à lui dissimuler le drame d'Oxford révélé par ma mère, qui en avait eu la trouble prémonition.

La veille de notre retour au bercail, Esteban posa son bic et m'annonça, triomphant, qu'il venait de boucler « son » Don Quichotte, qui serait monté par notre troupe si Dieu, Fromentin et la direction du collège le voulaient bien. De mon côté, c'est mon pinceau que je déposai non moins triomphalement, après une dernière couche de lasure sur les volets.

À la tombée du jour, nous allâmes faire nos adieux aux Roches fée-riques de Saint-Barthélémy-de-Vals, toujours pas décidées à danser pour nous comme le firent sur leur mamelon, en druidesses lascives, les envoûtantes sœurs Coton...

Le lendemain, c'est à l'heure où blanchit la campagne et où le soleil prend appui de ses rayons sur la colline pour illuminer la Madone de Ponsas, que nous entendîmes pétarader au loin le carrosse jaune de ce bon Topaze. Il n'est de bonnes vacances qui ne se terminent...

L'allégresse de notre mentor, qui n'en finissait pas de nous donner de vigoureuses et affectueuses tapes dans le dos, fut proportionnelle à notre chagrin de devoir quitter ce pays de Cocagne. Il claironna un juron digne du père Ubu en découvrant le lifting pratiqué sur sa bicoque, qu'il parcourut en tous sens, avant d'en ressortir médusé et de se laisser tomber sur le banc. Cunégonde, réveillée par le raffut et reconnaissant peut-être la voix ou le pas de son maître, vint se hausser du col à ses côtés, avant de poser une tête câline sur sa cuisse.

Je craignis soudain que nous ayons, croyant bien faire, profané le lieu de mémoire de Topaze et qu'il nous en tînt rigueur. Il nous fixa tour à tour pensivement, puis un sourire généreux vint éclairer son visage et émousser ses rides. S'il nous en voulait, il s'efforça de n'en rien laisser paraître et se contenta de marmonner dans la langue de Virgile:

« *Sed fugit interea, fugit irreparabile tempus, singula dum capti circumvectamur amore* » que mon camarade, un rien perplexe, traduisit de son mieux à mon oreille:

« *Mais en attendant il fuit, le temps fuit sans retour, tandis que nous errons, prisonniers de notre amour du détail* ».

Le soleil bastonnant dur, nous rendîmes son chapeau colonial à Topaze, qui s'étira en tentant sans succès un cri de Tarzan. Puis il nous assaillit de questions, ravi d'apprendre que nous avions été reçus comme des princes par le couple Forot, qu'Esteban avait terminé son Don Quichotte et bien chatouillé sa muse, et que nous avions fait bon usage du permis de lire accordé pour sa fastueuse bibliothèque. Nous préférâmes passer sous silence la visite des deux diablesses et le barnum qui s'en était suivi...

D'une main tremblante, Topaze introduisit la lourde clef rouillée dans la serrure et nous restâmes un long moment, comme recueillis, face à la petite maison ruisselante de soleil. Cunégonde devait être en vadrouille et nous fûmes déçus de ne pouvoir lui faire nos adieux.

La vaillante 4 CV, peut-être heureuse de nous retrouver, ne se fit pas prier pour démarrer et nous regagnâmes la capitale des Gaules à un train de sénateur rhumatisant. Arrivés à bon port, parvenant à nous extraire sans chausse-pied de l'engin exténué, nous levâmes la tête et vîmes mon père qui faisait office de guetteur sur le balcon, sans doute depuis des heures. Nous assurâmes notre prof de notre gratitude et de l'impatience où nous étions de le retrouver en cours. Il ôta alors son chapeau de brousse et l'enfonça jusqu'aux oreilles sur la tête de son chouchou...

« *Tiens, mon jeune ami! Cette coiffe te va comme un gant, garde-la en souvenir de ton vieux professeur!* ». Puis il se planta devant moi et, me secouant aux épaules, me souffla en aparté: « *Tu es un brave gars, Valentin. Mais tâche de devenir toi-même... rien ne pousse à l'ombre des grands arbres!* »

Il fit mine de tourner les talons mais s'immobilisa soudain en rognonnant comiquement dans sa barbichette. Revenant vers nous, il nous fixa longuement tour à tour, sembla hésiter, puis se lança:

« *J'ai une nouvelle à vous annoncer... cette année scolaire sera la dernière pour moi. J'ai atteint, et même dépassé l'âge de la retraite. Le rectorat me presse d'aller voir ailleurs si j'y suis...* »

Comme nous demeurions interdits, anéantis par ce scoop inattendu, il ajouta, tentant vainement un sourire et la gorge nouée:

« *Désolé de ne pas vous accompagner jusqu'au bac, mes petits. Mais je ne vous perdrai pas de vue et je continuerai à vous escagasser avec mes marottes de vieux prof! Vous ne vous en tirerez pas comme ça, sacrebleu!...* »

Sa voix s'étrangla sur ce juron et il battit en retraite vers sa guimbarde, nous laissant sidérés au milieu du trottoir. Je me dis que le pauvre Esteban n'était pas au bout des mauvaises surprises du jour et qu'un drame d'une tout autre ampleur l'attendait au cinquième étage.

Nos guibolles bien aguerries par deux mois d'exercices quotidiens ne firent qu'une bouchée des cent dix marches, en dépit de nos sacs à dos gonflés à bloc. Mes parents nous accueillirent sur le paillasson, à grand renfort d'embrassades. À ma mère qui me lançait un regard expressif, je fis « *non* » de la tête, lui signifiant ainsi que mon ami n'était pas au courant de la tragédie oxfordienne.

Nous prîmes place au salon, ravis pour nos postérieurs endoloris de retrouver des fauteuils moins spartiates que ceux de la motte de beurre sur roues de ce cher Topaze.

Marie-Angèle, l'air grave de circonstance, s'assit sur l'accoudoir du siège d'Esteban, posa une main sur son épaule et lui glissa à l'oreille, d'une voix de miel :

« *Nous rapportons d'Oxford une bien triste nouvelle... Lily-Rose, la fille de nos amis anglais, a été emportée par une leucémie pendant notre séjour...* »

Je vis alors mon demi-frère devenir blafard, en dépit de son bronzage cuivré, tandis que ses ongles se plantaient dans les bras du fauteuil. Ma mère s'était levée pour saisir sur la table un paquet enveloppé de kraft.

« *Lily-Rose ne vous avait pas oubliés, tout particulièrement toi, Esteban. Lorsque nous lui avons rendu visite, la veille de sa mort, elle a prononcé ton prénom avec des larmes dans la voix.* »

Les yeux de mon ami se mirent à briller tandis que sa pomme d'Adam semblait faire le yo-yo dans sa gorge, ce qui eût été comique dans d'autres circonstances. Marie-Angèle poursuivit :

« *Selon le vœu de sa fille, Hedley-John nous a remis ceci pour toi, en souvenir d'elle...* »

De ses droits tremblants, mon compagnon déchira le papier et son chagrin rompit les digues lorsqu'il découvrit à travers ses larmes une petite aquarelle, encadrée d'une baguette dorée. Il finit par me la tendre en tremblant et se retira sans un mot dans sa chambre, à grandes enjambées.

Je n'eus aucun mal à reconnaître sur ce tableau, peint avec une finesse infinie, le *Hertford Bridge*, l'un des endroits les plus typiques d'Oxford, copié sur le Pont des Soupirs de Venise. J'étais le seul à savoir que Lily-Rose et Esteban surnommaient ce pont, reliant deux bâtiments d'un collège, le « Pont des Baisers ». Comme j'en fus parfois le témoin gêné et piaffant d'impatience, ils aimaient se blottir à l'ombre de son arche pour échanger un *french kiss* langoureux, sous l'œil envieux ou réprobateur de dignes professeurs à toque et toge universitaire.

Au bas de ce modeste chef-d'œuvre, la signature gracile de Lily-Rose, au-dessous de laquelle elle avait inscrit, d'une belle calligraphie anglaise, cette tendre dédicace :

« To my dear frenchie Esteban, in loving memory. »

Tant d'années après, cette aquarelle veille toujours sur un mur de la chambre d'Esteban, au-dessus de son lit...

UN DON QUICHOTTE AU « SANG CHAUD »

En ce jour de rentrée des classes, sur le chemin du lycée, je m'efforçai de ralentir mes foulées pour marcher à la cadence de tortue adoptée par Esteban.

Depuis le coup de massue qu'il avait reçu en apprenant la mort de Lily-Rose, plus un sourire n'avait éclairé son visage. Il avait perdu le sommeil et l'appétit, passait ses nuits à tourner en rond dans sa chambre, picorait ses plats favoris d'un air dégoûté et ses éclats de rire communicatifs ne résonnaient plus dans la maison. Il était en veilleuse, quasiment éteint. En lisant le « Voyage au bout de la nuit » de Céline, je tombai sur une phrase qui collait parfaitement à son triste état: *« On n'a plus beaucoup de musique en soi pour faire danser la vie... »*. On ne saurait mieux dire...

Mon père affubla Esteban du sobriquet de *« chevalier à la triste figure »*, tandis que notre cordon-bleu spirite ne savait à quel saint se vouer pour redonner forme humaine au zombie.

Un jour, n'y tenant plus, elle cogna à sa porte et dut palabrer longuement avant d'être tolérée dans son antre. Le tête à tête dura plus d'une heure et je sus plus tard que pour être agréable à notre anachorète, Marie-Angèle avait tenté, en vain, d'entrer en communication avec l'âme de la jeune anglaise.

« Ça ne marche pas à tous les coups » s'excusa la nécromancienne *« Toutefois, je peux t'assurer d'une chose: Lily-Rose n'est pas le grand amour que j'ai pressenti pour toi. Cupidon n'a pas encore décoché sa flèche en ton cœur! Prends patience et songe que Lily-Rose serait désolée de te voir dans cet état... »*

Dès lors, quelque peu revigoré par ces paroles, Esteban amorça sa lente remontée en surface. Le « kiosque à musique » de son cœur résonna à nouveau de mélodies propres à faire danser sa vie. Certes, il s'agissait plus de sonates que de symphonies, mais le funeste voyage de mon ami prit fin avant d'arriver au bout de la nuit.

Nous voilà donc ce matin de septembre 1969, battant la semelle devant l'entrée du lycée en attendant l'ouverture de la grande porte par où notre horde allait s'engouffrer avec l'enthousiasme mesuré du bétail qu'on mène à l'abattoir, selon le parallèle désenchanté risqué par mon compagnon.

Dès qu'ils aperçurent Esteban, les anciens et surtout les anciennes se pressèrent autour de lui, l'accablant de questions… Il joua les stars modestes, répondit du bout des lèvres. La vedette du lycée n'avait guère bonne mine, mais connaissant ses répliques au vitriol, nul n'osa lui en faire la remarque.

Alors que nous pénétrions dans la cour, une sonnerie stridente retentit. Nous nous séparâmes en heurtant nos mains droites l'une contre l'autre. Esteban daigna me sourire en m'octroyant un *« Salut, vieux frère ! »* qui m'alla droit au cœur, après tant de jours de soupe à la grimace.

La routine scolaire reprit ses droits. Parmi nos profs respectifs, Topaze était le plus à l'aise, le plus débonnaire, imposant respect et vénération par ses maximes, citations, déclamations, jeux de mots et autres saillies drolatiques. Il ne serait venu à l'idée de personne, fût-ce le cancre le plus chevronné, de chahuter pendant ses cours. Jamais il n'élevait la voix, jamais il ne punissait… À ce titre, son nom aurait mérité d'être gravé en lettres d'or sur le mur d'honneur des enseignants extraordinaires, s'il eut existé.

Lorsqu'il sillonnait les travées, Topaze ne manquait jamais de me sourire, voire de me gratifier d'un clin d'œil furtif. Sans être son chouchou, je demeurais son allié, pour ne pas dire son ami.

À la première récréation, je retrouvai Esteban prostré sur un banc, dans un angle de la cour, agitant un papier à la façon d'un éventail.

Il me le tendit avec un gloussement qui sonnait faux :

« Et voilà, ça n'a pas traîné… exclu dès le premier cours d'économie ! Je dois faire signer ça au surgé. Heureusement, il m'a à la bonne et j'en serai quitte pour une heure de colle… »

« Mazette ! Tu n'as pas perdu de temps ! » compatissai-je *« Que s'est-il passé ? »*

« Oh, trois fois rien… comme il nous saoulait avec la chute des bourses, j'ai fait le poirier au fond de la classe pour les faire remonter… Tout le monde était mort de rire, sauf lui, évidemment ! »

Le ton était donné pour la suite de cette année scolaire et le bon Topaze dut monter au créneau plus d'une fois, lors de conseils des professeurs tempétueux, pour arracher son favori des griffes vengeresses de ses collègues, les profs de maths et de sciences économiques. Ceux-ci exigèrent en vain le renvoi d'Esteban mais purent néanmoins se défouler sur le premier bulletin de notes de leur cancre préféré, en se laissant aller à quelques rosseries :

« Échec et mat en maths ! » pour l'un, et *« Cet élève a su construire sa bulle spéculative au fond de la classe et touche ses dividendes en thésaurisant les zéros qu'il mérite »* pour l'autre.

L'atelier Théâtre rouvrit ses portes et les candidats s'y précipitèrent lors de sélections impitoyables. Plusieurs de nos anciennes comédiennes ayant quitté le lycée après le bac, notre metteur en scène se chargea de les remplacer, sous l'œil perplexe de Topaze, qui émettait des *« Tsssst ! »* réprobateurs lorsque l'émule de Jouvet recrutait une postulante inaudible ou bafouillante, mais dotée d'autres atouts mirobolants...

Nous démarrâmes les répétitions à bride abattue et chaque membre de la troupe se vit remettre un exemplaire ronéotypé de *« Don Quichotte, un cœur qui bat sous une armure »*, pièce en cinq actes ramenés à trois suite aux judicieuses exhortations à une tempérance socratique lancées à l'auteur par notre prof de français.

Nous répétions tous les mercredis après-midi et le fidèle Topaze, peut-être pris de remords, conserva jalousement les clefs de notre local, opposant un refus sans appel aux tentatives de mon compagnon, qui prétendait pérenniser les cours très particuliers qu'il dispensait aux plus affriolantes de nos comédiennes. J'entends encore notre mentor, fronçant le sourcil et s'efforçant de prendre le ton de Dieu le Père s'adressant à Moïse :

« Non, jeune bourreau des cœurs ! Je tiens à terminer ma carrière de prof sans fausse note et à quitter le lycée la tête haute ! J'ai été trop conciliant par le passé et vous avez tiré profit de ma faiblesse, mais cette salle de répétitions ne servira plus de cadre à vos débordements libidineux. Mon cher Esteban, dorénavant, vous irez culbuter la gueuse où il vous plaira et quand il vous plaira, mais en aucun cas dans la demeure de la muse Thalie ! »

Quant à la gazette du lycée, elle fit la part belle à notre aventure ardéchoise, mêlant insidieusement les vers du rédacteur en chef à ceux des poètes du Pigeonnier. Les autres membres du comité de rédaction devaient batailler ferme pour faire publier leur prose et un vent de révolte souffla, entraînant la démission d'un Esteban furibard, blessé jusques au fond du cœur... En son absence, « L'Astre scolaire » perdit de son éclat et finit par s'éteindre définitivement bien avant la fin du premier trimestre.

Le vigilant Topaze veillait à ce que son poulain ne se brouillât pas avec sa muse poétique. Le jeune émule de Rimbaud ne se faisait guère tirer l'oreille et glissait dans son casier, en salle des professeurs, des copies des poèmes qu'il envoyait au Maître du Pigeonnier et dont j'avais souvent la primeur. Ses œuvres lui revenaient d'Ardèche quelques jours plus tard, copieusement annotées de la main de Forot.

Comme je m'y attendais, nous eûmes droit à un florilège de vers dédiés à la seule Lily-Rose, qu'il s'agisse d'odes, de sonnets, de rondeaux et autres gentils poèmes élégiaques. L'esprit de Musset et celui de Lamartine gonflaient les voiles de l'inspiration d'Esteban et ce « mausolée poétique » fut sans doute une façon comme une autre de faire son deuil et de tourner une page de sa vie.

Les répétitions du Don Quichotte version Esteban Lorca allèrent bon train au long de ce premier trimestre scolaire. Mon père fut heureux d'apporter sa pierre à notre entreprise en nous confiant une armure démantibulée et becquetée par la rouille, exhumée de son invraisemblable bric-à-brac. Le chevalier de la Mancha n'irait donc pas cul nu sur scène.

Plusieurs soirs par semaine, mon ami s'escapadait en direction du Théâtre de la Cité, tantôt pour y faire l'ouvreur, tantôt pour dire une ou deux répliques dans les pièces à l'affiche. Après avoir brièvement tiré l'épée en Garde du Cardinal vite trucidé par Porthos, la saison précédente, il se retrouvait sous les haillons d'un cul-terreux ardéchois dans *« L'Infâme »*, écrit et mis en scène par Planchon.

Lors de répétitions sous tension, compte tenu du sujet de la pièce – le crime du curé d'Uruffe – Esteban retrouvait ses copains Bouise et Guillaumat, au sein d'une fine équipe dont le bateleur de Villeurbanne tolérait les écarts, quand il les entendait relâcher la pression en claironnant du Bobby Lapointe depuis les coulisses... J'accompagnais parfois mon copain figurant et devais me faire minuscule en fond de salle pour savourer le travail d'orfèvre de Planchon et de sa troupe prodigieuse, tous maîtrisant l'art de mettre le feu aux planches et dans la tête des spectateurs.

Un jour, alors que j'assistais en catimini à un filage, une voix de tonnerre venue de la scène me cueillit de plein fouet :

« Qui êtes-vous, là-bas ?! »

Le metteur en scène, une main en visière sur le front, dardait son regard d'aigle dans ma direction. Un silence craintif se fit autour de lui, les acteurs se figeant et retenant leur souffle, mais l'audacieux Esteban sut désamorcer le drame et fit jaillir un bel éclat de rire général en articulant sur le même ton péremptoire : *« C'est Valentin, mon assistant ! »*

À la fin de la répétition, mon compère me présenta au patron du théâtre, qui me serra vigoureusement la main en me confiant à l'oreille :

« Je suis obligé de faire ma grosse voix, parfois, si je veux me faire respecter. Vous pourrez revenir, si vous restez aussi discret qu'aujourd'hui ».

RIEN QU'UNE GRIPPETTE!

L'année 1969 toucha à sa fin sans que rien ne laissât prévoir les évènements douloureux qui allaient nous affecter, sans crier gare, funestes cadeaux du père Noël.

Nous étions en vacances depuis quelques jours. À l'approche du réveillon, mon père, très pointilleux en matière de traditions, nous proposa de l'accompagner pour faire l'emplette d'un sapin et d'un roi mage pour remplacer le pauvre Melchior, qui avait perdu sa tête en plâtre en chutant à l'entrée de la grotte. Voilà ce qui arrive quand on contemple l'étoile du berger au lieu de prêter attention aux cailloux du chemin...

« *Tu tousses un peu, n'oublie pas de mettre ton écharpe!* » avait lancé ma mère poule, soucieuse depuis l'annonce faite à la radio, entre la météo et les résultats du tiercé, d'une grosse épidémie de grippe. Georges, fidèle lecteur du journal *Le Monde*, avait tenté de la rassurer en lui donnant lecture d'un article rassérénant: « *L'épidémie de grippe n'est ni grave ni nouvelle. Est-il bien utile d'ajouter à ces maux les risques d'une psychose collective?* »

Mon père consentit néanmoins à nouer son écharpe autour de son cou et nous partîmes, par un froid de gueux, arpenter l'avenue des Frères Lumière, les guirlandes scintillantes tendues entre les immeubles et les vitrines embrasées attisant une douce joie de vivre dans les cœurs.

Des ersatz de pères Noël à barbe de coton hydrophile alpaguaient les chalands et les gavaient de prospectus. Sur la place, un petit détachement de l'Armée du Salut, aussi abattu que le dernier carré de Tuniques Bleues à Little Big Horn, entonnait des chants d'allégresse avec des mines sinistres, au son d'un accordéon poussif.

C'est en regagnant notre « *home sweet home* » que tout bascula.

L'ascenseur, très lunatique, n'avait pas attendu la trêve des confiseurs pour tomber en panne. Nous suivions mon père, qui avait chargé le conifère sur son épaule pour gravir les escaliers, et chantions à tue-tête, en imitant la voix sirupeuse de Tino Rossi, une variante inédite de son tube: « *Mon beau lapin, roi des gorets* »...

Sur le palier du troisième étage, Georges ralentit la cadence, puis marqua un temps d'arrêt en laissant tomber le cadavre de l'arbuste à ses pieds. Pris d'une quinte de toux, il s'appuya de tout son poids sur la rampe et murmura dans un souffle, en dénouant son écharpe:

« Je ne sais pas ce qui m'arrive, je n'ai plus de jambes... »

Il tourna vers nous son visage au teint cireux, et le pâle rayon d'une loupiote vint balayer les goulottes de ses rides où ruisselaient des perles de sueur. Le malheureux tremblait de tous ses membres et s'était mis à claquer des dents. Alors qu'il vacillait en gémissant, Esteban se précipita pour le retenir tandis que j'empoignais le sapin, qui s'était mis à dévaler les escaliers.

Il ne pesait pas lourd, mon père, et mon camarade avait le muscle sec mais puissant. Malgré cela, je dus abandonner le résineux pour l'épauler dans cette ascension. Parvenus à grand-peine au cinquième étage, nos deux poings tambourinèrent contre la porte et ma mère poussa un cri en découvrant notre équipage haletant et la figure décomposée de son mari.

Ses jambes de flanelle ne le soutenant plus, nous dûmes escorter Georges jusqu'à son lit, où il s'effondra en expectorant dans l'oreiller. Au coin de ses lèvres perlait une mousse rosée et son teint prenait des reflets verdâtres. Marie-Angèle posa une main sur son front, mais la retira vivement en s'exclamant d'une voix éraillée:

« Il a le front brûlant! Je vais appeler le docteur. Vous deux, ôtez-lui ses vêtements! ».

Le vieux médecin, qui demeurait dans l'allée voisine, déboula sur les chapeaux de roues et examina longuement notre malade. Tout en remballant son stéthoscope, il resta un long moment méditatif, puis laissa tomber son verdict:

« Il a une fièvre de cheval et présente tous les symptômes de la grippe. J'en ai diagnostiqué plusieurs aujourd'hui. Dans l'état où il se trouve, avec de telles difficultés respiratoires, je préfère le faire hospitaliser en urgence. »

Nous ne fûmes pas autorisés à accompagner Georges dans l'ambulance qui l'emmena, à demi-inconscient, à l'hôpital Édouard Herriot. Un taxi nous y déposa une demi-heure plus tard.

Au service des urgences, il y avait la foule des grands mauvais jours. Ma mère dut jouer des coudes pour se frayer un passage jusqu'au bureau des admissions et j'entends encore l'infirmière lui répondre:

« Ma pauvre dame, nous sommes débordés ! Votre mari a dû être transporté au service de réanimation, comme les autres. Asseyez-vous et patientez. Un médecin viendra vous donner des nouvelles ».

Nous patientâmes donc dans un recoin, observant le ballet affligeant des soignants et des souffrants, mais ma mère n'y tenait plus. Elle se tordait les mains d'inquiétude et mettait le grappin sur tous les toubibs en blouse blanche qui passaient à sa portée et qui s'excusaient de ne pouvoir s'occuper d'elle. Vers minuit, un jeune interne se laissa apitoyer et nous promit d'aller aux nouvelles. Il revint une heure plus tard, accompagné d'un médecin à barbe et cheveux blancs, qui se présenta à nous comme étant le responsable du service de réanimation.

« Votre mari a été placé sous assistance respiratoire » annonça-t-il à Marie-Angèle en lui posant une main paternelle sur l'épaule. *« Il est sans doute victime de cette grippe qui sévit actuellement et qui fait des ravages. Nous faisons notre possible, croyez-le bien. Rentrez chez vous, nous vous tiendrons au courant ».*

Un taxi ramena notre trio taiseux place de Monplaisir. Je récupérai au passage, dans les escaliers, le sapin trépassé que mon père avait abandonné en chemin.

Les jours qui suivirent, nous retournâmes faire le siège des urgences mais l'accès au service où Georges luttait contre la maladie nous demeurait interdit, par crainte de la contagion. Tandis qu'on nous serinait à nouveau qu'on nous tiendrait au courant et qu'il valait mieux rentrer chez nous, deux pompiers passèrent tout près de moi, supportant un brancard où un jeune garçon de mon âge, à la figure grise et aux lèvres cyanosées, toussant à fendre l'âme, gisait recroquevillé. Une infirmière se précipita à leur rencontre en se frappant le front : *« Encore un ! On ne sait plus où les mettre !... »*

Nous n'étions pas d'humeur à « fourrer la crèche » et Melchior resta empaqueté loin de ses potes tandis que notre beau sapin, nu et incongru, les branches désolées et l'air abattu, semblait prendre racine dans un coin du salon, attendant vainement de se faire enguirlander.

Trois jours passèrent ainsi, sans que fût levée l'interdiction de voir notre malade. Par bribes de phrases sibyllines, une infirmière compatissante prit la peine de nous informer de l'évolution, ou plutôt de l'absence d'évolution, de cette grippe « assez banale », comme on pouvait le lire dans les journaux.

La nuit de Noël tomba sur nos mines défaites. De la rue nous parvenaient des rumeurs joyeuses. Accoudé à la fenêtre, je perçus les tristes chants d'allégresse de l'invincible escadron de l'Armée du Salut, galvanisé par un accordéon exsangue, en manque d'air comme mon pauvre père. Ma mère, afin de juguler le mauvais sort qui semblait nous avoir pris pour cible, avait convié une dinde à la table de notre sinistre réveillon. La pauvre bête eût mérité d'être épargnée, car nous ne fîmes pas grand mal à sa pauvre dépouille.

C'est sur le coup de minuit que la sonnerie du téléphone nous extirpa d'un sommeil chaotique. Marie-Angèle décrocha le combiné, reconnut la voix du jeune interne bienveillant qui nous avait épaulés aux urgences et qui se trouvait de garde cette nuit-là. Elle l'écouta en silence puis raccrocha en laissant échapper, dans un souffle, un *« Merci »* étranglé.

« Mes pauvres petits, Georges vient de nous quitter... » parvint-elle à articuler.

Le médecin que je suis devenu se pose encore des questions quant à cette « grippe de Hong Kong », qui causa un million de morts dans le monde, dont plus de trente-mille en France. Bien que qualifiée, par la suite, de troisième épidémie la plus meurtrière du XXe siècle, après la « grippe espagnole » de 1918 et la « grippe asiatique » de 1957, elle s'est propagée dans une quasi-indifférence générale. De toute évidence, la France était dans la lune et regardait ailleurs, du côté de l'après mai 68, de la démission du grand Charles, des guerres du Vietnam et du Biafra, du Printemps de Prague...

D'autres pandémies viendront, je le crains. Saurons-nous les affronter sans céder à la psychose ? Saurons-nous les vaincre ? Les petites bêtes que sont les virus finiront-elles par manger tout crus les grosses bêtes que nous sommes ? Que pourra y faire le petit toubib de quartier que j'avais choisi de devenir ?

VIVE RIMBAUD! VIVE DON QUICHOTTE!

Mon père était parti en un clin d'œil, fauché par la fumeuse *grippette* comme Lily-Rose l'avait été par sa leucémie. Depuis cette nuit maudite où nous avons démasqué, sous la défroque du père Noël, un vieillard sadique et sans cœur, j'ai toujours refusé de participer à des réveillons et je laisse les sapins dormir en paix dans les forêts scandinaves.

Dans la petite église de Monplaisir, il y eut beaucoup de monde pour dire adieu à Georges Courtois, le brave antiquaire discret et serviable de ce quartier lyonnais aux mœurs villageoises. Le bon Topaze avait fait le déplacement, ainsi que les sœurs Coton et leur père. Hedley-John avait foncé à l'aéroport de Londres pour venir assister aux obsèques de son collègue et ami, mais le vol qu'il comptait prendre fut cloué au sol par une panne de réacteur. Il nous envoya un télégramme à sa façon, qui nous serra le cœur:

« Trop cruel c'est partir à quarante ans STOP Georges rejoindre notre Lily-Rose au ciel STOP deux anges veiller sur nous depuis nuages STOP grande affection pour vous tous STOP Hedley-John et Maggy ».

Dès la descente du corbillard, où nous avions pris place pour escorter Georges, Esteban et moi encadrâmes ma mère, toute de noir vêtue, une voilette de dentelle dissimulant ses yeux noyés de larmes. Agrippée à nos bras, elle s'efforçait de remonter dignement l'allée centrale de l'église, mais ses genoux flanchaient parfois et nous devions la retenir, presque la soulever du sol.

Le curé ne connaissait pas notre famille d'agnostiques et bredouilla un prêchi-prêcha passe-partout qui partait néanmoins d'un bon sentiment. Avant de quitter Georges, Marie-Angèle posa longuement une main tremblante sur la caisse en sapin, très simple et sans crucifix, où reposait son poisson-pilote.

Les jours et les semaines qui suivirent furent très éprouvants. Lorsque retentirent dans la rue et dans tout le voisinage le concert des klaxons et les cris d'allégresse saluant la naissance d'un an nouveau, Esteban jaillit de son lit, ouvrit sa fenêtre et hurla à s'en briser la voix un *« Vous allez fermer vos gueules, bande de cons! »* sans effet sur les fêtards.

L'absence de Georges, tout taiseux qu'il était, pesa lourdement sur nos vies. Nul ne prête attention aux gardes du corps et aux anges gardiens qui nous escortent, sans tambour ni trompette, mais qui font vaillamment leur office. Lorsqu'ils s'effacent de nos vies, l'univers entier semble vaciller.

À la fin de ces épouvantables vacances de Noël, mon ami et moi reprîmes, l'âme en peine et le cœur en pelote, la direction du lycée.

« J'ai perdu ma mère et mes deux pères ! » se lamentait mon acolyte, ajoutant aussitôt : *« Ta mère et toi n'avez pas intérêt à calancher, je n'y survivrais pas ! »*

La routine reprit peu à peu possession de nos mornes journées, avec le train-train scolaire, les répétitions de Don Quichotte, les chapelets de zéros de mon compagnon dans les deux matières honnies, ses prouesses en français, ses figurations de plus en plus remarquées chez Planchon... Pour ma part, ne manifestant plus de répulsion vis-à-vis du canapé des sœurs Coton, j'attendais fébrilement les fins de semaine pour leur rendre des visites gourmandes et trépidantes. Elles débarquaient de leur École de pâtisserie bien achalandées en gâteaux et en baisers à déguster. Miracle de la nature et ma sève circulant plus librement, mes boutons d'acné disparurent du jour au lendemain !

Ma mère, la mort dans l'âme, dut se résoudre à mettre en vente la boutique d'antiquités de Georges, bric-à-brac inclus. Elle renoua à temps partiel avec son premier métier d'experte comptable, dans un cabinet du centre-ville. Parfois, au retour du lycée, nous percevions sa voix filtrant depuis le salon, où elle demeurait cloîtrée de longs moments, volets clos et dans la faible lueur mouvante d'une chandelle. L'oreille collée contre la porte, nous tentions de saisir des bribes de la conversation qu'elle semblait tenir, à bâtons rompus, avec un interlocuteur qui ne pouvait être que son époux bien-aimé. Tout autre que nous l'eût cataloguée comme frappadingue et l'eût fait interner au plus vite. Mais la pertinence de ses prémonitions, son bon sens et son don de spirite, n'étaient plus à prouver. Étrangement, Marie-Angèle gardait un mutisme obstiné lorsque nous lui demandions des nouvelles de Georges, nous assurant laconiquement que tout se passait bien, là où il errait, et qu'il nous embrassait tendrement.

Six mois s'écoulèrent ainsi et nous apprîmes à dompter notre peine, à vivre en l'absence du père ou en sa supposée présence éthérée. Nous fûmes admis en classe de terminale, avec les honneurs pour ma part et au forceps topazien, s'agissant de mon condisciple.

Au mois de juin, lors de la fête du lycée, le Don Quichotte version Esteban connut un franc succès. On refusa des spectateurs mais le metteur en scène avait pris soin de réserver des sièges pour ses copains du Théâtre de la Cité, qui applaudirent à tout rompre notre petite troupe, lors de rappels à n'en plus finir. Il me fut rapporté que Topaze, tout au fond de la salle, avait trouvé un pilier où dissimuler ses larmes de bonheur et de fierté.

Les acteurs, notre vieux prof et quelques fans triés sur le volet, tout ce petit monde chahutant et jacassant, remontèrent la rue de la République jusqu'au Bar Américain, où nous avions réservé plusieurs tables. Esteban, comme de coutume, était serré de près par un essaim d'adulatrices. Il ne s'était pas démaquillé et portait fièrement sur la tête le plat à barbe de Don Quichotte. Je n'étais pas mal escorté non plus, Anne et Marie ayant accepté avec enthousiasme mon invitation à venir nous applaudir.

« Ces deux demoiselles ont le « Sancho ! » souligna Ferdinand en considérant la défroque de mon personnage et les jumelles pendues à mes bras.

Alors que les libations allaient bon train, le héros du jour se leva, fit tinter une cuillère contre son verre de bière et porta un toast qui plongea l'assistance dans la sidération...

« Mes amis, j'ai une nouvelle à vous annoncer. Vous savez tous que notre professeur de français unique et préféré a lâchement décidé de nous fausser compagnie et de prendre sa retraite. Gloire et respect à vous, cher Topaze ! »

Un triple ban de hourras et des claquements de mains sur la table, en guise de roulements de tambour, nous valurent les admonestations du patron et des consommateurs alentour, mais Esteban reprit :

« Eh bien, j'ai l'honneur de vous annoncer que j'ai décidé de mettre un terme à mes études. Les sciences économiques et les mathématiques n'y perdront rien et j'ai tout à y gagner. Vive l'école buissonnière ! Vive Rimbaud ! Vive le théâtre et la poésie ! Vive Don Quichotte et mon ami Sancho Pança ! Vive Topaze et vive nous ! »

Le long toast fut mollement porté, tant le coup de théâtre était brutal, et l'ambiance retomba comme un soufflé.

« CELA FERAIT PLAISIR À GEORGES »

L'été qui suivit, nous dûmes décliner l'invitation de Topaze, qui nous proposait derechef la clef de son asile drômois. Le safari aux araignées, les bitures avec le voisin adjudant-chef, les gros câlins à Cunégonde, la cascade enchantée, la proximité du *Pigeonnier* et peut-être même une nouvelle visite surprise des jumelles... autant de perspectives qui avaient de quoi nous allécher, mais nous éprouvâmes quelques scrupules à abandonner Marie-Angèle à son deuil qui s'éternisait. Il fut donc convenu que notre trio familial partirait en escapade le nez au vent, laissant le hasard décider seul des étapes qui jalonneraient notre périple musardier.

Ma mère dut mettre sens dessus dessous bien des tiroirs avant de remettre la main sur son permis de conduire, dont elle n'avait pas eu l'usage depuis des décennies. Georges, as du volant, se réservait le privilège de faire vrombir la DS, excellent antidote à la lunatique quatre pattes de Topaze.

Nantis d'une version « light » du fourniment du parfait vacancier : un peu de linge de rechange et quelques bouquins, nous prîmes la route un matin de juillet, sous une pluie cinglante. Ne reconnaissant pas la maestria et le pied léger de son conducteur habituel, l'automobile au double chevron manifesta son courroux par quelques grognements et quelques soubresauts, puis ses puissants chevaux, vaillamment domptés par Marie-Angèle, acceptèrent de filer doux sur nos chemins d'aventure.

Incapables de déchiffrer une carte routière, ma mère et moi avions délégué ce soin à Esteban, qui s'ingénia à nous concocter un circuit sur les traces de ses plumitifs favoris, ne laissant dès lors que peu de chance au hasard.

Cela nous prit plusieurs jours pour mettre nos pas dans ceux de Lamartine, depuis sa maison natale de Milly jusqu'au lac du Bourget, au bord duquel l'émule de Charles Forot ne put s'empêcher de déclamer quelques méditations poétiques, implorant le temps de suspendre son vol. Rousseau et Voltaire, en leurs demeures des Charmettes et de Ferney, eurent droit à notre visite de courtoisie, ainsi que Stendhal, Henri Pourrat, George Sand et j'en passe... En matière de vacances culturelles, nous avions visé haut.

Ma mère commençant à donner des signes de fatigue, nous dûmes renoncer au circuit Maupassant, en pays de Caux, ourdi par les deux fans de Bel-Ami que nous étions.

« La Normandie, ce sera pour l'été prochain, et à vélo ! » décréta notre cicérone à mon oreille.

Marie-Angèle, d'ordinaire si peu soucieuse de mener grand train, exigeait au moins quatre étoiles au fronton des hôtels où nous faisions étape. Nous ne prîmes nos repas et ne roupillâmes que dans des auberges gastronomiques aux prix astronomiques.

« Cela ferait plaisir à Georges... » assurait-elle devant nos mines consternées.

Esteban se révéla un cornac hors pair, sidérant les guides des bonnes adresses du passé et les saoulant de ses citations de morceaux choisis. Au château de Grignan, où la Marquise de Sévigné recevait du beau monde et épistolait à tire-larigot, nous écrivîmes une longue lettre à notre cher prof de français, dont le surnom de Topaze nous fournit l'idée de terminer notre périple par Aubagne et le pays de Pagnol.

« Toi aussi, tu devrais écrire « La Gloire de ton père » me lança mon compagnon, oubliant au passage que je n'avais pas la plume de Marcel, ni même la sienne...

Un mois et quelques centaines de kilomètres après notre départ, nous retrouvâmes Monplaisir avec un pincement au cœur, n'osant lever la tête pour voir si le bon Georges ne nous guettait pas depuis notre balcon du cinquième étage.

Mon cartable était lourd de cafard et de désarroi, en ce jour de rentrée en terminale. Pour la première fois depuis bien longtemps, c'est seul que je ferai le trajet jusqu'au lycée, seul que j'en reviendrai le soir. Esteban avait le regard fuyant, ce matin-là, et multipliait les petits soins pour moi tandis que je m'apprêtais, beurrant mes tartines puis faisant à mes côtés la check-list de l'écolier modèle...

Bien sûr, j'aurai la consolation de le retrouver chaque soir, de lui brosser le portrait de mes profs, de tenir pour lui une gazette de mes journées scolaires, mais je sentais confusément qu'un fossé s'était creusé entre nous : nos chemins de vie, si fusionnés qu'ils semblaient n'en faire qu'un, se séparaient ici, tout en demeurant parallèles.

ESTEBAN CHERCHE SA VOIE

Dès lors, nous n'eûmes plus grand-chose à partager, à l'exception des repas mitonnés par ma mère, lorsque Esteban nous faisait l'honneur d'y prendre part.

« *Vous voilà comme deux frères siamois qu'on aurait séparés...* » se lamentait Marie-Angèle, qui se gardait bien de reprocher à notre pensionnaire le désordre de sa nouvelle vie.

Je me levais et me préparais pour aller au lycée sans savoir s'il dormait encore ou s'il avait découché, ce qui lui arrivait plus souvent qu'à son tour. Certaines nuits, j'étais réveillé par les miaulements plaintifs de la guitare qu'il s'était achetée et qu'il torturait à toute heure. Les nerfs vrillés par ses accords manqués, il m'arrivait de taper d'un index courtois mais ferme sur la cloison qui séparait nos deux chambres. Un matin, j'eus la surprise de trouver devant ma porte un paquet de boules Quies, bien emballé et noué d'un ruban bleu.

J'eus raison de ne pas perdre patience. À force de gammes nocturnes exaspérantes, il advint que le bougre fît de notables progrès et j'en vins à guetter les accords suaves qui m'ouvriraient les portes du palais de Morphée...

Esteban consentait parfois à s'épancher et à se raconter du bout des lèvres. Il me fallait alors faire preuve de retenue, ne pas brusquer les choses, laisser s'écouler librement le filet ténu des confidences. Dans le huis clos de sa chambre ou de la mienne, nous nous asseyions en tailleur sur le lit, face à face. Il commençait, par un reste de bienséance, par prendre des nouvelles de mes études, sachant pertinemment que le baccalauréat ne serait qu'une formalité pour l'excellent élève que je m'efforçais d'être.

Puis il m'annonçait, avec un soupçon d'arrogance dans la voix, quel rôle il tiendrait et dans quelle pièce en cours de répétition au Théâtre de la Cité. En toute modestie, il prétendait devenir le nouveau Gérard Philipe, cela ne faisait aucun doute pour lui. À moins qu'il ne tentât de percer dans le journalisme, sa passion première, sur les traces d'Hemingway.

Maintes fois, il avait fait le siège de la rédaction du journal *L'Élan*

Lyonnais, où le jeune Rastignac avait d'abord diverti par son audace, puis agacé par son toupet. Pour avoir la paix, on en vint à lui confier des « missions » sans importance, des enquêtes « trous de serrure » auprès de concierges. Il en revenait triomphant, remettant aux échotiers ébahis des pages de dissertation à propos d'un chat disparu retrouvé en étole sur les épaules d'une *catole*, ou d'un éléphant du Parc de la Tête d'Or souffrant de diarrhée. On lui glissait la pièce et un compliment sur son style, cela suffisant à nourrir l'ambitieux et à le rendre « fier comme un bar à bancs », comme aurait dit Topaze.

Ce brave Topaze, d'ailleurs, demeurait fidèle à sa promesse de ne pas perdre de vue son protégé, qu'il retrouvait régulièrement dans un bouchon lyonnais où il avait ses habitudes et un rond de serviette à son nom. Grâce à lui, mon camarade put se constituer un bon pécule en multipliant les petits boulots : livraisons à bicyclette, entretien de pelouses, garde de morveux... rien ne le rebutait ! Mais c'est en donnant des cours particuliers d'anglais que le « petit pédago pas cher » faisait merveille, gavant les petits crapauds de stances de Shelley et de tirades shakespeariennes. Il poussait même le zèle jusqu'à leur faire chanter une comptine du dix-septième siècle, connue sous le titre *« Who killed Cock Robin »*, en s'accompagnant à la guitare.

Avec les plus âgés de ces potaches en perdition, il risquait des refrains de Joan Baez ou de Leonard Cohen. Les jeunes mamans, lorsqu'elles percevaient la voix de crooner de mon ami plaquée sur les accords mélodieux de son instrument, n'y résistaient pas et venaient coller leur oreille contre la porte. Esteban m'assura que nombre de ces ménagères de moins de quarante ans, tombées sous le charme de son bel organe, le convièrent parfois à leur dispenser des cours très particuliers, ce que je crois sans peine, connaissant l'animal...

« Laissons Esteban chercher sa voie » assurait ma mère *« Il finira par la trouver et nous aurons tout lieu d'être fiers de lui ! »*

En attendant de trouver sa voie, me disais-je *in petto*, il n'emprunte que des chemins de traverse, au risque de se perdre...

Nul ne fut surpris de me voir décrocher mon bac avec mention *Très Bien*. Les portes de la fac de médecine s'ouvraient devant moi et mon chemin de vie semblait tout tracé, contrairement à celui du diplômé en vagabondages qui n'en finissait pas de se chercher.

Cet été 1971 ne se déroula pas comme je l'avais prévu. Marie-Angèle, montée en grade au sein de son groupe spirite, plaqua son cabinet d'experts-comptables et nous asséna qu'elle partirait faire retraite pendant deux mois dans un ashram ardéchois. Harassée par les messages de l'au-delà qu'elle percevait à toute heure du jour et de la nuit, notre médium avait grand besoin de reprendre ses esprits et de retrouver un brin de sérénité. Néanmoins, elle s'avoua confuse de nous laisser « en roue libre » pendant nos vacances d'été.

Quant à Esteban, dans la foulée, il prit une mine contrite pour nous annoncer qu'il comptait passer le mois de juillet « en Avignon », avec une joyeuse bande de comédiens en herbe, avant de partir à l'aventure, dans l'esprit de Molière et de l'Illustre Théâtre. Il avait mijoté de présenter son *« Don Quichotte, un cœur qui bat sous une armure »* de place de village en cour des miracles, au gré du vent.

Exit donc notre projet de périple à vélo en Normandie, sur les traces de l'ami Maupassant. Je tentai de cacher mon amertume face à mon fuyant camarade, mais je finis par lâcher la bonde à l'oreille de Topaze lorsque le brave retraité de l'Éducation Nationale prit la peine de m'appeler pour me féliciter de ma mention au bac.

« Écoute, jeune bachelier émérite » me dit-il, coupant court à mes lamentations *« Ne reste pas seul à Lyon cet été. Va donc digérer ta mention à Ponsas... »*

Dans la foulée, j'appris qu'il filerait discrètement le train à Esteban pendant son errance estivale, renouant ainsi avec le rôle d'ange gardien qui lui collait à la peau. Il m'assura que je trouverais la clef de sa cahute dès le lendemain dans ma boîte aux lettres.

Le ton, paternel et tranchant, n'admettait pas d'objection et je n'en fis aucune, pas mécontent au fond d'avoir ce havre de paix pour moi tout seul, avant d'attaquer la fac.

SOLITUDE À DEUX

Tout seul ? Voire... J'avais attendu que le disciple de Poquelin plie son baluchon et que ma pythie de mère prenne la direction de son ashram pour préparer mon propre départ. J'en étais à jouer au basket en propulsant à bras roulé des chaussettes dans ma valise lorsque le « *dring !* » de la sonnette retentit...

À peine eus-je ouvert la porte qu'une blonde et larmoyante silhouette se jeta contre moi, manquant me renverser et trouvant refuge au creux de mon épaule. Anne – ou Marie – hoquetante et secouée de frissons, leva vers moi un visage inondé de larmes et grimaçant de chagrin.

« *Eh bien, ma petite... Marie* » la chance était avec moi, c'était bien la jumelle au grain de beauté que je serrais dans mes bras « *Que se passe-t-il ?* »

Je dus soutenir ma visiteuse éplorée jusqu'au canapé où elle se laissa tomber dans un « *pfffff !* » des coussins du plus haut comique.

Entre deux sanglots et pressant contre son nez un mouchoir détrempé comme une serpillière, elle parvint à m'expliquer que sa frangine – « *La fourbe ! la traîtresse !* » – était tombée folle amoureuse de leur professeur de pâtisserie, une vieille ganache qui l'avait ensorcelée et avec qui elle s'était mise en ménage.

« *Tu te rends compte, Valentin ? Anne et moi étions inséparables et me voilà toute seule, abandonnée ! Que vais-je devenir ?* »

Je m'appliquai à trouver des mots de réconfort et parvins non sans mal à refermer le robinet lacrymal.

Les jumelles ayant passé avec succès leur diplôme ès sciences gourmandes, il ne leur restait plus qu'à le valider par un stage avant de donner la pleine mesure de leur talent dans la boutique promise par Papa Coton. Tandis qu'Anne s'était vue pistonnée par son amant pour compléter sa formation dans une pâtisserie genevoise, Marie avait eu la chance d'être acceptée au sein de la maison Bernachon, un must lyonnais en matière de chocolats et autres gâteries à faire damner tous les saints du paradis.

Lorsque l'éplorée posa sa tête sur mes genoux en soupirant un « *Que vais-je devenir, mon Nounours ?* », mon bon gros cœur ne fit qu'un tour. Je m'entendis répondre que cet éloignement n'était que provisoire et que je vivais un peu le même tourment avec Esteban, lui aussi fourbe et traître à notre amitié.

« Viens avec moi, Marie ! Allons panser nos blessures d'amour-propre à Ponsas, loin de ces deux monstres d'ingratitude ! »

Et c'est ainsi que Marie et moi vécûmes les plus belles vacances de nos jeunes vies. Tout bien considéré, j'avais bûché dur pour décrocher mon bac avec mention et je traînais comme un boulet le deuil de mon père. La vie de patachon que menait Esteban m'était un grand tracassin et, pour couronner le tout, ma mère azimutée avait plaqué son boulot pour se mettre à l'écoute de l'au-delà à temps plein. J'estimais avoir grand besoin de larguer les amarres ! En outre, le sein douillet de cette jumelle en détresse, orné du fameux nævus signalétique, saurait bien accueillir mon front fiévreux et apaiser mes tourments.

Les frangines ayant passé leur permis de conduire, c'est une trépidante Mini Cooper offerte à Marie par son paternel qui nous mena à bon port. Cunégonde, fidèle au poste, piquait une sieste sur son banc de pierre lorsque nous débarquâmes chez Topaze. En entendant crisser les pneus de l'automobile, la couleuvre ouvrit un œil, se dressa et ondula jusqu'à nous en sifflant de joie. Réprimant une rafale de frissons, nous flattâmes sa caboche brûlante et poisseuse du bout des doigts. Après quelques colimaçonnades le long de nos mollets trémulants de chair de poule, elle regagna son banc comme un chien de garde eût regagné sa niche.

Je serre en ma mémoire, comme au fond d'un précieux coffret, de bien belles images de cet été, heureuse parenthèse qui passa si vite, trop vite...

Sur la table de la pièce à vivre, je trouvai le chapeau de brousse, cadeau d'un prof à son chouchou, à valeur de couronne de lauriers. Le vieux frigo et le placard étant désespérément vides, il nous fallut foncer jusqu'à Saint-Vallier pour faire quelques courses, dans la limite des capacités du coffre riquiqui de notre petit bolide. Ne prêtant garde à mes protestations, Marie exhiba fièrement une carte de crédit émise par la banque paternelle, poussant même sa frénésie d'emplettes jusqu'à passer commande d'un four « digne de ce nom », en lieu et place de l'antique cuisinière, qui fit le bonheur d'un brocanteur.

« Ainsi, je pourrai jouer au cordon-bleu et te faire tester mes talents de

pâtissière ! » triompha-t-elle, sans aucune considération pour mon tour de taille affligeant...

D'un même élan de fièvre acheteuse, ma compagne dévalisa une boutique de nippes, exigeant que je l'escorte jusque dans la cabine d'essayage pour l'aider à dégrafer, agrafer, bataillant de mes doigts gourds contre d'indociles fermetures éclair... Assurément, la chaleur torride qui régnait dans cet espace confiné ne suffisait pas à me dédouaner des gouttes de sueur dégoulinant dans mon cou, ni du trouble qui empourprait mes joues.

Ainsi, tout au long de ces vacances drômoises, je dus lutter vaillamment, pied à pied, pour maintenir mon poids en deçà de sa cote d'alerte, notre four bocusien embaumant quotidiennement la bâtisse de son haleine capiteuse, par la grâce de Marie.

Non sans peine, je parvins à convaincre ma compagne de privilégier les biclous de Topaze à sa berline anglaise, pour nos balades quotidiennes, ce qui me permit de ne pas atteindre prématurément le quintal tant redouté, que j'avoue avoir pulvérisé par la suite. Je dois confesser, en outre, que les prouesses sensuelles auxquelles je me pliais de fort bonne grâce à toute heure du jour ou de la nuit, m'aidèrent à éliminer nombre de calories superflues...

À ce propos, avec une profonde indulgence pour le blanc-bec que j'étais, je songe à notre première nuit « en couple »... Comment l'oublier ? Faisant assaut de grande tendresse, nous avions passé la soirée dans le jardin, blottis l'un contre l'autre sur une couverture, la tête dans les étoiles et à distance respectueuse du banc de pierre squatté par Cunégonde. N'y connaissant goutte en astronomie, j'étais parvenu à faire naître une vague d'hilarité sur le visage de Marie en lui détaillant à ma façon les figures stellaires qui scintillaient au plafond céleste.

« Là, au bout de mon doigt, c'est la constellation des quatre chevaux, découverte par le savant Topaze. Tout près, c'est le rouleau à pâtisserie, qu'il te faudra repérer pour la suite de ta carrière... et cette étoile filante, c'est l'étoile Esteban. N'essaie pas de faire un vœu, elle file trop vite !... »

Cessant soudain de rire, elle m'interrompit :

« Et l'étoile Anne, tu la vois ? »

« Non, Marie. Mais c'est une étoile filante, comme Esteban. Elles empruntent à Mercure ses sandales ailées pour se carapater, mais sois sans inquiétude : elles finissent toujours par revenir dans l'œil de nos télescopes... »

« Tu es gentil, Valentin, mais tu n'y connais rien ! Moi non plus, d'ailleurs, à part la Grande Ourse, facile à repérer... et le Gros Nounours, que je ne laisserai pas filer ! »

Elle approcha son visage tout près du mien et je crus un instant que deux étoiles avaient fait escale dans ses yeux d'azur. Elle les ferma au moment précis où ses lèvres se posèrent sur les miennes. Je soulevai de terre et emportai mon émoustillant butin jusque dans la chambre, escorté par un papillon de nuit qui ne perdit pas une miette de nos ébats, les ocelles peints sur ses ailes le dénonçant comme voyeur impénitent.

Le soleil cognait dur sur son enclume estivale. Nous avions pris le pli d'aller nous mettre au frais, chaque après-midi, au pied de la cascade ignorée des touristes et de la plupart des habitants du cru, à l'ombre de feuillus formant un écrin providentiel et ne laissant filtrer qu'en filigrane les rayons inquisiteurs. Nous étendions nos serviettes au pied d'un chêne pubescent dont les branches basses alourdies de glands formaient un cocon protecteur pour nos corps alanguis.

« Le dernier à l'eau est un nigaud ! » clamait ma compagne en ôtant sa robe légère d'une contorsion vive et résolue. J'en étais encore à plier soigneusement mon pantalon lorsque Marie, accompagnant son geste de petits cris stridents, envoyait culotte et soutien-gorge par-dessus les moulins. Elle fusait à toutes jambes dans la mousse et se coulait dans l'onde fraîche et soyeuse, qui prenait possession de cette jeune chair nue, la caressant de mille vaguelettes frémissantes.

À mon tour, le moins pataudement possible, je m'immergeais dans la conque en frissonnant, sous les encouragements un tantinet moqueurs de ma petite sirène, qui faisait des cercles autour de moi d'une brasse impeccable, ses nattes blondes flottant librement sur ses épaules.

Ne sachant pas nager et n'osant l'avouer à Marie, j'avançais d'un pied prudent dans la vase traîtresse et demeurais planté lorsque le flot atteignait mes épaules. Alors, la coquine brassait lentement jusqu'à moi, passait ses bras autour de mon cou tandis que je sentais ses deux cuisses s'agripper autour de mon bassin, ses talons fermement crochetés à mes reins.

Quelques instants plus tard, mes guibolles flageolantes peinant à me soutenir, je m'arrachais à la double étreinte de l'eau et de mon amoureuse gloutonnement assouvie pour m'affaler, à bout de souffle, sur le drap de bain.

M'appuyant sur les avant-bras, je n'aurais manqué pour rien au monde le spectacle éblouissant de ma belle Vénus anadyomène au corps nacré, ondulant pour se libérer de l'enlacement des flots tel un tableau vivant de Botticelli. Un sourire canaille aux lèvres, l'impudique venait alors s'immobiliser en surplomb de moi, jambes écartées et laissant s'écouler sur mon visage des perles liquides que je tentais de happer de ma bouche goulue. Alors, j'ose l'avouer, en cet instant béni, c'est *« L'Origine du monde »* de Courbet qui s'offrait à mon regard éberlué...

Encore ruisselante, Marie finissait par s'allonger tout contre moi et je sentais avec délice ses cuisses duveteuses contre les miennes et ses petits seins dardés se soulever et s'abaisser en cadence contre mon buste. Elle picorait en riant des bécots sur mes lèvres et je me sentais heureux comme jamais, au comble de l'extase.

Lors de l'une de ces incursions hors d'un temps en suspens, je sentis des mots inédits, limpides et indéniables, se faufiler hors de ma bouche, sans que je fisse rien pour les retenir :

« Marie, je t'aime ! »

À ce moment précis, je me souviens qu'une gifle du vent fit frémir les branches du chêne hospitalier qui nous abritait. Marie se dressa vivement, caressa l'écorce rugueuse et murmura d'une voix gamine :

« Tu as entendu, grand chêne ? Valentin m'a dit qu'il m'aimait. Qu'en penses-tu ? »

Un nouveau souffle de brise lui répondit, qu'elle sut sans doute interpréter puisqu'elle regagna l'abri de mes bras en me couvrant de baisers-papillons entrecoupés de gazouillants *« Je t'aime »*...

« L'arbrabizoux nous a donné sa bénédiction, Valentin ! Il veut que tu graves nos initiales sur son tronc... »

Je me sentis le roi du monde... M'eût-elle ordonné de grimper nu au sommet de cet arbre complice, je l'eusse fait sans hésiter ! Je cherchai donc mon Opinel et me mis en devoir de scarifier l'arbre en souvenir de cet instant. Je gage que les initiales de Marie Coton et de Valentin Courtois tatouent encore le tronc de l'unique témoin de ce premier amour de ma jeune vie.

OM SHANTI, MARIE-ANGÈLE!

Vers le mitan du mois d'août, je reçus une courte lettre de ma mère, à peine quelques mots pour me donner l'adresse de son lieu de retraite, dans le sud de l'Ardèche, et m'inviter à lui rendre visite. À la réflexion, je me dis que j'aurais tort de me vexer, qu'elle n'avait nul besoin de s'enquérir de ma santé et de celle d'Esteban, puisque son don de voyance avait le pouvoir de l'en dispenser.

J'en fis part à Marie, qui partit d'un grand éclat de rire :

« Ah bon, ta mère a un don de double vue ? Et quels sont ses outils : le tarot de Marseille, le marc de café ?... À moins qu'elle ne lise dans les entrailles d'un animal sacrifié... »

« Ne te moque pas, je te prie ! » protestai-je avec véhémence *« Ma mère est à la fois médium et voyante, ce qui est assez rare. J'ai été témoin de certaines scènes troublantes qui ont ébranlé mon esprit cartésien... »*

« Mince alors ! crois-tu qu'elle assiste à distance à nos ébats amoureux ? Voilà qui est très gênant, Valentin ! »

Nous nous chamaillâmes ainsi un bon moment, comme deux mômes, mais la taquine finit par accepter d'aller rencontrer la « sorcière » qui m'avait engendré.

Nous prîmes donc la route dès le lendemain matin et franchîmes le Rhône en filant plein sud, en direction du Bas-Vivarais, le refuge maternel se trouvant au-dessous d'Aubenas, en plein cœur de *« l'Ardèche à l'huile »*.

La matinée était déjà fort avancée lorsque nous parvînmes, après quelques errements dans la campagne, devant une haute grille courtoisement ouverte à deux battants, qu'un paysan nous avait désignée du doigt en rifougnant :

« Ah, vous cherchez la maison des fadolis ? Tenez, vous y êtes presque... »

Nous nous engageâmes « à roues de loup » sur un long chemin serpentant entre de vieux sapins aux branches palpitantes, pour déboucher face à une corpulente gentilhommière quelque peu avachie et aux murs lépreux, flanquée d'une tourelle assaillie de lierre. J'imaginai sans peine le fantôme d'un hobereau secouant ses chaînes rouillées par les couloirs de son ancienne demeure décrépite...

Dans une prairie, face à ce château de la misère, un groupe d'hommes et de femmes de tous âges évoluait mollement, dessinant de leurs bras de frêles arabesques et brassant joliment de l'air, tout en glissant dans l'herbe d'un pas aussi prudent et léger que des soldats dans un champ de mines.

« C'est du taï chi chuan » me glissa Marie à l'oreille *« Regarde ce mouvement, ils séparent la crinière du cheval sauvage... là, c'est la grue blanche qui déploie ses ailes... »*

J'en déduisis que ma compagne avait été initiée à cet art martial chinois et nous restâmes un long moment à contempler le ballet apaisant et immémorial qui nous était offert.

Tandis que nous gravissions les marches du perron, une haute silhouette féminine, drapée dans une longue tunique de lin immaculée, s'encadra dans l'embrasure de la porte d'entrée. Je levai les yeux vers la lumineuse apparition, dont le bon sourire valait tous les mots de bienvenue. J'eus du mal à reconnaître ma mère, son attifement et sa coupe de cheveux à la garçonne l'ayant délestée de pas mal d'années d'âge. Tout en m'embrassant avec effusion, son regard glissa en direction de la jeune fille qui m'accompagnait et se tenait un peu en retrait.

« Maman, je te présente mon amie Marie ».

Plissant les yeux sans se départir de son sourire bienveillant, Marie-Angèle descendit les trois marches qui la séparaient de ma compagne, dont elle entoura le visage de ses deux mains, avant de l'embrasser au front.

« Ravie de faire votre connaissance, mademoiselle. Vous êtes charmante ! Ne seriez-vous pas l'une des jumelles dont Valentin m'a tant parlé ? Les sœurs Laine, je crois... »

Marie émit un rire léger et rectifia : *« Les sœurs Coton, madame. Vous vous trompez d'étoffe ! »*

Je crus bon d'expliquer, avant que ma mère ne se livre à un interrogatoire en règle, qu'Anne et Marie n'étaient que jumelles, pas siamoises, et qu'elles pouvaient passer l'été chacune de son côté.

Un ange passa, nonchalant, tandis que notre hôtesse, la tête penchée sur son épaule, considérait sa visiteuse, ou plutôt l'analysait en silence avec une attention soutenue et quelque peu embarrassante. Je me hâtai de faire diversion :

« Et si tu nous faisais visiter ton domaine ? »

« Tu as raison ! » opina-t-elle *« Commençons par le parc, voulez-vous ? Dans la maison, il n'y a que des chambres, des bureaux, des araignées, des souris et des paperasses pour les nourrir... »*

D'autorité, elle s'encadra entre nous et nous suivîmes, bras dessus bras dessous, une allée gravillonnée, croisant au passage les adeptes de taï chi chuan qui s'en revenaient d'un pas gnangnan et s'écartaient en saluant ma mère avec respect.

« Nous avons de nombreux groupes en résidence, cet été » expliqua-t-elle *« Outre le taï chi, beaucoup pratiquent le yoga, le chi gong... Nous nous retrouvons le soir pour des séances de méditation guidée, en pleine nature ».*

Je fus intrigué par le « nous » qui semblait inclure Marie-Angèle au nombre du « staff dirigeant ». Devinant ma perplexité, elle précisa :

« Ce Centre a été créé par un riche industriel de la région, qui a connu une illumination en visitant l'ashram du Mahatma Gandhi, en Inde. J'y suis venue pour faire une retraite spirituelle et animer un colloque sur le spiritisme, mais on m'a proposé de participer plus activement à la vie de la communauté. J'y réfléchis... »

Nous longeâmes un mur de bambous et débouchâmes dans une prairie, face à une sorte d'immense chapiteau qu'un panneau espiègle désignait comme *« La Yourte Nature ».*

« À travers toutes les activités qui se déroulent ici dans une paix joyeuse » reprit notre guide *« des gens de tous âges, de toutes races et de toutes confessions, voire sans aucune religion, font escale pour chercher un sens à leur vie et se défaire de toute peur. Ne vous y trompez pas, il ne s'agit pas d'une secte et nous avons fait nôtre la devise de l'abbaye de Thélème, cette utopie imaginée par Rabelais : « Fais ce que voudras »...*

Elle s'immobilisa soudain et, se tournant vers moi :

« Les âmes mortes ont tenu beaucoup de place dans ma vie, comme tu en as été témoin. À présent, j'aimerais être à l'écoute des âmes qui vivent et qui souffrent ».

Elle ferma les yeux un instant avant de poursuivre, en martelant ses mots pour leur donner plus de poids :

« Ici, on donne et on reçoit. Ici, on vient purifier son corps et son esprit. Ici, on vient chercher l'éveil ! »

Nous étions arrivés à l'entrée de la yourte. Je fus époustouflé par le contraste saisissant entre la foule sans nombre qui occupait tout l'espace, attablée devant des écuelles de bois, et le silence monacal qui y régnait.

Tout en nous entraînant vers une table inoccupée, ma mère chuchota à nos oreilles :

« Vous n'avez rien contre le végétalisme ? Ici, on ne mange pas de cadavres d'animaux... »

Je ne pus refréner un sourire en imaginant la tête qu'aurait fait mon père en entendant son épouse, championne de la blanquette de veau et prétendante à la médaille d'or des cordons-bleus lyonnais, vanter les saveurs du gratin de brocoli aux cacahuètes sur lit de quinoa, de la poêlée de boulgour au tofu ou des muffins au potimarron...

Nous passâmes l'après-midi à sillonner le parc en tous sens et à affronter le feu nourri des questions de Marie-Angèle, des questions auxquelles, le plus souvent, elle apportait elle-même les réponses :

« Tu veux toujours être docteur, Valentin ? Tu as raison, tu as la fibre d'un bon médecin. Et vous, Marie, vous comptez précipiter les gens dans le doux péché de gourmandise ? Sans doute allez-vous ouvrir une pâtisserie en compagnie de votre sœur... Quant à Esteban, je ne me fais guère de souci : « On » veille sur lui... ». De toute évidence, ma mère avait mis les voiles pour un ailleurs où nous n'avions pas notre place. Dans son esprit, Esteban et moi devions suivre notre chemin de vie sans son aide. Elle nous laissait un appartement, un confortable compte en banque... Pour le reste, elle devait avoir la certitude que des anges gardiens guideraient nos pas. « On » veillerait sur nous !

Marie-Angèle avait prévu de demeurer deux mois dans son ashram ardéchois. Presque trente ans après cette visite, elle y végétait encore, poursuivant sans relâche la purification de son corps et de son esprit... Au fil du temps, elle était devenue l'âme de cette communauté, se gardant de tout prosélytisme et ne déviant pas de la « Voie » qu'elle s'était tracée.

Celle que l'on n'appelait plus que « Mâ Angèle » faisait figure de sainte laïque, de guide spirituel. Ses conseils étaient paroles d'évangile pour ceux qui les recevaient... Esteban et moi lui rendîmes visite régulièrement. Le plus souvent, nous la retrouvions sous son arbre favori au fond du parc, un vieux chêne aux bras noueux et biscornus, assise sur un coussin de méditation tibétain.

Il y a peu, la septuagénaire diabétique, devenue quasiment aveugle et à demi impotente, nous accueillait encore d'un jovial et rituel « Tiens, voici venir mes deux petiots !... ». Nous prenions place à ses côtés, sous les bran-

ches du chêne, et nous restions ainsi une heure ou deux, ne prononçant que des paroles indispensables, attentifs au doux murmure de nos respirations et aux caresses légères d'un vent indolent. Lorsque nous la quittions, elle nous pressait tour à tour contre son sein, nous confiant parfois qu'elle avait eu de bonnes nouvelles de « son Georges » ou des parents d'Esteban. Comme je m'en étonnais, elle répliquait, un index dressé vers le ciel : « Nos morts n'ont jamais été aussi vivants ! ». Puis elle nous embrassait en glissant un « Om shanti » plein de ferveur entre deux baisers.

LE CID ATTENDRA

Au retour de notre visite à ma mère, Marie et moi étions demeurés silencieux et recueillis, vaguement groggy, tout au long du trajet jusqu'à Ponsas. La conductrice avait décidé de rouler à faible allure, pour bien déguster un paysage ardéchois dépouillé comme une toile de Cézanne. La Mini Cooper fulminait de devoir retenir ses chevaux nerveux, mais nous n'en avions cure.

Notre excursion à l'ashram avait fait forte impression sur ma compagne, qui s'avouait subjuguée par la personnalité de Marie-Angèle tout en la qualifiant quand même de *« haut perchée »*, ce que je traduisis un peu vite par *« brindezingue »*.

Pour ma part, je me gardai bien de confesser que mon trouble était d'une tout autre nature et somme toute assez narcissique : je réalisais que ma mère désertant Monplaisir, j'allais devoir assumer seul les mille et une contraintes d'une vie d'adulte, alors que je n'y entendais goutte en matière de gestion d'un foyer et savais à peine me faire cuire un œuf ou un potage en sachet. Sans l'aile protectrice de ma mère, je me retrouvais tel un oisillon propulsé prématurément hors du nid, sans le moindre filet pour amortir ma chute.

Marie sut-elle lire dans mes pensées, comme nombre de femmes en possèdent le don ? Toujours est-il qu'elle rangea la voiture sur le bas-côté de la route et se tourna vers moi :

« Mon pauvre Nounours, tu vas te retrouver tout seul et tu devras galérer face aux soucis du quotidien tout en menant tes études de médecine... Cela me chagrine ! »

J'eus la tentation de faire le brave mais dus bien admettre que même si Esteban refaisait surface, le fait d'être deux perdreaux de l'année à bord du Titanic ne nous préserverait pas du naufrage.

Ma blondinette prit le temps de la réflexion, plissant son joli front et tapotant de ses doigts nerveux une charge de cavalerie sur le volant. Soudain, elle poussa un long soupir et articula d'une voix sucrée :

« Valentin, si tu y consens, je veux bien venir vivre avec toi. Depuis la fuite de ma mère, ma frangine et moi avons dû apprendre à nous débrouiller seules. Qui plus est, Anne a taillé la route et je ne tiens pas à

laver les chaussettes de mon père ! Accepterais-tu d'héberger une jeune SDF bien sous tout rapport ? »

Je ne tergiversai guère et fis connaître ma réponse d'un « *Tope là !* » enthousiaste, un langoureux baiser venant sceller ce pacte de cohabitation à l'essai.

La nuit était déjà tombée lorsque nous passâmes sous le petit pont qui marquait l'entrée de Ponsas. La Mini gravit cahin-caha le chemin empierré et nous vîmes apparaître notre refuge dans la lueur des phares. Tout à coup, alors qu'elle allait couper le contact, Marie poussa un petit cri étouffé de chien de prairie et agrippa mon bras...

« *Que se passe-t-il, Marie ?* »

« *Là, j'ai vu une ombre ! Il y a quelqu'un dans le jardin !* »

N'écoutant que mon courage, pourtant inaudible en cette circonstance, je pris mon temps pour m'extirper de la voiture et me dirigeai à pas prudents vers la maison. Restée crispée sur son volant, la conductrice mit pleins phares et laissa tourner le moteur, parée pour un éventuel repli stratégique jusqu'à la gendarmerie la plus proche.

Alors que je venais d'articuler, d'une voix caverneuse, un « *Y'a quelqu'un ?* » aussi farouche que possible, l'ombre se jeta sur moi et m'enserra de ses bras. Je m'apprêtais à décocher une gauche fulgurante à mon agresseur, lorsqu'il se mit à rire...

« *Valentin, c'est moi, vieux frère !* »

Voyant que l'étreinte ne dégénérait pas en bagarre, Marie nous rejoignit et manifesta sa surprise en reconnaissant l'intrus. Au terme de nos effusions, après que notre visiteur se fut étonné de la présence d'une jumelle solitaire, nous nous posâmes sur le banc, la pleine lune éclairant nos visages et nous transformant en Pierrots blafards. Esteban, sans se faire prier, nous expliqua le pourquoi de sa présence, alors que nous l'imaginions dansant sur le pont d'Avignon parmi une foule de groupies déchaînées.

Le fameux chariot de Thespis, où il avait hissé ses espérances de jeune bateleur en compagnie d'une poignée d'histrions en goguette, les avait menés sans encombre jusqu'à la cité des papes, marqués à la culotte par le vigilant Topaze, au volant de son pot de yaourt pétaradant. Mon utopiste ami avait rêvé de présenter son *Don Quichotte* sur l'une des scènes mythiques du Festival, mais ses compagnons et lui durent en rabattre sur leurs ambitions...

Foin de Cour d'Honneur ou de Chapelle des Pénitents Blancs, il leur fallut jouer des coudes parmi une nuée de cabotins et négocier à prix d'or l'arrière-salle d'un bistroquet pour y présenter, trois soirs de suite, quelques morceaux choisis de leur pièce, devant un public blasé et remuant, impatient que ça commence et puis que ça finisse. Tout cela dans un grand remuement de chaises et un chahut sans commune mesure avec le nombre de spectateurs, le mouchoir de poche ne pouvant accueillir plus d'une quinzaine de festivaliers par séance.

Le fidèle Topaze, qui avait emboîté le pas à la troupe, avait bien tenté de faire la claque et de rameuter les foules, mais la concurrence était rude et l'esprit de Molière, s'il soufflait fort par les rues et les places, gonflant les voiles des troupes les plus aguerries, balayait les novices comme fétus de paille.

À bout de courage, fauchés comme du blé en herbe, leur chariot de Thespis ayant versé dans le fossé des illusions perdues, les jeunes candides finirent par s'exaspérer les uns les autres et décidèrent de différer leur rendez-vous avec la gloire. On résolut de se séparer, le cœur gros, après une beuverie d'adieu à la santé de Jean Vilar.

Je me sentis débordé par une vague de compassion et je risquai :

« Tout cela est bien triste, mais Gérard Philipe n'est pas devenu Le Cid en un jour. Il a dû avaler pas mal de couleuvres avant d'être connu et reconnu... »

« Attends, Valentin... l'histoire ne s'arrête pas là et Avignon peut bien attendre... »

Laissant planer un suspens agaçant et nous considérant tour à tour avec un sourire énigmatique au coin des lèvres, Esteban daigna nous conter la suite rocambolesque de son odyssée...

Une ancienne gloire de la scène, de l'écran et du music-hall, venue au monde la même année que le cinématographe des Frères Lumière, s'était risquée à assister, par mégarde ou par désœuvrement, à l'une des rares représentations du fameux *« Don Quichotte, un cœur qui bat sous une armure »*. Lors du salut final de la troupe au maigre public, elle s'était dressée d'un bond et n'avait pas été avare de *« Bravissimo ! »* jaillis de son opulente poitrine, accompagnés du cliquetis de ses innombrables bijoux.

Garance, comme elle se faisait appeler depuis sa première apparition en ondulante danseuse berbère dans un nanar muet de série z, avait été l'une des coqueluches du Paris de l'entre-deux-guerres. Collectionneuse de navets à l'écran et d'amants fortunés à la ville, elle avait jalonné sa vie de scandales retentissants. L'âge lui avait imposé une sagesse relative et une retraite dorée dans son luxueux appartement parisien de la place Dauphine, sur L'île de la Cité. Elle en sortait parfois pour interpréter des mamies capricieuses et fantasques dans des théâtres de poche ou devant des caméras peu sourcilleuses. À l'occasion, elle poussait même la chansonnette ailleurs que sous sa douche, dans de modestes cabarets hantés par des barbons nostalgiques.

Se disant époustouflée par la prestation d'Esteban, elle s'était jetée à son cou alors qu'il en était à se contorsionner en coulisses pour quitter la cuirasse du chevalier à la triste figure. La tête enfouie entre les seins monstrueux de son exubérante admiratrice, il avait manqué étouffer ! D'un geste large, Garance avait convié toute la troupe à souper dans le meilleur restaurant de la ville. Topaze, qu'elle avait pris pour l'imprésario des jeunes saltimbanques, avait suivi le mouvement, par curiosité autant que par appétit.

De fil en aiguille, les coupes de champagne et le petit vin rosé aidant, la colossale virago à la chevelure cendrée scintillante d'étranges reflets bleutés, en vint à proposer à Esteban, qu'elle appelait tour à tour « *mon petit* » ou « *mon chéri* », voire « *mon petit chéri* » de devenir son secrétaire particulier.

« *Je tourne actuellement un feuilleton télé dans le golfe de Saint-Tropez* » lui avait-elle murmuré à l'oreille « *la production a mis un chauffeur à ma disposition, mais j'aurais grand besoin d'un assistant.* »

Lui faisant miroiter une aide discrète pour la suite de sa carrière d'acteur et un salaire assez mirobolant, elle n'eut pas grand mal à convaincre Esteban.

« *Tu sais* » susurra-t-elle « *j'ai connu beaucoup de grands noms du cinéma... Gabin m'a tenue dans ses bras et Abel Gance me faisait livrer des tombereaux de roses ! J'ai chaviré bien des cœurs et j'en ai brisé tout autant. Tout cela appartient au passé, hélas, mais je sais encore reconnaître le talent. Tu n'en manques pas et je vais faire de toi une grande vedette !* »

Comme Marie et moi, sceptiques, nous regardions en coin, notre Don Quichotte ajouta :

« *Oh, je ne suis pas dupe... la plupart des hautes relations de Garance ne sont plus de ce monde, mais une telle expérience ne se refuse pas, et c'est très bien payé !* »

Un contrat tacite fut donc passé entre la vieille actrice plantureuse et son nouveau factotum, qui devait la rejoindre à Saint-Trop', sur le lieu du tournage, dès le lendemain. Le chauffeur de madame fut mis à la disposition d'Esteban, qui négocia un détour par Ponsas afin d'informer Valentin du virage inattendu que prenait son parcours de vie.

La troupe fut donc dissoute *de facto* à la sortie du restaurant et chacun se mit en route, ou en déroute, pour d'autres aventures. Topaze, soucieux sans doute de ne pas se montrer importun, décida de rester quelque temps encore en Avignon avant de s'en retourner à Lyon. Fort galamment, il baisa la main de Garance et donna une chaleureuse accolade à son protégé, ne lui glissant qu'une recommandation à l'oreille : « *Va, vis et deviens !* »

Nous passâmes une grande partie de la nuit à écouter Esteban nous conter sa geste avignonnaise, sans doute enjolivée à sa sauce.

Il dormit à la dure, sur un amas de couvertures, fut sur le pied de guerre aux aurores, se mit sur son trente-et-un et eut la gentillesse de nous préparer café et tartines, qu'il nous servit au lit sur un plateau.

La voiture de la production dépêchée par l'actrice fut ponctuelle et le secrétaire particulier de Mme Garance sauta à pieds joints sur notre pageot pour nous embrasser comme du bon pain avant de filer, saisissant au vol son sac de marin bourré de vêtements, de quelques livres et, sans doute, de pas mal d'illusions.

Le mois d'août touchant à sa fin, les jours raccourcissaient. Un orage importun nous poussa, Marie et moi, à boucler nos valises par un matin tout gris. Nous fîmes nos adieux à Cunégonde qui avait déposé, en cadeau, une souris sur le paillasson, puis nous tournâmes la lourde clef rouillée dans la serrure. Un dernier regard sur la petite chaumière et nous quittâmes Ponsas sans un mot, dans le couinement des essuie-glaces, sentant confusément monter en nous, déjà, les premiers symptômes de la nostalgie, cette rançon des moments heureux.

UNE STAR AU GOÛT RANCE

La pluie nous tint compagnie jusqu'à Lyon et nous arrivâmes dans le quartier de Monplaisir en début d'après-midi. En galante compagnie comme je l'étais, je n'étais pas trop chagrin de retrouver mes pénates. Marie se dirigea vers l'ascenseur, mais je la coupai net dans son élan:

« N'y songe même pas, il est en panne six mois sur douze! Pas de chance, il a pris ses quartiers d'été et nous allons devoir grimper à pied... »

« Tu aurais pu me prévenir! » soupira-t-elle en posant sa lourde valise près de la mienne *« j'aurais prévu des chaussures d'escalade et un piolet! »*

Tout en sifflotant, j'attrapai les deux bagages et attaquai la grimpette. N'ayant pas encore atteint le quintal tant redouté, je parvins à cacher mon essoufflement en accédant au dernier palier, tandis que Marie, arc-boutée sur la rampe, peinait et ronchonnait deux étages plus bas.

Malgré nos deux mois de cohabitation à l'essai, j'eus le sentiment que nous débutions là une véritable aventure de couple, dans ce nid douillet où j'accueillais la jeune femme que j'aimais. Elle éclata de rire, mais se laissa faire, lorsque je décidai de sacrifier à une coutume surannée pour lui faire franchir le seuil dans mes bras.

En fin d'après-midi, nous reçûmes un coup de fil de ma mère, soucieuse de nous savoir bien installés dans notre nouvelle vie, puis un autre d'Esteban, intarissable pour nous conter les péripéties du tournage de ce feuilleton tropézien où sa patronne tenait un rôle mineur, certes, mais capital: la grand-mère du héros. Le clap de fin du tournage venant d'être donné, l'illustre Garance et son jeune assistant allaient promptement quitter l'effervescence estivale de la Côte d'Azur pour la capitale.

Se rangeant à mes arguments en faveur d'une paix des braves entre les jumelles, Marie consentit à appeler sa sœur Anne, qui s'apprêtait justement à boucler ses bagages, son prof de pâtisserie et de vie conjugale devant l'accompagner à Genève, où elle effectuerait son stage de fin d'études. Leur conversation se termina, ainsi que je l'avais prévu, par des larmes et des excuses réciproques... Elles jurèrent de renouer les liens distendus et de s'appeler au moins une fois par jour. Ce qu'elles ne manquèrent pas de faire, comme en témoignèrent mes notes de téléphone...

Ce ne fut pas sans émotion que je franchis le seuil de la faculté de Médecine, un beau matin de septembre. Mon chemin semblait tout tracé, contrairement à celui d'Esteban, qui godillait à hue et à dia au mépris des ornières. Porté par une bouillonnante fureur de vivre, il n'était pas avare de lettres fleuves que j'ai pieusement conservées et que je relis parfois, un indulgent sourire aux lèvres. Je ne résiste pas au plaisir d'en révéler quelques morceaux choisis...

Paris, mercredi 8 septembre 1971

Dear old fellow,

J'espère que Marie et toi filez toujours le parfait amour. Dans le cas contraire, tâchez de ne pas vous jeter à la figure les précieuses assiettes Limoges de Marie-Angèle ! Je te déconseille également de faire sur ta compagne les travaux pratiques de dissection dont les carabins sont coutumiers. Par contre, n'hésite pas à approfondir avec elle tes cours d'anatomie in vivo, *futur toubib de mes deux !... Pour ma part, vu l'état de chef-d'œuvre en péril où se trouve ma matrone... euh ! ma patronne, je plains sincèrement son toubib, son gynécologue et tous ceux qui ont à affronter sa nauséeuse nudité !*

Paris, samedi 11 septembre 1971

Mon cher Diafoirus,

... Sais-tu que je suis en train de devenir un vrai parigot ? Comme ma charge de secrétaire me laisse pas mal de temps libre, je cours les musées et les galeries, tous les lieux chargés d'Histoire que tu adorerais visiter avec ta goton. Mme Garance (Marcelle de son prénom de baptême confidentiel) adorant voir et se faire voir, nous ne manquons aucune sauterie culturelle, aucune soirée de gala, aucune avant-première de film ou « générale » de théâtre... Moi qui n'ai jamais porté de cravate, tu n'en reviendrais pas de me voir dans le costard trois pièces qu'elle m'a fait confectionner par un grand couturier... j'ai l'air d'un pingouin ! Quand je trimbale la dondon endiamentée à mon bras, je me demande qui est le plus ridicule des deux ! J'entends parfois le mot « gigolo » murmuré dans mon dos et je serre les poings, comme tu devines...

Paris, dimanche 19 septembre 1971

Cher vieux débris,

... En fait de secrétariat, je ne fais souvent que me tourner les pouces et peigner la girafe: je réponds au téléphone, je maintiens à niveau son stock de tablettes de chocolat, j'écris sous la dictée de madame des lettres délirantes à ses anciens amants... Lorsque les enveloppes reviennent avec la mention « décédé », je les fiche recta à la poubelle ! Sans doute pour m'épater, elle fait semblant de passer des coups de fil à des relations fantomatiques, ronronnant sans fin des « Mon cher Ministre » ou « Monsieur le Président », quand ce n'est pas « Votre Altesse Sérénissime »... Je ne suis pas dupe et son vieil agent artistique, intarissable, m'a mis au jus des élucubrations de la « Starissime », comme il la surnomme avec un rien de tendresse. Ses précédents secrétaires n'ont jamais tenu plus d'un trimestre, un record que je m'efforcerai de battre... Si seulement elle cessait de m'appeler « mon chéri », « mon petit » ou « mon biquet » ! autant de sobriquets auxquels j'ai grande envie de répondre par « Ma vieille bique » !

Deauville, samedi 2 octobre 1971

Cher résidu de fausse couche,

Nous voilà à Deauville pour tourner de nouveaux épisodes d'un feuilleton sans queue ni tête, qui devrait être la pièce maîtresse du complot télévisuel pour abrutir les masses ! Où sont les Santelli, les Bluwal, les Barma de notre enfance, ces réalisateurs, ces pionniers qui nous élevaient l'esprit et nous faisaient rêver ? Ici, il ne cesse de pleuvoir et je prends des crampes dans le bras à tenir un parapluie au-dessus de la tête de ma cabotine dans tous ses déplacements. Dès que le réalisateur lance le « coupez ! » tant attendu, une nuée d'hydrocéphales se rue sur les acteurs, exigeant des autographes, sans même savoir qui est cette vieille rombière poudrée au prénom bizarre. Entendu dans la foule imbécile: « Garance ? y'a gourrance, c'est « La rance » qu'elle devrait s'appeler ! ». Ça ne les empêche pas de s'arracher les photos dédicacées siglées Harcourt... N'empêche, chapeau l'artiste ! Elle ne se départ jamais de son sourire de vieille Marylin, qu'elle ne quitte qu'en retrouvant l'intimité de sa chambre d'hôtel.

Je t'avoue, sans en tirer gloriole, que ma daronne a quand même tenu sa promesse de me placer sous les sunlights... enfin, bien modestement: dans le feuilleton en question, j'ai décroché le rôle d'un garçon de café passant dans le champ de la caméra en portant des verres sur un plateau.

Ma postérité se souviendra-t-elle de ces deux secondes sur pellicule ? À moins que la séquence ne soit coupée au montage...

Ce soir, pour la première fois et tandis que nous regardions tomber cette foutue pluie derrière la baie vitrée, face au long ruban de plage où « un homme et une femme » se sont aimés récemment face caméra, j'avoue que ma vioque m'a ému, presque aux larmes. Le front contre la vitre, elle a poussé un long soupir et s'est laissée aller à vider son sac:

« Tu parades encore dans le carrousel de la jeunesse, mon biquet, mais tu t'en apercevras bien assez tôt... la vieillesse est en embuscade, c'est une saloperie qui te grignotera avec sadisme, par petits bouts ! Sans l'avoir vu débouler, viendra le temps des renoncements, des « jamais » et, pire que tout, des « jamais plus ». La roue de la vie aura tourné et tu te retrouveras écrasé dessous ! Ta vie ne sera plus qu'un champ de ruines peuplé de fantômes et ton carnet d'adresses ressemblera à un funérarium ! ». C'est alors que de nouveaux « amis » viendront cogner à ta porte pour taper l'incruste: M. Alzheimer, Mme Parkinson, M. Lecrabe, la smala Métastase... que sais-je encore ? La mort a tant de masques grimaçants ! Pivotant vers moi, elle m'a saisi affectueusement le menton entre le pouce et l'index, tandis qu'une larme perfide venait tracer un sillon dans son rimmel: « Tu es mon bain de jouvence, jeune Esteban. Merci d'être là et merci d'être toi ! ». Ce fut tout. Elle haussa les épaules et sécha sa larme, peut-être honteuse de s'être ainsi découverte pour un blanc-bec qui ne connaissait rien de la vie ! Elle redevint, sans sommation, la star déchue et capricieuse que j'étais payé pour suivre comme son ombre...

Paris, dimanche 17 octobre 1971

Cher futur chirurgien-traiteur,

Mine de rien, voilà presque deux mois que je suis le petit toutou de la Starissime ! Je vais tenter de tenir encore un peu, mais ce sera dur ! Aujourd'hui, l'ambiance est tendue: j'ai eu le malheur d'aller me trémousser en boîte de nuit sans l'en informer... Quand je suis rentré au petit matin, elle m'attendait assise sur une chaise, face à la porte, dans son peignoir d'apparat et emplâtrée sous son masque au concombre. J'ai eu droit à la grande scène du trois et elle a moyennement apprécié que je l'applaudisse lorsqu'elle se fut enfin calmée...

Paris, lundi 25 octobre 1971

Mon cher cornegidouille,

Je crains que le record des trois mois chez ma taulière ne soit jamais battu... Je n'en peux plus, mon Valentin ! J'ai eu le malheur de confier à madame que je grattouillais de la guitare, alors elle s'est mis en tête de reprendre son fameux (fumeux ?) tour de chant de 1918, une glorieuse époque où cet ersatz de Madelon poussait la chansonnette devant des tourlourous avinés. Jo, son agent artistique, a fait mine d'être emballé par cette idée saugrenue. Le pauvre vieux, sans grande illusion et par charité chrétienne, s'est mis à battre le pavé de la capitale, en chasse de music-halls ou de cabarets susceptibles d'accueillir sa protégée et mézigue, le Django Reinhardt du pauvre ! Lorsque nous eûmes fini de répéter la dizaine de scies qui devaient constituer notre récital, Jo reparut la mine contrite et nous annonça que les temps étant durs et les cachetons affligeants, il revenait bredouille, rapportant quand même un carton de gâteaux pour se faire pardonner. Ma vioque se mit à lui hurler dessus, tout en engloutissant une religieuse, le traita d'écornifleur, de gougnafier, inventant pour lui des noms d'oiseaux encore inconnus. Effondré, le souffre-douleur joua sa dernière carte en se risquant à lui proposer une tournée des maisons de retraite du département... « Va pour les hospices de cloportes ! » trancha Garance « Nous aussi, un jour, nous serons de vieux fossiles pissant dans nos culottes, et on sera trop heureux d'assister au tour de chant d'une grande vedette du passé ! ». Je t'interdis de rire, faux-frère ! Nous voilà donc sur le point d'entamer cette tournée des mouroirs qui fera date, mais j'ignore si j'y survivrai...

Paris, vendredi 19 novembre 1971

Mon cher Valentintamarre,

Ouf ! Notre mémorable tournée vient de s'achever et nous l'avons terminée en beauté à la résidence Gai Logis de Chardon-les-Beuvaix. Nous devions poursuivre par le Foyer Jeanne d'Arc de Torzy-les-Menottes, qu'un incendie a malheureusement détruit du sol au plafond. C'est pour rire !!! tout s'est passé aussi moins mal que possible et j'avoue avoir été ému de voir tous ces macrobites, à deux doigts de l'Extrême-ponction, chevroter et trémoler en chœur des refrains de leur jeunesse. Tu vois, j'ai quand même un cœur, comme tu pourras le constater le jour de mon autopsie, cher docteur Knock !

Paris, lundi 29 novembre 1971

Cher Valentin d'mes deux,

Ça fait longtemps que ça couvait, mais cette fois-ci la coupe est pleine et y'a d'l'eau dans l'gaz ! Tout a dérapé au retour de notre tournée des boitavieux, quand la diva d'la gueule s'est mis en tête de rajouter des à-côtés très spéciaux à ma fiche de poste. Pas plus tard qu'hier, alors que j'étais accoudé au balcon, taillant la causette aux zoziaux et tentant de persuader ces rats du ciel d'aller chier ailleurs, la voix flûtée de la patronne me parvint, m'invitant à la rejoindre dans sa chambre. J'étais loin de m'attendre au spectacle affligeant qu'elle m'avait réservé: Madame était élardée à poil sur son plumard multisoupirs, livrant à mon regard outragé son dos de catcheuse, sa croupe d'english jelly et ses cuissots éléphantesques, toute une anatomie phénoménale censée avoir fait trembler Hollywood et les studios de Billancourt ! Je sais, je suis injuste... j'ai vu les photos non retouchées de la jeune starlette fichtrement appétissante des années folles, son regard ingénu et son corps de déesse ! Ce que le temps fait de nous, mon vieux, c'est dégueulasse et humiliant ! Le tort de ma vioque, c'est de s'être accrochée à des bribes de gloire éphémère, de n'avoir pas su se retirer à temps, ses vieux jours étant assurés par les largesses de ses anciens amants. Bref, balançant entre pitié et dégoût, j'avais devant moi un amas de graisse informe, morne plaine aux mille sillons, un Waterloo du charme et de la beauté... c'est alors que la supplique me parvint: « Je suis fourbue, mon petit ! Masse-moi, s'il te plaît... ». Que faire ? Prendre mes jambes à mon cou ? J'en mourais d'envie, mais la pitié l'emporta sur le dégoût... Me tartinant les paumes d'huile de massage, je me mis en devoir de pétrir ce pauvre corps victime de l'irréparable outrage des ans. Je fermai les yeux et mes doigts devinrent, mon imagination prenant le pouvoir, les bédouins de la caravane de Lawrence d'Arabie franchissant des dunes de sable, les naufragés de la Méduse aux prises avec des vagues déferlantes... J'eus l'impression que la diva s'était métamorphosée en Shar Peï, ces chiens à la peau plissée que l'on a envie de repasser. Lorsque mes mains et mon imaginaire commencèrent à flancher, je saisis une serviette et en recouvris d'autorité l'amas de chair gélatineuse. « C'est parfait ! » me complimenta-t-elle « Tu as des mains magiques, mon chéri ! Demain, tu t'occuperas de l'autre côté... »

Eh bien voilà, demain c'est aujourd'hui et tel que tu ne me vois pas, je suis en train de boucler ma valoche, à quelques jours des trois mois fatidiques. Tant pis pour le record...

Paris, Gare de Lyon, mardi 30 novembre 1971

Mon cher branquignol,

Je te griffonne ces quelques lignes avant de sauter dans le train qui me sauvera de l'enfer parisien. Hier soir, bien décidé à rompre le contrat tacite qui me liait à la sybarite, j'allai la trouver dans sa salle de bains, où elle tentait de se refaire une beauté depuis des plombes... Face à son miroir, elle écouta sans broncher le petit laïus de rupture que j'avais préparé, le plâtras de son maquillage peinant à dissimuler sa soudaine pâleur. Se retournant lentement, elle posa une main sur mon épaule et articula, d'une voix éraillée: « Je comprends, mon biquet. Tu es jeune et tu en as soupé de mes caprices de vieille rombière... ». Comme je protestais mollement, elle ajouta: « Tsss ! Je sais ce que je dis ! Tiens, avant de quitter mon boulevard du crépuscule, fais-moi donc couler un bain, veux-tu ? ». Je lui devais bien ça. Je m'appliquai donc à surveiller la température de l'eau, puis à doser les sels de bain. Lorsque je me retournai, elle laissa tomber son peignoir et enjamba le bord de la baignoire en s'appuyant sur mon épaule, tout en plongeant ses yeux dans les miens, sans doute pour vérifier l'effet produit sur moi par sa nudité. À cet instant, je m'en suis voulu de n'avoir jamais porté attention à la profondeur envoûtante de ce regard embourbé dans un visage bouffi, à ces yeux dont le vert émeraude avait dû troubler bien des mâles, les plus chanceux effeuillant la jeune première et savourant ses appâts époustouflants ! Ses atouts maîtres lui ayant été retirés par le dieu Chronos, il ne lui reste plus que ces superbes « miroirs de l'âme », qu'elle dissimule le plus souvent derrière d'extravagantes lunettes de soleil. Songeur, je l'aidai donc à s'installer dans son bain et demeurai ainsi, les bras ballants, un peu honteux de ma fuite annoncée. Alors que je faisais mine de me retirer, elle murmura: « Esteban, mon petit, sois gentil et viens me frotter le dos au gant de crin ». Elle se pencha en avant et je retroussai mes manches, puis enfilai le gant et m'assis au bord de la cuve en porcelaine. Je sentis son corps frémir sous ma caresse décapante et elle se mit à pousser de longs gémissements d'aise. Je me demande encore comment cela a pu se faire, suite à quel maléfice ou quelle défaillance de ma volonté, mais j'ai fini par me retrouver nu dans la baignoire, face à elle. Ses seins lourds et arrogants, libérés des lois de la pesanteur, flottaient à la surface de l'eau, tels deux redoutables torpilles. À portée de main, elle veillait à garder une bouteille de champagne et une coupe, qu'elle remplit à ras bord et me tendit. Nous y bûmes tour à tour, puis elle vida la bouteille dans le bain, en partant d'un grand éclat de rire. De fil en anguille, nous en arrivâmes à faire l'amour et ce fut à la fois très tendre et très violent. Je ne saurais te dire lequel de nous deux faisait à l'autre ce gentil cadeau d'adieu...

UN CADEAU POSTHUME

Esteban reparut à Monplaisir avant que cette dernière lettre ne me parvienne. En cette fin d'après-midi, j'étais en train de potasser mes cours de biologie cellulaire et Marie n'allait pas tarder à rentrer de son stage chez Bernachon. Après avoir tambouriné à la porte en aboyant: *« Police allemande, oufrez ! »*, mon vieux poteau se jeta dans mes bras et me raconta par le menu, devant une tasse de café, les mille péripéties de sa vie parisienne, qu'il n'avait fait que survoler dans ses courriers.

Marie tomba à pic, avec un carton de gâteaux qu'elle avait pâtissés de ses mains et je fis remarquer que ses travaux pratiques étaient plus appétissants que ceux d'un étudiant en médecine.

L'ex « secrétaire-homme à tout faire et le reste » de la star déchue reprit possession de sa chambre, ce qui ne manqua pas de provoquer une franche grimace sur le visage de ma compagne, déjà bien accoutumée à notre vie à deux. Lorsque nous fûmes seuls, je la rassurai de mon mieux en l'assurant que l'appartement n'était qu'un camp de base pour Esteban, hyperactif volubile tendance *Speedy Gonzales*. Une seule vie ne lui suffirait jamais pour assouvir toutes ses passions, toutes ses envies, pour arpenter tous les chemins qui s'offraient à lui. Tout comme les chats, il lui faudrait bien sept vies, si ce n'est davantage...

S'il correspondait toujours avec Charles Forot, le jeune poète ne chatouillait plus guère la muse. J'ai pieusement conservé l'un de ses derniers poèmes, dédié *« À ma muse Jasmine »* et intitulé *« L'Été Van Gogh »*:

Automne,
Un vent lascif caresse les ramures,
L'or devient bronze. À l'unisson dans la nature
Tout mue et s'assoupit, tout se métamorphose,
Au couchant se dissout la fragrance des roses.
Chassé, l'été Van Gogh en son manteau de miel
S'éclipse et son soleil, tournesol dans le ciel,
Dépose sur le monde une étole de soie
Comme un dernier sarment dans un grand feu de joie.
Nu, noir et squelettique, un vieil arbre indécent
Porte déjà le deuil de l'astre incandescent.

Quant à la carrière d'acteur amorcée, elle se limitait à quelques figurations et de maigres répliques au Théâtre de la Cité, à l'invitation de ses copains de scène.

Mon ami reprit donc sa chasse aux petits boulots et l'idée lui vint de se poster avec sa guitare à l'entrée du hall de *« L'Élan Lyonnais »*, ses récitals improvisés n'ayant qu'un seul but : attirer l'attention des journaleux, sa vieille appétence pour ce métier le chatouillant à nouveau. La chance, bonne fille, allait combler ce souhait récurrent de manière inattendue...

À peine quelques semaines après son retour, Esteban reçut une lettre émanant d'un notaire lyonnais. Après l'avoir parcourue, il se laissa tomber dans le canapé et fondit en larmes en me la tendant... Ferdinand Fromentin, notre vénéré Topaze, venait de décéder, y apprenait-on d'une phrase administrative sans fioriture, genre sujet-verbe-complément.

Mon camarade était invité à se présenter à l'étude, où il serait procédé à l'ouverture du testament de feu notre maître. « Feu » s'avéra un adjectif très approprié, puisque nous apprîmes par la suite que notre bon prof avait été victime d'un tragique accident : alors qu'il revenait « à tombeau ouvert » d'un séjour dans sa maisonnette drômoise, ce grand ami des bêtes voulut éviter un chien qui traversait la route devant lui. Sa 4 CV, aux freins plus anecdotiques qu'efficaces, fit une embardée, enchaîna avec quelques tonneaux dans un champ de betteraves en contrebas, et finit par s'embraser sans que les témoins accourus ne pussent rien faire pour sauver le conducteur. Lorsque les pompiers parvinrent sur les lieux du drame, il ne restait plus qu'un amas de tôles calcinées, l'intérieur de l'antique guimbarde ayant été boulotté par les flammes, pilote compris, et réduit à l'état de cendres.

Esteban et moi demeurâmes inconsolables pendant plusieurs jours, au grand désespoir de Marie, qui ne savait comment nous réconforter. C'est alors que je reçus un appel de ma mère, que nous n'avions pourtant pas informée de l'accident. Sans même me laisser le temps d'articuler autre chose qu'un *« Allo »* éraillé par le chagrin, elle demanda à ce que mon compagnon prenne l'écouteur, puis articula quelques mots qui résonnent encore à mon oreille :

« Mes petits, je sais qu'un drame vient de se produire et que vous êtes en larmes. J'ai eu la vision très nette d'un vieil homme au visage serein

et empreint de bonté. Il m'a délivré, d'une voix très douce, un message à votre intention: « N'ayez pas peur, je veille. Devenez ce que vous êtes ! ». J'espère que cela évoque quelque chose pour vous deux... »

« Oui, Maman » m'entendis-je répondre avant qu'elle ne raccroche *« C'est bon d'avoir des nouvelles d'un vieil ami perdu de vue ! Esteban et moi te remercions... »*

Le lendemain de cette conversation surréaliste, j'accompagnai Esteban chez le notaire. Topaze n'ayant aucune famille, nous nous sommes retrouvés seuls face à l'officier ministériel. Dans son jargon notarial, ce dernier apprit à mon ami qu'il avait hérité de la maison de Ponsas, ce bien devant être administré par ma mère, sa tutrice, jusqu'à sa majorité.

Une lettre, écrite par notre professeur avec les pleins et déliés qui lui étaient chers, fut remise à l'héritier. Nous ne l'ouvrîmes que plus tard, de retour à Monplaisir. Le très regretté Topaze, avec des mots gorgés d'humour et de tendresse, enjoignait Esteban à prendre soin de sa « bicoque », des livres qui s'y trouvaient et de sa chère Cunégonde, gardienne des lieux. Il m'associait à ces recommandations et nous assurait tous deux de sa profonde affection.

Quelques semaines passèrent et les premiers sapins de Noël commencèrent à « prendre racine » dans les maisons en se faisant enguirlander allègrement. En marge des débordements de joie populaire, Marie nous conduisit jusqu'à Ponsas dans son bolide anglais. À ses côtés, Esteban serrait contre lui une petite urne en bois contenant des cendres recueillies sur le lieu de l'accident. Avec cet humour noir qui ne le quittait jamais et lui servait à désamorcer les situations les plus dramatiques, mon compagnon présuma que le réceptacle funéraire devait contenir autant de cendres de la 4 CV que de notre bon Maître...

Il neigeait abondamment et nous eûmes du mal à entamer le sol gelé, au pied du tilleul face à la maison. La sueur occasionnée par notre effort, pelles acharnées en action, masquait un peu nos larmes. Avec délicatesse, nous déposâmes l'urne au fond du trou que nous rebouchâmes à mains nues. Je jetai un œil en direction du banc de pierre, mais aucune trace de Cunégonde, qui attendait sans doute notre départ pour venir se lover sur le petit tas de terre remuée.

En évoquant un cadeau posthume, je ne faisais pas allusion à la maisonnette léguée par Topaze... Dans la solitude de sa chambre, Esteban rédigea d'un jet un texte d'hommage à notre vieux professeur. Il courut à la rédaction de *« L'Élan Lyonnais »*, dont il fit le siège jusqu'à ce qu'un journaliste accepte enfin de le recevoir. Sans un mot, il tendit le papier à son interlocuteur impatient et circonspect, qui se trouvait être un rédacteur en chef. Ce dernier, lecture faite, fixa sur ce jeune homme ébouriffé aux allures de Che Guevara un regard humide et laissa tomber ces mots:

« Je suis moi-même un ancien élève de M. Fromentin. Je suis consterné d'apprendre sa mort... votre texte est bouleversant, je n'ai jamais lu un aussi bel hommage! Il paraîtra dès demain, en bonne place dans le journal »

Le journaliste et Esteban échangèrent quelques mots et c'est alors qu'une porte s'entrouvrit devant mon ami, lorsqu'il s'entendit proposer un poste de pigiste, en attendant mieux. Je me doute qu'à ce moment-là, en prêtant l'oreille, on eût pu entendre le rire perlé et bon enfant du malicieux Topaze, satisfait de son coup.

SÉVICES MILITAIRES

Tel Georges Duroy, le « *Bel-Ami* » de notre cher Maupassant, le jeune loup aux dents longues que le journaliste de « *L'Élan Lyonnais* » avait recruté fit feu de tout bois au sein d'une rédaction d'abord agacée, puis épatée par son talent et sa pugnacité. On commença par lui confier des tâches ingrates, qu'il exécuta promptement sans rechigner, puis on en vint à l'envoyer pour de petits reportages de quartier qui devenaient, sous sa plume alerte, des évènements mémorables. En quelques semaines, il donna la preuve éclatante de son talent et finit par recevoir sa carte de presse des mains du big boss du journal en personne.

Alors qu'il allait sur ses 20 ans, Esteban venait d'accomplir son rêve le plus cher et d'adresser un pied de nez à ce professeur zozotant qui avait tenté de le briser naguère.

1972 ne tarda guère à pointer le bout de son nez. Marie termina brillamment son stage chez Bernachon où l'on fit, sans succès, des pieds et des mains pour la garder. Le projet des jumelles, heureusement réconciliées, allait prendre corps ! En septembre de cette année, par la grâce du chéquier de Papa Coton et de ses relations, la pâtisserie-chocolaterie « *Aux Caprices de Marie-Anne* » ouvrit ses portes sur le plateau de la Croix-Rousse.

On l'aura deviné, un long article, signé Esteban Lorca, salua l'évènement et le bouche-à-oreille fit le reste : en peu de temps, la sublime boutique devint le point de mire de tous les gourmands lyonnais et d'ailleurs. Anne et Gilbert, son ex-professeur de pâtisserie, se mirent en ménage dans l'appartement juste au-dessus, où ils vécurent heureux en se promettant de n'avoir aucun enfant. Au fil du temps, ils oublièrent leur promesse et en eurent trois... Ledit Gilbert, personnage jovial et rondouillard, de vingt ans plus âgé que sa nouvelle compagne et deux fois divorcé, laissa tomber son métier d'enseignant et retroussa gaillardement ses manches de Meilleur Ouvrier de France pour épauler les jumelles au sein de leur laboratoire.

De mon côté, bosseur invétéré, je bouclai avec brio ma première année de médecine et obtins sans peine un report d'incorporation pour un service militaire que je prévoyais d'accomplir, études faites, au sein du Service de Santé des Armées.

Pour Esteban, la chose s'avéra plus délicate à négocier... De très longue date, le jeune réfugié espagnol, à présent naturalisé et parfaitement « intégré » à la société française, manifestait un rejet viscéral de tout ce qui touchait au métier des armes: un simple défilé du 14 Juillet lui donnait envie de jouer aux quilles avec les petits soldats marchant au pas. La vue d'un uniforme, a fortiori couvert de décorations comme un sapin de Noël, lui occasionnait des poussées d'urticaire qui interloquaient le thérapeute que je prétendais devenir. Même les carabines ridicules des stands de Luna Park lui hérissaient le poil! De ce fait, je le vis grincer des dents lorsqu'il reçut sa convocation aux fameux « trois jours » qui devaient décider de son incorporation, une année durant, parmi les jeunes troufions de sa classe d'âge.

Quelque temps avant cette épreuve, dont la perspective lui ôtait le sommeil et l'appétit, mon frère d'âme (et non d'armes) eut à rencontrer l'écrivain Bernard Clavel, de passage à Lyon pour présenter un nouveau livre. À l'issue de leur entretien-fleuve, qui devait déboucher sur un article dithyrambique dans *« L'Élan Lyonnais »*, le romancier prolifique et le bouillant jeune homme devinrent les meilleurs amis du monde. Esteban, en grande confiance face à ce colosse des Lettres au regard si bleu, par ailleurs militant pacifiste et fervent défenseur des Droits de l'Homme, s'était ouvert à lui de son cas de conscience.

Je n'eus droit qu'à des bribes de leur conversation, mais je vis mon ami se jeter à corps perdu dans la lecture d'écrivains qui renforcèrent sa détermination farouche: Romain Rolland, Dorgelès, Giono, Guéhenno... Son livre de chevet, dès lors, devint l'ouvrage autobiographique de Louis Lecoin: *« Le Cours d'une vie »*. Lecoin, pacifiste opiniâtre mort un an auparavant, avait passé douze années de sa vie en prison pour insoumission. Arrimé à ses idéaux, il ne transigea jamais avec ses principes humanistes. *« On n'élabore pas une société de rêve sur des monceaux de cadavres »* écrivit-il. Deux photos sont encore punaisées côte à côte sur l'un des murs de la chambre d'Esteban: celles de Louis Lecoin et de Louise Michel.

Un an plus tard, Bernard Clavel envoyait à mon compagnon son livre *« Le Silence des Armes »*, ainsi dédicacé: *« Pour Esteban, qui a eu le courage de dire NON »*.

La dédicace était bien vue... d'abord timide, la petite voix qui disait non, celle d'Esteban, devint tonitruante au fil des ans et des manifestations populaires, l'animal mettant un point d'honneur à se trouver en première ligne lors des distributions de coups de matraque. Son baptême au gaz lacrymo, si je ne m'abuse, eut lieu lors d'un déboulonnage d'une plaque de l'avenue Thiers, honorant le *« boucher de la Commune de Paris »*, et son remplacement par une autre bidouillée à la hâte, dédiée à Louise Michel, institutrice et militante.

En manifestant haut et fort, lors de ses « Trois jours », son refus d'effectuer son service militaire, d'endosser une panoplie de bidasse et de « faire le guignol » avec le fusil qui va avec, Esteban risquait gros. Grâce à l'action de Lecoin, le statut d'objecteur de conscience avait été promulgué en 1963 et modifié en 1971, mais la commission juridictionnelle, dont plusieurs membres étaient officiers, examinait les recours au cas par cas et statuait à huis clos, en l'absence des intéressés. L'État cherchant à dissuader les candidats à l'objection de conscience, la durée de leur service national civil était deux fois plus longue que celle du service militaire...

Durant ses trois jours, Esteban eut à subir des tests en rafale, qui lui valurent une moyenne de 19 sur 20 et une convocation prioritaire chez l'officier en charge des orientations.

Face au jeune lieutenant qui le reçut et lui proposa d'emblée une préparation militaire d'élève officier de réserve, Esteban plaida sa cause avec des trémolos dans la voix, évoquant au passage et un peu en vrac son enfance chaotique, l'exécution sommaire de son père par les sbires de Franco, la fuite par-delà les Pyrénées et le suicide de sa mère... Le militaire, tout en écoutant ce récit poignant, arpentait la pièce les mains dans le dos, s'arrêtant parfois pour dévisager le jeune orphelin en hochant la tête. Lorsque mon ami glissa le nom de Bernard Clavel dans son discours, l'officier écarquilla les yeux et interrompit la plaidoirie:

« Comment, vous connaissez Bernard Clavel, l'auteur de « La Maison des Autres » ? Figurez-vous que mon père était pâtissier et m'en lisait des passages quand j'étais môme... »

La confidence lui avait échappé et il s'interrompit, s'efforçant de redonner à son visage une expression digne et impénétrable. Regagnant son bureau, il se rassit, fit pivoter son siège face à la fenêtre, derrière laquelle des marronniers bien alignés et taillés sans pitié, aux troncs blanchis à la chaux, semblaient des plantons exténués. Il se balança longuement dans son fauteuil avant de se retourner face au jeune rebelle échevelé, qu'il considéra avec perplexité. Finalement, il se releva, ajusta sa veste d'uniforme en toussotant, puis signifia à mon ami qu'il avait pris bonne note de ses « objections ». Avant d'ouvrir la porte de son bureau, il tendit une main qu'Esteban finit par saisir, après un temps d'hésitation.

« Vous avez la main ferme et le regard franc » soupira le militaire *« Dommage, vous auriez fait un bon officier... »*

Le sort de mon camarade s'était peut-être joué à ce moment-là, sur une poignée de mains et un regard. Avant qu'ils ne se séparent, le lieutenant sembla hésiter un instant puis ajouta, à voix basse : *« L'Espagnol », de Clavel... si vous n'avez pas lu ce livre, lisez-le ! »*

Quelques semaines plus tard, une lettre du Centre de sélection informait Esteban qu'il était dispensé des obligations du service national actif.

Arriva l'année 1973 et janvier fut gâché par un carton à liseré noir nous informant du décès de Charles Forot, le maître du Pigeonnier. Mon ami *« à l'étoffe de poète »* n'avait cessé de lui envoyer, de loin en loin, des vers qui lui revenaient annotés et assortis de chaleureux encouragements. Il rédigea un hommage bouleversant qui parut quelques jours plus tard en marge de la rubrique nécrologique de son journal.

LE SOLEIL D'ESTEBAN

Pour être précis, cela se passa le samedi 17 mars 1973, vers trois heures de l'après-midi.

J'aurais oublié depuis longtemps cette date, si Esteban ne l'avait marquée d'une pierre blanche, ne manquant jamais de la commémorer chaque année, avec la complicité de la pâtisserie des jumelles, qui se surpassaient pour l'occasion.

Cet après-midi-là, mon fougueux ami s'en revenait d'un reportage sur son vieux biclou rouillé, rescapé de la boutique d'antiquités de mon père, et dévalait, de toute la puissance de ses mollets d'acier, la rue en pente qui plonge jusqu'au cours Albert-Thomas, à deux pas de la place de Monplaisir.

À une centaine de mètres des feux tricolores, il opta pour la position de l'œuf et mit le grand braquet pour passer in extremis à l'orange. À quelques tours de roues du carrefour, lancé à pleine vitesse, il aperçut dans le coin droit de son champ visuel la silhouette élancée d'une jeune femme aux longs cheveux bruns, un carton à dessins sous le bras, qui s'engageait à vives enjambées sur le passage protégé.

Ses réflexes le trahirent lorsque le visage de la sublime apparition se tourna dans sa direction. Bientôt, il fut tellement proche d'elle qu'il put distinguer les motifs fleuris de sa jupe à volants, qui ondulait gracieusement comme celle de la semeuse des pièces de 1 franc. Le regard sidéré de la belle inconnue fut sans doute plus persuasif que le feu passé au rouge vif et le cycliste écrasa les manettes de freins en fermant les yeux, sans songer à simplement obliquer pour éviter l'intrépide.

D'admiration ou de frayeur, des *« Oh! »* s'élevèrent parmi les passants témoins de la scène, tandis qu'Esteban effectuait par-delà son guidon un soleil spectaculaire, à faire pâlir d'envie le plus chevronné des cascadeurs. Pensant sa dernière heure venue, il guetta, pendant sa chute qui lui sembla durer une éternité, le lent déroulé de sa vie derrière ses paupières closes. Aucun film ne lui parvenant, malgré la proximité de la maison des frères Lumière, il rouvrit les yeux au moment précis où son dos s'écrabouillait lourdement sur le bitume tandis que le vélo, en pilotage automatique, venait lui étriller les jambes après avoir rebondi au sol. Il serait donc paralysé à vie et il se demanda quel collègue annoncerait l'accident dans l'édition de *L'Élan Lyonnais* du lendemain.

Pantin désarticulé, Esteban crut perdre connaissance, mais l'envoûtante piétonne s'était accroupie tout près de lui et lui avait saisi la main. Alors, il retarda autant qu'il put le moment de tourner de l'œil, le temps de savourer le visage d'ange qui lui souriait. Dans un souffle, il eut le temps de murmurer :

« Nom d'un chien, comme vous êtes belle ! »

Mais l'ange s'était mué en infirmier barbu quand il rouvrit les yeux, dans l'ambulance qui fonçait en hurlant à la mort en direction de l'hôpital.

« Ah, vous reprenez connaissance ! » se réjouit le sauveteur *« Par contre, arrêtez de me dire que vous m'aimez, ça me gêne énormément ! »*

Esteban passa quelques jours à l'hôpital, le temps de rafistoler ses plaies et bosses sans trop de gravité. J'allais le visiter après mes cours, le gavant de friandises et de gâteaux préparés par Marie. Méfiant, le chef du service où il était reclus hésitait à le relâcher dans la nature, redoutant des séquelles à son traumatisme crânien.

C'était mal connaître mon bouillonnant ami que de prétendre le retenir quelque part contre son gré. Un beau matin, lors de sa tournée quotidienne, le médecin-chef et son escorte d'internes trouvèrent la chambre vide et une décharge de responsabilité en bonne et due forme épinglée sur l'oreiller, en guise d'au revoir...

Esteban entama donc sa convalescence à Monplaisir, bichonné au possible par Marie et moi. Avant de me rendre à la fac, j'avais soin de refaire ses pansements, tandis que ma compagne lui préparait de solides petits déjeuners et des plateaux-repas qu'il préférait honorer dans la solitude désolée de sa chambre.

Je fulminais de voir cette âme en peine traîner la guibolle dans l'appartement, jurant en espagnol et réunissant dans une même malédiction le ciel et l'enfer pour l'avoir fait perdre connaissance alors qu'il allait enfin s'aboucher avec la femme de sa vie. Car, selon lui et à n'en pas douter, ce stupide accident l'avait brutalement mis en présence du grand amour prédit par ma mère !

N'y tenant plus, l'amoché finit d'ailleurs par décrocher le téléphone pour tenter d'en référer à Marie-Angèle. Celle-ci s'avéra indisponible pour cause de yoga égyptien, mais elle le rappela une heure plus tard...

Faisant fi de toute formule de politesse, Esteban entra *ex abrupto* dans le vif du sujet. Ayant été autorisé à prendre l'écouteur, je ne perdis pas une miette de la conversation :

« Allo, Marie-Angèle, il se passe quelque chose de grave ! »

« Qu'y a-t-il, mon petit ? »

« Eh bien... te souviens-tu de ta prédiction au sujet du grand amour qui m'était destiné ? »

« Tu sais, Esteban, j'ai un peu remisé au placard mon attirail de médium... »

Mon voisin n'en finissait pas de trépigner sur le canapé...

« Enfin, tu ne peux pas avoir oublié ! Fais un effort, je t'en supplie... les bûchers, les exils, et puis le très grand amour qui devrait réduire le reste à peu de chose. Souviens-toi, c'est très important ! »

Et voilà que le bonhomme se mit à débiter à toute vitesse, dans une marmelade de mots, les évènements de ces derniers jours : le carrefour, le feu qui vire au rouge, la divine apparition, le soleil et le vol plané, le visage de l'ange penché sur le sien, puis la chute dans les pommes, l'infirmier barbu, l'hôpital...

« Tu comprends ? C'est elle, je le sais, je le sens... Je dois la retrouver ! »

« Eh bien, dis donc, pour un coup de foudre, c'en est un fameux ! Mais qu'attends-tu de moi, mon petit, que je lise l'adresse de cet ange tombé du ciel dans le marc de café ?... »

L'amoureux transi ne répondit pas et je crus qu'il allait raccrocher, son visage semblant hésiter entre le blanc du dépit et le rouge de la colère. Je tendis la main et Esteban consentit à me passer le combiné, en déversant un au revoir grognon dans l'oreille de Marie-Angèle.

« J'ai bien compris la situation » me dit ma mère *« mais je vois mal comment aider ce malheureux ! Fais ton possible pour l'épauler... Le mal d'amour peut être incurable, si l'on n'y prend garde. Sous ses allures de matamore, notre Don Quichotte est un écorché vif... »*

Le soir même, notre trio tint conciliabule dans le salon. L'affaire était grave, le pauvre Esteban ayant à nouveau perdu l'appétit, le sommeil et jusqu'au goût de vivre. Son cœur de séducteur impénitent se trouvait pris dans les rets du grand amour, sans doute celui auguré par notre ci-devant spirite. Ce coureur de jupons, qui avait tant vibré pour les yeux verts et la chevelure rousse de Lily-Rose, considérait à présent cette amourette oxfordienne comme un marivaudage, un tendre clapotis en comparaison de la tempête que la belle inconnue avait déchaînée en lui !

Nous résolûmes de faire bloc et de tout mettre en œuvre pour retrouver la brunette évanescente. Les indices étaient minces mais Marie les nota consciencieusement, sous la dictée de notre ami : *« Jeune, élancée, la taille bien prise, un visage au teint de porcelaine serti d'une longue chevelure de jais, un sourire éblouissant laissant entrevoir des dents nacrées »*... L'inspecteur de police qui s'attacherait à tirer un portrait-robot de ce descriptif, remarquai-je pour détendre l'atmosphère, devrait avoir fait ses classes dans l'atelier de Botticelli !

À ces mots, Esteban se dressa d'un bond et se mit à gambader autour de la pièce en poussant des cris d'allégresse...

« Je me souviens ! » exulta-t-il *« elle portait un grand carton à dessins ! »*

Comme nous demeurions interdits, il précisa sa pensée :

« Elle doit être étudiante aux Beaux-Arts ou quelque chose comme ça, c'est certain ! Nous n'avons plus qu'à écumer les écoles d'art et je vous fiche mon billet que nous la retrouverons... »

« Mouais ! » temporisa Marie *« Nous n'avons « plus qu'à », dis-tu ? Te rends-tu compte du travail de fourmi que cela implique ? Valentin est plongé jusqu'au cou dans ses études et pour ma part, vous savez que j'appartiens aux « Caprices de Marie-Anne » plus que cette pâtisserie ne m'appartient... Quant à toi, Esteban, ton rédac'chef s'impatiente et appelle tous les jours pour prendre de tes nouvelles ! Où trouver le temps de pister le grand amour de ta vie ? »*

Après avoir bien palabré, il fut décidé qu'Esteban passerait une petite annonce dans plusieurs journaux et qu'il se posterait, le temps qu'il faudrait et à l'heure fatidique, au carrefour où il avait reçu de plein fouet son coup de foudre et l'impact du bitume.

La chance ferait le reste, à condition que Marie-Angèle ne se soit pas fourvoyée dans ses prédictions...

Dès le surlendemain, une petite annonce ainsi rédigée parut dans plusieurs journaux locaux et jusque dans les colonnes de « *Libé* » :

« À peine vue, aussitôt disparue, où êtes-vous, belle et brune inconnue ? Samedi 17 mars, vers 15 heures, près de la place de Monplaisir, notre rencontre a pris la forme d'une chute de vélo. Depuis, je ne pense qu'à vous. Vous portiez une jupe fleurie et vous aviez un carton à dessins sous le bras. Votre sourire, vite, ou je meurs ! »

L'imprudent n'avait pas hésité à faire suivre son SOS de notre numéro de téléphone, ce qui nous valut, des jours et des nuits durant, des myriades d'appels plus fantaisistes les uns que les autres, à croire que toutes les brunettes à jupe fleurie de la capitale des Gaules s'étaient donné rendez-vous sur notre bigophone ! Une simple demande de précisions quant au lieu précis de la « rencontre » nous permit toutefois de repousser les assauts de messalines de tous âges et de tous bords, en quête d'aventure ou de balade à bicyclette.

Se déclarant solidaires de la quête désespérée de notre infortuné Céladon, Anne et Gilbert placardèrent l'avis de recherche sur la devanture de leur pâtisserie et d'autres boutiques alentour.

Sa petite annonce ne donnant rien, Esteban tira prétexte de sa claudication pour prendre un congé sabbatique, ce qui lui permit de se poster en sentinelle chaque jour, dimanche inclus et sur le coup des trois heures de l'après-midi, au pied du feu de circulation où il avait failli perdre la vie et où sa monture avait rendu l'âme. De mon côté, je résolus de sacrifier une partie de mon temps d'études pour dresser la liste des écoles et instituts où une jeune artiste serait susceptible de faire escale.

C'est alors que le destin, sans doute apitoyé et pas mauvais bougre, daigna se pencher sur ce malheureux qui s'obstinait, qu'il pleuve ou qu'il vente, à faire le pied de grue pendant des heures à un carrefour, scrutant chaque passante surgissant dans son champ de vision...

En cette fin de samedi après-midi, j'étais en train de potasser mon cours d'immunologie lorsque le téléphone se mit à tintinnabuler de manière péremptoire. Au bout du fil, mon Esteban survolté se mit à hurler sa joie à mes oreilles, n'interrompant sa logorrhée que pour reprendre haleine :

« Ça y est, mon vieux ! Je l'ai retrouvée ! J'allais quitter mon observatoire lorsque je l'ai vue passer devant moi d'un pas pressé, avec son fidèle carton à dessins sous le bras ! Elle ne m'avait pas remarqué et je l'ai suivie quand je l'ai vue sauter dans le bus. Elle est descendue place Bellecour et je lui ai emboîté le pas. Dans une petite rue, tout près des quais de Saône, elle s'est engouffrée dans une allée. Là, j'ai résolu d'arrêter ma filature, la plaque « Académie de dessin et de peinture » ne laissant aucun doute sur sa destination finale. Tu te rends compte, vieux ? Je l'ai retrouvée ! »

Oui, devant tant d'enthousiasme, comment ne pas me rendre compte ?... mon trépidant ami allait enfin recouvrer cette petite musique dans son cœur pour faire danser sa vie. Eussé-je été croyant, j'eus allumé des cierges dans l'église la plus proche pour que se réalisât enfin la belle prédiction de Marie-Angèle !

UNE ENTRÉE FRACASSANTE

Pour Esteban, restait à trouver le moyen de nouer le contact avec sa dulcinée. Lorsque je lui suggérai une nouvelle filature, il haussa les épaules et se mit à arpenter l'appartement, les mains dans le dos et le crâne en ébullition. C'est alors que le bouillant Roméo, dans un Eurêka tonitruant, donna toute la mesure de son génie romanesque en concevant un stratagème machiavélique...

Se faisant passer pour un artiste néophyte en recherche de son style, il appela le secrétariat de l' « Académie de dessin et de peinture » afin de connaître le planning des enseignements. Il s'avéra qu'à l'heure où la demoiselle avait pénétré sous le porche de l'école débutait un atelier de dessin. Le cours était complet, mais le filou sut faire usage de sa voix de velours pour convaincre la secrétaire de l'inscrire en surnuméraire, à l'essai.

Comme il fallait bien faire bouillir la marmite, le journaliste reprit du service, se ménageant un quartier libre chaque samedi après-midi pour se rendre à son Académie de peinture. Ayant tôt fait de dévaliser une boutique de matériel artistique du centre-ville, il n'eut guère besoin de travailler son savant débraillé coutumier pour se donner des allures de Gauguin, pantalon de velours râpé aux genoux, chemise noire au col ouvert sur le sempiternel foulard écarlate... Rien à redire non plus quant à cette trogne hallucinante qui faisait se pâmer les filles et, surtout, ce regard de braise incandescente que je lui connaissais depuis l'enfance. Je crus bon d'apporter ma touche personnelle à cet archétype d'artiste bohème, en coiffant l'éternel rebelle d'un superbe béret basque hérité de mon père.

C'est ainsi, gonflé à bloc et le cœur ardent, que le jeune peintre « en recherche de style », qui n'avait jamais tenu un pinceau ou une mine de plomb de sa vie, se présenta à « l'Académie de dessin et peinture » le premier samedi du mois d'avril 1973. Gonflé à bloc ?... voire !

Bien évidemment, Marie et moi eûmes la primeur du récit circonstancié de cette séance mémorable, dont je ne risque pas d'omettre le moindre détail...

Bien embringué avec son carton à dessins grand format et sa musette d'artiste bourrée de tubes, de pinceaux et de crayons multicolores, Esteban se présenta à l'Académie avec une bonne demi-heure d'avance. La secrétaire à chignon qui le reçut plissa les yeux par-dessus ses verres à double foyer en découvrant le drôle d'artiste à la noix de coco assis de l'autre côté de son bureau. Elle se surprit à balancer entre sévérité et indulgence devant le numéro de clown que le postulant ne tarda pas à lui offrir. Fan de Charlot et de Jacques Tati, elle opta pour la mansuétude et se retint d'applaudir à la fin de l'audacieux enchaînement de maladresses époustouflantes auquel elle assista...

Dans un accès de politesse, Esteban voulut d'abord ôter son béret, ce qui lui fit lâcher le carton à dessins qui fila comme une luge sous le bureau. Comme il s'accroupissait, sa musette obèse glissa de son épaule et, mal fermée, éjecta son contenu aux quatre coins de la pièce. Voulant se redresser, le maladroit planta un genou sur un tube de peinture rouge qui éclata sous l'impact et vint orner d'un géranium vermillon l'endroit où se rejoignent les deux jambes et où se situe la braguette du futal.

Surpris par les gloussements de son auxiliaire, dont l'austérité était proverbiale, le directeur de l'Académie passa une tête depuis la pièce voisine, s'interrogea quant à la présence d'un quidam sous le bureau de sa secrétaire, puis sursauta en découvrant le champ de bataille sur le parquet. Prétendant mettre bon ordre à ce bastringue, le gros bonhomme chauve s'accroupit donc à son tour en bougonnant, au moment précis où Esteban s'extrayait du dessous du meuble. Leurs deux têtes trinquèrent avec une violence telle que l'opulent personnage se trouva comme propulsé en arrière. Son postérieur joufflu, en touchant le sol, écrasa à lui seul trois tubes de couleurs primaires, ainsi que l'énorme tube de peinture noire qui ne fit aucun quartier sur l'élégant pantalon de tweed du directeur !

Se confondant en excuses, n'en finissant pas d'ôter puis de remettre son béret, Esteban tenta de suivre le patron de l'école jusque dans son bureau, mais la porte lui fut claquée au nez tandis qu'une bordée de jurons, que je ne peux transcrire ici, faisait trembler les murs.

« Vite, remplissons votre fiche d'inscription, avant que Monsieur le Directeur ne vous expulse manu militari*! »* décréta la secrétaire hilare, tandis que l'artiste en herbe finissait de rassembler son fourniment.

CHERCHE MODÈLE VIVANT

Suite à ce *one man show* improvisé, on devine l'état dans lequel se trouvait Esteban en toquant à la porte où une pancarte indiquait, d'une impeccable calligraphie :

« Atelier de dessin avec modèle vivant »

Une femme entre deux âges, portant avec une décontraction non dépourvue de chic une ample marinière sur un jean délavé, vint lui ouvrir et fit mine de lui faire les gros yeux en grognassant :

« Vous êtes en retard, jeune homme ! Mais notre modèle aussi... Soyez le bienvenu et prenez place où vous pourrez ».

En dépit de son expérience de théâtreux, le nouveau venu se sentit légèrement intimidé par la vingtaine de paires d'yeux qui le dévisageaient avec curiosité. Malgré l'embarras occasionné par son barda reconditionné à la hâte, il traversa hardiment la salle en diagonale et s'installa sur un siège vacant, près d'une fenêtre.

La prof, en lui glissant à l'oreille qu'elle se prénommait Odette, apporta au nouveau une planche à dessin et l'invita à se présenter aux autres élèves, assis en demi-cercle face à une sorte d'estrade. Il se leva donc mais, alors qu'il ouvrait la bouche pour révéler son prénom, son âge et ses fausses motivations, le lent panoramique de son regard se figea net sur l'élève qui lui faisait face, de l'autre côté de la pièce.

Elle était là, sa planche à dessin sur les genoux, jouant d'une main distraite avec une mèche de ses longs cheveux bruns. Elle le fixait en plissant les yeux, avec aux lèvres ce sourire de Joconde qu'il apprendrait à connaître. Il se rendit compte qu'elle le distinguait à contre-jour, d'où ses yeux plissés, alors qu'elle-même se trouvait inondée par un rayon de soleil, puissant *sunlight* qu'elle seule captait en cet instant.

Comme il demeurait bouche bée, la prof toussota :

« Hmmm ! Ne soyez pas timide... Qui êtes-vous, jeune homme ? et pourquoi souhaitez-vous rejoindre notre cénacle artistique ? »

La gorge nouée, le nouveau parvint à articuler qu'il se nommait Esteban Lorca, qu'il allait sur ses vingt et un ans et qu'il voulait découvrir s'il avait ou non, l'étoffe d'un bon peintre.

« Je vous souhaite de le découvrir » intervint la dame entre deux âges *« mais vous jouez petit bras, M. Esteban... plutôt qu'un bon peintre, tâchez de devenir un grand peintre ! Quant à en avoir l'étoffe... Tiens, je vous signale que celle de votre pantalon est tachée ! »*

Il y eut quelques rires étouffés. Esteban se sentit devenir aussi rouge que la tache en question, qu'il tenta de dissimuler en croisant les jambes. Il nota avec soulagement, en relevant la tête, que la belle inconnue ne s'était pas départie de son sourire énigmatique et le regardait toujours avec insistance. L'aurait-elle reconnu ?

Les minutes s'écoulaient et certains élèves commençaient à marquer leur impatience. L'enseignante, qui était allée aux nouvelles, revint du secrétariat en maugréant...

« Je suis désolée, mais notre modèle vivant habituel, Esther, s'est fait porter pâle et ne viendra pas. Sur les deux heures de cours, nous avons déjà perdu vingt minutes... Je vous propose de reporter cette séance à la semaine prochaine. Qu'en pensez-vous ? »

Il y eut quelques grognements, une vague de soupirs exaspérés mais, tandis que certains commençaient à ranger leur matériel, un doigt se leva, face à Esteban...

« Oui, Jasmine, tu souhaites dire quelque chose ? » interrogea la prof.

« Madame » répondit la reine de cœur de mon frère d'âme, d'une voix « céleste » – puisque tel fut l'adjectif qu'il employa – *« La semaine passée, nous avions décidé de travailler d'après la sculpture de Rodin : « La toilette de Vénus ». Esther est absente, mais j'entrevois une solution... »*

« Ah bon ? Et quelle solution entrevois-tu, Jasmine ? »

« Eh bien, Madame... » la jeune fille laissa planer un silence, comme pour ménager son effet *« Je suis volontaire pour remplacer Esther »*.

Comme un ressac né d'un océan de perplexité, un murmure de stupéfaction courut de place en place. Avec une bienveillante autorité, Odette frappa ses mains l'une contre l'autre et réclama le silence.

« C'est très gentil de ta part, Jasmine, mais je ne pense pas que le règlement de l'Académie l'autorise. Qui plus est, tu n'ignores pas que le sujet du jour impose à Vénus, donc à toi-même, de faire sa « toilette » dans le plus simple appareil... »

« Exposer ma nudité, à des fins artistiques, ne me pose aucun problème ! » renchérit crânement la jeune fille.

« Bien, dans ce cas... Je vais consulter Monsieur le Directeur ».

L'enseignante, quelque peu désarçonnée, s'éclipsa quelques instants. Dans la salle où régnait à présent un silence pesant, tous les regards étaient tournés vers la belle Jasmine, œillades un rien gourmandes, pour ne pas dire concupiscentes, de trois garçons qui ne paraissaient guère plus âgés qu'Esteban, œillades en banderilles, sourcils froncés, pour la plupart des jeunes filles, visiblement outrées par l'aplomb de cette indécente proposition.

Odette ne fut pas longue à revenir. Se plaçant au centre de la pièce en se tordant nerveusement les mains, elle fit part de la décision de son magistère :

« Monsieur le Directeur accepte, à la condition que l'ensemble des élèves donne son accord. En outre, Mlle Jasmine recevra une indemnité dont le montant reste à définir, en fonction du barème syndical ».

Étonnamment, lors du vote à main levée, aucune voix ne fit défaut en faveur de l'idée de Jasmine, qui fut invitée à suivre la prof dans une pièce adjacente.

De pesante, l'atmosphère était devenue oppressante. Esteban, imitant ses voisins, fixa une feuille de papier grand format à grain fin sur sa planche, sortit de sa trousse d'écolier une gomme et un crayon à mine graphite qu'il se mit à triturer frénétiquement, le faisant passer d'un doigt à l'autre à la façon d'un bâton de twirling.

Soudain, la porte par où Odette et Jasmine avaient disparu se rouvrit. La jeune fille, pieds nus, portait un long peignoir blanc noué à la taille. À l'invitation de la prof, elle monta lestement sur l'estrade, s'agenouilla, examina longuement la photo qui lui était tendue, acquiesça puis ferma les yeux et demeura immobile, comme statufiée, sans doute pour « entrer » dans son personnage.

Face à elle, le demi-cercle des artistes retenait son souffle. Un garçon, tout proche d'Esteban, se mit à siffloter nerveusement, s'attirant un *« Chut ! »* tranchant de la part d'Odette. Quant à mon ami, il me confia plus tard qu'il s'était senti proche de l'évanouissement, son cœur battant la charge et une nuée d'abeilles bourdonnant furieusement dans ses tympans prêts à éclater.

Esteban cessa un instant de fixer ses chaussures et releva la tête au moment précis où la jeune modèle, face à lui, dénouait la cordelette de son peignoir et le laissait glisser sur ses talons, d'un mouvement d'épaules. Les seins jaillirent d'abord, d'un galbe parfait et fièrement dardés, puis le reste de la sidérante anatomie, prodigieuse création de dame nature et fantasme d'artiste magistralement incarné...

Il y eut un bruissement de sidération, quelques quintes de toux, une sorte de moelleux malaise général et tous les crayons, tous les fusains, demeurèrent en suspens, comme figés dans l'espace et le temps.

Esteban, le Don Juan blasé, ressentit en cet instant le choc le plus violent de sa carrière de séducteur impénitent. Il eut envie de bondir sur la plate-forme, d'envelopper la jeune femme dans le peignoir et au creux de ses bras, de garder pour lui seul la vision de ce corps de déesse ! Mais il demeurait comme pétrifié, à deux doigts de défaillir.

Odette se rapprocha de l'estrade pour guider, à voix basse, les gestes du modèle vivant :

« Oui, c'est bien... la tête penchée sur votre épaule droite, les yeux clos, les mains qui rassemblent votre chevelure sur la nuque... Cambrez davantage les reins, Jasmine... Voilà, vous êtes tout à fait Vénus sortant des eaux ! »

La prof recula de quelques pas, crocheta ses doigts sous le menton, comme en prière. La gorge nouée, elle parvint à articuler :

« Vous êtes d'une beauté renversante, Jasmine ! J'en ai vu défiler, des modèles, mais aucune n'avait votre sensualité, votre plastique irréprochable. Pour la première fois de ma vie, j'ose dire que le modèle supplante l'œuvre... »

Un silence religieux accompagna cette séance peu banale. Odette allait d'un élève à l'autre, marmonnant quelques conseils, maugréant ou acquiesçant. À chaque arrêt auprès d'Esteban, elle dodelinait de la tête, haussait les épaules et soupirait invariablement :

« C'est très mauvais ! Gommez tout et recommencez ! »

Deux heures plus tard, la prof claqua dans ses mains pour annoncer la fin du cours. Pendant tout ce temps, Jasmine n'avait pas bougé un cil. Seul l'ample et voluptueux mouvement de sa poitrine attestait qu'elle n'avait pas été transformée en statue.

Odette grimpa sur l'estrade et aida la jeune femme à revêtir son peignoir, la couvrant à nouveau de compliments et l'escortant jusqu'au vestiaire attenant, tel un manager chaperonnant son boxeur vedette.

Après avoir examiné tous les croquis, elle distribua les bons et les mauvais points, gardant Esteban pour la fin...

« *Jeune homme* » persifla-t-elle « *Je crains qu'il ne vous faille renoncer à vos velléités artistiques. Le seul prodige que vous ayez réalisé aujourd'hui, ce fut de métamorphoser la Vénus de Rodin en sculpture désarticulée d'Henry Moore. Mais un Henry Moore sous l'emprise du LSD!* »

LA VOIX DE DIEU ?

Recevant de plein fouet cette sentence impitoyable, Esteban fut tenté de laisser libre cours à son tempérament rebelle, le fier hidalgo maniant à merveille l'ironie mais ne tolérant pas qu'elle s'exerçât à ses dépens. Il se dressa d'un bond, propulsant au loin d'un geste rageur sa planche à dessin, et bomba le torse en toisant la femme en marinière qui lui faisait face. Il ouvrait déjà le bec pour fulminer lorsqu'il entrevit, au fond de la salle, la belle Jasmine qui lui jetait un regard empreint de pitié avant d'être avalée par le flot des élèves qui franchissaient la porte.

L'artiste maudit maugréa en espagnol et rassembla ses affaires en toute hâte. Odette, prise de remords et se reprochant d'avoir peut-être assassiné Gauguin, lui tendit sa musette en esquissant un sourire compatissant.

« Vous avez raison » lança-t-il en la fixant dans le blanc des yeux *« Je n'ai aucun talent... enfin, pas celui de peintre ! »*

Et Esteban, en bon comédien, sortit comme un prince, mais à pas pressés, le modèle vivant ayant déjà pris le large. Fendant à la manière d'un brise-glace le bloc des jeunes gens qui s'attardaient dans le couloir en commentant la séance à grand renfort de superlatifs, il s'élança à travers la cour et s'arrêta net en apercevant Jasmine qui faisait le pied de grue sous le porche, adossée à un mur. Songeuse, elle gardait la tête baissée et sa longue chevelure brune lui faisait une voilette dissimulant à demi son visage. Il se dit qu'il adorerait savoir dessiner pour croquer cette silhouette en quelques traits de crayon. Mais il se consola en songeant que c'est en mots qu'il saurait rendre hommage à tant de beauté, en évitant de paraître nigaud ou maladroit, comme le sont d'ordinaire les garçons amoureux.

Tout en se dirigeant vers la jeune fille, il la détailla de pied en cap, immortalisant dans son esprit l'image de cette divine créature dont il savait le corps parfait. Avec une élégance non tapageuse, elle était fringuée d'un pantalon noir ajusté comme une seconde peau, d'un chemisier à fleurs lacé au cou et d'un blouson de cuir rouge dont elle aurait été bien en peine de fermer le zip... En outre, elle s'était coiffée d'un adorable bibi noir crânement incliné sur la tempe, version coquette de l'ample et ridicule béret basque qu'Esteban portait enfoncé jusqu'aux sourcils.

« *C'est moi que vous attendiez ?* » risqua-t-il.

« *Peut-être...* » répondit-elle en lui décochant un regard mutin.

Ils restèrent ainsi un long moment, dans le miracle d'un temps suspendu. Elle avait retrouvé son sourire de Joconde et lui ne savait trop quelle attitude adopter. Il se sentait stupide comme un fourneau, ballot comme Adam rencontrant Ève, tout frémissant sous sa feuille de vigne ! Comme ils demeuraient tous deux ainsi figés, comme statufiés par un invisible Rodin, des élèves qui sortaient les bousculèrent un peu en ricanant sottement. Elle rompit le charme :

« *Vous venez ? Nous gênons, je crois...* »

Il toussota : « *Oui, ne restons pas là !* » Puis, s'enhardissant :

« *Puis-je vous inviter à boire un café... ou autre chose ?* »

« *C'est moi qui vous invite* » répliqua-t-elle « *J'habite tout près, dans le Vieux Lyon. Vous n'avez rien contre une tasse de thé ?* »

Il mentit en prétendant qu'il adorait ce breuvage british auquel il avait été baptisé larga manu lors de son séjour à Oxford. Il songea que sa compagne, en cet instant, eût pu lui faire avaler n'importe quelle décoction, ciguë socratique comprise !

Ils s'enquillèrent sur les quais et traversèrent la Saône sur le pont Bonaparte. Tout en marchant, elle lança un regard espiègle à son compagnon de route, tendit une main hardie et le délesta de l'imposante galette qui lui couvrait le chef. Surpris, mais non décontenancé, il se saisit à son tour du bibi jasminien qu'il vissa au sommet de son crâne. Ils éclatèrent de rire en examinant le résultat de leur clownerie. Un vieux monsieur, en les croisant, s'associa à leur hilarité et songea à sa jeunesse enfuie.

Redevenus sérieux, ou faisant mine de l'être, ils allaient d'un même pas, tout doucettement, jaspinant de tout et de rien, de la pluie et du beau temps. Du beau temps, surtout, car le ciel de ce début de soirée déjà printanière, où des hirondelles nouaient en truissotant d'invisibles rubans, était d'un bleu si royal qu'Esteban, croyant briller mais n'étant que faraud, jugea digne de Monet.

« *De Monet ?* » s'étonna-t-elle « *Hmmm... je dirais plutôt de Boudin, ce peintre que Corot surnommait « Le roi des ciels...* »

« *Ah oui, vous avez raison* » renchérit-il sur sa fanfaronnade « *Émile Boudin, évidemment...* »

« *Non !* » s'esclaffa-t-elle « *Pas Émile, Eugène...* »

« *Pardonnez-moi* » bredouilla-t-il dans un élan de sincérité « *J'essaie de vous impressionner, mais je suis pitoyable !* »

Pour toute réponse, elle fit un pas de côté pour se rapprocher de lui, si proche à présent que leurs mains en vinrent à se frôler.

Ils étaient arrivés place Saint-Jean, sans trop s'en rendre compte, et ils s'immobilisèrent un moment devant la fontaine de Saint Jean-Baptiste, face à la cathédrale.

Sans perdre de vue la rosace de l'agneau, en surplomb du grand portail, la jeune fille finit par répondre, d'une voix chantante :

« *Vous n'êtes pas pitoyable, M. Esteban... Il vous est même arrivé de m'impressionner. Je n'ai pas oublié un certain salto avant à bicyclette ! Vous en êtes bien remis, dirait-on...* »

« *Comment, vous n'avez pas oublié ?* » glapit-il en laissant échapper son carton à dessins « *Savez-vous que j'ai remué ciel et terre pour vous retrouver ?* »

Elle éclata d'un rire musical, presque enfantin :

« *Ciel et terre, vraiment ? Le ciel de Boudin et la terre de Monet, sans doute ?* »

Comme il s'accroupissait, penaud, pour ramasser ses feuillets éparpillés hors du carton, elle ajouta, redevenue sérieuse :

« *Allons, venez, l'heure du thé va être passée ! J'habite à deux pas, près du Temple du Change. Nous avons beaucoup à nous dire, je crois...* »

Ils cheminèrent cahin-caha par la rue Saint-Jean, gorgée de touristes dodelinant sur les pavés, et débouchèrent devant le temple d'où s'échappa soudain, par une porte laissée ouverte, le cri puissant et métallique de l'orgue protestant. Un groupe de Japonais, surpris par le divin vacarme, fit un large détour pour contourner la bouche menaçante de l'édifice religieux.

« *La voix de Dieu ?* » risqua Esteban.

« *Non, la voix de Saint-Saëns !* » rectifia Jasmine « *Dieu, s'il existe, a renoncé à parler aux hommes...* »

JE SUIS BELLE, Ô MORTELS!

Les deux jeunes gens obliquèrent à gauche en longeant le temple. Esteban nota qu'ils se trouvaient rue de la Loge, précisément devant le vieil immeuble Renaissance où demeurait son ancien compagnon de scène Gérard Guillaumat, le « passeur de mots » du théâtre de la Cité.

Un peu amer, il se prit à regretter cette période de sa jeunesse où il se voyait volontiers comme la réincarnation de Gérard Philipe, rien de moins. Cette page était tournée et une autre était venue sous ses doigts de journaliste à la plume agile.

Ce bon et truculent Guillaumat!... lui revinrent en mémoire quelques soirées mémorables d'après spectacle, passées dans un petit salon encombré d'un bric-à-brac fantastique de bouquins et de cahiers, d'un enchevêtrement de vêtements semés à la volée sur un vieux canapé défoncé... Les invités posaient leur postérieur où ils pouvaient et Gérard, avec sa modestie coutumière, leur offrait la lecture d'un conte de Maupassant ou d'une page du *« Journal d'un petit ramoneur savoyard »*, pur joyau de diction au terme duquel il s'excusait presque de n'avoir pas apporté le ton juste, la cadence qui convenait. Chacun protestait et la soif venant, on vidait force bouteilles. La veillée se terminait invariablement par un récital impromptu de Bobby Lapointe, l'incontournable galopin dont les jeux de mots ébouriffants et les refrains gaillards mettaient en joie la compagnie.

Jasmine avait tiré une clef de son sac et ouvrit une lourde porte cochère outrageusement cloutée.

Esteban la suivit dans l'allée obscure où l'air frisquet était chargé d'un savant mélange d'odeurs inconciliables, avec une dominante de fleurs des champs et de ragoût de mouton.

« Je crèche sous les toits » précisa la jeune fille *« La grimpette est difficile et l'appartement modeste, mais j'ai une belle vue sur le Vieux Lyon »*.

Se contentant de sourire, il grimpa hardiment dans son sillage, faisant fi des hautes marches de pierre érodées par des générations de pieds de bourgeois, de marchands et d'artisans. Ils parvinrent au cinquième étage et elle marqua son étonnement de ne pas percevoir le moindre signe d'essoufflement chez son invité.

« *J'ai l'habitude* » expliqua-t-il « *Dans l'immeuble où je loge, à Montplaisir, l'ascenseur est souvent en panne et j'ai cent dix marches à avaler... Vous n'en avez que cent !* »

Le nid de Jasmine tenait du mouchoir de poche, mais Esteban nota, tandis que son hôtesse lui en faisait les honneurs, que tout était coquet, propret, le vieux parquet ciré à point et, sur les murs, une tapisserie hors d'âge aux fleurs fanées masquée par des croquetons signés d'un simple « J » et bien alignés: vues de Lyon, portraits, bouquets champêtres...

Au bout d'une ébauche de couloir, on pénétrait dans la pièce principale, faisant office de cuisine et de salle à manger. Dans une alcôve attenante, savamment dissimulée derrière une lourde tenture de velours cramoisi, on distinguait un large lit recouvert d'un boutis matelassé aux motifs provençaux. La salle de bains, exiguë et basse, aurait dû pousser ses murs pour accueillir un couple, même filiforme et enlacé. C'était, d'évidence, une tanière de célibataire endurcie.

La visite terminée, la jeune fille tendit une main ouverte à son invité en s'exclamant:

« *N'oubliez pas le guide, m'sieurs-dames !* »

Vif comme l'éclair, il s'empara de la main offerte et la porta à ses lèvres.

« *Polisson !* » minauda-t-elle en la retirant brusquement « *Il était question d'un thé, pas d'un baisemain !* »

« *Tenez...* » ajouta-t-elle en s'éloignant vers le coin cuisine « *Jetez donc un œil par la fenêtre pendant que je mets la bouilloire en action. La vue sur les toits est superbe !* »

Jasmine eut tôt fait de disposer tasses et soucoupes, sucrier et langues de chat sur la toile cirée. Elle se planta soudain face à Esteban et, les poings sur les hanches:

« *Votre pantalon, jeune homme... retirez-le !* »

Comme il demeurait interdit, elle partit d'un grand rire:

« *Vous n'allez pas garder cette tache rouge sur la braguette, tout de même ! Si c'est pour attirer l'œil des demoiselles sur cette partie de votre anatomie, c'est réussi !* »

Il hésitait, ne sachant quelle contenance adopter...

« *Allons, donnez, vous dis-je ! Un peu d'eau savonneuse, un coup de brosse, et il n'y paraîtra plus... Vous m'avez bien vue à poil, pourquoi ne vous verrais-je pas en calcif ?* »

Résigné, il défit sa ceinture et eut l'impression de quitter toute dignité en ôtant son falzar de velours côtelé.

C'est ainsi qu'Esteban se retrouva en slip, chez une parfaite inconnue, accoudé à une fenêtre avec vue imprenable sur les toits du Vieux Lyon au soleil couchant.

Quelques instants plus tard, la bouilloire se mit à siffler au moment précis où Jasmine revenait de la salle de bains, le pantalon sur le bras.

« *Asseyez-vous pendant que ça sèche* » dit-elle « *Nous allons déguster un Darjeeling en papotant* ».

J'eusse aimé être mouche pour assister à ce face-à-face un tantinet dadaïste entre un type en petite tenue, paralysé de trouille, et un modèle vivant sans une once de pudeur, liant connaissance en touillant leur sucre dans une tasse de porcelaine, tandis que du temple voisin leur parvenaient les débordements en cataracte d'un orgue protestant. On se demande bien pourquoi il protestait, d'ailleurs...

Peu à peu, après une entame de conversation d'une banalité affligeante, Esteban retrouva son audace naturelle pour répondre aux questions en rafales que lui posait Jasmine. Un peu bredi-breda, il déballa les moments-clefs de sa vie, la disparition de son père, Franco, l'exil, le suicide de sa mère, son épatante famille d'accueil, le Théâtre de la Cité, Topaze, le journalisme...

Oui, confessa-t-il, après son acrobatie à bicyclette, il avait remué ciel et terre pour la retrouver. Non, il n'avait nulle envie de devenir peintre et s'était inscrit à cette modeste académie dans le seul but de la revoir. Elle en parut touchée. À son tour, il risqua une question qui le taraudait, à brûle-pourpoint :

« *Cela ne vous fait rien, de poser nue ?* »

Elle esquissa un sourire canaille :

« *Ce n'est pas la première fois... J'ai un ami photographe qui connaît tout de mon anatomie !* »

Dans un souffle, la réplique jaillit de la bouche du soupirant :

« *Un ami, ou un petit ami ?* »

« *Dites donc !* » fit-elle mine de s'indigner « *ça ne vous regarde pas !* »

Il valait mieux changer de sujet et elle en vint à parler de ses parents...

« *Mon père est peintre...* » commença-t-elle.

« *Ah!* » l'interrompit Esteban « *D'où votre penchant pour le domaine artistique...* »

« *Vous n'y êtes pas du tout!* » ricana-t-elle « *Mon père est peintre en bâtiment et ma mère fait des ménages. Vous voyez que je ne suis pas née avec une cuillère d'argent dans la bouche...* »

Esteban se sentit stupide et vaguement honteux de sa maladresse.

Elle reprit:

« *Je suis née en France, mais mes parents sont des Ritals, comme disent certains. Des immigrés, qui se sont saignés aux quatre veines pour que je n'en sois pas réduite à faire des ménages comme ma mère... ou pire encore! Ils sont originaires de Naples, plus précisément de Montedidio, une colline sur les hauteurs de la ville. On dit:* « *Voir Naples et mourir* », *mais pour eux, ce fut* « *Fuir Naples et vivre!* », *fuir la misère, les injustices sociales, la violence...* »

Elle resta un long moment les yeux dans le vague, avec ce sourire qu'on eût dit peint par Léonard de Vinci, qui lui allait si bien, entre tristesse et béatitude. Puis elle fit mine de s'ébrouer et reprit:

« *Un jour, je vous présenterai mes parents. Ils habitent sur la rive droite de l'Isère, dans la* « *Little Italy Grenobloise* ». *Ils adorent dire des sottises en napolitain devant des Français qui n'y comprennent goutte. Ma mère vous fera sa pasta d'anthologie et mon père vous initiera au jeu du Scopone scientifico. S'il vous propose de miser de l'argent, refusez! Vous repartiriez en slip, comme vous êtes aujourd'hui... Quant à moi, si on m'appelle Jasmine, mon vrai prénom est Gelsomina, comme l'héroïne de La Strada de Fellini... Gelsomina de Luca. J'ai 22 ans, je dessine, je peins, il m'arrive de poser nue, j'admire les cyclistes qui font des cabrioles en me voyant, et je suis des cours pour devenir restauratrice de tableaux. Voilà, vous savez tout... ou presque!* »

Lorsque se fut calmé le feu nourri de leurs questions réciproques, le soir était tombé sans qu'ils s'en rendent compte et ce qui restait de thé au fond de leurs tasses était froid. Pour se donner bonne contenance, il se mit à faire un sort aux biscuits qui s'étaient crus hors de danger. Désormais, songea-t-il, après avoir glosé sur les madeleines de Proust, on évoquerait les langues de chat d'Esteban! Elle l'observa longuement, intensément, puis elle tendit la main en direction du pantalon de velours, posé à cheval sur une chaise.

« C'est presque sec, vous pouvez le renfiler. Dommage, vous êtes très mignon, en slip ! » gazouilla-t-elle en inclinant la tête.

Comme elle devait se rendre chez des amis, elle lui fit comprendre gentiment que l'entretien était clos. Ils convinrent de se revoir, très bientôt. S'emparant d'un stylo-feutre, elle saisit sa main d'autorité et inscrivit dans la paume son numéro de téléphone.

Jasmine raccompagna Esteban jusqu'à la porte. Il fourra son béret basque dans sa poche, cala son carton à dessins sous son bras et se figea face à elle, tout près. Sans rime ni raison, comme un cadeau d'au revoir, un poème lui vint en bouche :

« Je suis belle, ô mortels ! Comme un rêve de pierre... »

Elle ne le laissa pas poursuivre et enchaîna :

« Et mon sein, où chacun s'est meurtri tour à tour... »

Il y eut comme des points de suspension dans l'air. Il trépignait sur le paillasson, crevant d'envie de sauter sur ce « rêve de pierre » qu'il distinguait à peine dans la pénombre... Furtivement, il se demanda si beaucoup de mortels s'étaient meurtris sur les seins de Jasmine ! Cette pensée le fit souffrir et il se découvrit jaloux...

« Ainsi, vous aimez Baudelaire ! » s'étonna-t-elle *« Un bon point pour vous... La prochaine fois, nous parlerons poésie, voulez-vous ? »*

Alors, deux mains très fines et très douces caressèrent ses joues. Il ferma les yeux. Les lèvres de Jasmine se posèrent sur les siennes, à la dérobée, avec une délicatesse infinie.

Quand il rouvrit les quinquets, elle avait refermé la porte. Il redescendit les escaliers quatre à quatre malgré l'obscurité et se retrouva dans la rue sous la lueur blafarde d'un réverbère. Alors, un nouveau groupe de Japonais eut le réflexe de le prendre en photo tandis qu'il laissait s'échapper, du fond de sa poitrine et les bras tendus vers le ciel, le plus formidable cri d'amour et de joie qui eût jamais été poussé !

C'EST MOI QUI AI VÉCU...

Encore plus échevelé qu'à son habitude, Esteban déboula dans l'appartement comme un cheval fou, alors que Marie et moi soupions en nous racontant notre journée de labeur.

Se délestant à la volée de son carton à dessins, le fou furieux se jeta sur le téléphone, dont il enfonça nerveusement les touches. La fourchette en lévitation, nous l'observions bouche bée...

Il demanda à parler à Marie-Angèle et fit la grimace quand on lui répondit, à l'autre bout, qu'elle méditait au pied de son arbre. Il exigea qu'on aille la chercher séance tenante, un miracle venant d'avoir lieu. Il trépigna quelques instants en se rongeant un ongle qui ne lui avait rien fait, puis la voix de la méditante, un peu essoufflée, se fit entendre car il avait mis l'ampli afin que nous ne perdions pas une miette de la conversation...

« *Allô! Qui donc se permet d'interrompre ma méditation?* »

« *C'est Esteban, Marie-Angèle! Pardonne-moi de te déranger, mais j'ai une grande nouvelle à t'annoncer!* »

« *Je sais, je sais...* » l'interrompit-elle en soupirant « *Tu viens de rencontrer la femme de ta vie. C'est cela?* »

« *Oui, Marie-Angèle!* » opina-t-il un peu décontenancé de voir sa surprise éventée « *C'est elle, je le sais! Ta prédiction s'accomplit!* »

« *C'est bien, mon grand...* » répondit-elle, et on « entendait » clairement le sourire qui accompagnait cette réponse « *J'en suis très heureuse pour toi. Mais il va falloir que tu accroches ta ceinture, à présent!* »

« *Pourquoi me dis-tu cela?* » s'étonna-t-il.

« *Eh bien, cette jeune beauté – car elle est belle, naturellement – va t'en faire baver des ronds de chapeaux! L'attrape-cœur que tu es a fait souffrir bien des jeunes filles. Fini le badinage! Celle-ci va les venger en bloc et ce sera ton tour de connaître les tourments de l'amour!* »

Déconfit, touché au vif, Esteban se taisait. Ma mère sentit son trouble et reprit de sa voix la plus douce:

« *Je t'ai prédit un grand amour, le voilà! Tu vas souffrir, certes, mais tu vas aussi vivre une passion comme peu d'hommes en connaissent au cours de leur existence. Comme ton cher Musset, tu pourras dire à la fin de ta vie: « J'ai souffert souvent, je me suis trompé quelquefois, mais j'ai aimé... »*

Esteban plaqua alors sa voix sur celle de Marie-Angèle et ils déclamèrent la suite de concert:

« C'est moi qui ai vécu, et non pas un être factice créé par mon orgueil et mon ennui... »

La conversation s'arrêta là. Marie-Angèle était impatiente de retrouver son arbre et le cours limpide de sa méditation. Elle nous embrassa et raccrocha la première, tandis que mon vieux frère demeurait statufié. Finalement, il vint se joindre à nous, soupa du bout des lèvres mais nous raconta par le menu, avec son art consommé du récit, les moments fous qu'il venait de vivre avec Jasmine.

UN DÉPART À TIRE D'AILE

La vie suivait son cours, comme une locomotive filant on ne sait où et prête à dérailler sans crier gare. Ayant dû affronter, dès notre jeune âge, quelques deuils et quelques drames qui pesaient leur poids de chagrin dans notre cœur, Esteban et moi connaissions le prix de ces pépites de bonheur que la vie avaricieuse nous offre parfois. Nous les savourions avec la même gourmandise que les clients des « *Caprices de Marie-Anne* » se délectant de sublimes gâteries.

La boutique des deux frangines ne désemplissait pas et elles durent embaucher une vendeuse, puis une seconde, et les jeunes apprentis se bousculaient pour faire leurs classes dans leur laboratoire, sous la houlette bienveillante mais impitoyable de l'irremplaçable Gilbert.

La maisonnette de Ponsas ne restait guère longtemps inoccupée, et nous n'aimions rien tant que nous retrouver « en famille » dans ce havre de paix, pour des repas gargantuesques et d'inavouables libations. La nécessité se faisant sentir d'agrandir la bâtisse, une nouvelle chambre fut bientôt inaugurée, avec une salle de bains et des toilettes dignes de ce nom. Mais nous n'eûmes pas le cœur de jeter bas la cabane des cabinets au fond du jardin, avec sa porte finement ouvragée dont se disait si fier notre ami Topaze.

Par un beau dimanche d'automne, nous décidâmes d'inaugurer notre nouveau refuge ainsi revu et corrigé, que nous baptisâmes « *Le Pigeonnier* » en hommage à Charles Forot. Anne et Gilbert nous avaient précédés, Marie et moi, et j'avais fait promettre à Esteban de nous rejoindre, si possible avec sa belle Jasmine, que nous brûlions tous de connaître enfin.

Ayant passé avec succès mon permis de conduire, j'avais ressorti de son garage la rutilante DS de mon père. À mes côtés, dans la voiture, Marie avait tenu à garder sur ses genoux, comme un Saint-Sacrement, la pièce montée en petits choux et nougatine que sa sœur et elle avaient préparée la veille. Je fis le trajet à une allure d'escargot lymphatique, tant par crainte de *tourdepiser* l'édifice gourmand qu'en hommage à Ferdinand-Topaze et son antique bolide.

Nous arrivâmes à bon port un peu avant midi et je me garai derrière la fourgonnette de la pâtisserie Croix-roussienne, dont les flancs étaient ornés d'une alléchante guirlande de gâteaux.

Anne et Gilbert vinrent à notre rencontre et je ne fus pas sans remarquer leur mine désolée. Posant une main sur mon épaule, la sœur de Marie m'expliqua la cause de leur abattement... Un drame s'était noué alors qu'ils étaient en train de dresser la table dans le jardin et qu'ils observaient Cunégonde, bien installée en rond sur son banc, suivant leur manège de ses pupilles rondes.

« Elle semblait heureuse de nous voir là, tout près d'elle » pleurnicha Anne *« et j'ai cru lire de la tendresse dans son regard »*. Comme elle le faisait remarquer à Gilbert, il y eut un cri strident dans le ciel et un énorme rapace, giflant au passage la joue d'Anne de son aile, fondit sur Cunégonde. Le reptile se cabra en sifflant mais l'oiseau, plus rapide, lui asséna un violent coup de bec sur la tête et la crocheta puissamment.

« Avant que nous ayons pu intervenir, il l'avait emportée à tire d'aile, tenaillée entre ses serres. Nous avons vu disparaître Cunégonde dans le ciel, sa longue queue fouettant l'air dans le sillage du rapace ».

Après des débuts marqués par une certaine méfiance, pour ne pas parler d'aversion, Cunégonde m'avait apprivoisé, plutôt que l'inverse, et je fus attristé par sa disparition. Mais la peine d'Esteban serait d'une autre nature, tant sa complicité était grande avec la gardienne de notre maison. Je les revis sur ce même banc, mon ami lisant au soleil tout en caressant le collier d'écailles vertes et jaunes de la petite tête ovale affectueusement posée sur sa cuisse...

Lorsque la Mini prêtée à Esteban par Marie se gara près du portail, il fut seul à en descendre. Jasmine, nous expliqua-t-il avec embarras, était retenue par d'autres obligations et nous priait de l'excuser. En fait, me souffla-t-il à l'oreille avec une bonne dose d'amertume dans la voix, elle passait la journée avec un dénommé Siegfried, son amant en titre...

Des confidences qu'il me fit plus tard, je déduisis en mon for intérieur que la reine de cœur de mon compagnon tenait fort de la mangeuse d'hommes, ou plutôt de la Carmen de Mérimée pour qui l'amour est enfant de bohème.

Mon vieux frère d'âme était en peine. L'annonce de l'envol de Cunégonde, à mots choisis, parut l'achever. Il se dirigea vers le banc de pierre, le contempla longuement, finit par s'y poser, et demeura ainsi, prostré, pendant toute la durée du repas. Lorsque je lui glissai dans la main une flûte de champagne, il se leva et se dirigea lentement vers la motte de terre au pied du tilleul, où reposaient les cendres de notre prof de français vénéré. Comme il y déversait le contenu de son verre, d'un doré pétillant, je l'entendis murmurer :

« *C'est donc cela, la vie, mon pauvre Topaze ? Quelques bulles qui nous grisent et puis qui s'évanouissent, nous laissant en bouche un goût amer...* »

Esteban, rongé par une passion dévorante, me faisait l'impression d'un poisson ferré qui se débat et souffre le martyre, mais qui s'offre à la pêcheuse-pécheresse qui le fera rissoler à feu vif.

Chaque fois qu'il le pouvait, il allait attendre sa belle à la sortie de son cours de dessin, un bouquet de fleurs de saison à la main. *« Comme c'est mignon ! »* s'attendrissait-elle. *« Comme vous êtes nigaud ! »* traduisait-il.

Refusant de n'être qu'un numéro sur la liste des conquêtes de Jasmine, il s'efforça de déclarer sa flamme de façon singulière. Il appela donc sa muse à la rescousse pour pondre des poèmes enfiévrés, qu'il postait à sa bien-aimée avant la première levée du matin. Lorsqu'il en eut écrit suffisamment pour qu'elle ne pût ignorer la vigueur de son sentiment, il eut l'idée de les regrouper dans un recueil, qu'il intitula *« À tire d'Elle »* et qu'il publia à compte d'auteur. En découvrant cet opuscule dans sa boîte aux lettres, la jeune femme ne chercha pas à retenir la larme d'émotion, ou d'amour-propre, qui coula le long de sa joue pour venir auréoler la page de garde.

De ce petit livre, tiré à une centaine d'exemplaires, je conserve un carton plein à ras bord. N'y manquent que deux exemplaires, celui de Jasmine et celui qu'il m'offrit, que je conserve pieusement. M. Forot et Topaze auraient aimé lire ce cri du cœur à tirage limité...

Quelques semaines après la mémorable séance de pose à l'académie de peinture, la belle napolitaine accepta l'invitation que lui fit Esteban d'un déjeuner dans une guinguette des bords de Saône. L'amoureux transi bouda son assiette mais la dévora des yeux, ce qui la fit rire.

« Vous ne savez pas qui je suis et ce dont je suis capable ! » lui déclara-t-elle au moment du dessert *« Je suis une fille libre, j'ai eu beaucoup d'amants, mais sachez que je ne cours jamais deux lièvres à la fois... »*

« Alors, je saurai vous attendre et vous m'aimerez ! » répliqua-t-il fièrement.

Une vague de jalousie le submergeant soudain, il ajouta, sourcils froncés :

« Ce Siegfried, qui est-il au juste ? »

Elle sembla hésiter, puis répondit avec un air de défi dans le regard :

« Siegfried est un photographe allemand très renommé, qui s'est établi dans le Vieux Lyon... »

Il l'interrompit : *« C'est pour lui que vous posez nue ? »*

Elle cessa de sourire et s'arc-bouta contre le dossier de sa chaise :

« Je vous trouve bien curieux, jeune homme ! Eh bien soit, je vais satisfaire votre curiosité... Je vous invite à assister à une séance de prise de vues dans son studio. »

Rendez-vous fut pris et c'est plutôt mal à l'aise dans ses baskets que le fier hidalgo se présenta, le jour dit et à l'heure convenue, au studio dont Jasmine lui avait donné l'adresse.

Il lui fallut trabouler un peu avant de se retrouver devant une lourde porte en ogive, ornée d'une plaque de cuivre indiquant que *« Siegfried von K., photographe »* demeurait là. Esteban prit une ample bouffée d'air et cogna de son poing fermé en se demandant quel patronyme se cachait derrière les initiales von K. En découvrant le visage de l'homme qui lui ouvrit, il pensa que « von Karajan » était peut-être la clef de l'énigme, tant la ressemblance était frappante avec le *Kapellmeister* bien connu : la cinquantaine sportive, le visage sévère, le regard ardent, une bouche aux lèvres pincées qu'on devinait avare de sourires et, surtout, une formidable crinière argentée dont une main nerveuse ramenait sans cesse les vagues rebelles en arrière.

Esteban faillit claquer des talons à la mode prussienne, mais se contenta de bomber le torse en inclinant légèrement la tête. Le type en col roulé qui lui faisait face le considéra avec intérêt et lui tendit la main. Il se mit à parler, par phrases courtes et syncopées, sans aucun accent teuton.

« Bonjour. Vous devez être Esteban. Je suis Siegfried von Kärsher. Jasmine m'a annoncé votre visite. Elle est en train de se préparer pour la séance photo. Entrez, je vous prie. »

Esteban saisit la main tendue. La poigne était vigoureuse, un bon point pour ce photographe au nom de nettoyeur à haute pression.

Apaisé par cette entrée en matière, mon ami suivit son hôte le long d'un couloir chichement éclairé. Ils débouchèrent dans une vaste pièce dont le mur principal était dissimulé derrière une sorte de drap tendu, immaculé. De puissants spots inondaient de lumière cette toile de fond et le néophyte fut intrigué par les deux parapluies fixés sur des tiges qui complétaient le dispositif. Siegfried lui expliqua le pourquoi et le comment de cette installation, s'attardant sur l'appareil photo de marque japonaise installé sur un trépied, dont il semblait très fier et dont il se servait pour des portraits et des photos d'art.

En un rien de temps, Esteban eut droit à un cours magistral dont il tenta de capter au vol les mots-clefs : réflecteur, pied girafe, posemètre, modeleur... La migraine menaçait, quand il sentit une main délicate se poser sur son épaule.

Pieds nus, drapée d'une courte tunique à l'antique serrée à la taille par une cordelette, le front ceint d'un diadème, un carquois abondamment garni sur l'épaule et un arc à la main, plus radieuse que jamais, Jasmine venait de faire son entrée dans le studio. Elle passa des doigts taquins dans la toison revêche d'Esteban, et l'embrassa sur les deux joues. Tout en retroussant ses manches, Siegfried invita son modèle à prendre la pose sur l'estrade octogonale disposée devant la toile laiteuse, seul îlot lumineux dans cette pièce enténébrée.

Jasmine se dirigea d'abord vers un large miroir enchâssé dans un mur, à l'autre bout du studio, et prit soin d'ajuster son diadème, puis d'arranger les plis de son vêtement. D'une démarche souple, elle vint ensuite s'exposer en pleine lumière et se mit à essayer des attitudes. Mon compagnon, sans la quitter du regard, trouva un tabouret et s'installa en retrait. Sous les puissants éclairs des spots, la fine tunique aux plis savants ne laissait rien ignorer du corps de la chasseresse et mon Esteban se vit à nouveau dans la position du voyeur, comme à l'Académie de peinture. Et tout comme ce jour-là, il sentit son cœur démarrer à son insu un galop d'enfer.

Le photographe déployait une folle énergie à peaufiner ses réglages. Devenu metteur en scène, le grand ordonnateur s'approcha enfin de l'estrade et s'agenouilla aux pieds de son modèle, lui parlant d'une voix à la fois tendre et autoritaire.

« Souviens-toi, Jasmine, tu es la Diane chasseresse de Versailles, dont nous avons étudié la photo. Avance un peu plus ta jambe gauche... voilà ! La main droite saisit une flèche dans le carquois... bien ! Le visage tourné sur la droite, ma chérie... Parfait ! Désolé, je n'ai pas trouvé de biche pour galoper à tes côtés... Ne bouge plus, tu es magnifique ! »

À pas pressés, Siegfried reprit place derrière son trépied et, implacablement, commença à mitrailler Jasmine. Le flash faisait naître des éclairs qui enveloppaient Diane, fardant son visage d'une lueur spectrale. Retirant l'appareil de son support, le photographe se mit à tourner autour de son sujet, captant chaque angle, chaque perspective, ponctuant les déclics d'encouragements sibyllins...

« Vas-y, ma chérie, donne-moi tout ! »

Le preneur d'images décida enfin d'une courte pause. Galant, il apporta un verre d'eau à la jeune femme et déposa un baiser sur son front. Comme leurs visages ruisselaient, ils mélangèrent leurs suées dans les plis d'une même serviette. Esteban crut la séance terminée, mais Siegfried lança avec autorité :

« À présent, ma belle, on fait comme on a dit. OK ? »

Intrigué et quelque peu embarrassé, le spectateur se dandinait d'une fesse sur l'autre, redoutant la suite.

Pour toute réponse, Jasmine avait déposé au sol son arc et son carquois. Tout sourire et cherchant le regard du voyeur dans la pénombre, elle dénuda ses épaules et fit lentement glisser le haut de sa tunique jusqu'à la ceinture. Somptueux, les seins jaillirent, libérés, fiers et impertinents. Elle dénoua sa ceinture et le voile vaporeux flotta en corolle le long de ses jambes. Mirifiquement nue, Jasmine reprit la pose de Diane, toujours chasseresse mais de moins en moins chaste...

Les clics-clacs s'enchaînèrent de plus belle. Comme en transes, le teuton au Nikon endiablé se remit à danser autour de sa maîtresse qui, soumise à son désir, semblait vraiment « lui donner tout ».

« C'est superbe, ma chérie ! » haleta Siegfried, l'appareil en suspens *« On arrête là ? »*

« Non ! » minauda la jeune femme *« On boit une coupe de champagne et on tente « L'Éternelle Idole »...*

« Je veux bien, si tu n'es pas trop fatiguée... » répondit l'opérateur en s'emparant d'une bouteille et de trois coupes dissimulées derrière l'estrade *« Mais il y a un léger problème : cette sculpture de Rodin représente un couple... et je ne peux pas être à la fois le photographe et le modèle ! »*

Pour toute réponse, Jasmine pointa un index en direction du spectateur. Planqué sur son tabouret dans la partie la plus obscure du studio, Esteban en avala de travers une gorgée du champagne et se mit à tousser.

« Bon, je te laisse le convaincre... » opina Siegfried en soupirant *« Je vais chercher la photo de cette sculpture ».*

Esteban s'était levé d'un bond en articulant des *« Non, non, non... »*

en rafale. Jasmine, qui avait passé un peignoir, s'approcha de lui, son éternel sourire de Mona Lisa aux lèvres.

« *Vous pensiez vous en tirer comme ça, M. Lorca ? On se rince l'œil et bye-bye ?* »

Son sens de la repartie pris en défaut, il demeura coi. Elle lança ses bras autour de son cou, approcha sa tête et, furtivement, leurs lèvres se frôlèrent. Elle reprit, soudain autoritaire :

« *Si vous m'aimez autant que vous le dites, Monsieur le poète, je vous mets au défi de poser avec moi ! Sinon, vous pouvez vous retirer et m'oublier pour toujours...* »

Siegfried était revenu et, glissant une photo dans les mains d'Esteban, il la détailla :

« *Voici « L'Éternelle Idole », un chef-d'œuvre de Rodin. Une ode à la femme et une ode à l'amour. Regardez attentivement : l'homme est aux genoux de sa bien-aimée. Elle le domine tout en s'offrant à lui. Il faut avoir beaucoup aimé pour comprendre ce que l'artiste a voulu exprimer...* »

« *Oui* » enchaîna Jasmine « *Un poète l'a formulé autrement : « La femme est l'avenir de l'homme...* »

Esteban observa la jeune fille qui regagnait l'estrade en ondoyant. En chemin, nonchalamment, elle laissa glisser son peignoir et reprit place dans la lumière crue des spots incandescents. Le photographe, avant de la rejoindre pour l'aider à prendre la pose, se tourna vers son visiteur :

« *C'est très facile, vous verrez. Pas de quoi en faire toute une histoire ! Posez vos vêtements sur cette chaise et rejoignez Jasmine...* »

Le ton était sec et péremptoire. En automate, Esteban se déshabilla et fit un pas en avant.

« *Le caleçon aussi, s'il vous plaît !* » grogna Siegfried.

J'ai sous les yeux un tirage de la photo que mon compagnon rapporta de cette séance inédite. Sa bien-aimée est en surplomb de lui, fièrement cambrée, une main inerte et l'autre accueillant contre elle son amant. Lui est à ses genoux, en extase ou en pénitence, les bras comme noués en arrière, le torse entre les cuisses de son amante, déposant un baiser entre ses seins. Le cliché est en noir et blanc, mais je gage que le visage de mon ami devait être cramoisi en tenant la pose.

« *Vous vous en êtes très bien tiré !* » le félicita Siegfried tandis que le modèle impromptu se rhabillait à la hâte en tremblant comme une feuille.

« *Et vous avez un corps superbe, félicitations !* » ajouta-t-il.

C'est alors, avant de tourner les talons, que le photographe planta sa banderille assassine :

« *Vous feriez un très beau couple, Jasmine et vous... si elle n'était pas avec moi !* »

Au retour de cette séance de *shooting photo* et après me l'avoir contée du bout des lèvres, mon compère me fit part de son embarras et de sa décision de laisser mijoter Jasmine quelque temps avant de reprendre le fil de cette étrange relation. Je songeai en moi-même qu'il ne se passerait pas une semaine avant qu'il ne se rue à l'Académie de peinture, un bouquet à la main et un poème en poche...

Par contre, j'eus du mal à comprendre sa gêne, peu conforme à son tempérament d'Hidalgo. Comme je le titillais sur ce point, il me fit un aveu à voix basse :

« Comment te dire ?... pendant que je prenais la pose, tout contre elle et niché entre ses seins, eh bien... »

« Eh bien quoi, Esteban ? »

« Eh bien... la nature a parlé ! »

« Ah bon ! » m'étonnai-je en me retenant de rire *« Tu veux dire que... »*

« Oui, j'ai bandé ! Comme un âne que je suis. Comme un « Estebâne », dirait le père Legras ! »

Je parvins sans trop de peine à le persuader que c'était tout à son honneur, que sa robuste virilité ne pouvait que plaider en sa faveur et que l'amant teuton, qui avait l'âge d'être le père, voire le grand-père de la demoiselle, n'était sans doute pas de taille à lutter sur ce terrain-là.

Marie rentra sur ces entrefaites, un carton de gâteaux à la main, coupant court à cette étrange discussion. Elle était radieuse et ses joues empourprées, son souffle court, me laissèrent deviner que l'ascenseur était encore en panne.

Elle vint s'asseoir sur mes genoux et nous annonça, d'une voix enjouée qui charriait des nuées de petits Cupidons tirant des volées de flèches :

« Anne attend un bébé ! c'est merveilleux, non ? ». Sans nous laisser le loisir de répondre, elle ajouta en me regardant fixement : *« Gilbert et elle vont se marier !... Ne serait-ce pas merveilleux si nous convolions le même jour, mon Valentin ? »*

Tout semblant merveilleux à ma blonde compagne, je fis mine de réfléchir, pour la forme, avant d'acquiescer. Nous nous aimions et graver nos noms au bas d'un parchemin, comme aurait dit Brassens, me parut tout à fait légitime.

Les jumelles fixèrent la date des épousailles au printemps suivant, mais Marie commit la maladresse de suggérer à Esteban de se joindre à nous pour passer la bague au doigt de Jasmine. Pour toute réponse, l'intéressé se leva d'un bond et se retira dans ses appartements, en faisant claquer sa porte rageusement. Les murs s'en souviennent encore...

Comme je l'avais subodoré, Jasmine et Esteban ne restèrent guère longtemps sans se voir après la mémorable séance chez Siegfried. Ils prirent l'habitude de se retrouver une ou deux fois par semaine, ordinairement au sein du Musée des Beaux-Arts, place des Terreaux. La jeune fille, qui poursuivait ses études artistiques, s'y rendait dans le cadre de ses travaux pratiques, afin de copier des toiles de petits et grands maîtres.

Esteban, assis sur un banc au pied d'une statue de Rodin, dans les jardins du Palais Saint-Pierre, antichambre du musée, arrivait toujours en avance, par politesse et pour le bonheur simple de la voir venir à sa rencontre, d'une démarche aérienne, son éternel carton à dessins sous le bras.

Après s'être sagement entre-bécotés, ils quittaient l'ancien cloître de l'abbaye bénédictine pour pénétrer dans l'enceinte du musée. En riant comme deux gones, ils s'amusaient à grimper quatre à quatre les escaliers de marbre pour parvenir, hors d'haleine, au second étage.

Leur souffle retrouvé, ils cheminaient côte à côte dans le labyrinthe des couloirs, traversant les hautes salles à l'éclairage zénithal en faisant craqueter les parquets, ne manquant pas de saluer les gardiens que l'étudiante appelait souvent par leurs prénoms, en habituée des lieux.

Partant du principe que « femme qui rit est à moitié conquise » et pour le bonheur d'entendre le bel éclat de rire de sa bien-aimée, Esteban n'était pas avare de pitreries et déployait pour elle tout son talent de jongleur de mots. Un jour, il attira Jasmine dans une salle à l'écart où reposait un cénotaphe servant de lit funéraire à un gisant de pierre, pieuse femme aux deux mains en prière. Curieusement, la tête minérale de la défunte était légèrement soulevée, comme en lévitation. Le farceur y glissa un coussin qu'il avait dissimulé dans son sac à dos.

« Ce sera plus confortable pour elle ! » se justifia-t-il. Jasmine pouffa et ils s'esbignèrent à grandes enjambées, comme deux profanateurs de gisants...

Esteban me fit la grâce de me raconter une autre de ces visites guidées en compagnie de sa dulcinée, vers la fin de l'année 73...

Jasmine, chemin faisant, désignait à son « garde du corps » ses œuvres préférées, contant à voix basse mille anecdotes sur les artistes qui les avaient conçues. Rituellement, ils marquaient une pause devant le *« Nave nave Mahana »* de Gauguin, la première toile du bourlingueur solitaire à avoir eu les honneurs d'un musée français. Esteban se dit en lui-même que si ce coquin de Paul avait côtoyé la belle brune à ses côtés, il se serait inspiré de ses appâts époustouflants pour en doter ses grignettes vahinés...

Ce jour-là, ils avaient rendez-vous avec un chef-d'œuvre qui, selon Jasmine, valait bien toutes les toiles signées par les plus grands portraitistes, comme Raphaël ou Leonardo, excusez du peu.

Ils reprirent leur lente procession et Jasmine eut un mot gentil pour chacun de ses favoris : Renoir, Delacroix, Rembrandt, Monet, Corot... Nouvelle station prolongée devant la *« Paysanne au châle vert »* de Van Gogh, chouchou d'entre les chouchous qu'elle appelait familièrement par son prénom : *« Vincent par-ci, Vincent par là... »*

« Voyez comme sa palette est sombre et terreuse, le peintre se cherche, le génie n'a pas encore déployé ses ailes... », souffla-t-elle au néophyte qui buvait ses paroles.

Insensiblement, ils pressèrent le pas en approchant du but de leur visite. Ils s'immobilisèrent à distance respectueuse de l'œuvre avec laquelle ils avaient rancard...

« Fleur des Champs » expliqua la savante Jasmine *« pourrait être le surnom de cette jeune femme représentée par le peintre. Vous remarquerez qu'elle est vêtue dans le style Renaissance italienne et tient dans ses mains des fleurettes fraîchement cueillies, boutons d'or, bleuets et coquelicots. »*

Esteban s'approcha de la toile, vaguement intimidé par le regard mélancolique de la belle demoiselle dont la tunique savamment plissée éveillait un souvenir doux-amer dans sa mémoire.

« Comme elle vous ressemble ! » osa-t-il *« N'avez-vous pas posé pour ce Louis Janmot, dans une autre vie ? »*

« Qui sait ? » répondit-elle en clippant une feuille de Velin d'Arches

sur son carton à dessins et en ouvrant sa boîte de fusains *« J'aurais aimé vivre au XIX*ᵉ *siècle et servir de modèle à ce peintre-poète. Ce portrait est l'un des plus beaux que je connaisse, et j'en ai vu beaucoup... »*

Esteban s'assit à l'autre bout de la banquette où elle avait pris place et demeura plus impassible qu'une statue, pour ne pas perturber le travail de l'artiste. D'une main souple et précise, celle-ci faisait naître sur le papier un sosie du modèle aux lèvres boudeuses, au regard énigmatique et ténébreux.

Une heure plus tard, satisfaite de son ouvrage, elle le montra à Esteban, sans une once de fausse modestie.

« C'est assez réussi, qu'en pensez-vous ? »

Le profane approuva, sincèrement admiratif.

« Un jour » reprit-elle *« si vous êtes sage, je vous montrerai la série de dix-huit toiles qu'a réalisées ce même Louis Janmot et qu'il a intitulées « Le Poème de l'âme ». Baudelaire, poète immortel mais critique d'art discutable, a regardé ces œuvres avec dédain. Pour ma part, j'y vois la sublime expression des tourments d'un artiste mystique, l'œuvre de sa vie et son testament spirituel... »*

En sortant du Palais Saint-Pierre, ce jour-là, alors qu'ils allaient s'entre-biser à nouveau, Jasmine sortit une enveloppe rose de sa poche et la tendit hardiment à Esteban. Comme il allait l'ouvrir, elle arrêta son geste et lui commanda de ne le faire que lorsqu'il serait seul.

« Vous l'avez bien mérité ! » lui glissa-t-elle en s'éloignant.

À peine eut-elle tourné l'angle de la place qu'il déchira l'enveloppe. À l'intérieur, dans un papier de soie, il découvrit une mèche brune. Les doigts tremblants, il la porta à ses lèvres. Une pensée lui vint, qui le fit sourire : Valentin avait-il gardé les deux mèches blondes d'Anne et de Marie ? Lui, Esteban, se jura de conserver ce noir talisman jusqu'à son dernier souffle !

LE COTON CLUB

Le printemps de 1974 pointa le bout de ses bourgeons. Le mariage des jumelles et de leurs soupirants approchait. À la demande de Marie, je m'étais mis en quête d'une péniche à louer, pour faire « une fiesta d'enfer » après un passage obligé par la mairie.

Esteban était devenu, en peu de temps, un journaliste hors pair et sa plume alerte était très recherchée. Il devint correspondant de plusieurs titres à grand tirage, y compris hors de nos frontières. Sa renommée croissante l'amena à voyager pour couvrir des évènements retentissants ou réaliser des interviews qu'il préparait méticuleusement. Il dédaignait le cloaque politique, qu'il estimait peuplé de coquins et de requins, mais son esprit rebelle l'amenait parfois à *« bouffer du potentat »*, comme il disait. Sa plume, alors, devenait une épée redoutable. Je l'entends encore exploser :

« Pour un Jaurès, combien de petits marquis en quête de pouvoir et de fric, inféodés à des lobbies. Formatés par de grandes écoles pour séduire et dominer, ces nuisibles grouillent dans les allées du pouvoir comme des asticots sur un vieux fromage ! ».

En revanche, il baignait dans son jus en se trouvant face à des écrivains de haut vol, des artistes qu'il admirait, des militants de causes qu'il soutenait. Avec délicatesse, mais sans flagornerie, il dressait d'eux de savoureux portraits qui sont encore cités en modèle dans les salles de rédaction et les écoles de journalisme. C'est ainsi qu'il fut amené à interviewer Garance, la diva déchue, qui présidait un festival de cinéma du côté d'Annecy. Il m'avoua avoir pris la fuite lorsqu'elle lui proposa, hors micro, de partager un bain avec elle, *« comme au bon vieux temps »*...

Jasmine, de son côté, poursuivait sa troisième année d'études. Elle venait de décrocher, grâce à un coup de pouce de son chevalier teutonique, un stage de trois mois dans un musée de Florence, dont elle devait rapporter une toile en péril à restaurer. Déjà, elle commençait à cogiter le mémoire qu'elle aurait à rédiger et soutenir à la fin de ses cinq années d'apprentissage.

Esteban et elle vivaient donc leur platonique et complice relation en pointillé, se fixant des rendez-vous express entre deux reportages ou entre deux cours, toujours dans les jardins du Palais Saint-Pierre, camp de base de leur étrange duetto. Lorsque le ciel était maussade, ils se retrouvaient en compagnie de *« Fleur des Champs »* et passaient de longs moments à *bagasser* sur la banquette, sous le regard en coin de la belle évanescente aux mains fleuries.

Le jour du mariage arriva. Les jumelles n'avaient cessé de comploter afin de rendre cette journée mémorable. Non pas tant le passage par la mairie, formalité expédiée au pas de charge, mais la soirée qui s'ensuivrait, sur la péniche que j'avais réservée et qui se trouvait ancrée le long du quai Sarrail, sur la rive gauche du Rhône.

Je me demande encore comment Anne et Marie se débrouillèrent pour dénicher autant d'invités, plus d'une centaine. Elles avaient prévu un buffet fastueux et une ribambelle de desserts tous plus appétissants les uns que les autres.

Financièrement parlant, leur pâtisserie tournait « du feu de Dieu » et nos fins de mois se passaient sans douleur. Qui plus est, le père Coton, parvenu au zénith de la hiérarchie de sa banque, n'aimait rien tant que de glisser subrepticement de gros chèques dans les sacs de ses filles. Grâce à lui, c'était Noël en toute saison...

Sur les cartons d'invitation, sous le titre *« Bienvenue au Coton Club »*, il était stipulé qu'une tenue style années 20 était de rigueur, sous peine d'être jeté à la baille, en pâture aux silures.

C'est ainsi que Gilbert et moi nous retrouvâmes cigare au bec, au coucher du soleil, au pied d'une passerelle d'embarquement. Nous avions fière allure dans nos smokings de location, chemise à col cassé et nœud papillon, le cheveu gominé à outrance façon Al Pacino dans *Le Parrain.* Chargés d'accueillir les convives, nous nous amusions à faire faire de la luge à nos feutres Fedora sur nos crânes lustrés et pouvions nous mirer dans nos derbies bicolores luisants, que je rêvais d'échanger contre de confortables charentaises.

« Heureusement qu'Anne est enceinte, donc facilement reconnaissable... » me lança Gilbert *« Sans cela, j'aurais pu épouser Marie par erreur ! »*

Je souris à sa plaisanterie, me gardant bien de préciser qu'un autre détail anatomique, sous le sein gauche de Marie, permettait de distinguer les jumelles...

Pendant ce temps-là, nos épouses et un bataillon d'extras s'affairaient à bord, autour du buffet gargantuesque, mais Anne papillonnait plus mollement que sa sœur, son giron digne des frères Montgolfier menaçant de débonder à tout instant. Gérald-Antoine, futur grand-père, se sentant des velléités de curateur au ventre, ne quittait pas d'un pouce sa fille enceinte. Il pourrait la retrouver aisément dans la foule grâce à la longue aigrette rose qui ornait son bonnet en dentelle, pendant parfait du même ornement bleu sur la tête de Marie.

Grande absente de la soirée, ma mère m'avait téléphoné la veille au soir pour s'excuser, arguant d'une panne de l'appareil qui devait l'acheminer de Dharamsala, où elle suivait un enseignement auprès du Dalaï-Lama, jusqu'à New Delhi. Mais elle nous envoyait, m'assura-t-elle, une généreuse provision d'ondes positives à partager entre nous.

Tandis que les premiers invités, accueillis par messieurs les mariés, montaient à bord, l'orchestre « Dixieland Crazy Band » déjà en place débutait son récital allegro moderato, les cuivres s'économisant pour la suite de la soirée.

Les mâles magnifiques semblaient des réincarnations de Gatsby tandis que les femmes fatales rivalisaient de charme, des accroche-cœurs aguichants dépassant de leurs chapeaux cloche ou de leurs turbans. Elles avançaient en ondulant vers la piste de danse, quelque peu engoncées dans leurs robes fourreau pailletées, certaines tirant des panaches de fumée de leurs longs porte-cigarettes, d'autres jouant plus ou moins adroitement avec d'interminables colliers de perles.

Ajustant un œillet à ma boutonnière, je passai une partie de la soirée à slalomer entre les couples qui enchaînaient frénétiquement fox-trot et charleston. Ne sachant pas danser, j'emplissais à la chaîne des coupes de champagne tout en gardant un œil rivé sur la porte d'entrée. Viendrait-viendrait pas ? Évidemment, c'est Esteban que je guettais, ce dernier m'ayant promis-juré d'honorer mon mariage de sa présence, si possible en compagnie de Jasmine, que j'espérais enfin connaître.

Vers minuit, les lumières s'éteignirent et la grosse boule de cristal au plafond cessa de propulser tous azimuts ses nuées d'étoiles filantes. Un seul projo guidant leur lent cheminement jusqu'au centre de la salle, il ne fallut pas moins de quatre serveurs pour apporter le gigantesque gâteau de mariage, sous l'œil vigilant des jumelles et de Gilbert, architectes de cette tour gourmande à quatre étages, ornée d'une guirlande de fleurs en pâte d'amande.

Une pluie d'applaudissements salua l'entrée du chef-d'œuvre. La lumière revint, les étoiles filantes reprirent leur manège et les musiciens, qui avaient pu récupérer un semblant de souffle, attaquèrent à nouveau des standards endiablés. Tout notre beau monde de joyeux gambilleurs reprit le rythme, ne cessant de se trémousser que pour assiéger le buffet et se gargariser au champagne.

Sans plus guère y croire, je tournai machinalement la tête en direction de l'entrée et je le vis enfin ! Esteban se tenait près de la porte, légèrement en retrait, dans un recoin épargné par les éclats de lumière de la boule de cristal. Il semblait jouer les timides, ce qui ne lui ressemblait guère. Je lui fis un signe de la main et le rejoignis, une coupe de champ' de bienvenue à la main.

Mon ami s'était mis sur son trente et un et je m'apprêtais à le complimenter sur son magnifique smoking blanc lorsque je remarquai un pansement sur son arcade sourcilière gauche et un hématome violacé sous son œil droit.

Comme je le pressais de questions, il s'empara de la coupe et la vida d'un trait, puis me saisit par la manche et m'entraîna à l'extérieur, à la proue de la péniche.

Il demeurait silencieux, visiblement tourneboulé. J'insistai :

« Eh bien mon vieux, te voilà bien amoché ! Que t'est-il arrivé ? »

Il soupira profondément, puis daigna me répondre, d'une voix où se mêlaient affliction et colère :

« Désolé d'arriver si tard, frangin, mais la journée a été rude ! »

Et il se mit à me la raconter, sa rude journée...

Il était convenu qu'Esteban aille récupérer Jasmine à son domicile, en début d'après-midi, pour nous retrouver au sortir de la mairie et nous faire la surprise d'un convoyage des mariés dans la Mercedes Excalibur blanche qu'il avait louée pour l'occasion.

Arrivé devant la porte de sa bien-aimée, il s'apprêtait à toquer lorsqu'il perçut, filtrant de l'appartement, des hoquets et des sanglots convulsifs. Il frappa énergiquement mais on mit du temps à lui ouvrir. Enfin, Jasmine parut dans l'entrebâillement, en peignoir blanc chiffonné, ses longs cheveux bruns ruisselant sur un visage dévasté par les larmes. Le fard à paupières et le mascara de son maquillage, dissous par les sanglots, lui avaient composé des yeux de hibou.

Esteban demeurait médusé sur le paillasson, face à cette jeune femme que le chagrin tentait en vain d'enlaidir. Elle se jeta contre lui, laissant s'écouler le flux lacrymal au creux de son épaule et ornant d'une virgule de rimmel le smoking immaculé.

Ils finirent par s'échouer sur le bord du lit de Jasmine où, tout en transformant en serpillière le mouchoir qui lui était tendu, elle parvint à faire le récit du coup de théâtre qui l'avait ainsi chamboulée.

Le matin même, elle avait participé à une nouvelle séance de *shooting photo* chez Siegfried von K. Depuis quelque temps, elle avait noté que les poses qu'il lui imposait devenaient de plus en plus érotiques, relevant davantage du Kama Sutra que de l'expression artistique. Pour ne pas peiner son amant, elle avait accepté cette ultime prise de vue, avec la certitude que les clichés qui en résulteraient resteraient cloîtrés dans un album secret, « *Only for Jasmine and Siegfried's eyes* », comme l'affirmait le photographe.

Agacée, Jasmine mit prématurément un terme à cette séance éprouvante et acrobatique. Tandis que son amant, sans protester, remisait son appareil et éteignait les spots, elle se dirigea, revêtue d'un peignoir, vers le large miroir au fond de la pièce, pour remettre de l'ordre dans sa chevelure. C'est alors qu'elle entendit le miroir toussoter... Il ne fallut pas longtemps à la finaude pour tout comprendre et elle se rua dans le couloir, ouvrant à la volée la porte de la pièce attenante au studio. Dans la pénombre, elle distingua cinq types au crâne chenu, élégants vieux beaux confortablement installés dans des fauteuils crapaud, verre en main, face au miroir sans tain. Ils se levèrent d'un bond à l'entrée de la furie et prirent la fuite en grande panique, recevant au passage des volées de jurons et de claques.

Des claques, elle en garda une en réserve, magistrale, qu'elle administra à Siegfried alors qu'il bredouillait de vagues excuses, assurant que ces voyeurs étaient de purs esthètes, des amoureux de l'art vivant qui payaient le prix fort pour assister à ces séances de pose. D'ailleurs, Jasmine en aurait sa part, dit-il en sortant de sa poche une liasse de billets...

Outragée, écœurée, sidérée, Jasmine lui balança les biffetons à la figure et prit la fuite en poussant un hurlement de bête blessée. Dans la rue, un groupe de touristes en goguette dut s'écarter pour laisser passer cette échappée de l'asile en peignoir, qui courait pieds nus en vociférant, glissant sur les pavés du Vieux Lyon.

À quelques encablures de là, la jeune fille retrouva son domicile et s'effondra sur son lit, ne parvenant pas à tarir l'insondable source de ses larmes. C'est ainsi qu'Esteban la trouva, c'est ainsi qu'il comprit que sous son masque de femme libre, au caractère bien trempé, Jasmine dissimulait une touchante fragilité. Il se sentit, soudain, pousser des ailes d'ange gardien.

Sous le prétexte de récupérer les vêtements et le sac de sa protégée, l'ange Esteban prit son envol et s'en alla heurter l'huis du repaire du photographe scélérat. À peine Siegfried lui eut-il entrouvert la porte qu'il le propulsa à l'intérieur de l'appartement, lui administrant ex abrupto un direct du gauche qui eut fait grand mal au Teuton s'il ne l'eut esquivé...

Le pugilat qui s'ensuivit n'eut rien d'académique et le fair-play n'y trouva pas son compte. La rage d'Esteban décuplait ses forces, mais il distribuait ses coups de poing et de pieds en rafales, à l'aveuglette. Son adversaire, svelte quinquagénaire, avait des muscles d'acier mais manquait d'à-propos dans ses ripostes. Il en résulta que le combat en un round tourna court, les deux pugilistes roués de coups et rompus gisant au sol.

Esteban parvint à se relever le premier. Courbé en deux suite à un violent crochet du gauche au foie, il tituba dans le couloir jusqu'au studio. Considérant le Nikon rutilant dans un coin de l'estrade, il hésita puis le ramassa. Sur sa lancée, il glana çà et là les vêtements de Jasmine, ses chaussures et son sac. Il allait sortir, mais revint sur ses pas... au risque de se blesser, il expédia un ultime coup de poing dans le faux miroir, qui vola en mille éclats.

Avant de vider les lieux, il s'immobilisa devant Siegfried. Ce dernier s'était assis en tailleur et maintenait un mouchoir contre sa bouche dont s'écoulait un mince filet de sang, suffisant pour parsemer d'une myriade de petites étoiles rouges l'éternel pull blanc à col roulé. Le terrible uppercut d'Esteban avait été décisif dans sa victoire aux points. Le vaincu leva une main en direction de son adversaire, comme pour lui offrir au creux de sa paume les deux canines perdues au combat, mais Esteban déclina l'offre en haussant les épaules. Sur le pas de la porte, il brandit comme un trophée l'appareil photo. Siegfried von K. leva un regard hébété et fit « oui » de la tête. Ils avaient échangé une avalanche de coups, mais pas le moindre mot.

Depuis ce jour, le Nikon du Teuton a toujours accompagné mon ami journaliste lors de ses barouds à travers le monde.

« *Voilà !* » conclut Esteban d'un air désolé « *Voilà pourquoi je suis en retard à ton mariage, vieux frère. Quant à Jasmine, je lui ai fait prendre un calmant et je l'ai bordée dans son lit. Elle doit s'envoler pour Florence demain matin et je l'accompagnerai à l'aéroport dans mon Excalibur de location. Ce changement d'air lui fera du bien...* »

TARZAN, HONTE DE LA JUNGLE!

Gérald-Antoine, père et beau-père attentionné et friqué, avait eu la riche idée de réserver, pour les jumelles et leurs époux, deux suites romantiques dans un palace sur-étoilé de la « French Riviera ». Mon idée première de location de cabanons nichés dans les arbres, au cœur de la forêt jurassienne, fit un « flop » retentissant et nous vécûmes un voyage de noces un peu trop princier à mon goût, une semaine durant.

J'avais appris à connaître mon beau-frère et à l'apprécier. Ravi de vivre et d'aborder sa troisième et ultime aventure maritale à l'automne de sa vie, ce brave Gilbert, que l'on prenait régulièrement pour le père de la mariée, gardait aux lèvres un sourire inamovible, sauf quand il se trouvait dans son laboratoire de la Croix-Rousse, à élaborer des pâtisseries originales et toujours exquises. Là, il remisait son fameux sourire et grimaçait d'application, un bout de langue comiquement sorti aux moments cruciaux de la phase créative.

La belle Jasmine avait donc pris son envol pour Florence, où un vague cousin devait l'héberger. Esteban dut promettre de la laisser reprendre ses esprits et de ne pas débarquer à l'improviste, comme il en avait eu secrètement l'intention. Se retrouvant bien esseulé dans l'appartement de Monplaisir, il décida de profiter de cette parenthèse de trois mois pour prendre un congé. Aussitôt dit, aussitôt fait, il fila s'isoler dans notre Pigeonnier drômois avec sa guitare pour compagne, quelques projets de livres à lire et d'autres à écrire.

Le séjour des jeunes mariés sur la Riviera se serait déroulé de façon idyllique si Anne, la veille de notre retour, n'avait senti en elle les frémissements annonciateurs de l'arrivée imminente de son têtard. Panique à bord, au cœur de la nuit! Comme les pompiers ne se décidaient pas à arriver, Marie glapit à mon oreille:

« Toi qui es presque médecin, fais quelque chose! »

Je fis de mon mieux. En remerciement, les heureux parents donnèrent à leur poupon le prénom de Valentine. Quoique venue au monde dans des draps de satin, au cœur d'un hôtel cinq étoiles, ce beau bébé fripé et fripon ne tarda pas à manifester son mécontentement en réveillant tout l'étage de ses braillements inextinguibles.

Trois mois plus tard, Jasmine refit son apparition et un Esteban fébrile battit la semelle dans le hall de l'aérogare de Lyon-Bron, un bouquet de violettes à la main, plus de deux heures avant que l'appareil ne touche le tarmac.

Pendant l'absence de la belle italienne, tout au long de cet interminable intermède qu'il eut du mal à digérer, cochant chaque jour écoulé sur un calendrier des postes, Esteban écrivit deux longues lettres quotidiennes à l'absente, qui lui répondit chichement mais affectueusement. Depuis l'algarade dans le studio de Siegfried, elle l'appelait son « chevalier servant », son « archange bienveilleur » et elle lui avait octroyé, en récompense, le droit de la tutoyer.

L'arrivée du vol fut enfin annoncée. Des grappes de voyageurs jaillirent de la zone sous douane pour s'égailler aux quatre coins du hall d'arrivée. Soudain, ELLE parut. Esteban avait déjà le bras levé pour attirer son attention. Il lui avait écrit, dans sa dernière lettre: *« Trois mois, c'est long ! J'aurai donc un bouquet de violettes à la main, pour que tu me reconnaisses ! »*

Mais son bras retomba lorsqu'il vit qu'elle n'était pas seule et qu'un inconnu la serrait de près. Le type, grand, blond et athlétique, dans le genre Siegfried en plus jeune, la tenait par le cou et lui glissait à l'oreille des mots qui la faisaient rire aux éclats. Une pensée traversa son esprit: allait-il devoir se battre contre celui-ci aussi ?

Esteban restait statufié, à quelques mètres du couple. Jasmine portait un paquet sous le bras, sans doute le tableau qu'elle devrait restaurer. Quant au beau mec, il charriait un sac de sport et s'était mis à parler haut, dans la langue de Dante, en faisant de grandes gesticulations. Finalement, Jasmine aperçut Esteban. Elle eut un trépignement de joie enfantin et courut se lover dans ses bras en l'embrassant sur les deux joues.

Tout sourire, elle fit les présentations et mon ami apprit que le compagnon de voyage était le fameux cousin qui avait hébergé Jasmine, et qu'il se prénommait Gianni.

« Mais on m'appelle Johnny, comme le chanteur ! » précisa-t-il en broyant la main d'Esteban *« mais aussi comme Johnny Weissmuller... vous savez, Tarzan ! »*. Et, sans se soucier des autres passagers qui sursautèrent et d'un agent de la Police de l'air qui fit mine de sortir son arme, il mit les mains en porte-voix et poussa le fameux cri du fils de la jungle.

Sortis de l'aérogare, ils chargèrent tableau et bagages dans le coffre d'un taxi qui prit la direction du Vieux Lyon. Esteban ne fut pas long à comprendre que l'homme-singe italien était bel et bien parvenu à séduire Jasmine, décrochant le titre envié de nouvel amant. Johnny était un grand sportif, un champion de natation mondialement connu, surtout dans son quartier... Pour pouvoir s'entraîner en vue des prochains Jeux Olympiques, il s'était mis en congé du lycée où il enseignait la gymnastique. Par amour pour Jane-Jasmine, il avait décidé de poursuivre son entraînement en France, au grand dam de son coach. Il logerait chez sa cousine, évidemment, et barboterait chaque jour à la piscine municipale.

Jasmine et Johnny formaient un couple éclatant, mais Esteban se rendit vite compte qu'ils n'étaient pas raccord côté intellect. Il consentit à les accompagner pour faire découvrir la capitale des Gaules à ce primate qui l'agaçait à mâchouiller un chewing-gum en permanence, ayant le toupet de le garder en bouche lorsqu'il embrassait sa conquête devant leur chaperon. Et c'est Jasmine qui continuait à ruminer après ce tour de passe-passe amoureux, sous l'œil furibond de celui qu'elle ne songeait plus guère à appeler son « archange gardien ».

Il advint que Jasmine émit l'idée d'une visite au Palais Saint-Pierre, LEUR Palais Saint-Pierre ! Esteban, hors de lui, se mit à ronchonner qu'il serait plus indiqué d'emmener Tarzan voir Lulu, le gibbon vedette du Parc de la Tête d'Or !

Dans un premier temps, le malheureux porteur de chandelle songea à cesser toute relation avec la belle Napolitaine, mais il ne parvint pas à rompre la chaîne en acier trempé qui les reliait. Alors, il se mit à jouer les amoureux transis et trahis en affichant une mine sinistre, puis il se ressaisit et résolut de relever la tête et de se battre, une fois de plus, avec ses propres armes. Il eut tôt fait de découvrir le point faible de son rival, résumé en un mot de trois lettres : Johnny était con, prodigieusement con, un archétype du con intégral, l'indétrônable roi des cons ! À croire que son élément naturel, l'eau, devait avoir envahi sa misérable cervelle d'anthropoïde !

Il n'était pas à Lyon depuis une semaine que l'hydrocéphale toscan demanda à Esteban de lui indiquer un *« saloon de tatouvage »*. Intrigué, mon ami daigna le piloter jusqu'à une officine et fit les cent pas sur le trottoir en l'attendant. Quelle ne fut pas sa surprise, lorsque le nageur releva son pull en pleine rue, de découvrir la sirène à l'effigie de Jasmine qu'il s'était fait tatouer sur le torse !

Voulant triompher sur le terrain de l'intellect, chose facile, Esteban tenta de ridiculiser Johnny mais ne parvint qu'à fâcher Jasmine, qui défendait bec et ongles son futur champion olympique. Ne sachant pas nager, elle prit des cours de natation pour complaire à son chéri, et mon pauvre compagnon se rongea les sangs en les imaginant, barbotant de conserve dans le grand bain de la piscine Garibaldi ! Et Dieu sait ce qui se passait dans l'intimité des cabines de vestiaire ! La jalousie est un poison pour l'imagination...

C'est alors qu'Esteban, éperdu d'amour et perdant tout self-control, commit une maladresse qui faillit lui coûter la vie et, accessoirement, l'estime de celle qu'il n'appelait plus que son « grand amour », conformément à la prédiction de Marie-Angèle.

Un soir, il téléphona à l'élue de son cœur pour lui demander de le rejoindre sur le bas-port du Rhône, en contrebas du pont Wilson, pour une franche explication.

L'amoureux transi ne me révéla pas la teneur de leur conversation. Ce que je sais, et que les témoins présents sur place ne risquent pas d'oublier, c'est que le ton monta très vite et qu'Esteban, comme emporté par un vent de démence, se mit à ôter ses vêtements jusqu'au slip ultime, qu'il lança par-dessus les moulins tout en grondant les dents serrées des *« Ah, tu aimes les nageurs ! Ah, tu es une petite sirène ! »*. Enfin, nu comme un ver, il se retourna et rejoignit à grands pas le bord du quai. Médusés, Jasmine et deux témoins accourus poussèrent un cri en voyant l'intrépide, toujours fulminant, plonger entre deux péniches. D'une brasse très vieille France, ou très vieille Espagne, Esteban se mit à lutter contre les flots tumultueux, en direction du quai opposé.

L'un des témoins partit coudes au corps pour alerter les secours tandis que Jasmine, se répandant en pleurs et en cris, ne perdait pas de vue l'insensé qui, à présent, se trouvait au milieu du fleuve et commençait à dériver dangereusement, comme aspiré par les remous, sa brasse devenant de moins en moins vigoureuse. La providence voulut qu'un bateau-mouche, bondé de touristes, descendît le Rhône à ce moment-là. Le pilote aperçut le nageur fou, fit hurler sa corne de brume et stoppa les machines. Un marin lança une bouée bien ajustée à laquelle le malheureux daigna s'agripper en pestant. On le tira au bout d'une gaffe, le sauvant ainsi d'une noyade certaine.

La plupart des touristes présents sur cette embarcation ont dû conserver une photo d'Esteban, aussi nu qu'un silure, jurant ses grands dieux qu'il aurait fini par rejoindre la berge si cette foutue barcasse n'avait pas coupé sa route.

Jasmine, au comble de l'émotion, considéra qu'aucun de ses amants n'avait eu la sotte idée de vouloir mourir d'amour pour elle. Se refusant toujours à courir « deux lièvres à la fois », elle décida de congédier son Tarzan séance tenante.

CIAO BELLO !

Jasmine avait fini par retrouver Esteban, que le capitaine du bateau-mouche avait obligeamment déposé sur la terre ferme, revêtu d'un peignoir, un peu en aval du lieu de son plongeon. Lorsqu'elle le rejoignit, il était assis sur une bitte d'amarrage et tentait de persuader deux agents de la brigade fluviale qu'il avait accidentellement glissé à la baille, version cousue de fil blanc que corrobora la jeune fille.

Soutenant son compagnon sauvé des eaux, serrant contre elle ses vêtements semés sur le quai, elle héla un taxi qui les déposa dans le Vieux Lyon. Après une laborieuse ascension, ils émergèrent devant la porte de Jasmine. À bout de souffle, elle parvint à guider Esteban en direction de l'alcôve. Ils titubèrent jusqu'au lit où il s'effondra, la tête dans l'oreiller qui fleurait bon le parfum de sa belle, en bredouillant un flot d'excuses inaudibles.

Lorsque Johnny rentra de son entraînement quotidien, il trouva son sac de sport sur le palier, accompagné d'une courte lettre un peu sèche lui expliquant que tout était fini entre Jane et Tarzan et que l'homme-singe devrait s'en retourner dans sa jungle transalpine. En post-scriptum, elle avait ajouté :

« Surtout, ne sonne pas, Esteban dort ! Ciao bello. »

Trépignant sur le paillasson, Johnny poussa quelques jurons que j'hésite à traduire ici. Il regretta de ne pouvoir arracher son tatouage de sirène pour le placarder sur la porte, puis se résolut à dévaler les escaliers en grommelant. Dès le lendemain, il s'en retourna barboter dans la piscine de Campo di Marte, à Florence, mais manqua d'un rien une médaille aux Jeux Olympiques. Son tatouage et son cri de Tarzan firent néanmoins grande impression sur le public...

Jasmine s'était assise au bord du lit. Elle émit un claquement de langue d'inquiétude en touchant le front brûlant de fièvre d'Esteban. Au fond d'une armoire à pharmacie hors normes par rapport aux deux fioles et aux trois tubes qu'elle contenait, elle dénicha de l'aspirine. Glissant son bras sous la tête du malheureux pour la rehausser, elle lui fit avaler deux comprimés puis s'en revint avec un gant de toilette imbibé d'eau fraîche, qu'elle lui posa sur le front. Esteban claquait des dents et délirait, tout en esquissant des mouvements de brasse entre les draps trempés de sueur. Lorsqu'elle voulut lui faire boire un peu d'eau, il s'emporta et envoya valdinguer le verre: *« Noooon! Assez bu d'eau du Rhône! Plus soif! »*

Jasmine tombait de sommeil, mais elle lutta vaillamment toute la nuit, à son chevet, veillant à maintenir la compresse toujours fraîche. Au petit matin, accablée de fatigue, elle toucha à nouveau le front du malade, qui dormait à poings fermés. La fièvre était tombée! Poussant un long soupir de soulagement, elle s'étendit aux côtés d'Esteban et sombra aussitôt, leurs mains entremêlées.

Impitoyable, le réveil claironna sept heures sur la table de nuit. Comme elle devait se rendre à un cours à son école d'art, elle sauta sous une douche écossaise, enfila ses vêtements en toute hâte et mit la cafetière en action, prenant garde à la retirer au premier sifflement pour ne pas réveiller son compagnon. Sur la pointe des pieds, elle vint à nouveau toucher son crâne et partit rassurée.

Lorsqu'il sortit des limbes, deux heures plus tard, il fallut un long moment à Esteban pour réaliser où il se trouvait et quelle était la part de cauchemar dans les images de la veille qui macéraient dans sa tête. Sur la table de la cuisine, il trouva une feuille de papier pliée en quatre, où il put lire:

« Mon champion de natation,

Prends tout ton temps pour refaire surface. Que ce soit à bicyclette ou dans le Rhône, tes plongeons sont impressionnants! J'ai préparé du café et tu trouveras de quoi te restaurer dans les placards. Sois gentil de faire le lit et ne laisse pas ta petite vaisselle dans l'évier. J'ai horreur du désordre! Je serai rentrée de mon cours en fin d'après-midi. D'ici là, prends une bonne douche, tu pues le poisson!

Je t'embrasse très, mais alors très fort.

Gelsomina de Luca, ta Jasmine. »

Esteban, assis sur le rebord de la fenêtre, un rayon de soleil indiscret tentant de lire par-dessus son épaule, n'en finissait pas de psalmodier *« ta Jasmine... ta Jasmine... ta Jasmine ».*

Il embrassa la lettre et la reposa sur la table. Il réfléchit un instant puis jeta un œil à sa montre. Il était encore tôt et il avait la journée devant lui pour tout préparer, selon l'idée qui venait de germer dans sa tête.

Esteban resta un long moment à rêvasser devant la toile qu'un musée florentin avait confiée aux bons soins de Jasmine et qui lui servirait de support pour la soutenance de son mémoire de fin d'études. L'œuvre en péril reposait sur un chevalet, dans un recoin de la pièce. Soulevant le drap qui la protégeait, il découvrit une Vierge à l'Enfant craquelée et outragée par le temps, à qui la future restauratrice de tableaux aurait la rude tâche de redonner une seconde vie.

À la salle de bains, il trouva une serviette et un gant préparés à son intention. Il resta longtemps sous la douche, ému et guilleret, se savonnant énergiquement avec la savonnette de Jasmine, singulièrement parfumée au jasmin. Il dédaigna le drap de bain qui lui était destiné et revêtit le peignoir de la belle, tout imprégné de l'odeur de son corps. Il fut surpris de réaliser que la petite pièce était envahie par une brume de hammam. Sur le miroir embué, au-dessus du lavabo, il dessina un cœur éphémère avec ses initiales et celles de sa bien-aimée. Tout soudain, il se sentit le roi du monde et immortel ! Un soleil intérieur le réchauffait, l'aveuglait et lui donnait envie d'embrasser la terre entière, crapules et tyrans compris... Sauf Franco, évidemment.

Il eut le temps de filer chez lui pour passer des vêtements propres, de faire un crochet par le journal et de courir quelques boutiques du centre-ville. Les bras chargés de sacs et de paquets, il sauta dans un tramway qui le déposa sur le plateau de la Croix-Rousse, à proximité des *« Caprices de Marie-Anne ».* Anne et Marie étaient justement en train de disposer des gâteaux dans la vitrine et quelques badauds gourmands salivaient à l'extérieur, en observant leur manège.

« Voilà ce qu'on appelle du lèche-vitrines ! » claironna Esteban en poussant la porte de la pâtisserie. La boutique étant pleine de clients.

Son escale fut brève, à peine le temps d'embrasser les jumelles, de saluer Gilbert et de choisir un majestueux Saint-Honoré, à peine débarqué du prodigieux laboratoire.

Lorsque Jasmine fut de retour, en fin d'après-midi, sa première surprise fut de trouver l'appartement plongé dans l'obscurité. Elle pensa qu'Esteban avait plié bagages et avait cru bon de fermer les volets en partant.

« C'est fort dommage! » ronchonna-t-elle.

Dans la pénombre, elle suivit le couloir jusqu'à la cuisine, où une seconde surprise l'attendait...

Sur la table d'apparat recouverte d'une nappe immaculée, un chandelier rococo à trois branches, rescapé de la boutique d'antiquités de mon père, diffusait une lumière tamisée et mouvante dans la pièce. La table bien mise, les couverts alignés au cordeau, tout laissait augurer un repas de fête, ce que ne démentait pas le fumet prometteur qui se dégageait du four.

Bouche bée, Jasmine gagna la fenêtre et ouvrit les volets d'une main nerveuse. Elle se retourna et Esteban fut contre elle, la soulevant de terre et couvrant de baisers papillonnants son visage éberlué, le front, les yeux, les joues, son petit bout de nez adorable et spirituel, pour achever le cheminement de sa bouche sur les lèvres de Jasmine, qui s'entrouvrirent sans trop se faire prier.

Sachant à peine se faire cuire un œuf, Esteban avait dévalisé un traiteur de la place Bellecour, mais il n'aurait laissé à personne le soin de choisir le vin d'exception et le champagne millésimé qui convenaient pour accompagner ce succulent repas. Jasmine se garda bien de lui dire qu'elle se contentait de picorer, le soir. Elle fit honneur à chaque plat, jusqu'au dessert qu'elle apprécia particulièrement, en grande gourmande qu'elle était.

« Nous débarrasserons tout cela demain! » proclama Jasmine, une fois le dernier petit chou escamoté. Elle finit de vider, d'un trait, sa coupe de champagne et sembla hésiter un moment...

« Tu peux rester ici cette nuit, si tu veux... » balbutia-t-elle entre deux bulles.

« J'y comptais bien! » répondit-il en la pressant contre lui.

Il sentit une pulsion l'envahir et eut grande envie de la culbuter là, à la hussarde, sur la table endimanchée et parmi les vestiges du repas. Mais il décida d'y mettre les formes, de ne pas risquer les foudres de l'ombrageuse napolitaine.

Il n'y avait que quelques pas à faire jusqu'à l'alcôve et Esteban les fit en deux enjambées, ayant enlevé Jasmine dans ses bras impatients. Elle riait aux éclats, vaguement grise, et se laissa déposer sur le lit, les bras ballants. Resté debout, il déboutonna fébrilement sa chemise blanche et l'envoya en direction d'un tabouret, qu'il manqua. Le pantalon suivit et il eut tôt fait de se retrouver nu face à Jasmine, qui laissa échapper un gazouillis extasié devant ce corps nerveux aux muscles saillants, bandés comme aux prémices d'un exploit. Tandis qu'Esteban, un peu gourd et tourneboulé à l'extrême, lui ôtait sa jupette, puis son chemisier en pestant contre les agaçants boutons de nacre, elle pouffa de rire en remarquant que les muscles de son compagnon de lit n'étaient pas seuls à être bandés.

« Esteban » parvint-elle à articuler *« Je te retrouve dans le même état que le jour de « L'Éternelle Idole », chez Siegfried. Tu étais tout contre moi et je t'ai senti soudain... de marbre à mon contact ! »*

À ces mots, il sentit une vague de honte le submerger et se renfrogna au bout du lit.

« Pardonne-moi ! » s'excusa-t-elle en dégrafant son soutien-gorge, libérant et braquant sur Esteban ses seins exorbitants *« J'ai trop bu, ce soir, je dis n'importe quoi... Viens plus près de moi, mon beau nageur ! »*

Dire qu'ils firent l'amour serait trop lapidaire. Cette nuit-là, Esteban et Jasmine, amants sublimes comme il n'en existe guère que dans les romans, réinventèrent l'amour, rien de moins. Après quelques timides frémissements, de vagues remous, une tempête les souleva à l'unisson, les chavirant en flux et en reflux violents et délicieux, leur arrachant des plaintes et des halètements saccadés et puissants. Lorsque le petit jour s'en vint timidement les saluer à travers la tenture, ils gisaient là, dans le grand désordre de leur lit dévasté, exténués et écartelés dans les bras l'un de l'autre.

Ils demeurèrent longtemps ainsi, dans le superbe enchevêtrement de leurs corps juvéniles. Le temps glissa au-dessus d'eux, les frôlant délicatement de son aile lamartinienne, avant de reprendre son envol.

Toujours aussi nus, ils s'assirent face à face autour de la table encombrée des reliefs du repas de la veille et burent un café en silence, sans un mot mais en se dévorant des yeux. Puis ils se blottirent en riant dans l'étroite cabine de douche, batifolant comme deux mômes dans un lent crescendo de plaisir, jusqu'au point de non-retour, jusqu'à la fusion acrobatique de leurs corps avides et insatiables sous la cascade parfumée de jasmin.

COMME UN TROPHÉE

Jasmine sécha ses cours, ce jour-là, puis le jour suivant. Esteban ne prit même pas la peine de prévenir le journal de son absence. Deux jours durant, ils vécurent reclus, claquemurés, coupés du monde, ne s'arrêtant de réinventer l'amour que pour de courtes parenthèses de sommeil et une mise à sac du garde-manger. Jasmine, la première, parvint à regagner la terre et imposa à son compagnon de jeu une discussion qu'elle jugeait nécessaire, « *entre adultes se contentant* ».

Elle: « *Je souhaite mettre les choses au point, Esteban...* »

Lui: « *Je t'écoute... je t'aime!* »

Elle: « *Eh bien, justement! Voilà ce que je ne veux plus entendre.*

On m'en a trop sorti, des « je t'aime », comme des clefs pour accéder à ma chambre à coucher. Plus de « je t'aime », OK? »

Lui: « *OK, mon amour, plus de « je t'aime »... je t'aime!* »

Elle: « *Esteban, sois sérieux! Nous voilà amants, j'en jouis et m'en réjouis, mais je tiens à garder mon indépendance. Nous vivrons donc chacun de notre côté et nous nous retrouverons selon notre bon plaisir, pour partager de bons moments, aller au cinoche, au restaurant, dans des musées...* »

Lui: « *Et pour faire l'amour, n'est-ce pas?* »

Elle: « *Oui, si tu es sage!* »

Ils échangèrent un baiser, puis elle reprit:

« *Pas question de mariage, j'insiste sur ce point. Les liens, sacrés ou non, très peu pour moi!* »

Lui, n'osant avouer son désaccord sur ce point: « *Pas de passage devant Monsieur le Maire ou le radis noir de la paroisse, j'ai bien compris...* »

Elle: « *Un dernier point, qui a son importance: j'ai beaucoup souffert, par le passé, de ces amants qui m'exhibaient comme un trophée auprès de leurs connaissances. Donc, prends garde à ne pas m'exhiber!* »

Lui, rigolard: « *Et à ne pas te photographier nue, ni à te faire tatouer en sirène sur ma poitrine, c'est cela?* »

Ils se chamaillèrent tendrement, puis il prit la parole à son tour...

« *De mon côté, Jasmine, ça fait trop longtemps que je t'attends! À présent que nous nous sommes trouvés, ma vie n'a de sens que par toi... Tu ne veux plus de « je t'aime » ? soit, j'essaierai... Ce qui m'importe, c'est de ne pas être qu'un passant dans ta vie, un simple numéro sur la longue liste de tes amants, après le Teuton aux pellicules et ce foutu « Tarsinge-homme zan » de bande dessinée !* »

Forts de toutes ces bonnes résolutions, ils scellèrent leur entente par une nouvelle brassée de baisers ardents. Il restait une bouteille de champagne au fond du frigo. Fort habilement, Esteban la sabra d'un revers d'Opinel et leur ivresse reprit ses droits, jusqu'à déborder en raz-de-marée au creux du lit flagada.

UN COUPLE DE LÉGENDE

Comme l'avait souhaité Jasmine, les deux amants vécurent leur relation en pointillé, ce qui ne nuisit en rien à l'intensité de leur passion, bien au contraire. Le plus souvent, ils se retrouvaient dans l'enceinte du Palais Saint-Pierre, dont la jeune fille n'en finissait pas de révéler les secrets et les trésors à son compagnon.

Dans la rue, Esteban s'agaçait de voir les passants se retourner sur leur passage, certains quidams s'autorisant même un sifflement admiratif, voire une remarque salace qui lui faisait serrer les poings. Jasmine n'y prenait garde, habituée de longue date à faire ainsi tourner les têtes et dévier les regards.

Il leur arrivait de déjeuner dans un bouchon lyonnais, celui-là même où le regretté Topaze avait un rond de serviette à son nom. Ils passaient l'après-midi à baguenauder le nez au vent, s'offraient parfois une séance de cinéma puis regagnaient leur « nid d'amour » de la rue de la Loge, pour dénombrer les étoiles de leur septième ciel et en sonder l'infinitude.

À la demande de sa complice, il arrivait à Esteban de venir accompagné de sa guitare. Après l'amour, après s'être fait prier pour la forme, il se pliait aux désirs de Jasmine et s'efforçait de tirer les plus beaux accords de son instrument. Ensemble, ils se plaisaient à égrener le répertoire de Brassens, chantant d'une seule voix la complainte de la brave Margot ou celle du gorille...

Si Jasmine se régalait des couplets de « Tonton Georges », il n'était pas rare d'être accueilli chez elle par une sonate de Schubert ou une Gymnopédie de Satie. Elle pratiquait avec brio un stupéfiant grand écart entre la musique dite classique, la chanson à texte et les groupes en vogue qu'elle écoutait « plein tube » en se trémoussant, des Pink Floyd à Led Zeppelin, sans bouder pour autant les Beatles ou les Stones, à la plus grande « Satisfaction » de son amant...

Au printemps de 1975, Esteban et moi eûmes vingt-trois bougies à souffler, à un mois d'écart. Avec diplomatie et encouragé par Marie, je proposai à mon ami de marquer ces anniversaires par une ribote à notre façon, à laquelle seraient conviés Anne, Gilbert et leur petite Valentine.

J'ajoutai, en y mettant les formes, que Jasmine serait la bienvenue, puisqu'elle ne nous avait pas encore été présentée. Il accepta, non sans réticences, et c'est ainsi que nous fîmes enfin la connaissance de l'heureuse élue, qui nous éblouit par son intelligence autant que par sa beauté et son sens de l'humour. Esteban et elle, de toute évidence, formaient un couple d'exception, trop beau et pourtant vrai. Un couple de légende en devenir...

Le soir même, j'appelai ma mère pour lui faire le récit de cette rencontre tant attendue. Marie-Angèle, retenue dans la Drôme par un stage de yoga kundalini, n'avait pu se joindre à nous. Elle ne parut nullement surprise, ayant prédit de longue date le *« très grand amour »* d'Esteban, et je crus percevoir son haussement d'épaules amusé dans l'appareil...

Les jumelles étaient ravies d'avoir sympathisé avec leur quasi belle-sœur, mais je dus leur ôter toute illusion quant à un improbable banquet de noces...

Anne se trouvait à nouveau enceinte des œuvres de Gilbert et des jumeaux virent le jour cette année-là. L'heureux papa nageait dans le bonheur, son troisième et tardif essai conjugal étant enfin couronné de succès. La nourrice que le couple avait embauchée pour veiller sur leur petite Valentine dut donc mettre les bouchées triples avec l'arrivée des deux nouveaux bambins, pendant que les heureux parents s'affairaient à la boutique, à l'étage en dessous.

Du côté de Marie, malgré nos efforts assidus, aucune grossesse à l'horizon, mais nous fîmes contre mauvaise fortune bon cœur et reportâmes cette réserve de tendresse inexploitée sur nos remuants neveux.

DE LA VIANDE FROIDE

Mes études de médecine se déroulaient sans anicroche et je leur consacrais beaucoup de temps et d'énergie. Esteban prenait toujours un malin plaisir à me titiller, me demandant si une hutte en bambou lui serait réservée dans mon dispensaire de Lambaréné et si j'avais prévu d'y jouer de l'orgue pour les lépreux gabonais. Je prêtais d'autant moins attention à ses sarcasmes que je n'ignorais pas la vénération qu'il vouait au bon docteur Schweitzer, cet « homme universel » porté par le respect de la vie, qu'elle soit humaine ou animale.

Mon ami rebelle n'avait pas oublié non plus qu'en 1965, au seuil de la mort, le vieux médecin avait joint sa voix à celle de Jean Rostand pour protester contre les essais nucléaires français de Mururoa. Esteban restait dans cette même ligne en rédigeant certains de ses articles les plus virulents ou en participant à des manifestations contre l'arme nucléaire et pour la paix dans le monde.

Tout comme mon compagnon, je reste marqué à jamais par un évènement survenu au cours de mon cursus d'étudiant en médecine et qui faillit m'inciter à les interrompre brutalement.

Je n'appréciais guère les incontournables séances en salle de dissection. Je m'efforçais de ne pas trembler en maniant scalpel, pinces et ciseaux sur des cadavres plus ou moins frais empestant le formol, malgré la pommade mentholée dont je m'enduisais les narines. Certains étudiants, cherchant sans doute à exorciser ce tête à tête avec de la *« viande froide »*, comme ils disaient, optaient pour des attitudes de joyeux carabins et maniaient humour noir et blagues à la con pour donner le change.

Ce manque de respect pour des frères humains qui, souvent, avaient fait don de leur corps à la science me glaçait le sang. J'éprouvais presque un sentiment de profanation lorsque notre professeur d'anatomie soulevait la toile de jute recouvrant le macchabée. L'un de mes collègues me confia que dans ces moments-là, craignant de défaillir, il se glissait derrière une jeune élève qu'il avait repérée et enfouissait son visage dans sa chevelure *« qui sentait bon »*. Je n'ignorais pas que certains, poussant à son paroxysme l'art de se protéger du frisson par le rire, n'hésitaient pas à subtiliser un doigt ou un attribut masculin pour le glisser subrepticement dans le sac d'une étudiante, entre autres facéties morbides que j'espère passées de mode.

Arriva le jour où je dus, à mon tour, soulever la toile de jute, avec pour mission le prélèvement d'un cœur aux fins de dissection. Sous ma blouse blanche, mon propre palpitant battait à tout rompre et j'avais le souffle court sous mon masque. Il allait me falloir, avec l'aide d'un autre étudiant guère plus hardi que moi, cisailler les côtes pour en extraire l'horloge inerte à jamais.

Je mobilisai ce qui me restait de courage et dévoilai le cadavre d'un vieil homme à la maigreur extrême, les os saillants sous la peau bistre. Insensiblement, mon regard glissa de son torse à son visage et je fus alors saisi d'épouvante, à un degré tel que la pince échappa de mes doigts gantés et que je fis un bond en arrière en poussant un cri. Je venais de reconnaître cette trogne taillée à la serpe, au sommet de laquelle ne manquait que le béret savoyard. C'est le cœur du père Legras qu'on me demandait d'extraire, le cœur du tortionnaire d'Esteban, du petit Benoît et de nombre de cancres en culottes courtes !

Je prétextai un malaise et quittai la salle en titubant, laissant à d'autres cette besogne d'équarrissage.

Lorsque je lui fis part de cette péripétie, Esteban n'éclata pas de rire comme je le redoutais. Il demeura songeur un long moment, les yeux dans le vague.

« Étrange chose que la mort » murmura-t-il *« qui rend nos querelles, nos petits soucis et nos agitations frénétiques bien dérisoires... »*

Puis il ajouta, en secouant la tête :

« Ainsi donc, le père Legras avait un cœur... qui l'eut cru ! »

VIVA LA MUERTE!

Le jeudi 20 novembre 1975, au petit matin, Marie et moi petit-déjeunions paisiblement lorsqu'un fou dépenaillé fit irruption dans la cuisine, grimpa sur la table en renversant nos bols de café et se mit à hurler des « *Viva la Muerte!* » qui durent s'entendre jusqu'au bout de la place de Monplaisir. Épouvantée, Marie opéra une retraite stratégique dans la salle de bains, où elle s'enferma, tandis que je tentais de calmer le barjo.

Tout au long de ces années, depuis l'exil imposé par sa mère, Esteban avait gardé l'Espagne rivée au cœur. Je le savais militant actif d'Amnesty International et membre de groupuscules de réfugiés politiques qui échangeaient des nouvelles de leur mère patrie autour d'une bouteille de *Rioja*, prenaient des mines de comploteurs et se quittaient le poing levé, vaguement gris et plus rouges que jamais.

Ayant renoncé à trucider le généralissime en place, mon exilé avait résolu de ne retourner au-delà des Pyrénées qu'une fois le dictateur allongé six pieds sous terre. Enfin, peut-être, apprendrait-il comment s'étaient déroulés la marche au supplice de son père, ses derniers instants, ses derniers mots... Peut-être même pourrait-il retrouver, à Madrid, la librairie paternelle où il aimait slalomer, enfant, entre les piles de bouquins. Alors, qui sait, Jasmine accepterait de l'y rejoindre et ils ouvriraient une librairie franco-espagnole où leurs *niños* slalomeraient à leur tour... Jasmine, prévoyait-il, restaurerait les toiles du Musée du Prado et leur nouveau Palais Saint-Pierre serait le Centre d'Art Reina Sofia, où ils passeraient de longs moments figés et recueillis, devant la toile monumentale de Picasso dédiée à *Guernica.*

« *Viva la muerte!* » hurlait toujours mon compagnon « *Le dictateur est mort! L'assassin en chef est mort! Franco est crevé!* »

Je ne pus m'empêcher de penser que le *caudillo* y avait mis le temps, tandis qu'Esteban flamenquait de plus belle sur la table de la cuisine.

Quelques jours plus tard, ayant négocié avec un grand quotidien le statut d'envoyé spécial, Esteban s'envola pour Madrid. Jasmine et moi l'accompagnâmes jusqu'à l'aéroport et les voir larmoyer dans les bras l'un de l'autre fut l'un des moments les plus émouvants de ma vie.

Nous ignorions combien de temps Esteban passerait en Espagne. Peut-être une semaine ou deux, pronostiquai-je. Il en revint trois mois plus tard, après avoir nourri son journal de chroniques qui firent grand bruit. Au fil de son enquête, il avait pu rencontrer des victimes et des bourreaux, consulter des archives, explorer des sites de torture et de rétention, visiter des geôles dont les murs, s'ils avaient pu parler, lui auraient révélé des horreurs. Mais Esteban, sans posséder les dons de médium de Marie-Angèle, perçut mieux que quiconque les râles et les plaintes. De toute évidence, des esprits lui parlaient, voix d'outre-charnier parmi lesquelles il tentait de reconnaître celle de son père.

À l'adresse de la librairie paternelle s'élevait à présent un supermarché. Aucun des lieux de son enfance, dont sa mémoire avait conservé l'empreinte, n'existait encore. À peine put-il retrouver quelques membres de sa famille, gens peu loquaces qui semblaient n'avoir qu'un mot à la bouche : oubli. Pas le pardon, l'oubli ! Peut-être se sentaient-ils vaguement coupables de n'avoir su porter secours à Pablo et Dolores Lorca, et à l'enfant devenu un homme au regard implacable qui se tenait devant eux, leur posant question sur question.

Chaque jour, au fil de ces trois mois, Jasmine reçut une lettre de son amant, parfois deux. Il lui avait demandé de patienter, elle patienta. Elle avait compris qu'il devait effectuer seul ce pèlerinage, cet exorcisme et cette quête du père disparu.

Ce matin-là, lorsque l'avion du retour se posa sur le tarmac de l'aéroport, nous étions présents à nouveau, Jasmine et moi, pour refermer la parenthèse d'une si longue absence. Quand elle vit apparaître Esteban dans la zone sous douane, de l'autre côté de la vitre, un petit cri lui échappa et elle nicha sa main tremblante au creux de la mienne. Parmi la foule, elle l'avait reconnu avant moi, peut-être à son éternel foulard rouge.

Quelque temps plus tard, je penserai à cet instant en écoutant une chanson de Brel :

« Et puis ils se reprennent
Redeviennent un seul
Redeviennent le feu »

Me sentant surnuméraire et parfaitement inutile, je me mis en retrait lorsqu'elle bondit dans ses bras et qu'il la souleva de terre en une folle étreinte.

Marie ayant pris sa journée pour préparer un repas de fête en l'honneur de l'enfant prodigue, nous déjeunâmes tous les quatre à Monplaisir. Nous avions guetté et dévoré les chroniques du journaliste, mais à l'entendre nous conter ses tribulations de bureau en bureau, de quartier en quartier, au fil d'une enquête semée d'embûches et de chausse-trapes, des frissons couraient au creux de nos reins et les larmes n'étaient pas loin...

Le nom d'Esteban fut évoqué lors de la remise du Prix Pullitzer, mais l'intéressé balaya cet honneur du même haussement d'épaules que je lui vis quand il fut question d'un Prix littéraire, lorsque parut le livre qu'il tira de son reportage, bel hommage à son père autant que cri d'un homme épris de liberté.

Les années passèrent. Trop vite, évidemment.

Après avoir décroché mon diplôme de médecine, je dus effectuer une année sous l'uniforme d'aspirant dans un hôpital des armées de l'est lyonnais.

« *N'y va pas !* » m'exhorta Esteban « *Fais-toi reconnaître objecteur de conscience !* »

J'eus beau protester que je n'aurais pas à faire de maniement d'armes mais du maniement de stéthoscope, rien n'y fit et l'insoumis ne m'adressa pas la parole pendant une semaine.

Dès mon retour à la vie civile et à Monplaisir, mon premier soin fut de louer un studio dans l'allée voisine de la nôtre pour en faire mon cabinet de consultations. Esteban me fit l'amitié de fixer au mur ma plaque professionnelle de cuivre doré et n'oublia pas, dès le lendemain, de recouvrir la mention « *Médecine générale* » par un autocollant me désignant comme « *Bobologue* »...

Jasmine et Esteban, fidèles à leur engagement, continuèrent à vivre leur relation en pointillé, ce qui contribua peut-être à maintenir ardent le feu de leur passion. La belle napolitaine avait obtenu son diplôme de *conservation-restauration d'art* et exerçait ses talents dans différents musées, parfois hors de nos frontières, ou pour des particuliers soucieux de redonner vie et éclat à des chefs-d'œuvre en péril.

Le Palais Saint-Pierre servait toujours de point de ralliement à ce couple sublime. Jasmine s'y sentait comme chez elle, un petit atelier y étant mis à sa disposition. Esteban aimait l'y rejoindre et l'admirer en plein travail. Tout en œuvrant en magicienne, elle lui révélait les mystères, les forces et les faiblesses d'une toile, le rôle de la lumière, l'émotion première du peintre dont elle restituait le message, par-delà l'espace et le temps.

Ayant de la suite dans les idées, elle se reposait de ses travaux dédiés aux toiles des autres en façonnant son style personnel, de paysage en portrait. D'abord fortement marquée par la touche impressionniste, elle s'en dégagea au fil des ans, flirta un temps avec l'esprit de son cher

Van Gogh, puis finit par déployer ses propres ailes. Un galeriste à cigare de Lausanne tomba sous le charme de ses œuvres, et sans doute aussi de l'artiste. Il la prit sous son aile à lui et s'employa à propulser au firmament la cote de sa « pouline ».

Lorsqu'une nouvelle salle, au second étage du musée lyonnais, fut dédiée au *« Poème de l'âme »* du peintre Louis Janmot, Jasmine et Esteban prirent l'habitude d'y effectuer de longs pèlerinages, s'attardant d'œuvre en œuvre, les dix-huit toiles relatant le passage d'une âme sur terre, sous les traits d'un jeune homme accompagné de son double féminin.

« As-tu remarqué ? » observa Jasmine lors de leur découverte de ce « poème mis en peinture » *« Lorsque sa compagne disparaît, l'homme du tableau, resté seul, se réfugie dans la prière. Et toi, Esteban, toi qui n'as ni Dieu ni maître, dans quoi te réfugieras-tu lorsque mon âme s'envolera ? »*

Pour toute réponse, Esteban se contenta de hausser les épaules. Ils s'envoleraient ensemble, cela allait de soi...

Elle cita alors, de mémoire, les vers écrits par l'artiste-poète pour illustrer la solitude de cet être humain séparé de celle qu'il aime :

« Vivre c'est sentir
Les regrets du passé, l'horreur de l'avenir,
Le présent chaque jour plus rude »

Esteban avait pris le pli d'alterner ses missions d'envoyé spécial, le plus souvent sur les points chauds du globe, et l'écriture d'ouvrages dont ses expéditions constituaient la substantifique moelle. On le comparait à Kessel, à Camus, à Hemingway, ce qui semblait le flatter. Journaliste d'exception, baroudeur au cœur tendre et fidèle en cela à sa vocation de Don Quichotte, il s'imposa comme un écrivain en marge de l'air du temps. Dans les cénacles et les dîners de cons de l'intelligentsia, on le jalousa, on le calomnia... il n'en eut cure ! Sans doute la petite voix de Topaze résonnait-elle encore en lui :

« Les gens qui jactent dans mon dos parlent à mon cul ! » se gaussait le vieux professeur *« et mon cul leur répond... merde ! »*

Plus prosaïquement, Esteban se réjouissait de penser qu'il ne faisait pas partie de ces créatures qui « font l'unanimité ». Lorsque l'on mène de justes combats, lorsque l'on sort du moule des gens sans saveur et sans histoires, on se fait forcément des ennemis. Il n'en manquait pas !

Chaque été, les amants du Palais Saint-Pierre, comme on commençait à les surnommer, prirent l'habitude de partager un mois de vacances, jouant au vrai vieux couple d'hôtel en hôtel. Ils passaient ce temps suspendu à explorer des musées ou à mettre leurs pas dans les pas de leurs peintres d'élection. Ainsi, de La Haye à Auvers-sur-Oise, en passant par Anvers et Saint-Rémy-de-Provence, ils ne manquèrent pas de suivre à la trace ce fou de Vincent, que Jasmine gardait toujours dans un coin de son cœur.

Les lieux marqués par l'empreinte impressionniste jalonnaient souvent leurs vagabondages et ils retournaient toujours avec bonheur flâner dans le jardin de Monet, à Giverny. J'eus même vent d'un certain buisson, à l'abri des regards, où le couple pétulant se serait risqué à faire l'amour à la sauvette...

L'un de ces étés qu'ils attendaient tous deux fébrilement, Esteban persuada Jasmine de délaisser leurs peintres favoris pour partir à la recherche de l'âme de Maupassant, un périple qui les mena du château de Miromesnil à Étretat, avec des étapes bien choisies tout au long du pays de Caux. Un voyage que nous avions projeté de faire ensemble, lui et moi, mais je finis par admettre que l'amour primait sur l'amitié et ne lui en voulus pas trop.

UNE TRIBU PRESQUE AU COMPLET

Notre clan se retrouvait parfois, trop rarement à mon goût, pour des moments festifs dans le cadre du Pigeonnier de Ponsas. Autour de la longue table dressée dans le jardin, les trois bons petits diables d'Anne et Gilbert – Valentine, Jim et Jules – se chargeaient de l'ambiance et n'étaient pas avares de polissonneries, certains de l'indulgence, voire de la complicité, de leurs parents. Esteban et moi faisions office de gentils tontons, grands raconteurs d'histoires à rire ou à frémir, celle de Cunégonde la gentille couleuvre ayant leur préférence.

Jouant les timides, Jasmine se tenait un peu en retrait, comme une Madone de Raphaël, l'œil aux aguets et un bienveillant sourire voltigeant sur ses lèvres. Mais lorsque Gilbert mettait un disque entraînant sur le pick-up, elle n'était pas la dernière à se lever et tirait Esteban par la manche pour qu'il la fasse virevolter. Je soupçonne qu'en voyant sa Jasmine onduler ainsi avec grâce, tout son corps habité et exalté par la musique, ses longs cheveux noirs flottant sur ses épaules, mon ami songeait à sa mère, Dolores, la belle danseuse de flamenco...

Traditionnellement, lors de ces agapes, le dessert venait de la pâtisserie des jumelles. Nous eûmes donc la faveur, un jour mémorable, de découvrir en avant-première leur nouvelle spécialité, qu'elles avaient mise des mois à concocter dans le secret de leur laboratoire : le *Caprice*, lointain cousin du bavarois, goûteux en diable et parsemé de copeaux de chocolat.

« L'idée des copeaux, c'est moi ! » précisa Gilbert.

La pâtisserie croix-roussienne ayant su conquérir, bien au-delà de la capitale des Gaules, les gourmands les plus exigeants, les frangines en vinrent à ourdir en secret un projet qui déclencha une âpre controverse entre Marie et moi. Les affaires étant florissantes et Gérald-Antoine, mon beau-père, ayant déniché une affaire du siècle sur la Côte d'Azur, il fut question d'ouvrir une seconde enseigne à Nice, à deux pas de la Promenade des Anglais. Un compromis fut trouvé et Marie accepta de ne se rendre sur place que ponctuellement, un gérant et un chef pâtissier triés sur le volet assurant la bonne marche de l'établissement.

Exception faite de Gérald-Antoine, qui dirigeait à Hong Kong une succursale de sa banque, Marie-Angèle demeurait la grande absente de nos fêtes rituelles. Nous ne lui en voulions pas, n'ignorant pas qu'elle était devenue l'administratrice et l'âme de son ashram, où elle veillait sur tout et sur tous avec rigueur et bienveillance. Peu à peu, elle s'était retirée de notre monde trop matérialiste à son goût et se disait « sur la voie », sans préciser sa destination finale. Nous lui rendions de fréquentes visites et les chambres les moins lézardées étaient toujours prêtes à nous gîter dans la grande bâtisse aux murs lépreux.

Lors de leur première rencontre, inutile de préciser qu'elle accueillit Jasmine à bras ouverts, lui murmurant à l'oreille :

« Je vous attendais depuis si longtemps ! »

LES « BOTTES DE SEPT DIEUX » DE MÂ ANGÈLE

Tout minots, Esteban et moi avions rêvé de l'an 2000, fantasmant sur des robots soulageant les hommes de leurs tâches les plus ingrates. Les voitures auraient des ailes et, qui sait, les poules des dents. De hardis cosmonautes partiraient aux confins de l'univers et ramèneraient de leurs expéditions de gentils petits hommes verts, interviewés par Léon Zitrone au journal télévisé. Les cervelles des mômes sont fécondes en élucubrations à la Prévert...

Lorsque le XXIe siècle pointa le bout de son vilain nez, rien ne se passa comme nous l'avions prévu. Les hommes continuaient à trimer dur et à suer d'abondance pour gagner leur pain, certains suant plus que d'autres en récoltant moins d'oseille. On se massacrait toujours allégrement et on crevait de faim aux quatre coins du globe. Pas de petits hommes verts à l'horizon, mais les touristes extraterrestres auraient pris la fuite en voyant comment les humanoïdes se comportaient et comment ils saccageaient leur terre nourricière. Nous avions rêvé d'un conte de fées et c'est le roman « *Ravages* » de Barjavel et le film « *Soleil vert* » qui devenaient réalité.

Marie-Angèle nous convia à passer le premier week-end de l'an 2000 dans son ashram, où elle avait concocté des festivités très particulières, sous le prétexte d'une rencontre interreligieuse. La finalité cachée de ce télescopage de religions était de s'assurer que les représentants et les adeptes des différents dieux « inventés » par l'homme se montreraient enfin capables de dialoguer et de fraterniser sans arrière-pensée, dans un esprit de concorde et de tolérance.

L'évènement étant d'importance, notre famille au grand complet fit le déplacement, y compris Jasmine qui se sentait des affinités électives avec « Mâ Angèle ». Dès son arrivée, la compagne d'Esteban se trouva enrôlée par la maîtresse des lieux, qui resta suspendue à son bras deux jours durant...

« Jasmine, voulez-vous bien me prêter vos yeux et guider mes pas ? »

Jasmine voulut bien et fut ravie de servir d'escorte à cette femme à l'aura étrange et fascinante.

À côté de l'imposante « yourte nature » où les invités devaient prendre leurs repas au son de musiques du monde, une multitude de petites tentes avaient poussé comme des champignons, prêtes à accueillir à la spartiate des visiteurs venus d'un peu partout et même d'ailleurs... Notre groupe familial eut le privilège d'être hébergé dans la vaste gentilhommière menaçant ruine où tous les bureaux et débarras avaient été convertis en logements de fortune, au grand dam des souris, locataires clandestines de ces lieux.

La vaste chambre, avec vue sur le parc, que Marie et moi partagions avec Anne et Gilbert était prise en sandwich entre celle dévolue à deux moines tibétains, grands débiteurs de mantras, et celle que notre hôtesse avait malicieusement réservée à un imam à longue barbe blanche et un rabbin orthodoxe à papillotes. Ces derniers n'osèrent protester contre leur cohabitation forcée et se contentèrent d'exiger que leur lit king size à une place soit remplacé séance tenante par deux lits jumeaux, séparés par un paravent.

L'atmosphère se révéla plus tendue encore dans la chambrette au bout du couloir où on logea d'autorité un prélat palatin en grande tenue de Monsignore. Sa chevalière d'argent à pierre d'améthyste fit forte impression sur son compagnon de chambrée, un vieux brahmane à chignon qui choisit de dormir sur le plancher et dont le pagne immaculé semblait la seule richesse en ce bas monde.

Durant ces deux journées, le nec plus ultra religieux rassemblé par Marie-Angèle salua le passage au XXIe siècle à coups de discours, de prières, de déclarations d'intention, d'accolades plus ou moins chaleureuses entre VRP de divinités concurrentes, chacun prêchant pour sa chapelle et faisant reluire ses dogmes ou tonner son droit canon. Au final, en harmonie avec son magistère doctrinal, aucun n'échangea son dieu contre le dieu de l'autre, aucun catholique ne repartit en protestant, chacun campant sur son quant-à-foi mais se gardant d'afficher un prosélytisme outrancier.

On déjeuna frugalement lors de « repas de dévotion » et on but d'étranges breuvages. Un groupe de moinillons tibétains se dispersa dans la campagne, prospectant les fermes alentour à la recherche de beurre de yak pour accommoder leur thé. Autour d'un feu de camp, une troupe de scouts tombée là par hasard égrenait les bons vieux couplets d'Hugues Aufray tandis que leurs voisins babas cool tapant l'incruste entonnaient du Dylan en fumant sans vergogne des herbes stupéfiantes, aux vertus contestables.

Petit miracle à l'abri des regards : un rabbin aux allures de Rabbi Jacob apprenant quelques pas de danse Yiddish à un imam hilare ! Quant aux moinillons en robe safran, dépités de n'avoir pas trouvé de beurre de yak, ils retournèrent aux fioles de sable coloré de leur *Mandala*, symbole de l'impermanence des choses.

L'enfer étant pavé de bonnes intentions, j'acquis la certitude que si l'on eut prolongé ce colloque au-delà des deux jours annoncés, certains fidèles trop exaltés auraient pu en venir aux mains et un sang plus ou moins pur couler dans les calices. Les guerres de religion semblent éternelles et ne sont pas les moins meurtrières... *Ecce homo !*

Marie-Angèle, drapée dans son aube blanche aux plis harmonieux, s'appliqua à rester en embuscade, aux aguets mais invisible et muette, tout le temps que dura ce colloque surréaliste. Jasmine et elle, complices en diable, tenaient de joyeuses messes basses et s'amusaient fort du spectacle offert par les vrais et faux dévots se revendiquant de la fraternité universelle, à travers le prisme déformant de leur « seule vraie religion ».

Esteban, qui ne se faisait guère d'illusion sur la nature humaine et fustigeait les miroirs aux alouettes brandis par certains cadors ultra-religieux, avait depuis longtemps fait acte d'apostasie auprès de l'archevêque de Lyon et brûlé son acte de baptême dans le lavabo de notre salle de bains...

« Il vaut mieux que Dieu n'existe pas, sinon j'aurais deux mots à lui dire en arrivant de l'autre côté ! » claironnait-il, ajoutant aussitôt : *« Les religions ont été inventées pour donner du sens à la vie des hommes, mais ces branquignols ne peuvent s'empêcher de troquer leur goupillon contre un sabre sous le prétexte que leur Dieu ne peut qu'être le seul, l'unique, le vrai Dieu ! »*

Rouge de colère, l'anar Esteban ne manquait jamais d'évoquer, pêle-mêle, l'inquisition, la Saint-Barthélemy, les dragonnades de Louis XIV, la révocation de l'Édit de Nantes, la boucle des ceinturons SS siglés *« Gott mit uns »*, les fatwas... les mille et une croisades et persécutions qui, selon lui, ne prendraient fin qu'avec le dernier homme.

C'est donc mi-amusé mi-grincheux qu'il suivit de loin le déroulement des festivités. Il n'en poussa pas moins un éclat de rire libérateur en découvrant l'avis placardé sur la porte principale de la bâtisse, le matin du départ :

« La personne qui a dérobé par erreur l'anneau épiscopal de Monseigneur l'Évêque est priée de le rapporter au secrétariat. »

Lorsque nous quittâmes ma mère, je vis son lumineux sourire déserter ses lèvres, l'espace d'un instant.

« Mes petits » soupira-t-elle *« ce qui s'est déroulé ici était hélas prévisible. Comme toujours et partout dans le monde, les croyants les plus tolérants restent dans l'ombre et œuvrent en silence. Les saints authentiques qui luttent, humblement, contre la détresse humaine au quotidien ne perdent pas leur temps à pérorer avec des fous de Dieu. Je crains qu'en changeant de siècle, nous ne soyons entrés dans l'ère du chaos... »*

J'ignorais alors que malgré sa cécité, ma mère voyait juste et que nous l'embrassions pour la dernière fois.

L'ENVOL D'UNE BELLE ÂME

En cette même année 2000, par un soir d'automne très venteux, comme le jardinier du domaine était allé la chercher pour la ramener à sa chambre, il trouva Mâ Angèle assise sur son coussin, adossée au chêne vénérable, son beau visage radieux et ridé comme une vieille pomme levé vers le ciel. Elle avait quitté son corps, laissant en héritage un bien inestimable : son ineffable sourire.

Son diabète, qu'elle surnommait son *« diable bête »*, lui avait quasiment ôté la vue. Elle prétendait que cela lui permettait de ne pas être distraite et de mieux voir en dedans. À leur tour, ses jambes l'avaient brusquement trahie et elle s'était efforcée de chasser toute pitié autour d'elle en prenant la chose à la rigolade, accompagnant de joyeux *« Hop là ! »* ses propulsions à béquilles.

Elle s'était donc endormie paisiblement au pied du vieux chêne aux bras noueux auquel elle rendait visite chaque jour, qu'il neige, pleuve ou vente. J'eus la certitude qu'elle était parvenue au terme de sa quête mystérieuse, au bout de sa « voie ».

Comme Topaze auprès de son tilleul, ma mère fut incinérée et inhumée au pied de son arbre favori, son confident quotidien. Une foule considérable, gens de tous âges et de toute condition, en accoutrement peace and love ou en costume-cravate, assista à cet adieu que je pressentais n'être qu'un au revoir.

Spontanément, des prêtres, des pasteurs, des rabbins, des imams, un pope et bien d'autres représentants religieux avaient fait le voyage et se tenaient là côte à côte, épaule contre épaule. J'imaginai un sourire illuminant le visage de ma mère devant une telle fraternité... *« Enfin ! »* aurait-elle laissé échapper. Mais le petit groupe eut vite fait de se disperser à l'issue de la cérémonie.

Jasmine ne put faire le déplacement, retenue à Lausanne par l'accrochage de ses toiles dans la galerie de son mentor, le vernissage de son exposition devant avoir lieu le soir même. Au fil du temps, sa cote d'artiste avait atteint des sommets et elle avait déserté son minuscule logis du Vieux Lyon pour investir dans un coquet appartement sur les pentes de la Croix-Rousse, non loin de la pâtisserie des jumelles. Elle répondait encore aux signaux de détresse du Musée des Beaux-Arts lyonnais lorsqu'une œuvre en péril réclamait ses soins experts. Au pied du vieux chêne, compagnon de méditation de Marie-Angèle, Esteban n'en souffla mot, mais je me doutai que l'absence de Jasmine à ses côtés lui fut cruelle en cette circonstance, autant que l'était pour moi celle de Marie.

Lorsque Esteban et moi eûmes déposé l'urne dans le trou creusé entre deux racines, un moine bouddhiste en tunique safran, d'un âge canonique, s'approcha. Soutenu par deux jeunes gens, il s'agenouilla et posa une main parcheminée sur la terre fraîchement remuée, en psalmodiant un « *Om mani padme um* » chevrotant.

Des chants s'élevèrent et les assistants en cortège défilèrent devant la dernière demeure de Mâ Angèle, chacun y déposant une offrande, fleur de lotus ou lumignon. L'arbre lui-même drapa le sol d'une guirlande de feuilles mortes, ses larmes de chêne. À mon grand étonnement, je fus le seul à y aller de mon sanglot et j'en eus un peu honte quand Esteban me fit remarquer que tous les visages étaient illuminés d'un sourire, ultime leçon de ma mère à ses fidèles.

Une certitude me vint soudain : « *Elle est toujours là ! Elle a seulement quitté son corps...* ». De fait, encore aujourd'hui et tandis que j'écris ces lignes, je sens confusément sa chaude et bienveillante présence à mes côtés. Allez expliquer ça...

À la fin de la cérémonie, une femme ridée comme une vieille pomme, aux longs cheveux d'argent tressés en couronne autour de sa tête, s'approcha d'Esteban et lui remit la canne en osier tressé dont ma mère ne se séparait plus guère, les derniers temps...

« Mâ Angèle m'avait demandé de vous remettre cette canne. Vous en aurez l'usage, a-t-elle dit. »

Mon compagnon remercia et s'empressa de ranger l'objet au fond d'un placard, sans se douter que la médium avait vu juste et qu'il ne tarderait pas à « en avoir l'usage ».

PETIT BOND PAR-DELÀ LES ANNÉES

30 mars 2013. J'aurai soixante et un ans demain.

Voilà dix ans que j'ai posé ma plume, imposant brutalement un long temps d'arrêt à ce récit dédié à mon vieux frère d'âme. Au fond, les personnages secondaires qui y déambulent ne sont guère que des figurants, des passants éminents mais fugaces. Au cœur de cette histoire, Esteban caracole allègrement.

Le moment est venu pour moi de clore cette saga en sautant plus ou moins lestement par-dessus les années écoulées. Du dernier tiroir de mon bureau, j'ai donc exhumé la chemise cartonnée où j'avais assigné à résidence mon manuscrit, à la suite d'un évènement brutal et foudroyant.

À la lecture des dernières lignes que j'y avais consignées, me vient l'image d'une famille unie et radieuse, chacun tenant le gouvernail de sa destinée avec ardeur et confiance, courageux capitaine de sa propre vie, à l'image du commandant Smith quittant Southampton à bord du *Titanic*... Malgré mon tempérament de père tranquille pragmatique, j'en viens à me dire que le pire, s'il n'est toujours sûr, n'en demeure pas moins probable et que la tartine finit souvent par retomber du côté du beurre.

Que s'est-il donc passé de notable entre les années 2003 et 2013 ? Je suis conscient qu'il manquera fatalement quelques arches au pont que je vais tenter de jeter entre elles.

Rien d'époustouflant en ce qui me concerne, j'aurai passé l'essentiel de ma vie à soigner de mon mieux mes semblables. J'ai simplement tenté de vivre en honnête homme, avec quelques regrets mais peu de remords. Dans la grande chorale humaine, j'aurai fait mon possible, tentant de trouver ma juste place et de pousser ma chansonnette...

Malgré les exhortations d'Esteban à troquer mes charentaises pour des pataugas, je n'ai jamais eu le courage de quitter la jungle des villes pour affronter celle de Lambaréné. Mon compagnon l'avait prédit : plutôt que de sauver les lépreux gabonais, je suis resté un éminent bobologue de quartier, reniant par là mon rêve d'adolescent.

Marie, ma douce Marie, a fini par rompre les amarres qui la reliaient à moi. Tout comme la pâtisserie lyonnaise, à présent dirigée par Anne, l'enseigne niçoise jouit d'une solide réputation et les *Caprices* des jumelles, ici comme sur la Côte d'Azur, trônent encore sur les tables de fête.

Les séjours de Marie du côté de la Promenade des Anglais se firent de plus en plus longs et rapprochés, jusqu'à ce qu'elle y prenne racine pour de bon. Nous nous téléphonons quand le cœur nous en dit ou quand un accès de spleen nous pousse à chercher une oreille amie. Nous avons plaisir à nous retrouver parfois dans le Pigeonnier de Ponsas et nous avons choisi de ne pas divorcer, chacun suivant sa route parallèle. J'ai cru comprendre que Marie montrait souvent son grain de beauté secret à son chef pâtissier... De mon côté, j'avoue avoir eu quelques maîtresses, mais rien de sérieux. Comme le chantait Brel, il faut bien que le corps exulte !

Gilbert, le bon Gilbert, n'aura pas fait de vieux os... Il y a quelques années, alors qu'il fignolait, langue tirée, un nouveau chef-d'œuvre gourmand, son cœur eut des ratées puis s'arrêta tout de go. Il rendit son dernier soupir la tête plongée dans un Saint-Honoré, comme un acteur qui meurt en scène. Anne en fut tellement éprouvée qu'elle parla de vendre la boutique, mais elle finit par prendre exemple sur sa sœur et s'associa très intimement avec un maître chocolatier qu'elle débaucha, dans tous les sens du terme, d'une pâtisserie concurrente.

Durant sa période de veuve éplorée, Anne vint parfois trouver refuge au creux de mon épaule, voire de mon lit... Mes deux neveux, Jim et Jules, sont apprentis pâtissiers et la relève semble assurée au sein des *« Caprices de Marie-Anne »*. Quant à ma nièce, la coquette Valentine, elle pense devenir créatrice de mode, un peu grâce à Jasmine qui a su détecter ses dons et lui a donné des cours de dessin.

Gérald-Antoine, le père des jumelles, a connu un destin tragique. Ce brillantissime homme de chiffres, banquier aux dents de loup, a fini ses jours lamentablement, dans le caniveau d'un bas quartier de Hong Kong, un poignard fiché entre les épaules. L'affaire ne fut jamais élucidée.

Enfant rebelle, Esteban était devenu un adulte révolté, fidèle en cela au Don Quichotte dont il avait très tôt endossé l'armure rouillée et les folles utopies. Les sages utopies, devrais-je dire...

Impossible de chiffrer les kilomètres que cet inlassable protestataire a dû parcourir au cours de sa vie, une banderole au poing, un slogan aux lèvres et une saine colère aux tripes. J'avoue que je traînais plus ou moins les pieds lorsqu'il lui arrivait de m'enrôler pour faire nombre dans une manif.

Au fil du temps, l'échotier était devenu grand reporter, envoyé spécial puis correspondant de guerre. Homme aux semelles de vent, attentif au moindre bruit de bottes, il n'aimait rien tant qu'enfourcher sa Rossinante virtuelle pour sillonner le globe en tous sens, au gré des conflits, des massacres et des atteintes aux droits de l'homme qu'il dénonçait d'une plume incandescente. Il ne négligeait pas pour autant les droits de la nature et des animaux, puisque sa conscience écologiste et son spécisme militant ne dataient pas d'hier.

À ce titre, je ne risque pas d'oublier une certaine action d'éclat organisée par un groupe de défense animale qu'il soutenait ardemment. Me retrouver au cœur d'une forêt parmi un cordon d'irréductibles militants, barrant la route à un équipage de chasseurs à courre lancés au grand galop sur les traces d'un cerf, fut un grand moment de ma vie... L'échange entre les veneurs en redingote écarlate et les défenseurs du cervidé dégénéra rapidement, dans le méli-mélo des chiens asservis !

Esteban, s'étant fait cravacher sur la joue droite, ne tendit pas la gauche et fit vider les étriers à un nobliau du cru qui porta plainte pour coups et blessures et vol de son cor de chasse. Mon ami m'ayant fait attester, en tant que médecin, des stigmates du coup de cravache, l'affaire fut classée sans suite après que le cor de chasse eut été restitué, joliment cabossé et privé de son embouchure...

Une autre équipée faillit fort mal tourner, lorsque le même groupuscule audacieux prit d'assaut la tribune d'honneur lors d'une corrida en pays occitan, barbouillant de peinture rouge les aficionados triés sur le volet qui s'y trouvaient. Je fus secrètement soulagé de n'avoir pu participer à ce raid, pour cause de symposium médical, mais j'en constatai le cuisant résultat en soignant les plaies et bosses de mon ami. Dieu merci, il avait échappé aux banderilles et autres joyeusetés traditionnelles... « *J'ai bien cru* » rifougna-t-il « *qu'ils allaient me couper les oreilles et la queue !* »

Quelle que fût la cause à défendre, grande ou modeste, pourvu qu'elle soit juste, mon fougueux compagnon ne tergiversait jamais et montait à l'assaut sans une once d'hésitation, plume ou poing brandis, au mépris des volées de horions ! Qu'importait pour lui que les ailes des moulins lui reviennent en pleine figure...

Vers la fin de l'an 2000, peu après avoir fait nos adieux à Mâ Angèle, Esteban fit une rencontre déterminante en la personne d'un grand reporter cinéaste et écrivain, auréolé de moult lauriers, dont le prestigieux Prix Albert Londres.

Le courant passa très vite entre ces deux fougueux journalistes épris de justice et de liberté. Quelques jours après leur rencontre, Esteban nous fit part de son intention de se rendre en Afghanistan, plus précisément dans la vallée du Panjshir, où des moudjahidine commandés par un certain commandant Massoud menaient une lutte sans merci contre des fondamentalistes islamiques, les talibans.

« Le monde libre regarde ailleurs » fulminait-il *« et nous restons sourds aux appels à l'aide de ce combattant de la liberté, qui n'est pas un héros de pacotille. Nous risquons de le payer très cher ! »*

À la mi-janvier de la funeste année 2001, j'accompagnai donc mon ami à l'aéroport de Lyon. Sanglé dans son éternelle saharienne multipoches, quelques effets bourrés à la hâte dans un sac à dos, le Nikon de Siegfried en bandoulière et de vieux pataugas aux pieds, le baroudeur impénitent s'envolait pour une nouvelle aventure dans un pays en guerre. J'en appelai au sourire de ma mère pour faire bonne figure, sans grand succès. Nous eûmes une longue étreinte et il fit mine de m'entraîner dans la zone sous douane, puis me libéra dans un grand éclat de rire...

« Adios, vieux pantouflard ! Dommage que tu ne m'accompagnes pas. Ce n'est pas Lambaréné, mais ils ont fichtrement besoin de toubibs, là-bas ! »

À bout de souffle, Jasmine arriva au moment précis où l'avion décollait. Elle avait coupé ses cheveux à la Louise Brooks et portait ses cinquante berges comme un défi à l'impermanence de la beauté.

Nous prîmes un café serré au bar de l'aéroport. Elle en voulait au gendarme qui l'avait verbalisée pour excès de vitesse, aux douaniers français plus mollassons que les suisses, à ce foutu bouchon au péage, à l'avion d'Esteban qui avait décollé trop à l'heure... bref, à la terre entière ! Je la calmai de mon mieux, certain que le café trop fort ne ferait rien à l'affaire.

Sa relation avec Esteban, me confia-t-elle, prenait un virage dangereux.

« Tu comprends, Valentin, Esteban est sans cesse par monts et par vaux. De mon côté, mes toiles ont du succès et j'ai des commandes à faire pâlir d'envie l'ami Van Gogh ! Je rentre juste de Londres et Esteban s'est encore envolé, Dieu sait pour combien de temps ! »

Je risquai la question qui me taraudait:

« Dis-moi, Jasmine, y a-t-il encore de l'amour entre vous ? »

Elle me rétorqua, ulcérée et sans l'once d'une hésitation:

« Évidemment ! Seulement... si nous restons fusionnels et amoureux comme au premier jour, nous sommes emportés par les tourbillons de nos vies. Tu sais, nous sommes deux électrons libres, deux étoiles filantes qui ne filent pas toujours dans la même direction... »

Nous restâmes plus d'un mois sans nouvelles d'Esteban, nous rongeant les sangs. Et puis, vers la fin du mois de février, je reçus un appel du ministère des Affaires Étrangères, m'informant que mon ami avait été blessé par balle lors d'un reportage dans les montagnes afghanes, en pleine zone de conflit. Pris en charge par une association humanitaire, il serait rapatrié sous peu. Ses jours, a priori, n'étaient pas en danger.

Vingt-quatre heures plus tard, je fus invité à prendre place à bord d'une ambulance réquisitionnée par le ministère. Dans le hall de l'aérogare, je retrouvai Jasmine, que j'avais alertée et qui avait pris soin d'arriver très en avance. Elle faisait les cent pas au pied de l'écran annonçant les atterrissages en cours. Lorsqu'elle me vit, elle se jeta dans mes bras, le coin de ses lèvres tressautant d'un faux sourire nerveux. Quelques journalistes, prévenus on ne sait comment, battaient également la semelle, appareil photo en bandoulière.

Les deux infirmiers et le collègue médecin qui m'accompagnaient avaient été autorisés à se poster en passerelle, pour se charger d'Esteban dès sa sortie de l'appareil. Jasmine, haussée sur la pointe des pieds et l'œil aux aguets, fut la première à apercevoir le brancard à roulettes sur lequel le vaillant reporter était harnaché. Elle se précipita, éventrant au passage les haies de passagers aux comptoirs d'enregistrement et culbutant des valises au risque de se rétamer.

Esteban était conscient mais sonné par les calmants qui lui avaient été administrés et la perfusion antibiotique fichée dans une veine. Son teint cadavérique et ses joues hâves ne présageaient rien de bon, mais ses yeux oscillant en tous sens témoignaient que la vie bouillonnait en lui. Dans l'ambulance qui fonçait sirènes hurlantes en direction de l'hôpital Desgenettes, Jasmine et moi tenions chacun l'une de ses mains. Mon confrère l'ausculta puis me tendit sa fiche médicale en soupirant.

La balle qui avait touché Esteban au genou droit avait fait de gros dégâts et n'avait pu être retirée. La lésion était très compliquée, une artère ayant été impactée, des nerfs sectionnés et l'os adjacent ayant éclaté sous l'impact.

Si j'avais été croyant, j'aurais prié pour que mon ami conserve sa jambe... mais il advint que sans l'aide d'aucun Dieu, les chirurgiens, plasticiens et orthopédistes qui le prirent en charge firent des miracles. Néanmoins, s'il conserva sa guibole, Esteban claudiqua jusqu'à la fin de sa vie et dut se souvenir de la prédiction de Marie-Angèle, qui lui avait légué sa canne sous prétexte qu'il *« en aurait l'usage »*.

En mars 2001, alors qu'il végétait encore sur son lit d'hôpital, Esteban apprit coup sur coup la destruction par les talibans des Bouddhas de Bâmiyân, classés au patrimoine mondial de l'Unesco, puis la venue du commandant Massoud en France, où des responsables politiques l'accueillirent poliment mais restèrent sourds à ses mises en garde et à ses appels à l'aide. La mise en pièces des Bouddhas reçut plus d'écho dans l'opinion publique que le combat désespéré d'un chef de guerre, héros de la lutte contre l'invasion soviétique et farouche opposant à tout intégrisme.

Esteban n'était pas très causant lorsque nous lui demandions de nous relater ses tribulations aux côtés des moudjahidine commandés par celui qu'on appelait *« le Lion du Panjshir »*. Il daigna seulement nous révéler qu'il avait été blessé alors qu'il accompagnait un groupe de combattants pris sous le feu des talibans. En revanche, les yeux soudain fiévreux, il demeurait intarissable pour nous parler de Massoud, cet homme respectueux et pacifique qui lisait des poèmes à ses partisans. Il restait songeur en nous prédisant à nouveau que l'occident paierait très cher son indifférence à sa cause...

Jasmine, à présent domiciliée à Lausanne, sautait dans sa voiture dès qu'elle le pouvait pour venir réconforter Esteban et tenter de lui redonner le goût de vivre. Car mon ami, voûté et squelettique, passait ses journées à claudiquer en rond dans sa chambre et ses courtes nuits à cauchemarder et à pousser des cris qui résonnaient dans tout l'hôpital.

Malgré mes protestations, on dut le placer sous camisole chimique et je dus batailler ferme pour arracher son bon de sortie, à la fin du mois de juillet 2001, en échange d'une décharge de responsabilité.

Petit à petit, à force de bienveillance et de bons soins, épaulé en cela par Jasmine et les sœurs Coton, je vis Esteban reprendre du poil de la bête. Certes, il demeurait morose et angoissé, mais à un degré moindre. En l'espace de quelques semaines, ses boucles brunes avaient blanchi et des secousses nerveuses l'agitaient souvent. Il passait ses journées à écrire et je savais qu'il avait trouvé là un exutoire, autant qu'un moyen de sensibiliser le monde au drame qui, selon lui, se tramait en coulisses. Je le crus un peu vite tiré d'affaire et je parvins à le persuader d'aller, en ma compagnie, passer quelques jours de convalescence dans notre pigeonnier de Ponsas.

Le dimanche 9 septembre 2001, nous étions en train de boucler nos valises lorsque la sonnerie du téléphone vint effacer le sourire qui renaissait peu à peu sur le visage de mon compagnon. À l'autre bout du fil, un ami journaliste resté à Kaboul lui fit part de l'attentat dont venait d'être victime le commandant Massoud. Je le vis lâcher le combiné et s'effondrer sur son lit en éclatant en sanglots.

« C'est ce que je redoutais ! » parvint-il à articuler *« Massoud éliminé, les forces du mal ont le champ libre et vont se déchaîner. L'occident n'a pas fini de trembler ! »*

Miné par cette nouvelle dont il pressentait les suites, Esteban renonça à notre escapade drômoise et resta cloîtré pendant deux jours dans sa chambre. Je dus faire semblant de me mettre en colère pour qu'il daigne ne pas se laisser mourir de faim. Sans grand succès, les jumelles se relayèrent pour tenter de négocier une audience en faveur de ses gâteaux préférés. Rien n'y fit et je l'entendais se lamenter sans cesse à travers la porte :

« Ça va péter ! ça va péter !... »

Depuis New York, où elle venait d'arriver pour préparer une nouvelle exposition de ses œuvres, Jasmine appelait sans relâche et sans souci du décalage horaire. Esteban lui répondait par onomatopées et j'en arrivai à craindre qu'il ne basculât irrémédiablement dans la folie. Mais la folie était ailleurs et nous tomba dessus, justement de New York, le mardi 11 septembre 2001.

Effondrés devant notre poste de télévision, Esteban et moi, tremblants d'effroi et bouche bée, assistions en boucle au spectacle surréaliste de deux avions percutant les tours du World Trade Center.

« Ta mère avait raison » me glissa mon ami *« Nous sommes entrés dans le siècle du chaos... »*

Très vite, l'espace aérien américain fut fermé et nous mourions d'inquiétude pour Jasmine. Nous relayant au téléphone, nous finîmes par joindre le galeriste new-yorkais, qui se voulut rassurant. La *« so beautiful french lady »* était saine et sauve, hébergée chez lui dans le centre de Manhattan, mais une ambiance de fin du monde régnait dans la ville et certains pensaient que l'apocalypse était proche.

Quelques jours plus tard, notre artiste exilée parvint à prendre le premier vol remis en service entre l'Amérique et la France. Contrairement à Esteban de retour d'Afghanistan, elle fut très loquace et ne nous épargna rien des horreurs dont elle avait été témoin dans « la grosse pomme ».

Longtemps encore, ceux qui ont vécu ces moments dramatiques se souviendront de ce qu'ils étaient en train de faire ce mardi-là, lorsque la nouvelle des attentats-suicides les atteignit. Près de trois mille vies sacrifiées en un éclair de feu et un réveil brutal pour le « monde libre » qui n'avait pas écouté Massoud. L'aigle américain, à qui des terroristes avaient arraché des plumes, allait sortir ses griffes et on allait voir ce qu'on allait voir...

Sidéré et comme KO debout, Esteban s'était à nouveau réfugié dans le huis clos de sa chambre, brutalisant sa machine à écrire du matin au soir et jusqu'au cœur de la nuit. Et puis, vers la fin de ce mois de septembre, il m'annonça qu'il comptait partir pour Ponsas, mais seul, afin de « recoller ses morceaux » et terminer l'écriture d'un livre qui lui tenait à cœur. Jasmine tenta bien de se faufiler dans cette idée de retraite, mais Esteban resta inflexible: il souhaitait se retrouver seul face à lui-même et à son manuscrit.

Les « amants du Palais Saint-Pierre » vécurent une ultime nuit d'amour à Monplaisir. Jasmine dormait encore quand Esteban se glissa hors de la chambre, attrapa les clefs de la DS que j'avais laissées devant sa porte et mit les voiles pour ce Pigeonnier que j'appelais, pour le taquiner, son nid d'aigle...

Nous avions tous interdiction de le déranger, sous quelque motif que ce fût. Je sus plus tard que les autochtones le croisaient parfois, errant par les rues du village, le chef coiffé du *pakol*, ce béret afghan traditionnel popularisé par Massoud, une ample cape de laine jetée sur ses épaules.

Aux premiers jours de l'été 2002, son livre intitulé « *Basta !* » prenait place en tête de gondole dans toutes les « bonnes librairies », avec une superbe couverture inspirée de Van Gogh et signée d'un J. énigmatique.

Le lectorat populaire et les critiques furent vite déconcertés par ce livre fourre-tout, sorte d'OVNI qui tranchait net avec les romans précédemment signés par Esteban et qui se terminait par ces mots : « ce monde m'écœure et me rend triste ». Au fil des chapitres, il y était question de l'enfance du petit émigré espagnol, du martyre de son père, de l'exécution d'Adolfo, du suicide de Dolores, du drame afghan, de l'apocalypse en cours... avec toute une série de portraits des morts ayant jalonné la vie de l'auteur, sorte de galerie funèbre façon « *Chambre verte* » de François Truffaut.

Ce best-seller morbide fut en tête des ventes avant d'être brûlé en place publique, ici ou là, lors d'autodafés dignes des heures les plus sombres de l'histoire littéraire, suite à la vaguelette de suicides qu'il provoqua parmi les lecteurs les plus émotifs. L'éditeur fut sommé de passer au pilon les invendus de ce brûlot et des sacs postaux bourrés de lettres de menaces et d'insultes s'empilèrent devant sa porte, qu'il ne put transmettre à l'écrivain, parti sans laisser d'adresse.

Depuis son *Pigeonnier*, Esteban assista impuissant à ce déferlement de haine. Quand il manifesta son intention de reparaître au grand jour pour affronter la populace déchaînée et les journaleux à scandale, j'eus toutes les peines du monde à le persuader de rester calfeutré en son repaire. Jasmine et moi, en tant que meilleur ami et compagne du banni, nous gardâmes bien de rendre visite à l'exilé par crainte des paparazzi. Le proscrit profita de ce confinement pour dévorer tous les livres de la bibliothèque héritée de Topaze et pour boutiquer quelques écrits vengeurs.

Au cours de l'année qui suivit, le soufflé du scandale retomba aussi vite qu'il avait enflé. Jasmine avait fini par revendre son appartement croix-roussien et son atelier du Vieux-Lyon pour s'installer définitivement à Lausanne auprès de son Pygmalion, un certain Thomas. Les journalistes de caniveau en déduisirent que l'artiste avait plaqué l'écrivain à scandale pour un galeriste d'art helvétique et lui « lâchèrent la grappe », comme aurait dit mon vieux compagnon.

Le monde continuait à tourner de travers et l'humanité de foncer droit dans le mur, sourde aux cris d'alarme des plus clairvoyants d'entre les hommes.

En ce jour de l'an, respectueux d'une coutume familiale, j'avais réuni autour de ma table le dernier carré de notre clan, les jumelles et le trio de mes neveux. Les bouchons de champagne sautèrent sans entrain et je trouvai que le *Caprice* traditionnel n'avait plus sa saveur d'antan. Jasmine m'avait fait dire par son mécène qu'elle n'était pas disponible et je la craignis perdue à jamais pour Esteban et pour notre petite tribu.

Il faisait un temps resplendissant, cet après-midi-là. Nous décidâmes de fausser compagnie aux anges qui tournoyaient sans vergogne autour de nous pour faire un tour sur la place de Monplaisir, où une vogue tapageuse faisait le plein des mioches du quartier. Lorsque nous revînmes, suçant jusqu'à l'os nos bâtons de barbe à papa rosâtre, je reconnus de loin la DS de mon père qui se garait au pied de mon immeuble. Esteban en descendit et mes neveux se ruèrent sur lui, manquant le faire tomber à la renverse.

Il restait une bouteille de champagne, qui sembla moins amère à nos lèvres et dont les bulles folâtres nous mirent en joie.

Lorsque jumelles et neveux furent partis, le soir venu, mon vieux frangin et moi nous retrouvâmes assis sur le chesterfield râpé, enfin côte à côte comme autrefois. Je ne me souviens plus qui prononça le premier le nom de Jasmine, crevant ainsi un abcès douloureux. Depuis deux semaines, le fil téléphonique ténu qui reliait encore les deux amants semblait rompu. Quand Esteban tentait de joindre sa bien-aimée à la galerie ou à son domicile de Lausanne, c'était invariablement le susnommé Thomas qui répondait, d'une voix chantante qui fleurait bon les alpages, que Jasmine était au lac, ou faisait un *clopet* dans sa chambre, ou un tour à *péclôt*...

N'y tenant plus, Esteban résolut de faire le voyage jusqu'au bout du Léman pour en avoir le cœur net, arguant, que si coupure il devait y avoir, elle devait être franche. Il se mit en devoir d'informer le galeriste de sa venue, mais ce dernier resta silencieux un long moment au bout du fil, avant de laisser échapper un lourd soupir en murmurant tout bas :

« Assois-toi, mon garçon... Notre belle Jasmine est au centre de neurologie de l'hôpital de Lausanne ! »

Nul besoin de traducteur franco-suisse pour comprendre, au fil de la conversation, que Jasmine avait fait un AVC en revenant de la gare où elle avait acheté un billet de 1re classe pour Lyon, toute guillerette à la perspective de retrouver enfin son amoureux. Depuis un mois, elle était prise en charge et soignée par d'excellents médecins, mais son artère cérébrale avait été débouchée trop tard. Thomas nous révéla en sanglotant que tout son côté droit était paralysé, qu'elle avait des trous de mémoire, pour ne pas dire des gouffres, et qu'elle virait à la zombitude. Seule consolation, selon lui : Jasmine faisait des progrès rapides dans l'apprentissage de l'alphabet...

À la vitesse d'une tornade, Esteban refit son sac à dos. Comme je lui proposais de l'accompagner, il s'immobilisa face à moi, me saisit aux épaules et posa son front contre le mien. La voix brisée, il m'assura qu'il ne reviendrait pas sans Jasmine et que c'en était fini de sa vie de papillon solitaire. J'entendis le « toc » de sa canne se perdre dans les escaliers, puis le crissement de pneus de la DS qui démarrait en trombe.

En retrouvant Jasmine, au terme d'une course folle pied au plancher ponctuée par les éclairs des radars routiers, Esteban avait éprouvé le choc de sa vie. Jasmine, sa belle Jasmine, n'était plus qu'un légume inerte, échouée dans un fauteuil près d'une fenêtre, indifférente au paysage de carte postale, ses grands yeux vides et hagards naufragés au milieu d'un visage blafard. Méconnaissable !

Devant ce tableau poignant, Esteban songea à sa mère, à la détresse de cette autre naufragée de la vie. Il se souvint de l'asile où l'on avait enfermé Dolores, de son regard éteint se heurtant aux barreaux de sa chambre...

Alors, Esteban résolut de sauver Jasmine, de mettre tout son amour dans cet ultime combat. Il décida que rien ni personne ne pourrait plus les séparer, que leurs vies parallèles s'étaient enfin rejointes et qu'il saurait la tirer de cet enfer.

Esteban tint parole au-delà du possible et du raisonnable...

Jasmine parlait peu, tentant parfois de répondre aux questions qu'on lui posait par des onomatopées, de courtes phrases en bouillie. On sentait les mots s'entrechoquer dans sa pauvre tête comme un puzzle éparpillé. En voyant pour la première fois le visage de son amant tout près du sien, elle eut comme un frémissement, tenta de lever un bras qu'elle laissa retomber lourdement. Dans son regard mort, Esteban crut lire comme un sanglot secret. Elle entrouvrit les lèvres mais le son qui aurait pu en sortir fut noyé dans un filet de bave qu'il essuya avec douceur.

La belle chevelure de Jasmine, devenue grise gouffa, dégoulinait en mèches folles sur ses épaules et Esteban s'appliqua, dès lors, à la brosser délicatement en chantonnant des mélodies. Comme il avait laissé sa guitare à Ponsas, il s'en offrit une autre et les infirmières, sous le charme de sa voix de velours, glissaient parfois une tête dans la chambre pour entendre un extrait de son récital quotidien.

Les jours succédèrent aux jours. Esteban ne quittait guère le chevet de Jasmine et le personnel en blouse blanche devait faire semblant de se mettre en colère pour le faire sortir de la chambre au moment des soins et de la toilette. Le chef de service, tout compatissant qu'il était, haussa les épaules lorsqu'il demanda qu'un lit de fortune soit dressé près de celui de sa bien-aimée et c'était chaque soir un douloureux charivari pour l'expulser lorsque sonnait l'heure de la fin des visites.

Plus ponctuel qu'une horloge suisse, Esteban faisait les cent pas dès potron-minet devant l'hôpital, imitant Charlot avec sa canne lorsqu'il croisait des enfants. Dès que les portes s'ouvraient, il se ruait et avalait les escaliers en claudiquant, puis slalomait entre les infirmières tout au long du couloir qui conduisait à la chambre 23.

Esteban avait pris soin de loger dans l'hôtel le plus proche de l'hôpital. Thomas, helvète sexagénaire compatissant, le rejoignait parfois à la nuit tombée pour prendre des nouvelles fraîches. Ils choisissaient un restaurant, au bord du lac, et buvaient du Fendant du Valais en évoquant à tour de rôle « leur » Jasmine, celle qu'ils avaient connue et qui les réunissait en un même chagrin.

Un jour, le galeriste remit à celui qui devenait peu à peu son ami un livre de Romain Gary dont Jasmine avait à peine commencé la lecture et qui dormait depuis sur sa table de nuit. Dès lors, entre deux « récitals » de guitare, Esteban lut *« La Promesse de l'Aube »* à Jasmine, tout en se désolant que l'aube radieuse de leur amour fût loin d'avoir tenu toutes ses promesses...

Peu à peu et pas après pas, Esteban parvint à réapprendre à marcher à Jasmine, suspendue de tout son maigre poids à son bras. Sous l'effort, malgré le soutien précaire de la canne de Marie-Angèle, il percevait des craquements inquiétants dans son genou rafistolé et il imaginait les vis et les plaques qu'on lui avait posées grinçant et se tordant. Il se crispait sur la poignée en osier tressé en priant le ciel et ma mère qu'elle ne rompît point.

Un beau matin du mois de mai, le médecin de garde et l'orthophoniste qui pénétrèrent dans la chambre de Jasmine demeurèrent interdits en considérant le lit vide, une robe de chambre négligemment jetée sur un bras du fauteuil et la petite armoire métallique vidée de tous les effets personnels de leur patiente. Un escadron d'infirmières fut dépêché sans succès dans les étages et on prévint Thomas, qui affirma n'être au courant de rien. On le crut, et on eut tort... La veille au soir, Esteban lui avait révélé son intention d'enlever Jasmine. Le galeriste, connaissant peu le lascar, avait eu un sourire dubitatif et on changea de sujet.

En juin de cette même année 2003, pour en revenir aux balbutiements de ce récit, alors que je me préparais à rejoindre, sans enthousiasme excessif, le banquet annuel des anciens élèves du lycée où j'avais effectué mes études secondaires, la concierge prit la peine de m'apporter mon courrier. Parmi les factures et les prospectus, je trouvai une lettre postée depuis la capitale. Je reconnus aussitôt l'écriture nerveuse de mon ami et décachetai l'enveloppe d'un doigt tremblant. En quelques lignes faussement allègres, Esteban daignait enfin m'informer de ses tribulations...

Cher vieux frangin,

Je m'en veux de t'avoir laissé si longtemps sans nouvelles. Le temps passe si vite et tu sais comme moi qu'il nous est compté.

Comme tu l'as sans doute appris, j'ai pris le risque d'arracher Jasmine des mains des médecins suisses, bienveillants mais impuissants.

Jour après jour, dans sa chambre d'hôpital, je me suis efforcé de la sortir du gouffre où son AVC l'a plongée. Non sans succès, puisque peu à peu son cerveau s'est remis en route, sans dépasser toutefois les performances de la 4 CV de Topaze ! Lorsque j'ai vu le regard éteint de Jasmine s'allumer et passer en feux de position, lorsque mon prénom est sorti presque intact de sa bouche, j'ai su que je jouais à jeu égal avec le mauvais sort et que j'avais une chance de gommer ce qui semblait écrit.

Nuitamment, j'ai donc kidnappé la femme que j'aime et nous avons pris la tangente, en direction de lieux de mémoire susceptibles de ressusciter ses souvenirs. Un voyage de non-noces, en quelque sorte ! Son cher Vincent VG ne fut pas étranger à cette tentative de résurrection.

À Avignon, elle parvint à fredonner sans trop trébucher le refrain du « Pont d'Avignon ». Plus tard, je crus la partie gagnée en la voyant éclater de rire dans le jardin de Monet, me montrant du doigt le buisson où nous avions fait l'amour en catimini. Mais ce n'étaient que de brèves étincelles et je dois bien admettre que les rouages de son cerveau sont grippés, irrémédiablement, comme la machine du Charlot des Temps Modernes...

Jasmine ne se plaint jamais, mais son regard implorant se pose sur moi comme si j'étais le Messie (mais si, mais si...). Les kilomètres et la canicule l'épuisent, je le sens. Je vais donc prendre le chemin du retour, tout doucement. Mais je te supplie de ne pas chercher à me joindre, au nom de notre vieille amitié, de notre fraternité sans tache.

Nous nous reverrons, vieux frère ! Ou pas...

Jasmine vient de froncer les sourcils puis a souri lorsque j'ai prononcé ton prénom. Je lui ai demandé si je pouvais t'embrasser de sa part et elle a fait oui de la tête avec énergie. Tu vois, tout n'est pas perdu !

Nous sommes donc deux à t'embrasser, ainsi que le reste de la tribu.

PS: S'il m'arrivait quelque chose (au diable ne plaise !) sache qu'un notaire te convoquera pour te remettre les clefs de notre Pigeonnier. Sache aussi que je te lègue la Rossinante et l'armure de Don Quichotte. Sois vaillant et cesse enfin d'être le trop brave Sancho que tu as toujours été. Lance-toi à l'assaut des moulins et force leurs portes, c'est un noble combat !

Ce message ne me rassura qu'à moitié... C'est en traînant les pieds que je me rendis au banquet des Anciens, me gardant bien de trahir le secret des deux amants. Ce que devenait Esteban ne regardait que moi !

Ayant longuement conversé par téléphone avec Thomas, je n'ignorais rien de l'enlèvement rocambolesque, mais le galeriste m'avait sommé de ne pas faire de vagues, d'être en quelque sorte un Léman sans remous. Tout avait été prévu par Esteban, m'avait-il assuré : « *Ils sont heureux ensemble et nous devons leur foutre la paix !* » Il n'empêche, une seule missive en trois mois, c'était maigre et je me promis de tirer les oreilles à mon faux-frère à son retour, s'il daignait revenir... Après ces longues semaines à me ronger les sangs, je frisais le pétage de plombs !

Bien plus tard, je parvins non sans peine à reconstituer l'itinéraire des fugitifs. À bord de la DS noire, ils avaient franchi la frontière suisse et filé sur Ponsas, où ils s'étaient réfugiés une dizaine de jours. Sur la carte d'état-major déployée sur mon bureau, j'avais tracé une ligne sinueuse depuis Saint-Paul de Vence, où ils avaient passé plusieurs nuits à la *« Colombe d'Or »*. Ils filèrent ensuite sur Arles et Saint-Rémy-de-Provence, sur les traces de leur « ami » Van Gogh, avant de gagner Avignon, où un hôtelier se souvint d'une dame et d'un monsieur marchant avec peine, se soutenant l'un l'autre mais visiblement très amoureux et se faisant *« des gâtés »* à tout bout de champ... Je retrouvai leur trace en Alsace, à Kaysersberg, où le lâcheur dut penser à moi en passant devant la maison natale du Docteur Schweitzer. Je les débusquai en région parisienne, en pèlerinage à Auvers-sur-Oise, pour un dernier adieu à Vincent V.G., avant qu'ils ne posent longuement leurs valises à Giverny, dans le fief de Claude Monet.

Comme me l'avait écrit Esteban, la canicule qui sévit cet été-là poussa les deux amants à rebrousser chemin. Je devinai sans peine que c'est à Ponsas qu'ils finirent l'été à l'ombre du tilleul ou de *« l'arbrabizoux »*. Respectant leur soif de solitude, en dépit de l'envie que j'avais de les rejoindre, je m'abstins de toute manœuvre d'approche, regrettant de ne pas avoir hérité du don de longue-vue de Marie-Angèle...

LE VOL DE L'ÂME

Je ne revis jamais Esteban et la gorge me serre en achevant ce récit.

Le lundi 15 septembre 2003, au petit matin, un gardien du Musée lyonnais des Beaux-Arts, place des Terreaux, fut surpris et sourit dans sa moustache en découvrant à la lueur de sa lampe torche une statue d'Apollon coiffée d'un béret basque avec, à son bras, une canne en osier tressé...

« Les galopins ! » murmura-t-il *« Ils ne savent plus quoi inventer... »*

La veille au soir, Jasmine et Esteban avaient pénétré, bras dessus, bras dessous, dans les jardins de l'ancien cloître du Palais Saint-Pierre. Ils avaient pris place sur le banc où ils avaient coutume de se retrouver naguère, à l'ombre d'un tilleul et sous la vigilance complice d'une statue que Rodin avait justement baptisée *« L'Ombre »*. Comme elle le faisait autrefois, Jasmine avait émietté un morceau de son pain russe pour les moineaux, qui bientôt se pressèrent autour d'eux en une ribambelle pépiante et sautillante.

Au terme d'un long moment de rêverie, ils se levèrent, s'aidant l'un l'autre, chamboulant quelque peu les phalanges de friquets qui se disputaient les dernières miettes. Peut-être à la recherche d'un peu de fraîcheur, ils contournèrent le bassin circulaire et, clopin-clopant, se réfugièrent sous les arcades qui ceinturent l'enclos. Soudain, comme par magie, le couple s'évanouit... se glissant sans doute par une porte dont Jasmine avait conservé la clef, du temps où elle avait ses habitudes en ces lieux et son atelier de restauratrice.

J'imagine sans peine le déroulement de cette terrible nuit au musée...

En catimini et entre deux patrouilles de gardiens, les amants se faufilèrent jusqu'au second étage et cheminèrent sans bruit de salle en salle. Sans doute marquèrent-ils un temps d'arrêt devant *Fleur des Champs*, l'œuvre sublime qui leur servit si souvent de point de ralliement.

Enfin, ils parvinrent dans la salle Louis Janmot. Je suis certain qu'ils en firent plusieurs fois le tour, s'arrêtant devant chaque toile de ce *Poème de l'âme* qui leur était familier. Au terme de ce minutieux tour d'horizon, ils vinrent se poser sur la banquette recouverte de moleskine pourpre, face à la composition intitulée: *Le Vol de l'âme*, qu'Esteban dut éclairer du faisceau de sa lampe de poche.

J'ignore combien de temps Jasmine et Esteban demeurèrent ainsi, étroitement enlacés, aussi fascinés qu'au premier jour par ce tableau pour eux prémonitoire.

Le vieux gardien à moustaches qui les découvrit lors de sa première ronde du matin, affaissés l'un contre l'autre et leurs mains fermement crochetées, en laissa échapper son trousseau de clefs et fit un rapide signe de croix. Il lui sembla que les deux amants souriaient, d'un triste et étrange sourire. Au cœur de la nuit, la dernière flammèche de leur vie s'était estompée lentement, jusqu'à se dissiper. À leurs pieds, la loupiote éclairait encore d'une lueur fantomatique *Le Vol de l'âme* du peintre Janmot.

Face au policier qui m'interrogea par la suite, il me revint qu'Esteban avait rapporté d'Afghanistan deux capsules de cyanure, cadeau empoisonné d'un combattant de la liberté...

ÉPILOGUE

Dans un article publié dans un journal lyonnais sous le titre « *Les Amants du Palais Saint-Pierre* », un rédacteur livra un papier très émouvant, empreint de l'amitié et du respect qu'il vouait à son ex-confrère.

Je résolus de fermer mon cabinet et passai les semaines qui suivirent le drame reclus dans le *Pigeonnier* de Ponsas.

Chaque matin, je me rendais sur la tombe de Jasmine et d'Esteban, à la sortie du village et face à une colline colonisée par des figuiers de Barbarie. Sur la dalle de marbre, je déposais tantôt une rose, tantôt une fleur sauvage du jardin. Puis je m'asseyais tout au bord pour leur conter à voix basse les nouvelles du monde, que j'édulcorais souvent pour ne pas les mettre en souci.

Un jour arriva où, relisant la dernière lettre de mon compagnon, je m'attardai sur son post-scriptum. Une voix familière et impérieuse se mit à résonner en moi...

« Sois vaillant et cesse enfin d'être le trop brave Sancho que tu as toujours été. Lance-toi à l'assaut des moulins et force leurs portes, c'est un noble combat ! »

Un mois plus tard, je me retrouvai dans le hall de l'aéroport de Roissy, un peu à l'étroit dans la saharienne d'Esteban, son sac à dos en bandoulière et coiffé du chapeau de brousse hérité de Topaze. Les vieux pataugas de mon ami me serraient un peu, mais mes pieds finiraient par s'y habituer.

Alors que je faisais les cent pas parmi la foule en partance ou en provenance des quatre coins du globe, j'entendis derrière moi un rire féminin en cascade. Pendant une seconde, je crus reconnaître celui de Jasmine et je me retournai d'un bloc... deux jeunes gens se tenaient enlacés à quelques pas de moi, une valise à leurs pieds. Tout en l'embrassant, il la souleva du sol. Toujours soudés l'un à l'autre, ils prirent à grands pas la direction de la sortie. Lorsqu'ils me croisèrent, je leur offris mon plus beau sourire et nous échangeâmes un regard furtif mais qui en disait long: j'existe, vous existez...

Un peu fébrile, parcouru d'une sève nouvelle, je sortis mon billet d'avion pour vérifier, pour la dixième fois, l'horaire de mon vol pour Libreville. Le cœur battant, enfin fidèle à mon rêve de gosse, j'étais sur le point de m'envoler pour une nouvelle vie, bien loin de Monplaisir, de mon cabinet de bobologie et de mes charentaises.

J'en eus soudain la certitude : il n'était pas trop tard pour trouver ma vraie place en ce bas monde, peut-être celle de médecin bénévole au sein de l'hôpital Albert-Schweitzer de Lambaréné, qui m'apparut comme un accueillant moulin aux portes grandes ouvertes pour les Don Quichotte de passage...

REMERCIEMENTS

À Mireille, ma vaillante épouse, qui m'aura supporté de l'aube claire jusqu'à la fin du jour.

À Muriel, fidèle illustratrice et inspiratrice, sans qui ce livre n'existerait pas.

À Françoise Guérin, pour sa belle préface. En mémoire de son père, Bruno Scandolara, qui fut l'un des premiers rédacteurs à accueillir chaleureusement ma prose journalistique.

À Jeannine et Maurice, mes parents, chers disparus parmi tant d'autres, qui ont peut-être lu mon manuscrit par-dessus mon épaule. Il m'est arrivé de sentir leur présence...

À mon fils Sébastien, qui a su grandir à l'ombre de mon arbre, à son épouse Élisabeth.

À mes petits-enfants, Alexandre et Valentina, qui auront peut-être la curiosité de lire ce livre un jour et m'y retrouveront.

À ma cousine Jacqueline Stefanovic, qui a délaissé Zola pour décortiquer mon manuscrit, et à son époux Dan, homme de grande culture.

À Odette Gay, ma prof de français de 5e heureusement retrouvée, qui misait sur mon talent et prétend ne pas s'être trompée. Merci pour ses encouragements, son talent de correctrice et sa chaude amitié.

À Natasha Martynenko (portrait de l'auteur) et Valery Bulat, deux artistes ukrainiens de grand cœur et de grand talent. En fidèle amitié.

À Charles Forot, qui croyait que j'avais l'étoffe d'un poète.

À Bernard Clavel et René Barjavel, mes « pères spirituels », qui m'ont encouragé à écrire autre chose que des articles de presse.

À la mémoire de Janet Sisley, belle âme anglaise trop tôt envolée.

À « *Gnouf* », « *Kroumir* » et « *Bobosse* », avec reconnaissance.

À Michel Fromentoux, Paul Dazord, Yves Scarbotte et à tous les profs que mon enfant intérieur n'a pas oubliés, ainsi qu'au valeureux Ferdinand Soulier, professeur de mathématiques qui tenta vainement de me réconcilier avec l'algèbre et la géométrie.

À Armelle Bonneau-Alix et à la direction du Musée des Beaux-Arts de Lyon, pour leur soutien sans faille.

Au docteur Patrick Meunier, qui a alimenté ma réflexion sur les virus et la « grippe de Hong Kong ».

À Roger Planchon, Jean Bouise, Gérard Guillaumat, Jérôme Savary et à tous les théâtreux qui m'ont éveillé et émerveillé.

À Gérard Barray, qui a tenté de me transmettre l'esprit mousquetaire. À son épouse Teresa et à mes amis bretteurs. À la mémoire du Maître d'Armes Claude Carliez.

Au Père Christian Delorme, curé tout terrain et ardent défenseur du dialogue interreligieux, qui finira peut-être par me convaincre de l'existence de Dieu.

Achevé d'imprimer en décembre 2020
sur les presses de l'imprimerie Au fil des pages
14, route d'Andron à Saint-Selve 33650 (Gironde)
Tél. 06 72 08 30 37
Courriel : aufildespages33@gmail.com

◆

Dépôt légal : décembre 2020

ISBN : 979-10-94810-31-6